天星文库·短经典

轻描淡写

〔波兰〕亚当·扎加耶夫斯基 著
杨靖 译

Adam Zagajewski

山西出版传媒集团
北岳文艺出版社
·太原·

图书在版编目(CIP)数据

轻描淡写 / (波) 亚当·扎加耶夫斯基著；杨靖译.
— 太原：北岳文艺出版社, 2020.5
(天星文库 / 续小强主编. 短经典)
ISBN 978-7-5378-6144-1

Ⅰ.①轻… Ⅱ.①亚…②杨… Ⅲ.①随笔-作品集
-波兰-现代 Ⅳ.①I513.65

中国版本图书馆CIP数据核字(2020)第025085号

著作权合同登记号：图字04-2020-001

SLIGHT EXAGGERATION:Essays by Adam Zagajewski
Text Copyright©2012 by Adam Zagajewski
Published by arrangement with Farrar, Straus and Giroux, New York.

《轻描淡写》

著者 〔波〕亚当·扎加耶夫斯基	策　划 续小强　一好阅读	装帧设计 礼孩书衣坊
译者 杨靖	责任编辑 庞咏平	印刷监制 郭　勇

出版发行　山西出版传媒集团·北岳文艺出版社
地　　址　山西省太原市并州南路57号
邮　　编　030012
电　　话　0351-5628696(发行部)
　　　　　0351-5628688(总编室)　　传　真　0351-5628680
网　　址　http://www.bywy.com　　E-mail　bywycbs@163.com
经 销 商　新华书店
印刷装订　山西新华印业有限公司

开　本　880×1230　1/32
字　数　245千　印　张　11
版　次　2020年5月第1版
印　数　1—4000
印　次　2020年5月太原第1次印刷
书　号　ISBN 978-7-5378-6144-1
定　价　59.80元

译　序

　　亚当·扎加耶夫斯基是波兰当代著名诗人、小说家和散文家，出生于波兰的利沃夫（今属乌克兰）。一九四五年雅尔塔会议后，利沃夫成为乌克兰苏维埃社会主义共和国的一部分，刚满四个月的扎加耶夫斯基随全家迁居西里西亚的格利维采，并在那里度过童年和青少年时期。中学毕业后，扎加耶夫斯基进入波兰旧都克拉科夫首屈一指的雅盖沃大学学习哲学和心理学，获得哲学硕士学位。此后他先是在一个冶金学院任教，后到一家文学刊物做编辑，直到因参与政治抗议活动被除名——一九八二年，因团结工会争取民众权利引发的"工潮"，波兰当局发布戒严令，作为"持不同政见者"的扎加耶夫斯基虽未受到监禁，但仍因"个人原因"，被迫离开"营房般阴沉"的波兰，移居巴黎。在法国，他迅速加入波兰移民知识分子小团体，参与文化刊物的编辑工作。一九八三年起，扎加耶夫斯基便往来于法国和美国之间，在多所大学教授诗歌和创意写作课程。扎加耶夫斯基现居克拉科夫，至今已出版诗集十八种，散文、随笔十一种，被公认为当代波兰最具国际影响力的诗人之一。

　　二十世纪六十年代，扎加耶夫斯基开始诗歌创作，并迅速成长为波兰非官方文学运动"新浪潮"派的领军人物。一九七二年至一九七八年间，扎加耶夫斯基先后出版诗集《公报》《肉铺》《信》，并于一九七五年在日内瓦荣获"科希切尔斯基基金会国际文学奖"。一九七九年，扎加耶夫斯基赴德国短暂居留并从事写作。一九八五年，出版诗集《去利沃夫》《震惊》。一九八八年，扎加耶夫斯基获纽约"绿色回声奖"。一九九〇年至一九九七年间，先后出版诗集《画布》《火地岛》《神秘学入门》和散文随笔集《团结，孤独》《两座城市》，并于一九九五年和一九九六年分别获得纽约"古根海姆奖"资助和斯洛文尼亚"瓦伦西亚国际文学奖"。二〇〇〇年，出版散文集《另一种美》，同年在瑞典韦斯特罗斯获"托马斯·特朗斯特罗姆奖"。二〇〇二年，扎加耶夫斯基回到波兰定居，出版诗集《无止境》和散文集《捍卫热情》，同年获得慕尼黑"霍斯特·边克奖"。二〇〇四年，扎加耶夫斯基获得由美国俄克拉荷马大学《今日世界文学》颁发的、素有"小诺贝尔文学奖"之称的"纽斯塔特国际文学奖"。二〇一〇年，扎加耶夫斯基在意大利特雷维索获"欧洲诗人奖"，次年出版诗集《无形之手》和随笔集《轻描淡写》。二〇一四年，扎加耶夫斯基获得中国《诗歌与人》杂志主办的第九届"诗歌与人·国际诗歌奖"。

二〇一七，扎加耶夫斯基在德国被授予以让·埃默里❶的名字命名的"欧洲随笔写作杰出成就奖"。以奥地利当代著名作家罗伯特·梅纳瑟为首的评审团对这位"擅长多语种的波兰人和一个世界主义者"评价是："扎加耶夫斯基结合了清醒的政治意识和共情的艺术关怀……博学，而不自视其高；全面，而不流于琐碎；反讽，而不愤世嫉俗。他带领读者穿行于历史和当代的欧洲文化，使他们因此而

---

❶ 让·埃默里（Jean Améry，1912—1978），犹太裔，著名的奥地利哲学家，也是奥斯威辛集中营的幸存者，1963年后以散文和随笔写作反思纳粹对犹太人的大屠杀而广为世界所知。

改变、丰富,并更加深刻地意识到我们悬而不明的处境。"而这一艺术特质,几乎贯穿了扎加耶夫斯基全部的创作历程。

一

波兰昔日的首都克拉科夫是欧洲文学名城,更是诗歌的中心——因为米沃什,因为扎加耶夫斯基,也因为被誉为"诗界莫扎特"的一九九六年诺贝尔文学奖得主辛波斯卡。德国哲学家西奥多·阿多诺曾说:"奥斯维辛之后,写诗是野蛮的,也是不可能的。"但波兰诗人们似乎并不认同这一观点,上述诗人都以各自不同的风格书写波兰(以及欧洲的)历史与更为深广的人性。对他们而言,幸或不幸,作为一名波兰诗人,二战前的德国占领和战后的苏联"重置"都是无法言说的痛楚,也是无法擦除的记忆。他们或许没有直接书写现实政治,但绝非对政治漠不关心。他们所做的,是"通过对日常生活的描绘来反抗意识形态的侵袭"。在这一方面,扎加耶夫斯基与他的前辈切斯瓦夫·米沃什(以及兹别格涅夫·赫贝特)相比,可谓青出于蓝而胜于蓝。

大学毕业后,在克拉科夫,扎加耶夫斯基所投身的诗歌运动,后来被文学史整体命名为"新浪潮"。其实,在波兰"新浪潮"这一名号之下,各地存在若干派别,如华沙的杂交"方针"诗社、弗罗茨瓦夫的"阿果拉"诗社和"六六"诗社、波兹南的"考验"诗社、科托维茨的"上下文"诗社,等等。扎加耶夫斯基组织和参与的克拉科夫诗歌派别名为"现在派",曾受美国"垮掉派"诗歌、法国"新新小说"以及英国"愤怒的青年"等西方文学思潮影响。除了扎加耶夫斯基,该派的代表诗人还包括后来蜚声国际诗坛的斯坦尼斯拉夫·巴朗恰卡和朱利安·科恩豪塞尔等人，其代表作则为扎加耶夫斯基和科恩豪塞尔合写的论文《未被呈现的世界》。在内容题材方面，他们指责当代诗歌和小说逃避现实、缺乏探索当代问题的热情和追求真理的勇气，主张恢复诗歌讲真话的权利，重提诗人独立思想的天职。在诗歌形式方面，扎加耶夫斯基主张诗歌不应讲究韵律，其形式应更接近散文——由此，扎加耶夫斯基"以一种诗学的反叛姿态登上诗歌历史舞台"，开始在波兰战后文人团体中崭露头角。❶

诚如扎加耶夫斯基本人所说，"我不是历史学家，可我希望文学能严肃地、有意识地担当编年史的职能。我不想学现代史学家的样子，他们大多是一些冷漠的家伙，缩在档案文献中皓首穷经，用一种丑陋、木然、官腔十足、诗性全无、没有人情味的语言——潮虫般乏味。"❷——与上述历史学家相反，他对待历史的态度既非冷若冰霜亦非超然物外，而是以一种同情的眼光审视历史中的人和事，力图通过叙述性的元素将历史感与抒情性结合起来，将真实的细节和鲜活的个体展现出来，并由此规避抒情诗常有的自我迷恋和情感放纵的缺陷。

《尝试赞美这残缺的世界》是扎加耶夫斯基最负盛名的一首诗。据扎加耶夫斯基本人日后在访谈中说，这首诗写于一九九九年或二〇〇〇年春天：

产生这首诗的想法的时候，我正一个人搭火车，很孤单，

---

❶ 参见张振辉：《20世纪波兰文学史》，青岛出版社，1998年，第224页。
❷ 转引自梅申友：《与时间的较量——评扎加耶夫斯基的诗集〈永恒之敌〉》，载《外国文学动态》2011年第3期。

思绪便开始漫游。突然之间,我就想起和父亲去一起爬山的情景,那年我大概十八岁。我父亲很喜欢爬山,但我没有这种爱好,于是常常被父亲拉去一起爬山。那一次,我们经过一个小村落,一个很奇怪的地方,村子里的居民都被驱逐出去了。这一地区五十来个村庄的居民都是乌克兰人。二战期间,他们中的一些人属于某个乌克兰国家地下反抗组织,曾经和纳粹合作,战后还曾袭击过波兰政府。之后,波兰政府采取措施,把这一地区的居民,无论其是否和那个极端组织有关系,一律驱逐出去。我们路过的这个村子,虽然废弃了,但仍能感到有人曾在这里生活过,果园虽没有人打理,但长得很茂盛,开着很多花,让我感受到一个损毁的世界。❶

"九一一事件"发生前,《纽约客》诗歌编辑爱丽丝·奎因已经拿到这首诗的手稿。事发当天清晨,她刚好在看诗稿,要从中遴选一首诗。灾难发生几个小时后,《纽约客》编辑部开会,决定发表一首诗来回应这次灾难。六天以后,《纽约客》在封底位置发表该诗。这是《纽约客》历史上首次(也是唯一一次)在封底发表诗作,这也使得扎加耶夫斯基的名字一夜之间在美国家喻户晓。无数悲伤的美国人捧读这首诗,原本绝望的心情立刻又充满了希望。在英美文学界,该诗也可谓是好评如潮,其中当属苏珊·桑塔格的评论最具代表性:"这里有痛苦,但平静总能不断地降临。这里有鄙视,但博爱的钟声迟早会敲响。这里也有绝望,但慰藉的到来同样势不可

---

❶ 转引自唐不遇:《扎加耶夫斯基访谈:寻找光明,但永远不忘记黑暗》,载《南都周刊》2014年第12期。

当。"——可见,"在灾难和希望、残缺和赞美之间的琴弦上行走",不仅构成了扎加耶夫斯基内在的诗歌张力,也是他诗歌经久不衰的艺术魅力之所在。

"诗歌仿佛建立在一条窄道上,"扎加耶夫斯基在另外一次访谈中说,"在这条窄道上,一边是可怕的、非人道的东西,另一边是友好的、鼓舞人心的、崭新的、欣喜若狂的东西。诗歌激励我们,让我们抖擞精神,恢复我们的童真,但与此同时也不允许我们忘记什么是困难和痛苦。"❶——扎加耶夫斯基同意记者(以及评论家)普遍的看法:他的诗让人想到圣像画,其中既不乏黑暗的阴影,同时也有闪现的光明,或神启的时刻。用他的"精神导师"米沃什的话说,即"历史和形而上的沉思在扎加耶夫斯基的诗中得以统一。"

众所周知,扎加耶夫斯基非常崇拜米沃什。据他本人坦言,在他年轻的时候,要读到米沃什的诗需要大费周折,获得的渠道只能是地下出版物或朋友私相授受,因为那时已经流亡欧美的米沃什是一位危险的政治"异见分子"——他的诗在波兰被禁止出版。在移居巴黎的第二年,也就是一九八三年,扎加耶夫斯基终于有机会结识仰慕已久的米沃什,两人一见如故,成为好友,经常晤面聊天。而他的诗风在这一阶段也开始发生重大变化:

> 我二三十岁的时候,已经写了很多诗,那时候的诗有点愤青,比较政治化,当时"新浪潮"诗歌的风格就是这样的,很多朋友也这样写。那时,我们这代诗人认为写诗的重要任务之

---

❶ 转引自余杨:《扎加耶夫斯基:尝试赞美这残缺的世界》,载于《文学报》2014年5月1日。

一，就是与当时的政治制度进行大辩论，我们生活在那个时期的社会制度里，感觉不幸福，还有书报检查等，自由度很少，不能完全表达自己的想法。后来，我们的大辩论起到了好的作用，社会发生了变化，同时随着年龄的增长，我们的观点和诗风也发生了变化，我希望诗更属于世界文化，而不是政治。我的诗开始带有更多的哲学思辨，融入了更多现代手法，变得更成熟。❶

由此，原本富于进攻性的"干预政治和社会生活的抒情诗，逐步演变成对政治和社会斗争保持一定情感距离的、讽刺的、观察世界的和具有形而上学色彩的抒情诗"❷——诗歌是文学而不是政治。阿多诺所谓奥斯维辛悲剧之后不应再写诗的观点，在扎加耶夫斯基看来过于片面——在面对世界的苦难和残酷时，诗歌自有其无可替代的功能。一方面，奥斯维辛存在于人们的记忆之中，成为民族文化遗产的一部分；另一方面，诗歌同时也有愉悦和游戏的成分，没有哪个奥斯维辛可以将它完全清除。因此，作为诗人，不仅应该铭记奥斯维辛的残酷，也不应忘却诗歌的游戏功能和欢乐时刻，并应当与读者分享这一种诗歌的体验。扎加耶夫斯基承认，当下许多诗歌（包括他本人的诗作）并"没有致力于寻求人类和世界的真理，而是局限于追寻自由，在世界的海滩上收集一些漂亮的小玩意、鹅卵石的贝壳"。然而，在他看来，这并不意味着诗歌的衰落。诗歌可

---

❶ James Gibbons, "Not Settled: An Interview with Adam Zagajewski", in *Hyperallergic*, April 15, 2017.

❷ 易丽君：《波兰战后文学史》，外语教学与研究出版社，2002年，第288页。

以描写平凡的事物,但诗歌的情感却不能平凡,它能让读者看到隐藏在远处的战栗和狂喜。这种追求精神崇高而又不忽略生活日常性的存在,被扎加耶夫斯基恰当地描述为苏格拉底"理性的狂迷"说——它定义了自由的不同概念。这也是扎加耶夫斯基对米沃什满心崇拜的根本原因。照他的说法,米沃什改写了安泰的神话:一个人同时接触大地和天空才会恢复力量。换言之,唯有理智与情感的完美结合,才能造就不朽的诗歌。

鉴于这个世界本质上的多样性和复杂性,扎加耶夫斯基认为诗人是在用自身的双重性向现实的真实结构致敬——白昼与黑夜,欲望与满足,清醒的理智与飞逝的幻觉,事实上所有诗歌都应该具备这种双重性。他在《赫贝特》一书序言中曾说:双重性是评判伟大诗人的重要标准。以赫贝特为例,在他的诗中,既有令人意乱情迷的瑰丽场景,又不乏日常家居的点滴白描,但读者切不可被他诗中出现的那些圆柱和拱门、宁芙和萨提尔等装饰所迷惑——他的诗歌蕴藏着二十世纪的苦难,容纳了一个非人时代的残酷,而且拥有一种超乎寻常的现实感。更重要的是,诗人没有因此丧失他的抒情或幽默,而这才是一个伟大艺术家深沉的秘密。熟悉扎加耶夫斯基风格的读者不难看出,与其说他是评述赫贝特,不如说是夫子自道。另外,像赫贝特一样,扎加耶夫斯基算不上非高产作家,而是习惯于字斟句酌——他在《轻描淡写》中不止一次说过,有时候在书桌前坐上半天,也写不了几行字。他在另一首诗中也曾说过:我写得很慢,仿佛我可以活两百年。

二

纵观扎加耶夫斯基的作品,有一条主线贯穿始终,那就是:以对不合理社会制度与秩序的反抗始,到与世界和上帝的和解终。事实上,这一条主线也体现了历史悠久、源远流长的波兰诗歌文化传统。历史地看,无论是文艺复兴时期的科哈诺夫斯基和巴洛克时期的萨尔别夫斯基,还是启蒙时期的克拉西茨基和浪漫主义时期的"一出娘胎就受着奴隶的煎熬,在襁褓中就被人钉上了锁链"一代人的代表密茨凯维奇,波兰诗人在欧洲文学史上皆深具影响力,很大程度上正是由于他们的反抗意识。❶ 二十世纪波兰著名文艺理论家维托尔德·贡布罗维奇在《反对诗歌》中批评诗歌的"甜蜜性",称诗歌是过度的文字、过度的隐喻、过度的崇高和过度的提纯。很显然,他反对的是脱离社会现实的所谓"纯诗"。在这一点上,扎加耶夫斯基与贡布罗维奇的看法高度一致。

不仅于此,除了继承古典的波兰诗学传统,扎加耶夫斯基还从当代两位大师——米沃什和赫贝特那里汲取了养分。从赫贝特那里,他学到"反讽"——一种对于世界审慎质疑而富于幽默的态度;从米沃什身上,他继承"希望"——后者倡导一种"希望的诗学",一种对于历史和存在的信心,它们来源于担当的勇气,来源于对真实的探索热情。作为诗人,扎加耶夫斯基既拥抱了米沃什的诗歌之火,又延续了赫贝特独具特质的"反讽"精神。这两种特质融汇在他晚期记述个人游历或怀旧的作品(如《轻描淡写》)中,形成鲜明的

---

❶ 参见谢莹莹:《诗歌:真正的历史书写——读扎加也夫斯基的诗》,载于《外国文学》2004年第4期。

创作特色，或可称为"个人历史化"的抒情。❶

本书开头第一句"我不会和盘托出。事实上也没什么大不了"，便从侧面揭示出本书所体现的自传体本质：既有所流露亦有所保留。从创作的角度看，这或许有过度解读之嫌，可扎加耶夫斯基本人的确一向长于进行自我反思。读者倘若阅读过他早期的散文集，特别是《两个城市》《另一种美》和《捍卫热情》等作品，再来读《轻描淡写》（波兰语版于2011年出版），就会发现这其中有一些似曾相识的话题，也会明白这就是扎加耶夫斯基作品恒久不变的主题：比如文化多样性，科学与人文，艺术与人生，等等。作者复杂的思想时刻处于"自我反省"和"自我纠缠"的状态，在几番斟酌审视之后（他往往信手拈取某一话题，稍加推演，随即任其发展，不久又将其重新捡拾加以审视），其思想观点由此便得以进一步升华提高，同时亦能给读者带来莫大的精神享受。

以扎加耶夫斯基对故乡利沃夫爱恨交织的复杂感情为例。众所周知，作为长期流亡海外的作家，扎基耶夫斯基作品中最重要的主题之一就是自己与故土家园的情感联系。读者不难从书中读出作者对故乡利沃夫永久的眷恋——家园丧失是扎加耶夫斯基一家心中沉重的伤痛，而扎加耶夫斯基作品中最广为流传的诗集《去利沃夫》便受到家人有关故乡种种传说的启发。身为作家的扎加耶夫斯基当然明白，这种传说能激发出怎样的情感完全因人而异，史实资料也仅能部分阐释个人的心理活动——比如他曾提及某次与友人共游利沃夫，期间自己对故乡传说产生强烈的认同感，而朋友所思所感却

---

❶ 参见李以亮：《亚当·扎加耶夫斯基：从利沃夫到克拉科夫》，载于《西部》2013年第1期。

与之迥然不同,以至他们的友情也因此出现裂痕。扎加耶夫斯基明白这些朋友无法对这种情感做到感同身受,正如普通读者无法体会到这种切肤之痛。毕竟无论从何种层面来说,又有多少读者经历过背井离乡的苦痛呢?因为:

> 我的家人生活在这里,在这里,他们幻想、谋划、满怀忧伤;在这里,他们恋爱、成家、死后安葬。对他们而言,利沃夫便是他们全部的世界。每次旅途之后,他们都会返回这里。这座山城,便是他们心目中的罗马。在这里,无论是满心忧惧还是无忧无虑,他们听凭岁月的年轮隆隆驶过:从短暂的阳春,到漫长的仲夏,再到飘雪的冬日——直到岁月在空气中消融、淡化、消失无踪。❶

因此,出于对故土的深切思念,扎加耶夫斯基在书中以大量的笔墨描绘了各种类型的迁徙,包括地域、社会经济、文化等多个层面,以此来为自己所经历的背井离乡找到合理定位,同时也有助于在读者群中引发更为广泛的共鸣。值得注意的是,在《轻描淡写》中,扎加耶夫斯基一再声称:"我不曾因此感到痛苦;我不算是移民,而只是旁观者,"毕竟无论如何"背井离乡都不是原封不动而全盘继承下来的遗产,它对我的影响或许仅仅是遗留下一丝痕迹"。这所谓的"遗留下一丝痕迹",其影响之深远几乎足以贯穿其所有文学创作之中。作为读者,理解扎加耶夫斯基这种气恨难平的"中间者"

---

❶ James Gibbons, "Not Settled: An Interview with Adam Zagajewski", in *Hyperallergic*, April 15, 2017.

身份至关重要。正如作者所言:"我既非流亡也未定居——要真正从一个环境移居到另一个环境还需经过几代人的时间。"——用哲学家的话说,即时时刻刻处于"悬置"状态。

如此一来,将扎加耶夫斯基称为背井离乡之人或许会稍显夸张。扎加耶夫斯基不惮将确切的历史事实(如德奥占领、纳粹集中营等)与难以名状的内心感受分隔开来,这种勇气与理性精神,无疑令人钦佩。但与此同时,正如扎加耶夫斯基在书中坦承的那样,他本人在流亡迁徙或"重置"过程中所承受的苦痛远不及他人。事实上,他往返于两城之间的生活模式颇为令人羡慕。不少作家如谢默斯·希尼等人都认为人若于两座迥然不同的城市之间往返,其生活将是何等丰富而充实!不过,扎加耶夫斯基的大部分想象仍以离弃的波兰故乡为背景。其原因或许可从他稍显浪漫色彩的论断中稍显端倪——"生活的悖论在于,人唯有失去后才能明白其意义"——对扎加耶夫斯基而言,可谓此心归处,永是吾乡。

"在格利维采,父母时不时地谈论故乡利沃夫,他们,以及和他们经历相似的受迫的移民,用绵长的回忆织造出一个失乐园一般的故乡神话。"扎加耶夫斯基曾以一种标准的诗人的敏感刻画那些利沃夫的老居民:他们将对乡土的眷念视为一种忠诚,并愿意与这一种忠诚相依相伴,直到将其带进坟墓。"经过战争和放逐后,他们紧紧抓住了老家剩下来的一切。"他们视自己为利沃夫记忆的捍卫者,能活多久,就捍卫它多久,捍卫关于这座城市的记忆,捍卫以它为背景的每一个故事。

然而扎加耶夫斯基本人却志不在此。他对利沃夫并无深切记忆,也不愿人云亦云加入父辈们的乡愁大合唱。只不过,由于父辈们倾心描绘故乡的美丽,他不由自主地对自己所居的城市——格利维采——产生强烈而持久的鄙视和轻蔑。他把自己看作"中间者"(即"第三类人"),或无家可归者。他游离于现实之外,不无愤激地说:"从现实里,我只不过获取一些生活的必需品而已。"同时,他也从不承认利沃夫是他真正的故乡,因为那个被父辈们神化的地方,已在波兰进入红色时代之后彻底变样。像前辈诗人米沃什或赫贝特一样,扎加耶夫斯基反躬自问:为什么我能写诗,我能在克拉科夫找到"此心安处"?——那是因为,我没有真正体验过背井离乡的痛苦啊!而那些利沃夫的"迁居客",他们根本无法"看向高处",无法抽离地、艺术化地书写,将刻骨的思乡之情平静地融汇于笔端。他们无力书写对于故乡的记忆,因为对他们来说,记忆是需要用一生去捍卫的东西,这样悲壮的事业容不下诗的轻盈——这也是扎加耶夫斯基始终如一的信念:艺术高于生活,但与此同时艺术也"扭曲"现实。

与扎加耶夫斯基同在休斯敦大学讲授创意性写作的作家但·莱芬伯格曾说过,扎加耶夫斯基相信自然的事实甚于观念——他总是"像谈论神秘之物那样谈论新洗的亚麻布或新鲜的草莓"。评论家桑塔格则盛赞扎加耶夫斯基的诗歌,是"对平静、同情、忍耐,对日常生活之宁静与勇气的赞美"。从这个意义上说,扎加耶夫斯基就如米沃什赞叹的那样,写下了"对时间之流的沉思"——他"回忆"历史的疼痛,试着从中找到某种人性的东西,并将历史转化为抒情,转化为一种悲剧性的愉悦时刻。

毋庸讳言,当今西方社会物欲横流,人们所面临最为严重的问题便是理想与信念的缺失。扎加耶夫斯基同许多作家、诗人一样,对这种精神层面上想象力的丧失表示哀悼，而这也是《轻描淡写》最为宏大的主题。他为西方世界里无处不在的反讽文化哀婉叹惜；他向"追寻信仰的同道中人"倾吐心声，他也同样尖锐地意识到这种坦诚必会招致戏谑和鄙夷，但同时他也更加坚信：现实世界不断发展变化，人们的物质生活日渐富足，而正是这种富足将鼓励社会中的每一个人追寻自己的信仰，并将有助于引导每一个人进入更高的精神境界。❶

三

就作品的艺术性而言，本书也沿袭了扎加耶夫斯基一贯的"碎片化"写作的风格。有鉴于此，阅读《轻描淡写》时，读者不应期望故事会按照时间顺序渐次展开。实际上，跟之前几部随笔集一样，本书可谓是扎加耶夫斯基对文体形式的又一次大胆探索。《轻描淡写》语言上平白质朴，难称美文（belles-lettres）；结构上松散零落，与正统的论说文相去甚远；甚至也难以归入题材上最为接近的自传体文学；而书中包含的趣闻轶事、感想哲思之类小品文，严格意义上说，亦难归于散文（Essay）一类。但从阅读体验的角度出发，上述"率尔操觚"的笔法往往令读者倍感亲切——每每开场引入某个话题，作者会采用对话体或设问句，比如"让我们回到这个问题上来"，"还是再来探讨一下这个问题"。如此这般，作者便能巧妙栖身于这一难以命名的文体形式之中。显然，扎加耶夫斯基写作技法相当纯熟，在运用这一自创的自由文体形式时很是怡然自得，

---

❶ See Magdalena Kay , " Slight Exaggeration", in *World Literature Today*, November-December 2018, pp.66-67.

而这很大程度上也是本书魅力之所在：结构看似散漫，然而闲庭信步之间，却始终以"宏大"主题为引导。老实说，当代文坛能有这样一位作者，如此坦率地与读者分享其所思所想，同时却又不以学术权威或绝对真理自居，于读者而言实在堪称一大幸事。

当然，选择这种日记体的"碎片化"写作，并非是作家的创举——书中提到的哲学家齐奥朗、西蒙娜·薇依等人（他们都是尼采的门徒）皆是这一体裁的行家里手。然而当代作家中，很少有人像扎加耶夫斯基一样，数十年如一日，坚定不移地与当下学术生活的体系化和条理化进行抗争——结果如同堂吉诃德挑战风车一般，当然无济于事。他在书中不止一次哀叹：这种僵化的思维模式和思想体系让人们失去了多少珍贵的东西。

> 尤其是在大学，意识形态、官僚体系、文牍主义这类东西大行其道。各式各样的马克思主义，还有心理分析、先锋派，结构主义——号称穷人的亚里士多德主义——以及层出不穷的以"后"开头的要命的理论，更不用说各种后现代的旁系子孙和衍生物——其中每一门派都有一位巴黎先知（而且更为巧合的是，他们无一例外都住在拉丁区，并在同一家咖啡馆会面）。❶

客观地说，其中有些理论，如精神分析，作为一种科学（也是艺术），可以让人获得慰藉，甚至治愈心理创伤，在生活中具有实际

---

❶ 亚当·扎加耶夫斯基：《轻描淡写》，杨靖译，北岳文艺出版社，2020年，第134页。引文出自本书者，后文仅标注页码，不再另注。

意义。但总体而言,几乎所有体系最终都是心灵的毒药,会败坏人的灵魂,因为体系会将人们变成奴隶,或降格为侏儒。用扎加耶夫斯基的话说,"所有的体系最终都是智性的毒药,是败坏精神生活的烂苹果。"唯其如此,扎加耶夫斯基奋力抗拒体系,坚持以"碎片化"的日记体的形式,灵活呈现他对于世界自由而深入的思考,尤其是关于世界"双重性"的思考。他在一次访谈中曾说:"我想我属于那样一个思想者家族,总是无望地纠缠于列奥·施特劳斯所谓的'在雅典和耶路撒冷之间'的冲突之中。而这一种'双重性'恰恰构成他艺术创作的一大特色。"❶

比如关于纪念莫扎特的感想。作曲家的纪念日与奥斯维辛解放日恰逢一天,然而市民到底应该全然沉浸在哀恸之中,还是应该从音乐中汲取力量,重新开启崭新的生活?

> 我不是开玩笑:一月二十七日这个日期实在太过严肃,每年的此日,我们都会面临严峻考验。我们该如何铭记奥斯维辛?不单单是牢记暴力恐怖,更要将它深深地融入我们的世界观和现实感——像哲学家和神学家宣称的那样——我们必须承认的人类历史被一分为二:奥斯维辛之后和奥斯维辛之前。同时,在一月二十七日这天,我们还应当抽出时间,以平静的心态,欣赏莫扎特美妙的音乐。(第275—276页)

相反,如果像某些人主张的那样,在这一天打破日常生活的平

---

❶ See Magdalena Kay, "Slight Exaggeration", in *World Literature Today*, November-December 2018, pp.66-67.

静,停止一切音乐欣赏及娱乐活动,肆意煽动和传播仇恨心理,在扎加耶夫斯基看来,则无异于:

> 砍掉我们生存的枝叶,号令它们停止生长,让"美"从这个世上消失——无异于用亚里士多德的"三段论"间接地向世人昭告:时至今日,那些集中营的策划者——那些纳粹党、希特勒、党卫军——取得了最后的胜利。他们成功地扼杀了人性,让我们沉湎于罪恶和仇恨——我们无意之中夸大了记忆的责任,这就是为什么身兼两职的这个特殊日期:一月二十七日,值得我们深刻反思——它包含着生活当中最为卑微又最为高尚的两种元素。由此看来,日历上出现的这种巧合洵非偶然:来自另外一个大洲或另一个星球的游客对此一定颇感茫然。严冬的日历既肃杀又严苛,但它职责严明——它责令我们去思考生存的意义,思考我们为何选择举步维艰、进退两难的双重生活。(第279页)

这种"双重性"在书中几乎无处不在,由此也构成本书的另一大特色——对比。如小城格利维采与扎科帕内的对比:前者是一座"人造的"工业化城市,以规范、秩序、整齐划一为其显著特点,而后者则是一座波兰南部小城,背倚塔特拉山,地形与地处平原的格利维采截然不同,建筑风格也十分独特。更为显著的区别是,前者是"工程师的摇篮",而后者则是艺术家的聚居地——扎科帕内的"塔特拉别墅"在欧洲极为知名,包括波兰现代派艺术大师维特凯维奇在内的许多波兰名人都曾在这里居住(其中的阿特马别墅是肖邦之后波兰最伟大的作曲家希曼诺夫斯基故居),并曾经吸引作家显克微支、作曲家卡托维茨和钢琴家帕德雷夫斯基等名流到访(城中地标圣家堂则曾是教宗圣若望·保禄二世到访之地)。

除此而外,书里还有更多关于自我与他者、青年与老年、历史与现状等鲜明对比的思考。作者对于自己那些长辈(思想执拗的亲戚和性情古怪的教授)的回忆,刻画得尤其哀婉动人——不仅描摹出作者本人年轻时代意气风发的形象,更体现出他对于那些长者充满温情的敬意和怀念。书中关于扎加耶夫斯基在学生时代参与文学和政治活动的生动回忆,既有热情洋溢的讴歌,又不乏客观冷静的思考,使得本书与时下出于自恋目的、内容上难掩轻率的多数自传写作相去甚远。值得注意的是,作者选取素材的角度也颇为独特:看似漫不经心的讲述,其实饱含作者的良苦用心——他选择"只讲述那些富于洞察力或启示的故事",犹如惊鸿之一瞥,使得叙事本身兼具密度和粒度❶,令人印象深刻。当然,这种叙事方式本身也具有道德启示的意义:一个人谈论自己时,应该如何避免自鸣得意。正如扎加耶夫斯基在书中反复申言的:生活,不应该是一所教人冷酷无情的学校,而应当是实施"同情教育"的场所。

西蒙娜·薇依在名作《重负与神恩》(*Gravity and Grace*)中曾经断言:艺术不能,也从来不该脱离重力和引力,脱离世间的一切的痛苦和丑恶——艺术家必须明白,只有意识到自身的束缚和局限,才能真正追求明晰而完美的表达——这也可作为狂喜的另一个定义:狂喜意味着摆脱一切痛苦、丑恶与苦难,而专注于美。对扎加耶夫

---

❶ 粒度(granularity)一词,是扎加耶夫斯基评判文学作品的重要标准一。

斯基而言，正如他再三宣称的：纯粹狂喜的艺术品却只能令人不快，或漠然置之。"准确地来说，轻重明暗，痛苦与狂喜无尽的争斗，乃是艺术的根本。"这是尼采在《悲剧的诞生》中念兹在兹的"艺术拯救人生"的学说，但也许的确反映了生活与艺术二者关系的本质。

总体而言，无论从思想性或是艺术性方面看，《轻描淡写》一书皆达到很高的水准——用《哈佛评论》书评家克雷斯（Leonard Kress）的话说，通过对日常生活与文学艺术关系的思考，本书"致力于描绘一种非理性却饱含情感与人性的思维方式，这一方式会欣然接纳那些需经内心共鸣而非理性思辨才能触摸到的情感。它的存在，既暴露出理性思辨的局限性，也证明了人类情感纠缠可能达到的深度"——可见，本书的确无愧于扎加耶夫斯基作为"欧洲一流思想家"的美誉。❶

当然，如果一定要对本书吹毛求疵，也可以列出以下可供商榷之处：首先，作者的叙事浑然一体流畅连贯，但也有个别重复拖沓甚至前后矛盾之处，比如叙述阿尼娅姑姑身世，涉及她早年是否参加钢琴比赛并曾获奖，当事人的说法前后不一。其次，文中有若干自引及他引诗句，质量上乘，但个别表达（或许是经过英文翻译的缘故）稍显平庸，如作家极为推崇的赫贝特名篇《罗维戈》结句："这就是我对你的思念罗维戈/我的罗维戈"（第257页）——不论是在英文还是在中文里，这样的表达都显得过于直白浅露，与扎加耶夫斯基嘲讽的"刻奇"派诗作"我心爱的城市，我多么渴望拥有你！"（第39页）之类如出一辙，难称佳构。另外，穿插在叙事中几

---

❶ See Leonard Kress, " Slight Exaggeration", in *Harvard Review Online*, May 19, 2017.

处有关教堂雨燕和黑鹂鸟的描绘离题太远，属于典型的"感情误置"，在上下文中难免有滥情之嫌。再则，还有一些史料考订方面的问题，如文中探讨德国大文豪托马斯·曼名著《威尼斯之死》（又名《魂断威尼斯》）中的主人公原型，提及新近一部有关于此的传记——声称"这本书的作者是来自美国纽约的作家杰尔伯特·阿代尔（Gilbert Adair）"——事实上，该书作者是一九四四年出生于爱丁堡的英国传记作家。❶

值得一提的还有本书的译名——轻描淡写。英文"Slight Exaggeration"本义"稍带夸张"，在文中出自作者之父、工程师老扎加耶夫斯基之口。当时记者询问这位老工程师如何评价其子的文学创作，他以此作答——意指未经流亡迁徙之痛的作家扎加耶夫斯基很难传达老一辈"重置者"的切肤之痛。扎加耶夫斯基一开始不太认同这一看法，后来才慢慢体味到：

> 轻描淡写——真的是诗歌的上佳定义。在晨雾弥漫的日子，在清澈寒冷的早餐，诗歌的这一精彩定义错误地预示着和煦的艳阳。这是轻描淡写，除非我们能领会其中的深意——那时它才表达出真理；但当我们再次离开它——因为诗歌不可能成为永久的家园——它又变回为轻描淡写。（第230页）

由于本书内容包罗万象，思想博大精深，因此任何一种译序导读都难免挂一漏万——在本文结束之际，请允许译者摘引本书结尾

---

❶ 详见杨靖：《〈魂断威尼斯〉人物原型考》，载《文艺报》2019年12月11日。

伦勃朗画作（一幅无名肖像画）述评一段，读者诸君庶几可"窥一斑而见全豹"：

> 忽然之间我联想到这珍珠绝非简单的装饰之物（他的胸前还别着一枚胸针）。珍珠闪闪发亮，散发出迷人的光彩。珍珠不是画作中主要的光源，光源（我们推测）一定来自左方。但珍珠确实在闪光，随着时间推移——当你在这幅画前伫立良久——你会更多体悟到珍珠的含义。在这幅哀伤而悲怆的画面中，珍珠与众不同。珍珠闪闪发光。他的面部是哑光，老人沐浴在灿烂的光影之中——他的灵魂在珍珠中得以保存——灵魂最终也转化为闪亮的珍珠。当我理解了这一切，这幅画作也仿佛一瞬间获得新生，或永生。而闪亮的珍珠中寓含的灵魂又会在他的脸上、在他的心上留下什么样的痕迹？这些或许并不重要，重要的是，这一种光亮从未离他而去。或许在并不遥远的未来，它还会返回原来的家里。"（第323—324页）

"这一种光亮"，在扎加耶夫斯看来，就是评判伦勃朗杰作、米沃什"好诗"以及所有艺术品的最高标准，也是他本人"希望诗学"的精髓——在此，也祝愿本书的每一位读者，一生都能拥有"从未离他而去"的那一道光。

是为序。

杨　靖

2020年1月4日于南京仙鹤山庄依山苑

我不会和盘托出。事实上也没什么大不了。况且我具有东欧人一贯的审慎做派：我们不讨论离婚，我们不承认压抑。从窗外看去，这是一个灰蒙蒙的异常温暖的冬日，生活平静如水。有几场音乐会。一位极具天赋的青年歌唱家在律师俱乐部（Lawyers' Club）演出。昨天我们去聆听了一场美妙无比的肖斯塔科维奇❶作品音乐会——会上他们还演奏了肖氏传记作者克日什托夫·迈耶❷向大师致敬的弦乐四重奏《余音遗响》(Au-delà d'une absence)。期间我平生第一次听到另外一段曲子，是小提琴、钢琴和女高音构成的声乐器乐组曲，作品第二十七号，为亚历山大·勃洛克❸的七首诗而作。曲子由音乐学院的学生演奏：技法娴熟，充满激情。最后的声乐器乐组曲，更给M和我留下了难以磨灭的印象。音乐会为纪念肖斯塔科维奇一百周

---

❶ 肖斯塔科维奇(Shostakovich, 1906—1975)，苏联最重要的作曲家之一。——译注
❷ 克日什托夫·迈耶(Krzysztof Meyer, 1943—)，波兰近代著名作曲家。——译注
❸ 亚历山大·勃洛克(Alexander Blok, 1880—1921)，俄国19世纪末20世纪初著名诗人。——译注

年诞辰而举办，舞台设计别出心裁：学生们点起蜡烛，尽量不用聚光灯——由此取得了惊人的效果。你可以感受到年轻的歌手们在倾情表演，而年轻的音乐家们则在欢快的演奏中融入全部的灵魂。

* * *

每次走在克拉科夫❶大街上，我都能感到快乐。每一个季节，每一天的每个时刻，我都会为广场的庄严静穆感到肃然起敬；这里的建筑物并不讲究对称：高耸的意大利服装城与凝重的哥特式❷玛利亚天主教堂并肩矗立，像巨大的建筑群。

* * *

我在《诗刊》（*Poetry*）杂志读到戈特弗里德·贝恩❸。波兰的《世界文学》（*World Literature*）刚刚出版一本厚重的诗歌、书信和随笔专辑，献给贝恩和布莱希特❹。他们都死于1956年，死亡的铁律在他们去世五十年后将他们联结在一起——除此之外，两位诗人再无

---

❶ 克拉科夫（Krakow），波兰的故都，现为波兰第三大城市。——译注
❷ 哥特式（Gothic）是中世纪时期的艺术风格，主要应用于建筑，也广泛应用于文学艺术。——译注
❸ 戈特弗里德·贝恩（Gottfried Benn，1886—1956），德国作家，表现主义文学代表人物。——译注
❹ 贝托尔特·布莱希特（Bertolt Brecht，1898—1956），德国著名戏剧家、诗人。——译注

任何共同之处。贝恩很早便对将马克思主义理论用于文学批评的做法嗤之以鼻。这一立场使得他在希特勒掌权之前就被柏林左翼文学圈所排斥。在教条主义的人性论倡导者中，他是不折不扣的唯美派。我时常把玩贝恩的诗篇，每次都会受到触动（如"我们眼前的耶拿在秀丽的山谷中"）；读他的一些随笔，以及他写给不莱梅（Bremen）商人厄尔策（Oelze）的全部书信，也会受到触动。这些书信都是即兴创作，偶尔语带讥讽，却不断让人感受到诗意在流淌。作为一名才华过人的小资产阶级文人，贝恩像手工艺人一样生活简朴（尽管他还是一名医生，一名皮肤科医生，但他收入微薄）。他竭力讴歌厄尔策，抬高他的社会阶层，甚至将他理想化——因为如此一来，他可以为自己的思想观念、艺术创新和离经叛道找到一个听众。

* * *

我一直在阅读卡尔·科里诺（Karl Corino）厚厚的传记，《罗伯特·穆齐尔❶传》。诗人里尔克❷去世时，穆齐尔写下了优美的演讲词——他很早便意识到诗人的伟大之处。我还找到一九三五年七月穆齐尔在巴黎发表的一则亦庄亦谐的谈话，是他在"捍卫文化"集会上的演讲。他根本不知道，集会是共产主义者发起的，因此只有希特勒的暴政理应受到抨击；苏维埃政权则不在此列。但穆齐尔却为艺术家的创作个性做辩护，并对欧洲各国出现的集体主义势头忧心

---

❶ 罗伯特·穆齐尔（Robert Musil, 1880—1942），奥地利著名作家。——译注
❷ 里尔克（Rilke, 1875—1926），奥地利诗人，20世纪最伟大的德语诗人。——译注

忡忡。他也坚持认为，文化与政治之间不存在必然联系；文化之存续取决于某种微妙的、含蓄的、不可逆料的因素。因此，任何，哪怕是完美的政治体系也不可能自发地产生出伟大的艺术品。出席那场著名集会的观众当中，有些对他的演讲大为不满，他们期待诗人发出带有宣传性质的声明，而不是客观性的反思。科里诺也详细描述了穆齐尔的贫困：三十多岁时，由于担心他和妻子的生计难以着落，一度曾想自杀。他遭到纳粹和共产党的两面夹击——他的名著《没有个性的人》(The Man without Qualities)，标题便使得上述两派大为恼火——因为他们都致力于打造独具特性的"新人"。对运动两派而言，穆齐尔代表了"没落的资产阶级"（当然，资产阶级当时并未没落——或者有可能没落之后又复苏过来）。穆齐尔晚年被流放到瑞士，在那里他贫困孤独，生活也更加节俭。托马斯·曼❶对他而言，意义非凡；他对曼这位伟大作家的态度——用德国人的话说，是又爱又恨。曼总能逢凶化吉，连放逐也算不上灾难。与穆齐尔相识的人曾这样描绘，谈话中只要一提及曼，穆齐尔便会产生神经性痉挛。穆齐尔对《魔山》(The Magic Mountain)的完美描述是：这部小说酷似"鲨鱼肚"——言下之意，指曼的这部杰作包含着与欧洲思想体系及意识形态相关的难以消化的成分。而他本人的《没有个性的人》则遵循全然不同的另外一个原则，所有关于欧洲政治现实和哲理现实的部分都被弱化，带有某种神秘色彩，欲说还休。穆齐尔对"或然性"极度着迷——在某种条件下，某事的发生是大概率事件。那么问题是，从这个意义上看，曼将厚厚的生活素材填充进《魔山》，无疑乃明智之举。

---

❶ 托马斯·曼(Thomas Mann, 1875—1955)，德国小说家和散文家，1929年获得诺贝尔文学奖。——译注

* * *

在波兰，圣诞节是最富于家庭氛围的节日，尤其是圣诞前夜，举家欢乐。房屋和公寓都成为自我中心的小家之爱的坚强堡垒。孤独之人如果没有受到邀请会备感落寞……你可别指望饭店，肯定都关门。今年的圣诞前夜刚好是周日；一早，街上便冷冷清清。周四、周五两天，我看到许多学生背着大包小包奔向火车站；克拉科夫变成一座空城。到晚上七点，则成为一座鬼城。白天（有时甚至夜晚）熙熙攘攘的大街，此刻一团漆黑，像战后的废墟，目不忍睹。M和我在大街上散步，但那种古怪的静默与无边的虚空却始终挥之不去。大大小小的沿街饭馆全部关闭，乌灯黑火。只有广场的开阔地带还有一家小店，等待又饥又渴的顾客光顾。在这座临时搭建的小木屋，有三位厨师正在忙碌，一个炒香肠，一个切菜，一个热菜。这座明亮而温暖的木屋吸引了所有的游客——他们不明白为什么一向友好的店铺忽然全部关张，不明白教堂为什么会关门（教堂大门只有在午夜弥撒时才会重启）。他们想不到的是，教士们也要陪同家人——他们的圣诞晚餐通常包括至少十二道菜点，佐以罗宋汤。日本、意大利、法国和美国游客排队购买烤肠套餐。我们在活动桌旁小坐片刻，感觉非常温暖。身边游客塑料托盘中的烤肉散发出诱人的香味，琥珀色的芥末滴落在托盘中，令人垂涎。灯光明亮的小木屋仿佛《圣经》中的耶稣降生的伯利恒（Bethlehem）。我告诉M，我能想象出表现这种神圣场景的一部戏剧。静默的城市与游客的喧嚣。那么动笔写吧。

但是我不能。

* * *

最近几周我也写不出诗歌。这样的状况出现不止一次。任何努力都无济于事。因为没有什么值得去写。卡罗尔·伯杰[1]发现维克多·雨果[2]对此有过评述——我们在巴黎十六大街散步时,他说起了他的这一发现。有人问他"写诗有多难",他回答说:"当你有感而发时,很简单;当你无话可说时,则很难。"

* * *

秋日温暖而悠长,我时常漫步走过博古斯拉夫斯基(Boguslawski)大街。它的右边是圣塞巴斯蒂安(St. Sebastian)大街,由此穿过一条小路,便可以将你从天主教城市中心带至卡其米日(Kazimierz)犹太人居住区。首先,你要经过一座高墙掩映的修道院花园。然后穿过迪特尔(Dietl)大街,那里的维斯瓦河(Vistula)支流像护城河一般将卡其米日犹太人居住区与克拉科夫城分割开来——宛若

---

[1] 卡罗尔·伯杰(Karol Berger, 1947—),美国当代音乐学家。——译注
[2] 维克多·雨果(Victor Hugo, 1802—1885),法国作家,19世纪前期浪漫主义文学的代表作家。——译注

两个不同的世界。我通常会经过切斯瓦夫·米沃什❶居住过一段时间的橘黄色建筑。建筑上有铭牌。米沃什住在那里时，还没悬挂铭牌。和他一起生活的还有他的妻子卡罗尔（Carol），她时常在庭院的花床照料花草。他们购买邻人地产时，公寓曾经扩建。米沃什去世后，作为地产的一部分，公寓的二楼又拆分成两部分；博古斯拉夫斯基大街如今空空如也。一颗伟大的心灵、一个特立独行的人曾在那里生活，他从不肯流俗，(谁说我们必须要随俗？)他试图将他所处时代的历史事件和观念全部融入他的写作。他也是我们所知的唯一一位对哈利·波特系列进行研究的严肃学者。这有什么意义？他说是为了研究儿童读物，为什么会吸引儿童，它如何描述当今变化的世界？他坦承《哈利·波特》(Harry Potter)的文学成就挺不错，他用浑厚的男中音说。相比于罗伯特·穆齐尔，他更像托马斯·曼：只有现实存在才能打动他，而不是什么或然性。他当然也具有神秘主义倾向，但这种神秘主义往往以丰厚的现实为基础。在长诗中，他像条鲨鱼，拼命地阅读，吞噬一切神学和哲学知识，以及诗歌和历史。当我与大西洋两岸的年轻诗人晤面时，我常常对此若有所思，年轻诗人往往只对诗歌刊物上的最新潮流感兴趣。其实诗歌应该以千百种形态对我们生活的世界的状态做出回应——除了哲学论文和交响乐，我们也应关注春风荡漾的四月天以及在公园长椅上独坐的失业男子的愁苦和悲戚。

---

❶ 切斯瓦夫·米沃什(Czeslaw Milosz, 1911—2004)，波兰当代最伟大的诗人和翻译家，1980年获诺贝尔文学奖。——译注

* * *

十一月的某个夜晚,去克拉科夫日本文化中心芒加聆听斯坦尼斯瓦夫·巴兰恰克❶的诗歌朗诵会。人潮拥挤,主要是学生,你必须提前半小时到才能保证找到一个座位。朗诵会由"a5出版社"举办,理夏德·克利尼茨基❷邀请了一大帮克拉科夫诗人,每人从最新出版的巴兰恰克《诗选》(*Selected Poems*)中选取一首朗读。维斯瓦娃·辛波丝卡❸有幸朗读巴兰恰克最喜爱的那首诗《她在夜晚哭泣》(*She Cried at Night*)。我选择了诗集《冬日旅途》(*Winter's Journey*)中的一首诗,这是根据弗朗茨·舒伯特❹《冬之旅》(*Winterreise*)改编的。原作者威廉·穆勒❺是不太知名的浪漫派诗人,倘若不是配上舒伯特曼妙的乐曲,该诗一定早已湮没无闻。躁动、急促的音乐仿佛命运疾速向前。它的节奏高亢雄浑,与北欧冬天的肃杀之气恰成对比。寒霜凛冽,白雪皑皑,减缓了生命的律动;烟窗上噼啪作响的烟火,缓缓上升,向乌云沉沉的天空弥漫。巴兰恰克的诗行既富于原创又适合音乐的节奏。单独来看,也许它们并不像《她在夜晚哭泣》那样出色。但整体来看,却营造出一种哀怨悲伤如梦如幻的氛

---

❶ 斯坦尼斯瓦夫·巴兰恰克(Stanislaw Baranczak,1946—2014),波兰当代著名诗人、翻译家和文学批评家。——译注

❷ 理夏德·克利尼茨基(Ryszard Krynicki,1943—),波兰当代诗人、翻译家。——译注

❸ 维斯瓦娃·辛波丝卡(Wislawa Szymborska,1923—2012),波兰女作家、诗人、翻译家。——译注

❹ 弗朗茨·舒伯特(Franz Schubert,1797—1828),奥地利作曲家,早期浪漫主义音乐的代表人物。——译注

❺ 威廉·穆勒(Wilhelm Muller,1794—1827),德国诗人。——译注

围,其主题具有现代性(诗中有飞机,也有都市街道),还有确实无疑的象征主义,令人难以忘怀。斯坦尼斯瓦夫长期忍受病痛折磨,日后再也无法离开波士顿。他在那里生活了二十五年。

* * *

今天早晨收到费伯出版社❶寄送的礼品——特德·休斯❷《译作选》(*Selected Translations*),是编辑丹尼尔·魏斯伯特(Daniel Weissbort)寄来的——好多年前,一个初春时节,丹尼尔·魏斯伯特曾开车送我去艾奥瓦(Iowa)机场。一早我开始阅读休斯翻译的耶胡达·阿米亥❸。阿米亥的诗歌意蕴深沉,似乎每一行都有寓意。诗歌涉及两种相反的文本"聚合":精心织造的诗歌——比如圣-琼·佩斯(Saint-John Perse)的诗,诗句自始至终紧紧围绕着一个看不见的中心——以及直陈式诗歌。阿米亥像赫贝特❹一样,是第二种类型的代表人物。这两位伟大的诗人同样出生于一九二四年,但也同样不愿追随圣-琼·佩斯创作恢宏的史诗。两位诗人的共同之处在于受到他们崇信的经典影响,他们的诗歌想象力专注于战争和爱情(阿米亥更重爱情)。阿米亥阅读希伯来《圣经》,赫贝特则是希腊文《圣经》,

---

❶ 费伯出版社(Faber),英国著名出版社,曾出版多部高品位文学作品,对20世纪英国诗歌发展影响深远。——译注

❷ 特德·休斯(Ted Hughes,1930—1998),英国20世纪著名诗人。——译注

❸ 耶胡达·阿米亥(Yehuda Amichai,1924—2000),以色列诗人。——译注

❹ 赫贝特(Herbert,1924—1998),全名兹比格涅夫·赫贝特(Zbigniew Herbert),波兰诗人。——译注

二人心有灵犀，惺惺相惜。我只见过阿米亥一面，好像是在一九八三年度鹿特丹的诗歌节上。在酒店吃早餐时他告诉我，他对一九二四年出生的诗人和艺术家尤为关注。由此我忽然意识到吾生也晚（当然现在我并不这样认为）。

* * *

整理旧文档时（其实我应该勤加整理），我发现当地报纸上的一份剪报——是一位年轻评论家写的——关于我写的一本书的书评，题为"前浪"（Old Wave）。典型的无的放矢，隔靴搔痒——总有一天我们都会死在沙滩上，年轻评论家也不例外。

* * *

我正在阅读格肖姆·肖勒姆❶的随笔集，是他的一些学术争鸣和人物素描——罗森茨魏希❷的素描，与布伯❸的争论，等等。像以往一样，读到任何一位睿智的作者用心写作的文字，一种虔诚景仰之情油然而生。

---

❶ 格肖姆·肖勒姆（Gerschom Scholem，1897—1982），出生于德国的以色列哲学家和历史学家。——译注
❷ 罗森茨魏希（Rosenzweig，1886—1929），德国著名犹太思想家、哲学家。——译注
❸ 布伯（Buber，1878—1965），奥地利哲学家、翻译家、教育家。——译注

* * *

齐奥朗❶在他的杰作中以普鲁斯特❷笔法描绘音乐的作用。这是该书的一大主题，主人公的个人冒险经历由此穿插展开。它将当下事件与过去相关联——但是这一手法并未展现出"全然不同的东西"。这一观点值得玩味。谁会如此断言？齐奥朗以其炫目的格言警句竭力证明：这"全然不同的东西"根本不存在。但只要听上巴赫❸一曲清唱剧或受难曲，想必他立刻会改变观点。

* * *

诗歌犹如人脸——你可以将人脸进行描摹、度量和分类，但它同时也能唤起同情。对此你可以加以留意或刻意忽略，但无论如何你无法度量它的深度，正如你无法用尺子度量火焰的高度。

---

❶ 塔米尔·齐奥朗（Emil Cioran，1911—1995），法籍罗马尼亚文学家、哲学家。——译注

❷ 马塞尔·普鲁斯特（Marcel Proust，1871—1922），法国小说家，意识流文学大师。——译注

❸ 巴赫（Bach，1685—1750），德国巴洛克时期的著名作曲家，被尊称为"西方近代音乐之父"。——译注

＊　＊　＊

　　学生和我一道阅读赖卡·莱塞（Rika Lesser）翻译的瑞典诗人戈兰·松内维❶的诗歌——读的是手稿，因为这部杰作至今找不到一位出版者。这是精彩绝伦的诗作——充满哲理，将个人的体验与对现象和生物的观察结合在一起——宛如天籁。我的柏林朋友、德国作家哈特穆特·朗格❷，也曾说过至美的音乐近乎上帝，尤其是马勒（Mahler）的《大地之歌》（Song of the Earth）。尽管我喜欢音乐，也特别喜欢马勒的《大地之歌》，但我还是与他发生争辩。我争辩说我无法将音乐等同于上帝……诗人们越来越喜欢流行音乐，比如爵士乐，但这并不代表他们具有某种神秘倾向——我认为爵士乐并不能将人引向偶像崇拜（Idolatry）。

　　＊　＊　＊

　　神学家除外，我可能是为数不多的一位作家，时不时会提起"精神生活"的概念。在当代，人们或许更习惯于用"想象力"一词。这是一个神奇的字眼，充满韵味，但并非包罗万象。但也有人因此对我满怀狐疑：视我为反动派，或至少是极右翼分子。对此我也不加辩解。进步派人士对我指手画脚，鄙夷不屑；保守派人士则

---

❶ 戈兰·松内维（Göran Sonnevi, 1939— ），瑞典诗人、翻译家。——译注
❷ 哈特穆特·朗格（Hartmut Lange, 1937— ），德国当代戏剧制作人、小说家。——译注

茫然不解。比我年轻一辈的诗人同我一刀两断。只有一位身在巴塞罗那的西班牙人对我说，我的文章预示着充满反讽意味的后现代主义也终有一日会湮没无闻。但人类精神以及精神生活呢？要是我能给出准确定义，那该多好！罗伯特·穆齐尔曾说，精神是智力与情感的合成物。这是上佳的定义，带有极简主义的风格；或许，正如神学家所言，以文学或诗歌定义"什么不是精神"，或许更容易一些。这种方法既不是精神分析、行为主义，也不是社会学或者政治学，而是综合法。像宇航员的头盔，它折射出地球、星辰和人脸。

* * *

一月初在巴黎逗留数日。突然浮现出一种奇怪的感觉：我在此地生活了二十年，直至二〇〇二年离开，但每次回来，不过半小时，一切便恢复如常，仿佛我从未离开过。我从奥利（Orly）乘坐大巴，眼前出现一堵高墙：墙内是丑陋的现代公寓楼，然后是巴黎郊区的低矮房屋，接下来是奥尔良（Orleans）港口，途经勒克莱尔（Leclerc）将军大道一座空空荡荡的体育馆，转入曼恩（Maine）大道，沿着西班牙建筑师里卡多·博菲尔（Ricardo Bofill）设计的巴塞罗那广场——乱糟糟的，符合社会主义现实主义传统——最后来到荣军院（Invalides）。大巴车紧挨着奥赛码头停靠，即紧靠着外交部——行人只能看到延伸到塞纳河（Seine）的巨大建筑。二十世纪三十年代，外交部秘书长（general secretary）是亚历克西·莱热，诗歌读者知道他是《远征记》（*Anabasis*）的作者圣-琼·佩斯❶。但很少有人了解亚历克西·莱热或许是他那个时代唯一一位真诚探讨政治策略的诗人——怪物利奥波德·桑戈尔❷除外——后者数十年后成为塞内加尔总统。事实上，担任外交官的诗人不在少数，但外交官通常并不拥有实权。莱热不在此列，他已触及权力的核心，他担任法国内阁非选举职位中的最高官职。看起来诗人作为人世间统治者的美梦已成真——或许由此我们将影响人类历史的进程。但那又怎样？结果，莱热（我们必须将他的两个名字截然分开：政治人物和诗人）在战争期间受命出使华盛顿。研究法国外交的历史学家对他评价不高，因为他主张对希特勒政权实行怀柔政策，并且也是臭名昭著的一九三八年"慕尼黑协定"的主谋之一；他显然未能认清威胁西方安全的政权的本质。这是理想的诗人与现实世界的碰撞，结果未免令人失望……我们还需要朝着这一方向继续努力吗？将来还要再派遣使节去华盛顿吗？或许不必。

＊　＊　＊

仍在巴黎逗留，一月的天气温暖而潮湿。在地铁上，许多乘客捧读厚厚的小说，甚至在人头攒动的高峰期也不例外。巴黎，说到

---

❶ 圣-琼·佩斯（Saint-John Perse），本名亚力克西·莱热（Alexis Leger，1887—1975），法国诗人，外交官。——译注
❷ 利奥波德·桑戈尔（Leopold Senghor，1906—2001），塞内加尔诗人、政治家、文化理论家，塞内加尔首任总统。——译注

底，是小说之都。阅读和写作小说是这座城市的重要营生。地铁广告公司赞助商和城际铁路公司每个月都需要大量读物。出版社对此也心知肚明：他们通过不间断地炮制读物来满足市场需求。大型书店，如知名品牌"福纳克（Fnac）"连锁店，会为某些小说家设立专区：中央是作家本人的大幅照片，四周则堆放着此人的小说……正如普鲁斯特笔下的贝戈特（Bergotte）去世后的巴黎书店：普鲁斯特将这位虚拟小说家贝戈特的作品比作带翼的天使，时刻凝望着这位小说家的心灵。在普鲁斯特笔下，这是极为罕见而奇妙的瞬间——但在商业气息浓郁的"福纳克"连锁店，却是司空见惯。这些专为地铁乘客和城际列车通勤客写作的小说很快会被人遗忘。新书不断涌现。很少有人会读第二遍。在塞纳河沿岸的书摊上，二十世纪五十年代或八十年代的廉价小说堆积如山，它们也曾风光一时，现在却沦为苍茫天空下僵硬而潮湿的弃物——它们的命运并不比废弃的钟楼更好。相反，诗作以及诗人在巴黎的遭遇，则另当别论。确实，在巴黎地铁上，偶尔你也能碰上印有几首短诗的招贴画——像纽约地铁一样，但却无人问津；他们大多埋首于厚厚的小说（有一次在德国，我提出小说更容易被遗忘的理论，遭到邻桌的嘘声："这是一位文化悲观主义者！"）。

* * *

我们前往巴黎主要是为庆贺画家米克尔·巴塞罗❶五十岁生日,他的出生地是马略卡岛(Mallorca)海滨。人们最早将他误作巴塞罗那人(Barcelona),在他取得成功后,才将他与巴黎联系在一起;当然他的名字也和非洲紧密相连。他经常待在马里(Mali),创作水彩、油画、雕塑。他从马里通常会满载而归,行囊里尽是水彩画。巴塞罗属于那种无法停止工作的艺术家——他的工作与游戏确实也很难截然分开,无论是塑形、开凿还是绘画。他的创作激情体现在他意图再现世界——你从他的水彩和油画中,从他这个人身上可以看到一种童趣,这一种童趣表现出世界的存在。他是一位感受力独特的艺术家。他的一些作品,尤其是外形极为简单的作品,如动物和植物,或地中海斑斓的水底世界(他本人擅长潜水),无不呈现出一股清新之气——宛若恋人的初见:无论是一株阿拉伯胶树、一只狗、一头驴,还是一条章鱼或一只海鲂。或许是我们的时代精神(假如它确乎存在)通过巴塞罗——以及其他一些人——来偿还各种超理性的抽象艺术欠下的债务:抽象艺术目前已变得让人难以忍受。马略卡的帕尔马(Palma)天主教堂是他的杰作——借助于巴洛克❷风格的陶瓷,他以明艳的笔触勾勒出大块的烤面包和鱼,栩栩如生。这是值得讴歌的真实存在,生活由此取得完满的形态——甚至超越了这种完满,因为画布上的那些鱼啊,面包啊,以及各种生物无不呼之欲出,

---

❶ 米克尔·巴塞罗(Miquel Barcelo,1957—),西班牙当代艺术家。——译注
❷ 巴洛克(baroque),17世纪风行于欧洲的一种艺术风格,它摒弃了古典主义造型艺术上的刚劲、挺拔、肃穆、古板的遗风,追求宏伟、生动、热情、奔放的艺术效果。——译注

它们已处于成熟与过度成熟的临界点。米克尔·巴塞罗是热忱的诗歌读者,我们走到一起,因为他读到马亚·沃德卡(Maja Wodecka)翻译我的诗作,然后我们通过拉斐尔·亚布隆卡(Rafael Jablonka)相识,后者在科隆(Cologne)拥有一间画廊。

* * *

我正在阅读切斯瓦夫·米沃什《最后的诗篇》(*Final Poems*),在他去世两年后由泽纳克(Znak)出版社出版。时至今日,在这个小肚鸡肠并酷爱争论的国度,米沃什从不缺少对手。他的文学声望和地位确保他不至于沦为民主政体下的庸常之人。他的反对者声称,诗人晚年已江郎才尽。但只要读上几行《俄尔甫斯和欧律狄刻》(*Orpheus and Eurydice*),就能明白他的批评者错误何在:

> 他歌唱亮丽的清晨和荡漾的碧波
> 他歌唱玫瑰色的拂晓和氤氲的水气
> 歌唱朱砂红和胭脂红,赤赭色和宝蓝色
> 歌唱大理石崖边那畅游海水的欢乐!
>
> (《第二空间》[*Second Space*],切斯瓦夫·米沃什)

米沃什在波兰的对手可归为以下几类:有一些人对诗歌根本不感兴趣;他们指控《被俘的心灵》(*The Captive Mind*)的作者犯有叛国罪,因为他曾有数年时间从事共产主义外交活动(尽管他并不赞同虚无缥缈的空想;他从未写过一首诗能被斯大林主义的诗集收录)。另外一些人对诗人大为不满，因为他居然憎恶波兰的民族主义！在我看来，这一厌恶之情完全合情合理。葬礼之后不久，对米沃什的攻讦之声不绝于耳：他们声称诗人并非虔诚的天主教徒，因此不能进入克拉科夫圣保罗修道院的"诗人角"。而对诗歌稍加涉猎之人则时常攻击米沃什高高在上、悲天悯人的做派。当今时代充斥平庸可笑之作，对诗人客观的评价只能留待未来。

　　当我读到"歌唱大理石崖边那畅游海水的欢乐！"这一句时，我回忆起几年前与米沃什的一次谈话，那是M和我在托斯卡纳的卢卡（Lucca）与C. K. 威廉姆斯❶一同度假以后。我们时常驱车前往博卡迪马格拉（Bocca di Magra）海滨，那是位于利古里亚（Liguria）区的一座小镇——在高速公路上你能瞥见广告牌上"雪莱❷旅馆"的字样——诗人在那里溺水而亡（也正是在那里，马格拉河流汇入大海）。在那里，米沃什陷入了沉思，回想起过去的时光。在玛丽·麦卡锡（Mary McCarthy）、尼古拉·基亚罗蒙特❸以及其他友人的陪伴下，他在博卡迪马格拉度过好几个假期。在那里，他在水中畅游，并常记起仲夏时节大理石般的崖岸，有如白雪覆盖的山峦。但那显然不是白雪，而是大理石。在大理石峰峦的山脚下，便是以盛产雕刻家而著称的小城卡拉拉（Carrara）。温润咸湿的海水呈现出蔚蓝色，水波不兴；不规则的几何形体掠过天鹅绒般的海平面，倏尔又消失在海天相接之处。沙鸥在渔船四周翔集，上下翻飞。海岸边乱石嶙峋，

---

❶ C. K. 威廉斯（C. K. Williams, 1936—2015），美国诗人、批评家和翻译家。——译注

❷ 雪莱（Shelly, 1792—1822），英国浪漫主义诗人。——译注

❸ 尼古拉·基亚罗蒙特（Nicola Chiaromonte, 1905—1972），意大利作家、社会活动家。——译注

这也是地中海的特色——因为水平的沙滩不合大海的脾性；如此会使得它失去大海深蓝的魅力，倒更接近波罗的海苍白凛冽的色调。

一直在思索、工作、创作诗歌的米沃什溘然长逝——仿佛驾舟远逝，去往卡提拉，追寻洁白的群山和湛蓝的大海。

保罗·克洛岱尔[1]曾说过，"信仰从不犯错。"我时常咀嚼这一名言，尽管听起来已然过时，亟待修正。但从根本上说，它告诫我们精神的直觉，如信仰和激情，比纯粹讽刺意义上的批评和嘲弄，价值更高。英语中叫作揭穿真相。我们称之为解密——这也是当下多数报刊中常见的腔调。

* * *

二〇〇七年四月，我们访问利沃夫（Lvov），同行者有C. K. 威廉斯及其夫人凯瑟琳（Catherine）以及乔治娅（Georgia）和迈克尔（Michael），还有负责拍照的阿格尼丝（Agnes）等。我们停留的时间不长——但已足够令我感受到此前访问该城的那种莫名的不寒而栗。转眼又到六月，步入舒缓、悠长的仲夏之夜，夜色沉沉，令人遐思，但无论如何你也无法摆脱生命被浪费的那种挫败感。没人能够摆脱。无论你大步向前，或独坐家中，让温暖的阳光从窗户洒落下来，书房里弥漫着一股夏日的气息，混合着各种思想、暗喻和我们的呼吸。但这仍然无济于事。在这无尽的夜晚，你只能悲悼，悲悼长夜易逝，

---

[1] 保罗·克洛岱尔（Paul Claudel, 1868—1955），法国著名诗人、剧作家和外交官。——译注

正如你曾悲悼白日苦短。时光一去不复返。或许这仲夏的长夜只能勾起人的伤心过往和怀旧情绪。它们无法测度，哪怕你迅速奔向公园，在露台上谛听城市的夜幕降临时黑鹂鸟最后一声吟唱……但这同样无济于事，鸟鸣啾啾，若隐若现，既非快板，亦非慢板。某位精研音乐的哲学家曾断言，"夜莺从不关注其他夜莺的吟唱"——只有多情之人才会关注。当你感到厌倦之时（坦率地说），唯有抽身离去。与此相反，一部音乐作品，由于完美的内在形式（要求），已防范了我们可能感到的厌倦——但也有例外，如瓦格纳❶歌剧《尼伯龙根的指环》（Ring Cycle）中某个篇章，精彩绝伦，难免有些冗长。透露一个小小的秘密：我的家人生活在这里，在这里，他们幻想、谋划、满怀忧伤；在这里，他们恋爱、成家、死后安葬。对他们而言，利沃夫便是他们全部的世界。每次旅途之后，他们都会返回这里，这座山城，便是他们心目中的罗马。在这里，无论是满心忧惧还是无忧无虑，他们听凭岁月的年轮隆隆驶过：从短暂的阳春，到漫长的仲夏，再到飘雪的冬日——直到岁月在空气中消融、淡化、消失无踪。恰巧在那时，我出生了，在六月的一个黄昏，那时远去的岁月，了无踪迹可寻——或许在某一张古老的明信片上（黯淡有如漫画），我们能发现，那些留着大胡子的怪模怪样的绅士，以及头顶高帽的淑女——帽上的图案是塞米拉米斯花园（Semiramis），他们正打量着我们，而明信片上的我们反而看不到自己。只有在那一刻，我们才能感受到隐秘的新生。假如我们能够更仔细地聆听，更细致地观察……终有一天，一定会有一些事情发生，内在的自我将会被揭示。

---

❶ 瓦格纳（Wagner, 1813—1883），德国作曲家，19世纪德国古典音乐大师。——译注

与此同时，我真切地感受到这样一种神秘，感受到隐藏在这些街道和花园背后的秘密。它们稍纵即逝。当然我也知道，有些人，甚至是智力超群之人，根本不承认，黄昏时分一座城市、一座公园，或一条寂静的街道背后隐藏着奥秘这样的假设。不，他们会说，根本不可能，因为一切都可以被测量。比如鸟类在公园栖身，其中包括啄木鸟的两个亚种，以及十二只松鼠，或许还有两只貂鼠和五名流浪汉。假如有人语含讥讽地问我："扎加耶夫斯基先生，你所说的真正的神秘感到底是什么？"我一定张口结舌。值勤的警察巡查公园后很容易在记录簿上写下结论：该公园毫无秘密可言。

我们住在乔治旅馆。作为利沃夫的标志物，乔治旅馆在波兰家喻户晓，但目前需要翻修。你从门厅走出去，地毯下的地板吱嘎作响，很容易引起客人注意。地板当然还可以用，但骗不了脚下的感觉。城市的标志物可以翻修吗？我不知道。

* * *

不久前，有人问我为什么不写小说。因为我不是小说家。其实，原因多种多样，只是当时我实在想不出一个清晰合理的、令人信服的理由。不过现在我总算找到了答案——用漂亮的法文单词说便是后知后觉（esprit d'escalier）——不知何故，我未能成为一名小说家是因为无人向我倾诉这些小小的秘密。我时常留意到，在我生活的这座小小城市克拉科夫，从二十一世纪开始，这里从来不乏各式丑闻，以及有违婚姻道德和法律的罗曼史。而相关的信息会很快转移到当事人（尤其是某个特定团体的边缘人物）的个人财富和地位。简而言之，八卦闲谈，才是吸引眼球之道。但没人愿意同我分享。不知何故，此等新闻，往往我总是最后一个听说。同样，不知出于何种缘故，人似乎可以分成两类：一种人能够倾吐分享秘密，另一种人则不能。因此大部分这样的信息，或伪信息，我根本无从企及。倘若对我所生活的社交圈一无所知，我又如何能成为一名小说家？我确实一无所知，难道我会为此而感到痛苦？恰恰相反。但也正是因为这一点，使得我一直远离小说创作——小说创作需要对人性的弱点有透彻的了解。当然，它也需要其他的天赋和才能。但哪怕是一位历史小说作家，为了还原日常的习俗和历史的真相，也必须求助于四处传播的八卦闲谈。经过一番思考，我不得不承认这一创作过程极其复杂。我们有些伟大的小说家，显然属于后知后觉者。比如托马斯·曼，一直自觉与公众保持距离，在他漫长的一生中，只与屈指可数的几位知己保持联系。康拉德·科伦（Konrad Kellen）——昵称康尼（Conny）——在加州宝马山（Pacific Palisades）花园曾担任曼的研究助理，为期两年。他回忆说，托马斯·曼与其兄亨利希·曼❶交谈时一副公事公办的派头，使得别人误以为两位不过是点头之交的教授进行学术交流。当然，从来没有人向托马斯·曼倾吐秘密。他将自己的内心紧锁，也许即便他敞开心扉，也没人胆敢用吊人胃口的无聊闲话来冒犯他的威严。但托马斯·曼也难免沾染世俗习气——他的小说中充斥大大小小的丑闻、破产、背叛和自杀。只不过，以上丑闻皆取自他家族的传承——家族的不幸成就了他的艺术……

---

❶ 亨利希·曼（Heinrich Mann, 1871—1950），德国小说家，20世纪上半叶德国最杰出的批判现实主义作家之一。——译注。

* * *

在利沃夫,曾出现过尴尬的一瞬:抵达的首日,在餐桌上,我痛诋同伴们完全误解了这座城市。他们看待利沃夫就像看待欧洲任何一座自由的城市,如利物浦(Liverpool)或波鸿(Bochum)——他们并未用心感受,只是像照相机镜头似的走马观花般扫视一下它的街道和广场;但是,很显然,这不是一座普通的城市,它寓含着美丽的奥秘……尽管它仍被包裹在厚厚的苏维埃灰尘之下,只要展开想象力,便不难看出它已开始展露生机。它不是美艳绝伦的佛罗伦萨,有千百种导游手册证明它的魅力;它也不是罗马,罗马的可爱之处连傻瓜也能一眼看出;不,这是一种全然不同的风格,它的美掩映在粗俗的外表之下。它的美需要敏感之人勇敢挖掘,而不是端坐在椅背坐等奇迹降临。这一座遍体鳞伤的城市不仅需要观察和聆听,更需要想象力。想象力,正如普鲁斯特所说,只能作用于缺席的遥远的事物——我们无法想象我们脚踩的街道、站立的房间,也无法想象正与之交谈的友人。普鲁斯特生活在古典时代,一切未经污染,他一定难以想象会有这样一座半死不活的城市,在它光鲜的外表之下掩盖着如此的丑恶,令人震惊。他也无法预料在这样的城市,想象力已成为残缺之物——它必须借助于感官——甚至建立于医学和经验基础上的感官也无能为力:它必须用半睁半闭的眼睛,听凭直觉去感受;他也无法想象我们去往利沃夫的旅途——这座城市不属于任何人,既不属于生者,也不属于逝者,因此需要一种新型的想象力。当然，我这样说并非故弄玄虚，而是觉得刹那之间激情奔涌，以致无法组织合乎逻辑的辩论。只有在当下，当我端坐书斋静听音乐时，才能写下我真实的想法，克服我后知后觉的毛病，来修正我们对于不完美现实的描述——那个夜晚，我们围坐在利沃夫学院街（战前的名称）一家酒店的酒窖边——写下这些文字，我想修正我的鲁莽草率和笨口拙舌：将我的率性呵斥转变为娓娓道来的轻言细语。

他们惊愕地看着我，不明白我为何突如其来地发作，但很快意识到可能在和一个精神不太正常的人打交道——这名朝圣客走到哪里，都会顶礼膜拜。在我看来，直到第二天，他们总算明白——这座城市确实存在某种难以言传的神异之处……

* * *

年轻的曼德尔施塔姆❶师从阿克梅派❷并获益匪浅；同时，也像他的阿克梅派同人一样拒绝象征主义——他称之为矫饰的象征派；他无法容忍一个幽暗晦暝的、朦胧晦涩的"他"世界。他更青睐人类生活的具体可感的世界。他钦佩将内部世界和外部世界融为一体的高明的建筑师。他认为诗人不应像某些象征派宣称的那样成为教士，与此相反，诗人应当是简单的手艺人，或艺术家，是现实世界

---

❶ 奥西普·曼德尔施塔姆（Osip Mandelstam，1891—1938），俄罗斯白银时代著名诗人、散文家、诗歌理论家。——译注

❷ 阿克梅派（Acmeists），20世纪初俄国著名现代主义诗歌流派。——译注

中可以掌握自己命运的脑力作者,而不是虚拟世界的主宰。在这一点上,奥西普·曼德尔施塔姆(像其他阿克梅派诗人一样,在主张扩张"他"世界的象征派和好斗的未来派)❶论战中持中间立场。未来派对于即将到来的新世纪满怀憧憬,甚至出现幻觉——但他们很快意识到自己过于乐观,尤其在俄罗斯以及整个欧洲问题上——除非他们像马里内蒂一样甘愿投靠极权专制,为虎作伥。这也关乎现代性本质的争论:未来派痴迷于创新,象征派对新时代则充满厌恶、恐惧和抵触情绪。只有阿克梅派通过耐心找寻新时代缺乏的精神动力,才成功而不失精准地调和了现代性。时至今日,曼德尔施塔姆选择的视角和立场仍不失其思想价值。

* * *

从利沃夫回来后,我们去探望阿尼娅(Ania)姑姑,她比我父亲小四岁,现在已年过九旬——我们向她展示利沃夫地图,并问她我们家族成员居住在哪里。除了她,谁也不可能提供答案。她是他们同辈人中最后一位意识健全之人,每次我见到她,总会听她抱怨,如今谁都不需要她了。我回答说,我们当然需要您。我们需要她,因为只有她才能找回逝去的现实,所有战前的街道名现在对所有人而言已成为死去的哲学名词,除了她。她客气地笑了笑,似乎很不好意思,但她从来不拒绝我的问题。唉,我和父亲已无法正常交流,

---

❶ 未来派(Futurists),现代诗歌流派之一,源于意大利诗人马里内蒂(Marinetti)。——译注

因为他的记忆萎缩成咖啡豆大小，早已不复存在。他离不开床，什么也不知道，除了吃和睡；他在等待，等待什么他自己也不知道，或许等待着远去的事情在梦里再次出现，我们说不准。但他的妹妹记得很清楚。她对利沃夫的一切都记得很清楚。她给我们讲圣方济各街（Franciscan）的历史，那里有所学校，原来是商业学校；我祖父一家都住在那里，他是学校的校长，后来他们搬到皮亚斯科瓦（Piaskowa）大街，许多年省吃俭用，终于攒钱买下了一所小房子。我们仍保留着祖父的笔记本，从二十世纪初开始，家庭每一笔支出他都记录在案——有一个神秘的字眼出现频率很高，奢侈品。尽管当时并没有太多奢侈品——祖父显然是一位勤俭持家的人，到二十年代中期，他终于能够用他的积蓄（未被奢侈品吞噬的部分）在皮亚斯科瓦大街十号购买了属于自己的房子。穿过圣方济各大街和商业学校，就是皮亚斯科瓦大街。有位不具名的人士曾给我送来一份礼物：通过电子邮件发给我一张商业学校师生正经八百的合影。全体教职人员端坐前排，其中包括一名教士，在我祖父右边。站在他们身后的学生们一律身着水手服，在内陆城市利沃夫，水手服连同唯一的一条小河波尔特瓦河（Poltva）会令人联想到地下隧道。（事实上，利沃夫拥有相当的水资源：波尔特瓦河一端连接黑海，另一端则连接波罗的海）我的祖父，时年五十出头，中规中矩，看上去并不起眼，不是我喜欢的那种类型，也不是我在战后结识并喜欢的那一类和蔼的老绅士。我继续询问其他的家族成员，约瑟夫（Joseph）叔叔和布西娅（Busia）婶婶——他们一直在努力，试图获得双方家庭的认可（布西娅是犹太人，当她与异教徒私奔时，遭到全家人指责；而约瑟夫胆敢与她结婚，自然也触犯众怒）。他们居住在赛克斯图斯卡（Sykstuska）大街。我的贝尔塔

（Berta）婶婶（我的教母）曾是一名音乐教师，她身体矮小，有些驼背，一脸凛然的老处女。我还记得她住在利沃夫格罗特盖（Grottger）大街——它连接圣方济各大街和利扎科夫斯卡（Lyczakowska）大街——时，曾有几次到格利维采（Gliwice）探访我们。贝尔塔婶婶也属于流亡者，她的身外之物唯有一架钢琴，这是她精神的慰藉，甚至在克拉科夫饥荒年代也未舍弃。记得我父亲曾经讲过，她一度寄居在克拉科夫政府的综合楼，不知是友人还是某位远亲的厨房。白天，人家会让她"外出散步"以免打扰别人谈话，她已到退休年龄——她的居停主人可能也是年届退休，否则一定会匆匆赶着上班，而让她安静待在厨房。唉，谁知道呢？或许人家只是在周日才驱赶她出去。很难想象如此残忍的行径，但事实的确如此；或许她停留的时间并不长，但现在已无法查证。她将钢琴留给了我，她的教子——因为缺少她的关爱让我很受伤——当她在克拉科夫大街街头游荡（等着返回她的寄身之所）之时，她又怎能对我施以关爱？在她死后，一切真相大白：她将微薄的家产全都留给了我，她的教子，可惜我（还有我姐姐）对音乐一窍不通。于是父亲将钢琴变卖，然后换回两辆自行车，我和姐姐各一辆。这一行动的象征意义何在，我留给细心的读者去评估。不管怎么说，对我来说，从此我狂热地爱上了自行车，可以从任意方向骑上德国的公路。我还记得我第一辆车的皮座散发出的香气，还有涂着油漆的车把上的香味。我的第一辆车是东德产的，第二辆，运动款的，我骑了很多年，是捷克（Czechoslovakia）产的。兄弟国家的自行车，但还是让我们返回利沃夫的家族这一话题。我母亲一家住在离格鲁代卡大街（Grodecka）不远的地方，阿尼娅姑姑已记不起邻近街道的名称。那是利沃夫最长的街道，连接着郊区和庄严的火车站。火车站建于哈布斯堡❶王朝时期，正如利沃夫其他一些庄严的建筑一样，过去是迎来送往、伤心欲绝的场所。那纳米塞尔（Namysl）一家呢？他们住哪里？我父亲的姐姐，玛丽亚（Maria）姑姑，嫁给这一家；她开了一家园艺店。玛丽亚姑姑她聪慧勇敢，但生活历尽艰辛。她住在圣沃伊切赫（Saint Wojciech）大街。最后还有一位威西娅（Wisia）姨奶奶，她是我奶奶的妹妹——活到将近一百岁。她喜欢收藏银铅笔、剪刀和奥帕蒂亚（Opatija）寄来的明信片，喜欢哼唱过时的小调，用法语嘟囔抱怨，怀念第一次世界大战前的那些舞会。她住在齐别列凯维奇（Zyblikiewicz）大街三十号，和她母亲以及兄弟住一起。真是三十号吗？阿尼娅姑姑不太确定。值得注意的是，只有与她关系密切的威西娅姨奶奶（她们两位老处女在同一座屋檐下共同生活了几十年，当然也有争吵，然后和好，如此反复）才能与她分享共同的兴趣爱好——她记得门牌号码吗？令人怀疑，但我们也不必说破。

在最亲密的朋友逝去之后，我们该如何继续生活？我们不得不继续活下去。在我们的好友、最亲密的友人逝去之后，我们必须努力将生活过好，说到底，我们的存在自身不就包括了一部分铁石心肠和泰然自若？我们放声大笑，我们大快朵颐，我们包揽与他们无缘的新书。在获悉亲友辞世的那一刻，充满悲伤，简直令人心痛欲绝。它甚至超越悲伤，成为纯粹的痛楚和反抗——悲伤一词自身便意味着隐忍退让，与眼前之事和解。但在悲哀来临的一刹那，你既不愿承认，也不愿和解。你存在的世界仿佛被撕开一个口子。地动

---

❶ 哈布斯堡王朝（Hapsburgs），欧洲历史上统治领域最广的王室，曾先后统治神圣罗马帝国、西班牙帝国、奥地利大公国、奥地利帝国、奥匈帝国。——译注

山摇,而后出现万丈深渊。你痛哭流涕,痛不欲生,此时,逻各斯❶根本无能为力。它只能悄然退居一旁。伤口愈合之后,进入绵长的哀悼期:你必须小心翼翼地踏过深谷,然后随着时间流逝,伤口处才会慢慢长出健康的皮肤。但也有一些死亡你永远无法接受。比如我小侄子马雷克(Marek)的死,我永远也不会接受。他只有十岁,还是懵懂无知的年纪。他的一切都还尚未成形。这是一个长得乖巧、好看的男孩。我们波兰人喜欢用委婉语,我们常说:让我们来生再聚;或我们会在另一个世界重逢;要不就是,他在天堂凝视我们。好像天堂便是我们透过厨房窗户看到的茵茵草坪——而我们眼角的余光才会关注到开心嬉戏的孩童和小狗,他们平安无虞。我们对待逝去之人的态度一如对待儿童。极其注重家庭人伦的天主教倡导这样一种无意的疏忽,借此来破除难以想象的神秘主义。我时常想起约瑟夫·布罗茨基❷,他是我接触过的最为杰出之人,他的人格与众不同。有时,他是妙语连珠、高傲自负的知识分子,让一般人难以接近。但在他沉思默想的时候,他却更像推心置腹的朋友。我记得我们的谈话是这样的:他扮演发表长篇独白的角色,滔滔不绝地铺陈他疯狂的玄学理论,而我则扮演怀疑论者,对他的长篇大论的疏漏之处不时加以指斥。他的话题通常是他手头正在撰写的著作;通过高谈阔论,可以使得他的思路和文章成型。他酷爱探讨宗教话题,并宣称与伟大的自然宗教决裂之后,他的宗教包含更为宽广的无限

---

❶ 逻各斯(Logos),欧洲古代和中世纪常用的哲学概念。一般指世界的、可理解的规律,也可指语言或"理性"。——译注

❷ 约瑟夫·布罗茨基(Joseph Brodsky,1940—1996),俄裔美国诗人、散文家,1987年获诺贝尔文学奖。——译注

性。来自家庭或社会传统的宗教观缺少这种无限性:它们过分注重其外表包裹的历史素材。对此,我反驳说,你不能像柴门霍夫❶博士构建世界语那样创造一种新的宗教。事实上,他本人的目的正是如此,他深信,我们现行的宗教需要着力呵护,像篝火上跳跃的火苗,你要拨弄它,为它添加柴火,才能保证它愈烧愈旺。我猜他很喜欢我们这样的谈话,甚至也很喜欢我的怀疑论调。他需要这种怀疑,需要反对,需要抵抗。有一次我离开欧洲,告别家人和M去波士顿拜访他——改换寓所之后,其景况惨不忍睹。我原本指望能展开一场友好、温馨的对话来提振精神,来平复内心深处小小的忧伤和失望;结果事与愿违。约瑟夫要跟我谈贺拉斯❷,我怀疑他当时正在写作有关诗人贺拉斯的文章。果不其然。于是只有贺拉斯差可慰藉。

* * *

这一家有三个孩子:阿尼娅最小,我父亲居中,最长的是玛丽亚姑姑。阿尼娅的房间里挂着一幅老照片:不是镶着乌黑边框的,而是真正的黑白照。照片上是一大家人在利沃夫草原或某个山坡上漫步。我祖父还摆出个游客的造型——一家人很可能去树林漫步,但不是那种茂密的树林,你不会迷失,绝对不会。他们走在城郊,脸上毫无惧色,倘若密林中跳出一匹野狼,估计也面无惧色。他很可能会严词厉色地将这头野兽训斥一番,直到它惭愧地低头认罪,

---

❶ 柴门霍夫(Zamenhof, 1859—1917),波兰籍犹太人,世界语的创始人。——译注
❷ 贺拉斯(Horace, 前65—前8),古罗马著名诗人。——译注

夹着尾巴逃回密林深处。家里人一直说,自小祖父就教育三个孩子要学习三种技能:游泳、速记和德语。这三种技能真是理想的组合吗?它寓意一种启蒙精神——在经历了一战的恐惧灾难后,他们居然跳起了查尔斯顿舞——就是这样一种乐观向上的精神。这世上总会有值得汲取的观念和思想,因此总不乏机构、组织需要速记员(在当时,今日无处不在的录音设备尚未问世)。河上来往的渡船也很少(现在也不多),因此需要学习游泳。时人都在津津乐道地谈论一九一二年四月十五号沉没的"泰坦尼克"号,我父亲恰好在那一年的十二月出生。但我祖父的三条戒律一定是战后才制订的,那时波兰已独立。第三条,也是最后一条,在欧洲这块土地上,德语会很管用。我并不是说祖父已预见到第二次世界大战和波兰被德国占领。事实上,在纳粹侵占波兰期间德语也未必最管用,相反,只有纳粹的那一套才管用,而波兰人根本没资格讲。当我祖父建议(甚至强迫)孩子们学习这三项技能时,他根本无从预见奥斯维辛集中营和苏共的劳改营以及流放地。在他生命的早期,他一定是具有钢铁意志的人,渴望生存,甚至渴望成功。他属于启蒙之子,信奉一步一个脚印取得成绩,通过小小的牺牲和不懈努力。我之前已提到过他对家庭的每一笔开支都精打细算,积少成多,攒足了钱买房。他一定没读过尼采[1],如果他汲取了尼采的教义,一定不会鼓励自己的孩子学德语。因为如果他们用学到的德语来研究尼采的学说,就会发现一切都是虚空:包括我们脚下的土地,以及夏日头顶飘浮的云朵,没有什么客观的存在。在这种情况下,无论是速记,还是游泳,其实都是没

---

[1] 弗里德里希·尼采(Friedrich Nietzsche,1844—1900),德国哲学家,唯意志论的主要代表,卓越的诗人和散文家。——译注

什么用。翱翔云端超越了孩子们的能力。或许艺术能够带给他们一些慰藉,但他们缺乏艺术细胞——阿尼娅姑姑除外,她了解并热爱音乐,喜欢弹钢琴。历经战乱,三个孩子都存活下来,但我祖父无论如何也预料不到紧接着就会有更为惨烈的第二次世界大战,也万料不到他一向崇敬的德国文化(既源自我的德裔祖母,也源自他的刻苦学习)居然变得如此下作、疯狂。速记、游泳和德语,什么也救不了他们,除了运气。三个人中年龄最大的,我的姑姑玛丽亚,凭借坚定的信念熬过了战争,她承受了巨大的不幸:丈夫死了,孩子也死了。小米什卡(Myszka)是个可爱的淘气包,她的笑天真无邪,我记得很清楚。她死于白喉。一想到这样一个纯洁如天使的小精灵离我而去,我就觉得心痛不已,那一年她才七岁。我能想象小米什卡的母亲玛丽亚姑姑——这些年内心承受了多大的痛苦——她从来不对人说。玛丽亚姑姑也失去了她的丈夫,罗梅克(Romek)姑父。他风趣幽默,并且像所有幽默风趣的人一样不拘小节(这样的人不能让他们揽镜自照,以免过度沉醉于他的个人魅力)。在她丈夫去世后,她不得不努力工作——为了家庭,也为了替死去的丈夫还债。她开了一间园艺店,能挣些钱,但非常辛苦。她天不亮就要起床,去温室点燃油灯(那时我们还没有先进的电气设备)。她时常弄得灰头土脸,像都市白领那样在明亮的五月天对着窗户憧憬日光浴之类的事情,她想也不敢想。由于长期摆弄花朵和植物,比如万灵节(All Souls' Day)前夜的菊花,她的手掌粗糙、皮肤皲裂——与优哉游哉的白领恰成鲜明对比。这位失去丈夫和孩子的女人,在万灵节前夜挣钱最多:她的那些黄的和白的菊花就摆放在通往墓园的路边——那是一条安静的街道,只有每年十一月一日,才会吸引成百上千人前来祭扫,他们每个人都会购买一束鲜花。命运如此残酷,又如此狡黠,它让墓园带走她最亲爱的丈夫和孩子,却又让她与墓园相依为命,可谓是对她最为严厉的惩罚。我想她可能从未用过护手霜,也从未想过要呵护皲裂的手掌。我们全家都是典型的知识分子,包括我在内,我们每个人都从事学校或机关的文案工作,只有她从事户外体力劳动,脸晒得像农民。事实上,人人都渴望文员的生活。我祖父的办公桌硕大无比,堆放着字典和百科全书,我父亲的桌子要小得多,而我则根本没有一张像样的办公桌。我通常在茶几上工作,像现在这样,人在躺椅中,手提电脑搁在大腿上就成。我们所有人,无论我姐姐还是我母亲,仿佛有一种天然的魔力,开始写信时总不由自主会找一张桌子,或至少茶几坐下来。好像那张桌子是坚强的堡垒,可以让人躲避外面世界的屠戮纷争。玛丽亚姑姑除外——她没有遗传我祖父的启蒙精神;相反,她充满虔诚而静默的宗教精神。我知道她在潜心阅读神学著作,对宗教祭拜仪式了然于胸(并非人人皆能如此),但和我们家人一样,她沉默寡言。或许我祖父和我母亲算是例外。我祖父甚至在波兰被占领期间,也一直讲个不停,甚至在利沃夫公车上高谈阔论——这相当危险,在苏共统治下,但他却依然故我,旁若无人。而我们家族其他人都不太爱开口。在我看来,玛丽亚姑姑的沉默,主要源自她的宗教信仰——她相信与之有关的事物都不必言说,一旦说出,便会被亵渎。我欣赏她的独立独行——这种深沉的宗教情怀确实难以与人分享:在这一点上,她与一般拿宗教虔诚来作秀的伪善者截然不同。她是反虔信派,勇敢但缺乏幽默。尽管我对她非常崇拜,却从未告诉她,因为不知道怎样开口,我的沉默也是家族遗传。我也曾打算学习如何开口说话,但那绝非旦夕之功,需要很多年。直到现在我才能向她倾吐我的崇敬之情。现在我能开口谈论她，怀念她，既非第一次，也非最后一次——怀念她承受苦难的勇气，怀念她如何努力工作，在丧失亲人后如何顽强奋斗，怀念她的沉默寡言。我父亲的沉默更是由于他的道德天性——他一向憎恶夸夸其谈的修辞家和演讲家，而他的姐姐玛丽亚的沉默却是出于别的原因。或许真心虔诚祷告之人一定会留意，从他口中吐露的每一句言辞。

* * *

当克拉科夫的有轨电车一路颠簸经过城市植物园和教堂、宫殿和民居，接连穿越一片密闭的丛林和封闭的街道，猛然瞥见斯托拉斯卡（Stolaska）大街和玛丽亚圣母教堂高耸的塔楼，令人神清气爽，让我感到仿佛置身老式的立体幻灯前。在我手指转动下，我看到一座融合中世纪传统和二十一世纪现代性的活生生的城市。

* * *

罗梅克姑父非常风趣，不仅于此，他像一位天外来客降临我们这个清教家庭——他的家庭热衷与友人聚会，言笑晏晏。这样的活动在我们家简直不可想象。凡事必须内敛、节俭。母亲曾对我和姐姐提到过她初次登门时的菜单。我祖父母家的社会地位比我母亲那头稍高一些，但他们的生活方式却近乎斯巴达人。我的外祖父母很可能有些大手大脚，并可能由此导致入不敷出。当饭菜上桌时，我母亲记得很清楚，我祖父母端上的是细切的炸肉排。我母亲对此一直念念不忘——用炸肉排来款待初次登门的准儿媳！简直是闻所未闻的丑闻。若干年后，我母亲提及此事总会发笑，但在当时，她内心一定很受伤。细切的炸肉排。我父亲在十年后一直耐心解释：你一定要理解，在这个家庭有些原则必须要遵守，不能因为有客人来就能随意更改菜单。既然祖父和祖母事先已经准备好细切的炸肉排，那就炸肉排好了。这并不意味着对初来乍到之人有何唐突冒犯，我父亲一遍又一遍地解释。

所以说罗梅克姑父来自一个截然不同的家庭：任何情况下，都不可能用细切的炸肉排来款待儿子的未婚妻，当然他家比我家更富有。我记得在格利维采，玛丽亚和罗梅克有一座大房子。在他们家的客厅，全家人在节假日欢聚，罗梅克姑父会大谈他的创造发明和奇思妙想。他为年轻人安排了有趣的游戏竞赛和滑稽小品，因为我们谁也不能弹奏肖邦❶或舒伯特的钢琴曲。通过阅读上世纪波兰乡绅的回忆录，我才明白在那个年代，假如缺少了唱歌跳舞和字谜游戏，生活简直不可想象。在后德意志时代的格利维采，借助罗梅克姑父的想象力，我对十九世纪波兰乡绅的生活终于有所了解。哪怕国土被德军瓜分殆尽之时，波兰人照样唱唱跳跳，弹奏钢琴；他们读书游戏，相互调情，偶尔还会密谋推翻入侵者。战后，这样的庄园已不复存在。东部的庄园仅存在于记忆之中——它们被西部崭新的农庄所取代。罗梅克姑父再现了昔日风采。

---

❶ 弗雷德里克·肖邦（Frederic Chopin, 1810—1849），波兰历史上最具影响力和最受欢迎的钢琴作曲家之一，欧洲19世纪浪漫主义音乐的代表人物。——译注

* * *

学者兼艺术家，学者兼诗人。一位作家，或一位诗人，尽管衣着光鲜（运气好的话，也有偶露峥嵘的时刻），但大多数时候都不免在公众面前扮演小丑的角色。他冒着极大的风险，将自己置身于彬彬有礼的资产阶级价值观的审视之下——我并不是说所有叛逆的艺术家都会公开反抗社会习俗。不，我仅仅指那些在一部小说或一篇诗作的特定场景中用于展开自我、暴露自己真实处境的艺术家。与此同时，学者们则会躲进图书馆，用脚注将自己层层包裹，从不会脱下他的外套或者运动服。没有人能看到他真实的自我，没有人能指责他衣冠不整。

* * *

现在来谈谈我的另一位姑姑——玛丽亚的妹妹，阿尼娅。当我们对她说利沃夫是"多么可爱的城市"时，她淡淡地回答："那又怎样？"短短的几个字包含着一个被逐之人全部的苦痛与酸楚。她恨恨不平地吐出这几个字，仿佛针对一个伤害她一辈子的仇人——此人在一个陌生、丑陋的城镇碌碌无为，虚度一生。当她满腔仇恨说出"那又怎样"时，好像她希望能将我们所有人一脚踢开。又好像在质问我们：这就是你来的目的——拿过去那些陈年旧事来损我？一切都很好。她狭小的公寓窗户边长着一株榕树，紧挨着墙，看上去很快将成为她的舍友。但她看不到利沃夫。尽管榕树枝紧贴着生长的窗户朝东，正对着她失去的城市的方向。但这座城市被遮蔽了：被烟窗、被小山、被克拉科夫的塔楼所遮蔽。本来想夸夸利沃夫，让她开心开心，没想到适得其反。"那又怎样？"一反她往常平易近人的口吻，而是僵化、生硬、充满仇恨。这一座城市她思念长达六十年，本来也无须大唱赞歌。六十年间，她从来未曾返回故里，甚至当边境线像廉价服装干洗后缩水那样突然缩短——来往变得相对容易之时，她依然没有归去。她的侄儿有一回带她去西班牙——西班牙！去往西方，她心中那座城市离她越发遥远——但她从未提及重返利沃夫，尽管后者比西班牙更近。显然也不是钱的问题，利沃夫一趟旅游花费更少。我父亲也从未回过利沃夫。去"询问"这样一个伤心之地，犹如探访炼狱，探访火山（及内部熔岩），犹如在火坑边搭建帐篷。"探访"一词过于轻率，过于轻松，像阴雨天的风帽，迅速折返回来。去探访一回，一次漫步，一次野炊，然后回家，或许刚好赶上晚间新闻，但假如你探访的正好是你的家，你对它如何称呼？对自己曾经的记忆来一次朝圣之旅，朝拜并不存在的东西——那算是探访吗？

* * *

与 M 和我的态度相反，阿尼娅姑姑所以表现出冷漠酸楚的负面情绪，我猜，正因为她从这座城市得到的只是遗弃和背叛。"多么可爱的城市"出自那些从未被这座城市放逐的陌生人之口，非常贴切。M会情不自禁赞美这座城市，这是她第一次来这里访问，自由自在，无拘无束，充满期盼。但对于一位被放逐者及其某一位后辈来说，他绝不会说出"多么可爱的城市"这样的字眼。生长在利沃夫的任何一个人都明白，这的确是座可爱的城市，但不愿明言，因为这是禁忌。毫无疑问，反而是那些外来之人有权利，不，应当说他们有义务来赞美利沃夫。他们义不容辞，他们应当对这座悲喜交加的被遗忘的城市略尽绵薄。这在我们真正了解这座城市的人看来是自然而然的事情。只要那些幸存的人们还保留着鲜活的回忆，无论他们弓腰驼背或年迈健忘，无论盛夏酷暑或冬日严寒，再大的痛苦他们也能承受。因此必须尽可能对了解这座城市历史的人严加保护。我一直认为，在流亡者当中，我的处境并不太妙。有时，他们会视我为一分子，另外一些时候，我又不被信任。我曾写过一首诗《去利沃夫》，总体而言，这首诗在被流亡者权力中心（当然，这是比喻的说法，并不存在这样一个权力中心）受到好评，这一点对我显然有利。我父亲在流放人群中地位牢固，而且无可争议，他甚至将我的诗抄下来与他的同伴分享。该诗没有冒犯任何人——尽管在流亡者阵营中也很难达到意见高度统一。有一位年长的利沃夫人，曾对我横加指责。他自告奋勇要求购买向这座城市致敬的期刊合集，被我断然拒绝。"先生，我比你年长得多，我在利沃夫生活了这么多年，你对此肯定一无所知，我不得不指出，'过分的利沃夫'一词我难以苟同。"他指的是我诗中的那句副歌，以此来揭露并谴责我的鄙俗和怯懦……这是一个方面。但这只是孤立事件，还有对我更深的怀疑和追问。一个关键的问题是：该不该写《去利沃夫》这样的诗？也许这首诗自有其妙处，但它跟"利沃夫，多么可爱的城市"有什么两样？换言之，外来之人（以及后来者）是否有权利谈论这一座被遗忘的城市？如果有，他们又该怎样去表达？他们当然可以收集图片，写回忆录，出版关于这座城市的廉价的庸俗读物，而且有意思的是，这一类读物并不会牵动流亡者微妙而敏感的神经，难道这行为本身——以慷慨的激情、以诗意的文字，向世人诉说这一座被遗忘的城市——不是对流亡者最大的冒犯？本来人们指望他，像其他外来的游客一样大唱赞歌，甚至满心崇拜，尽管这样的好感极有可能昙花一现。游客们可能第一年去利沃夫，第二年去格林纳达（Grenada）或者布宜诺斯艾利斯（Buenos Aires），他们的热情通常难以持久——对布宜诺斯艾利斯以及格林纳达的好感很快会压过利沃夫。流亡者或许有这样那样的缺点，但有一点不容置疑，就是他们对这座城市永恒而持久的爱意。在这一点上，大家的意见高度一致，毋庸置疑。流亡者的美学要求对一切炽热的激情存疑，廉价的伤感则不在此列，它在很大程度上是流亡者自身的杰作，这一种庸俗的表现手法——刻奇❶，作为流亡者喜闻乐见的方式，被大力倡导，广受欢迎；他们用更靠近心脏的左手，用浮夸滥情的方式（像生病的孩子扯起嗓子），炮制出连篇累牍的回忆录。在流亡者看来，这样的作品出得再多，也无关痛痒。这些大部头作品中包括典型的必不可少的刻奇句式（"啊，我心爱的城市，我多么渴望拥有你！"以及诸如此类），尽管它们并没有任何意义——事实上也很少有人打开这类作品；它们堆积在书店厚厚的相册之中——毕竟书脊上印有这座城市的名字。在这些相册中，这

---

❶ 刻奇（Kitsch），出自德语，意为媚俗，特指那些只是重复惯例和公式，流于表面模仿的文艺作品。——译注

座被遗忘的城市宛如一曲田园牧歌，根本没有迫害，波兰人、犹太人以及乌克兰人如手足兄弟，相亲相爱。纷争、冲突、阴谋、战争，这一切统统都不存在。流亡者的权力中枢（他们并不存在）眼下面临相当棘手的问题：流亡者的人数日益缩减——有的消失，有的死去，对此你却无能为力，即便那些苟活之人也变得胆小怕事，不复当年英雄之气——他们弯腰驼背，很少出门，记忆力也日渐衰退，像池水蒸发风干。趁现在来得及，必须找出继承人，并对他们加以培训。但现在已然太迟，并不是权力中心刻意忽略挑选继承人并对他们加以培训，而是根本不可能——因为他们不存在。流亡者由此步入一个遗忘和冷血的时代。人们对这座城市的记忆淡忘，像西风吹过人行道，树叶沙沙作响，提醒人们宛若生命的珍爱之物已然失落。

* * *

阿尼娅姑姑对流亡者的审美困境一无所知，她在该委员会（再次强调：它并不存在，仅是作者出于叙事方便的一种修辞）文化宣传方面也未担任任何角色；她是作为一个消失的族群的典型代表，发出不谐之声——她的这种反应颇具古典主义风范。

* * *

在描绘我祖父和他的双语说时，我曾提到"德意志文明"。此前我曾读到过社会学家和哲学家马克斯·韦伯❶的传记,也是威廉二世治下德国的一幅肖像画——一个无所不有的盛世强国:既有崭露头角的大型钢铁厂和重工业,又有以黑袍教授而举世闻名的一流大学,现代化的城市,铁路网,应有尽有;还有杰出的知识分子、出版家以及政党、社团和学联(彼时正风行学生运动)。此外,还有数不胜数的奇观:如各式交响乐团,打击乐,竖琴,合唱,歌剧,证券交易,消防,索林根(Solingen)刀具。小船在根据欧几里得❷对称原理开凿的运河上缓缓游荡。富裕的商人鄙视那些"失国"之人——甚至托马斯·曼在《一个不关心政治者的观察》(*Reflections of a Nonpolitical Man*)一文中也讥讽波兰人无力维护他们的祖国。当时波兰已不复存在:韦伯去德意志边境的波兹南(Poznan)旅行——他称之为臭洞。那里既不存在波兰民族,也没有任何工商业,只有三位皇帝高踞龙椅俯视着被他们三分天下的这片土地。有所谓的"波兰文明"吗?如果有的话,它又该是何种形态?它是否像一件破衣服,既有反犹主义愚昧、偏见织就的劣迹斑斑,又不乏熠熠生辉的金线?那件破旧的织物中一定有某种魅力,否则不会有如此多外国人选择做波兰人。我祖父也曾面临这样的选择(他完全可以做一名奥地利人或德国人)。他的母亲是德国人,他德语讲得很好,他在格拉茨(Graz)研究德国文学,但他舍弃了这一切——像那位比他年轻许多的都市贵族出身的约瑟夫·恰普斯基❸,他选择了波兰籍。他们选择的是不是只是一

---

❶ 马克斯·韦伯(Max Weber, 1864—1920),德国著名社会学家和哲学家,公认的古典社会学和公共行政理论最重要的创始人之一。——译注
❷ 欧几里得(Euclid),古希腊数学家,以其所著《几何原本》闻名于世。——译注
❸ 约瑟夫·恰普斯基(Jozef Czapski, 1896—1993),波兰画家、作家,卡廷惨案幸存者。——译注

个梦想？德国文明是一座大的建筑物，有巍峨的宫殿、严整的营房、硕大的仓库，琳琅满目，其中还有歌德❶、席勒❷、康德❸等巨星闪耀光芒；他们漫步在细沙铺就的公园小径上，受世人崇敬。而谈及波兰文明，几乎一无所有——除了梦想，只有梦想。我们伟大的诗人，在波兰以外几乎不为世人所知，除了弗雷德里克·肖邦。显然不对等。这很容易理解——我们一直为之寻找借口：国家正义，那些帝国确实存在过，并取得过辉煌的文明，但后来却变成警察和军队统治的国家，尽管它也有高等院校，有植物园和测绘所——为了维护基本秩序，它变得日益庸俗——我们观察这个国家，仿佛在博物馆观赏名画：我们看到的是一幅全景图，但心中却不无疑惑——我们猜想，画师们可能没有时间刻画朝生暮死的事物，而正义便在其中。他们致力于维护常备军和警察局，让测绘师养得肥头大耳，好让他们为监狱的犯人和博物馆的警卫设计出制服。但梦想始终存在——而且便于携带，可以穿越任何国境。梦虚无缥缈，但它意味着公正——未来的公正。生活在梦中的人们确信他们终将获得历史的公正对待。对波兰人而言，他们只不过是一群理想高远、公正无私的知识分子群体，他们可能是阴雨的十一月从咖啡馆里跑出来的诗人——他们或许是富有的贵族，但更有可能是目不识丁自以为是的村夫。这与二十世纪初爱尔兰的情形颇为相似——与气度非凡的大英帝国相比，爱尔兰什么也不是，除了屈指可数的几位浪漫诗人——

---

❶ 歌德(Goethe，1749-1832)，德国历史上最伟大的诗人。——译注
❷ 席勒(Schiller，1759—1805)，德国18世纪著名诗人，德国浪漫主义文学的代表人物之一。——译注
❸ 康德(Kant，1724—1804)，德国哲学家，德国古典哲学创始人。——译注

他们的心仪之物无非歌剧或威士忌。由此看来,波兰和爱尔兰极为相似:贫穷弱小,终日生活在梦幻之中;加之国内党派林立,相互倾轧,但最终却打败了真正的帝国。当然,相对于真正的权力,有人更喜欢权力的影子,或许,关于世界并非实体存在的一些重要假说也起了极大作用;或许是因为一些梦幻的阴谋家将大好时光虚掷在图书馆……但无论如何,波兰和爱尔兰都幸存下来(还有以色列)。他们是真实的存在。正如一部分生活在爱尔兰的英国新教徒喜爱诗歌更甚于大英帝国的武装力量,众多会讲德语的波兰人像我祖父一样,选择了虚无缥缈的波兰梦想,而不是强大的德意志帝国。或许还应该加上规模较小但同样强大的奥地利帝国。还有俄国——幸运的是,我的家族与俄国毫无瓜葛,除了对它的伟大作家和作曲家无限仰慕。他们也许会离开波兰去国外学习,去多尔帕特(Dorpat)、卢万(Louvain)、巴黎、日内瓦、慕尼黑和格拉茨——但完成学业后会回来。他们出走时,怀揣着梦想,归来时依然满怀梦想。漂亮的女人也会离开,其中一位与可怜的保罗·克洛岱尔厮混在一起——他原本打算进修道院,却被无情拒绝,因为他根本不适合修道院的生活。他们在去往中国的航船上相遇。她凭栏临风,长发飘飘——后来在他的戏剧《正午的分界》(*Partage de midi*)中,他将她称为伊赛(Yse)。有些人去了巴黎,如奥尔加·芭涅斯嘉❶,利奥波德·兹博罗夫斯基(Leopold Zborowski),还有布罗尼斯拉夫·马林诺夫斯基❷。他们离开故国,在加利福尼亚建造桥梁——国内没有他们的桥

---

❶ 奥尔加·芭涅斯嘉(Olga Boznanska,1865—1940),波兰印象派女画家。——译注
❷ 布罗尼斯拉夫·马林诺夫斯基(Bronislaw Malinowski,1884—1942),成名于英国的波兰人类学家,现代人类学的奠基人之一。——译注

梁,但有他们的梦想,有了梦想,何必还要桥梁?一边是爱与谋划以及不确定的梦想,另一边则是巍峨的魏玛文明❶,是军警罗列的科尔德利耶(Cordeliers)修道院。或许这很容易解释他们为何选择梦想、诗歌和美女,而不是强盛的帝国及其铁血政治。在这样的国度毫无神秘可言:人们饱食终日,除了懒散地消磨时间(还洋洋自得)。他们无所事事——直到末日来临。

* * *

一部经典有趣的瞬间:伊沃·安德里奇❷在他的小说《德里纳河上的大桥》(*The Bridge on the Drina*)中,描写了在第一次世界大战的转折点上成年的那一代人:"其他民族、其他时代、其他国家的人需要通过长期的不懈努力,甚至以生命为代价换来的东西,此刻就摆放在他们面前,像意外遗产,不费吹灰之力,当然,也可能是造化弄人。看起来不可思议,美妙无比,但却无比真实:他们可以为所欲为,肆意挥霍自己的青春。"这是在弗里德里希·尼采影响下成长的一代人——这位病恹恹的哲学家、神经官能症患者,没有勇气向他喜爱的女人求爱,让他的朋友代劳;他是一位饱受周期性头疼折磨的旅人,在一个又一个廉价的小旅馆之间游荡徘徊,却在整整

---

❶ 魏玛文明(Wilhelmine Civilization)。魏玛曾是德国文化中心,歌德和席勒在此创作出许多不朽的文学作品。——译注

❷ 伊沃·安德里奇(Ivo Andric,1892—1975),南斯拉夫作家,1961年获诺贝尔文学奖。——译注

一代人的"解放"事业中扮演重要角色。像其他的解放一样,"解放"用了引号,不过这里的"解放"更具讽刺性。伊沃·安德里奇在二战期间的贝尔格莱德(Belgrade)写下他的杰作(有人还指给我看作家当年写作的那幢小楼)。他把握并记录了欧洲历史上关键时刻,每一代人按部就班成长所必经的狭隘道路,忽然遭遇一次革命——其思想意义远过于政治意义——由此而变得豁然开朗。于是年轻的犹太人从经书上抬起头来,梦想着一次伟大的冒险之旅——至于去向何方,也许他们并不清楚;于是年轻的波兰诗人不再对逝去的故国吟诵哀歌,转而开始对无限未来大唱赞歌;于是年轻的塞尔维亚(Serbs)志士密集在萨拉热窝(Sarajevo)暗杀了斐迪南大公。

躁动的那一代人,他们当中绝大部分都被机关枪射杀在第一次世界大战的战场,结局我们早已明了。当我们开车经过凡尔登(Verdun)邻近公路时,穿过一望无尽、绵延到山间的公墓,我们发现了那些年轻人的栖身之所——他们挣脱了古老的迷信和命运的枷锁,获得了彻底的自由和解放。我们突然感到不寒而栗:历史是何等冷酷无情。

同样的情形早先也出现过,当拿破仑犹如流星划过欧洲历史的上空,许多国家的年轻人摩拳擦掌,甚至逃离家园加入拿破仑大军,开始伟大的征程——结果当然难逃死亡的厄运。闻听拿破仑加冕法兰西皇帝,他的铁杆崇拜者贝多芬❶划掉了第三交响曲中给拿破仑的献辞——他用力过猛,在乐纸上划出了一个破洞。梦想从破洞中跌落。

---

❶ 贝多芬(Beethoven,1770—1827),德国作曲家,维也纳古典音乐代表人物。——译注

* * *

正因为如此,许多人没有选择波兰,而是选择了俄国、奥地利或德意志,我们更愿意追忆那些怀抱梦想之人。其余的则混迹于俄国或德国人群之中,改名换姓,白手起家,甚至摇身一变当上教授,有些人真的由此发家致富。

* * *

两百年前,西方作家便预言了资本主义生活方式的没落,但在波兰,是否存在一个软弱的中产阶级,长期以来仍争论不休。

只是一切还不太真实,有时候,我想你也只能爱上那些不太真实的事物:诗歌、绘画,从音乐学院飘出的钢琴声——那里一位不再年轻的钢琴大师,一位来自异乡的陌生人,正在向学生演示如何弹奏肖邦的第四协奏曲。热爱那些并不真实的存在,但现实往往由此而来——正是这样琐碎之事——如火腿吃光了,茶喝完了;或可怖的历史,如大战爆发,游行瘫痪城市——才构成了客观现实。通货膨胀使得街头店铺面目全非(贝多芬的奏鸣曲则不受影响)——我真不明白,欢快的音乐节奏和沉重的历史呼吸这两种力量,如何共存。我曾不止一次想要揭示其中的奥秘,但即使最忠实的读者也委婉地建议,让我另换话题,因为这两个世界难以融合,不通声问。他们对我的追问和忧虑冷嘲热讽,对零星的读者抗议置之不理。

* * *

当我还是一名哲学系学生时（并不出色），我记得曾写过一篇有关"超验生存"的论文。我竭力试图理解并表达出我最爱的叔本华[1]的"更佳意识"——结果却是乏善可陈。叔本华的本意是指在这样的状态，智性超越了物质和庸常，而短暂地开启了通往理念和美的道路。我对叔本华其实并不了解，我是践行者，不是理论家，但我确实经历过那一种狂喜，有时在交响乐的音乐会上，有时是外出散步时，仿佛一道奇异之光，刹那穿透单调乏味的生活。它用我并不理解的语言喃喃低语，它渴望表达自我——我多么希望能将这一种感受写成诗，可惜并不成功。在我称之为"超验生存"的刹那，我痛苦地意识到自己缺乏哲学天才：任何一位训练有素的哲学家，面对一名学生试图把握变动不居的经验现实这一徒劳之举，一定会纵声大笑……我是激情满满的行动家，毫无理想家的气质，玩弄哲学概念和范畴非我所长，我缺乏与客观世界的疏离感，缺乏耐心，更缺乏将日常经验转化为思想沃土的那种玩世不恭。超验生存！哲学教授会对这种愚蠢的想法嗤之以鼻。当然，我的论文最终侥幸通过，或许有一两位评委会耸耸肩，但无伤大雅。

---

[1] 叔本华（Schopenhauer，1788—1860），德国哲学家，唯意志论的创始人。——译注

＊　＊　＊

阿尼娅姑姑（我父亲的妹妹）像我们大家庭中的其他人一样重新安顿下来。我母亲死后，我请求父亲写一部回忆录——他在很容易发黄的劣等报纸上写，然后用打字机打出来——可惜回忆都是一些干巴巴的记录；这位写得一手漂亮明信片的男人面对如此庞杂的题材显得手足无措，结果拿出来的无异于一份拉长的个人简历。在回忆录中，他记述阿尼娅自幼学习钢琴，即使在占领期她也坚持准备肖邦钢琴比赛，但等到战争结束，她等来的却是痛苦和绝望：她已超过参赛者的年龄限制。家里人再也没提过此事。父亲的文字打动了我。我眼前立刻浮现出战争期间我姑姑在利沃夫的生活场景，在幽僻的皮亚斯科瓦大街十号……我想象她在练习肖邦的协奏曲和贝多芬的奏鸣曲；全副武装的德国士兵在街道巡逻，盖世太保（Gestapo）控制了人们的全部生活；冬天日益临近，在利沃夫的犹太人居住区，在街心花园背后的小房子里，美妙的音符从她的指尖轻轻滑过。

一段时间以后，阿尼娅姑姑读到了纸张发黄的回忆录，她矢口否认曾梦想过肖邦钢琴比赛。我父亲谈及此事，嘴角还挂着冷笑。他解释说，阿尼娅坚持自己从未有过这样的念头，因为她的钢琴水平还"远未达到"能够参加比赛的地步，这是何等荒唐的念头！她本人天资有限，弹琴只为自娱，这一切都是我父亲的胡编乱造。姑姑的这一说法令我豁然开朗——我需要对我父亲重新认识：他极端富于想象力——可惜这一点我并未继承，我一直以为（愚蠢的自负）自己是家中唯一一个拥有超凡想象力的人。又过了一些日子，我再次向姑姑求证此事，得到的还是否定的回答。她说她只是自娱，从来没有勇气参加任何比赛,更不用说肖邦钢琴比赛——在那里,她的三脚猫功夫一定会遭到专业选手的无情碾压。肖邦钢琴比赛是引发各方面关注的比赛:政府、内阁乃至整个社会……连比利时王后也是座中常客。对波兰钢琴家而言,这样的比赛是重中之重,犹如竞技场的奥林匹克运动会。她的这番话我不得不信,我必须信她。但同时这也表明,我父亲在他神志清醒时书写的回忆录里,出于某种理由,甚至编造了整个故事。这也进一步表明他的整个精神状态出了很大问题:他过去坦诚率直,口无遮拦,最恨别人说假话,编瞎话。从这一点看,要不就是他的记忆出了问题(很久以后,他完全失忆),要不就是他决定涉足想象之境——此前他竭力摈弃想象力——开始编造故事。假如事实果真如此,我们家族在占领期间的奥德赛❶漂泊史便要重新进行审视。

* * *

作者深信存在着一个更高的世界,但却无法将其带至他所生活的,包括他的民族、家庭和个人日常的经验世界。在他的书中,至多只有几页篇幅,表明他曾为此付出努力,并最终归于失败。当然,倘若没有这一番努力,作者便不是他自己,也不成其为作者。

---

❶ 奥德赛(Odyssey),古希腊荷马史诗《奥德赛》中的英雄人物,海上漂泊十年才返回故乡。——译注

* 、* 　*

我公开发表的第一首诗题为"音乐",记述了我在克拉科夫爱乐乐团见证的一个小插曲:一名音乐家在音乐会现场晕倒。音乐会被迫中断,转入突如其来的幕间休息。我颇感震惊:原以为属于精神世界的音乐与现实很遥远——一位身着黑色礼服的音乐家在乐声中晕倒,超乎日常经验,难于理解,令人惊讶。

* 　* 　*

一艘划艇的木桨击打着褐色的水面……父亲年轻时精力充沛,爱好周日的户外运动,或远或近的登山以及丛林探险。他喜欢抱团出游——他时常将我们带至鲁迪拉齐布日(Rudy Raciborskie)村庄,那里有一座缓慢风化的大公园、一座宫殿,还有一座颓败的修道院。你可以乘坐窄轨列车抵达鲁迪——它不同于普通列车,它从城镇的外围悄然而过,似乎对于周日打搅当地村民的高眠而深感抱歉……一片陌生的世界展现在我们眼前:鲁迪也有一座古老的西多会(Cistercian)修道院,战争期间半数已遭焚毁;还有鲁迪河缓缓流过,形成一汪水塘、一片广阔的丛林,当地一些好事者称之为"共产主义聚居地"(如果有人询问这是什么意思,我猜他们一定无言以对)。母亲很少参加这样的周日远足,除非万不得已,她绝不愿意离开城市。在回忆录中,父亲记叙了某一次她不得不待在一家小旅馆睡高低床的惨痛经历;他还回忆他的母亲,即我的祖母,在我祖父带着三个孩子去利沃夫城郊远足时,也情愿一个人待在家里……周日,幸运的是,公共机构都关门,只有教堂大门敞开。走在人群之中,我们这个四人小家庭(母亲虽然没来,但她始终和我们在一起)竭力想维持一家人战前的派头——我们"与众不同",因为父亲是"教授",否则我们便会"泯然众人"——跟那些张口闭口"我操""我啐"的人没什么两样(波兰语骂人的话发音一定要带舌尖的重音)——他们不懂什么深奥的句法,最喜欢用现代派喜爱的并列句式。事实上,我们一家只是表面光鲜,骨子里很穷。"教授"连一件像样的外套也买不起。"教授"对金钱的认识存在严重的盲区,同时又具备强烈的道德直觉——这两种素质决定了我们全家人的生活无可指摘,却饱受心酸。每次下班一回家,父亲立刻换上他平常穿的旧衣服,以免外套磨损。或许正是由于穷困,破败的公园和倾颓的宫殿才成为我们周日远足的绝佳的背景。它与诗意的遗址了无干涉,它明白无误地展现出一片即将被历史遗忘的残留物,美不胜收,却只能为我们片刻停留——甚至就在我们眼前,宫殿仍在风化剥落。我姐姐比我大几岁,每逢全家外出时节,她便宣称朋友有更好的聚会,借故离开。我便成为父亲旅游欲望的牺牲品;我毫无怨言,我甚至都不知道自己有抱怨和抗议的权利。但说实话,他是真喜欢登山——如果实在无山可登,只消坐上一个小时晃晃悠悠的公交车,就会来到一片高坡,坡上是斯科丘夫山(Skoczow)——然后他便会穿过附近的树林开始路途遥远的远足。最终,我们会发现,他对该地的了解绝不亚于职业导游:比如拿破仑大军如何将邻近村庄洗劫一空——就这样,父亲带领我们穿行在荒野和历史的废墟之中。

* * *

一战期间,保罗·瓦莱里❶主要待在巴黎,尽管偶尔也陪他的雇主、阔绰的莱比(Lebey)先生去外省。瓦莱里的职责很难界定(多数时候他负责根据新闻简报为雇主准备一些书面材料),他创作并发表了诗作,《年轻的命运女神》(*La jeune Parque*),在评论界深受好评,由此他作为作家的地位也日渐提高:突然之间,他成为一位名诗人。之前他从未想过,战争中饱受的磨难会成为他创作的题材。想都不敢想。甚至也不能说他故意排斥这类题材;事实上这类题材太过陌生,一般人根本不会考虑。通过精心刻画的超凡脱俗的绝世之美,创作《年轻的命运女神》本身也算得上诗人对血腥战争场面的一种回应。我猜,当他发现后来的诗歌一定大为震惊——那些诗无非是一些历史性的反思,无非是让历史的痛楚渗透在每句诗行,无非是用枯燥的理论取代诗歌的感受,并质疑诗歌是否有必要存在——在奥斯维辛❷之后。同样,如果他得知里尔克的诗歌也遭到质疑时,他一定倍感震惊:里尔克果真试图谴责战争的残酷,他的诗又该是何等样式?两位大诗人不约而同地将世界大战视为一出古老戏剧的下一幕:是永不间断的冲突,或许一代、两代人得以幸免,但它不可避免地还会卷土重来。它是注入欧洲文明的一剂缓慢发作的毒剂,而且是古

---

❶ 保罗·瓦莱里(Paul Valéry,1871—1945),法国象征派诗人,法兰西学院院士。——译注

❷ 奥斯维辛(Auschwitz),波兰南部一座城市,纳粹德国在第二次世界大战期间在此修建四十多座集中营,总称奥斯维辛集中营——有上百万人在这里被德国法西斯杀害,它又被称为"死亡工厂"——现已被改造为纪念大屠杀遇难者的国家博物馆。——译注

老的把戏。巴黎遭到轰炸，军事行动与平民百姓的界限已很难划清，但尽管如此，学者或诗人宁静的书斋应当远离战壕，远离腐臭的世界。瓦莱里确实写过一篇《控制方法论》(*Une Conquête Méthodique*)，对一种新的历史现象，即蔓延的德国生活军事化现象进行了深入剖析。大战甫一结束，他又出版了另一部更有名的文集《精神的危机》(*La Crise de l'esprit*)，其中的名句"别无其他文明，现在我们知晓我们是凡夫俗子"可谓家喻户晓。

在另一些文章里，他还考察了现代性对人们思想的影响，其中经典的段落是，"再见！无止境的缓慢的劳作，那些大教堂——它们无止境的缓慢的生长，它们巍然耸立，见证了历史的沧桑剧变。"在这些文章中，瓦莱里毫不留情地痛斥战争给欧洲文明遗留的创伤。但在诗作中，他的风格却迥然不同：他力图证明时间或者历史，对诗歌的意象和主题并无明显影响。

* * *

我扫了一眼父亲回忆录的手稿——稿纸已发黄。假如我是一名学者，一名档案学家，我一定要描述一番它的物理状态，这一摞包括一百六十三页发黄颜色的标准纸（质量很次，毫无疑问是波兰共产党时期生产的，尽管我父亲一九九一年才动笔）。首页权充版权页：左上角是作者姓名塔丢兹·扎加耶夫斯基 (Tadeusz Zagajewski)。稍下一行是标题——用了黑色下划线——《意外不断》(*From One Accident to the Next*)。接下来是第一章标题"O 前言"——标题中阿拉伯数字 O 通常表明这是一篇严谨的科学论文。没有哪位人文学者会在标题上附加这样一个数字。人性中并无O的概念，人的精神也不承认有O。荷马（Homer）并非从O开始创作史诗。霍夫曼斯塔尔❶也不是从O起步。我劝说父亲写他的回忆录，他却以此来证明他的想法与我大相径庭——他想要表明：在这片寄居地，他只是一名过客，这片土地属于唯美主义者，而他并不在此列。文章开头的O字也表明他的谦虚，我们本来期待他的回忆录能匿名出版。《意外不断》在他看来，是他生活的全部，不偏不倚，毫不夸张。在书的开头，他重述了我们全家人耳熟能详的一个故事，最能体现他异于寻常的沉默寡言——上学的时候，老师要他写篇文章，描写尤利乌什·斯沃瓦茨基❷诗作《伤感的情歌》（*Balladyna*）中两个人物斯基尔卡（Skierka）和乔奇里克（Chochlik）。结果他只写了一句话："斯基尔卡勤奋工作，而乔奇里克为人奸巧。"（在回忆录他改成"乔奇里克生性懒惰"，但我只记得最初的版本）。他的母亲气急败坏，认为他是心存故意，讽刺老师，讽刺学校，讽刺国家机关。对此我父亲茫然不解：他对自己这一机智、巧妙的刻画颇为自得——既然一句话可以穷尽主题，为何还要喋喋不休说上许多？只有人文主义者才会滔滔不绝，讲个没完。父亲对人文学者总是心存芥蒂——当然也不无嫉恨。但他确实沉默寡言，这一点任谁也无法改变。我祖母的一项工作是侦察孩子们在校表现——这也是为什么是她而不是祖父总是怒气冲冲……我也曾读到一则对父亲的祖母、我的曾祖母玛丽亚·兹博罗夫斯卡（Maria Zborowska）的描绘——她已故的丈夫尤金尼厄斯（Eugenius），生前

---

❶ 霍夫曼斯塔尔（Hofmannsthal, 1874—1929），奥地利作家、诗人。——译注
❷ 尤利乌什·斯沃瓦茨基（Juliusz Słowacki, 1809—1849），波兰诗人、剧作家。——译注

在科洛梅亚（Kolomyja）担任法官。"我们称她为大祖母——小祖母是奥蒂利亚·雷茨科娃（Otylia Ryckowa）——她确实身材高大，皮肤黝黑，衣着古板，但她意志坚定，思想也极其守旧。我记得有一回母亲同意我姐姐玛丽亚独自参加学校舞会，惹得她勃然大怒。但倒退几十年，在那个时代，你会看到舞会上一排排椅子上都坐着眼神落寞的妈妈，紧盯着自己的女儿。"

评注一：奥蒂利亚·雷茨科娃是我爷爷的姨妈，我爷爷的母亲去世早，是姨妈和姨父——一位奥地利军官——在利沃夫将他一手带大。

评注二："我外祖母的房子装潢典雅，有古典的家具、精致的瓷器、闪亮的刀具，一切都表明这个家族昔日的阔绰和荣光。实际上外祖母依靠微薄的抚恤金度日，手头并不宽裕。但每逢节假日或家里人过生日，她还是要操办一场，而且根据习俗，每个人要将外祖母递到你盘中的那一份全部吃完。有一次我的一位舅舅实在吃不完那么多蛋糕，就将蛋糕悄悄塞到桌肚里，直到后来打扫卫生才被发现。"

评注三："外祖母有三个孩子。老大是我母亲玛丽亚。中间是雅德维加（Jadwiga，即威西娅姨妈），她天赋极高，但不喜欢社交；她喜欢朗诵诗歌，尤其是泰特马耶尔❶的诗，喜欢弹奏流行的钢琴曲，模仿歌剧二重唱。她换过不少工作，其中在利沃夫农业局当办事员时间最长。最小的是约瑟夫舅舅，他是一名

---

❶ 泰特马耶尔(Tetmajer, 1845—1940)，波兰诗人、剧作家。——译注

律师，在利沃夫财政局上班。他性格孤僻，喜欢独处，我记得父亲曾说，最怕我长大后像约瑟夫舅舅——他说对了一半。"

我不再转述了，在自传其他地方，后来我父亲又回到他的"独处"以及他的父亲对此是如何担心的话题。他的父亲，我爷爷，性格则截然相反。爷爷是人文主义者：对斯基尔卡和乔奇里克，毫无疑问，他能洋洋洒洒写上几大章。与亲朋好友交谈时，他的声音低沉有力——他说想要抱孙子。我父亲喜欢独处则明显遗传自他母亲的基因。"他说对了一半。"我父亲写道。他心里可能在回忆与我母亲初次相遇的美妙场景：她性格外向充满好奇心；他们性格互补，正如我的祖父和祖母的婚姻。约瑟夫舅舅是大家庭中有名的怪人，是本土的奥勃洛莫夫❶。每逢星期天，全家人围坐在一起享用下午茶，他却无动于衷，将自己反锁在房间里，只有在上厕所时，才披着睡衣轻手轻脚跑出来，然后又急匆匆地返回隐秘的蜗居。他在那里干什么？是整天躺在床上睡大觉，还是在酝酿对亲人某种秘而不宣的情感？对于父亲所说的我的外祖母家族昔日的荣光和她靠微薄的抚恤金勉强度日之间的强烈反差，我也颇感困惑。好像这也是家族史中永恒的母题：表面上要维持中产阶级的舒适生活，实际上却是在贫困线下苦苦挣扎。餐柜里整齐有序的茶杯，熨烫整齐的衣裤，油光锃亮的地板……还有吃不完的蛋糕塞进外祖母桌子底下。这个故事父亲讲述过好多遍，但在他的版本中，主角是他，将蛋糕塞进

---

❶ 奥勃洛莫夫（Oblomov），俄国现实主义小说家冈察洛夫（1812—1891）同名小说中的人物。19世纪俄罗斯文学经典长篇小说《奥勃洛莫夫》为文学史提供了"多余人"的形象。——译注

桌底的也是他——我觉得这一创意妙不可言……但在他的回忆中，他似乎更愿意将这一无伤大雅的恶作剧归于他人……

* * *

在柏林市中心的一方小小墓园，是黑格尔❶和费希特❷以及布莱希特和海伦娜·韦格尔夫妇（Helene Weigel）的栖身之所。这里也是迪特里希·朋霍费尔❸的墓地。一方墓园竟能容纳如此之多的英雄豪杰。假如他们从长眠中突然醒来，一定会相互争吵不已。鸟鸣啾啾，跟其他墓园并没有什么两样，它们并不知晓脚下长眠的是何许人，对在它们脚下安息的伟大思想家一无所知；黑格尔生前并无传记出版，朋霍费尔的传记被腰斩，贝托尔特·布莱希特是才华横溢的诗人，但性格并不讨人喜欢。他醉心于意识形态，堪称是黑格尔的衣钵传人（后者乃是他精神上的祖父）。许多年前，有一次在柏林，我和维克托·沃罗希尔斯基（Wiktor Woroszylski）以及其他一些朋友去探访弗拉基米尔·纳博科夫❹的父亲安葬的白俄墓地。我们最终找到了这一块墓园，破落不堪，顶上是高速公路的匝道，还有巍峨的哥特拱顶。

---

❶ 黑格尔(Hegel,1770—1831),德国哲学家,德国19世纪唯心论哲学的代表人物。——译注

❷ 费希特(Fichte,1762—1814),德国哲学家,古典主义哲学的代表人物之一。——译注

❸ 迪特里希·朋霍费尔(Dietrich Bonhoeffer,1906—1945),20世纪杰出的德国神学家。——译注

❹ 弗拉基米尔·纳博科夫(Vladimir Nabokov,1899—1977),俄裔美籍作家。——译注

＊　＊　＊

我一边翻阅父亲发黄的回忆录，一边想象二战之前我们家庭的生活场景——回忆录以"0前言"开头，各个章节都用数字精确标记——我从中读到我的曾祖母如何装潢她的公寓，给到访的客人造成一种错觉，以此来掩盖真实的贫困。他们的周日下午茶是我爷爷在格利维采下午茶的预演，当然场景已大大改变。我的曾祖母已过世多年，在自己房间秘密从事研究工作的约瑟夫舅舅也不在人世。取而代之的是新的一代，我的姐妹兄弟这一代，当然，也多了我的母亲：尽管她精力充沛，喜爱社交，无论是家庭聚会或其他场合，她总能应付裕如，但她总显得有些态度冷淡，有些格格不入。仿佛她只是例行公事。我怀疑她的生气活力是一种伪装，出于对陌生人的恐惧；她的能言善辩也不是出乎天性，并非人生的大乐趣。战前在利沃夫大学，她差一点击败所有男生，荣获法学院公共演讲竞赛大奖。（这是她一生的骄傲，时常提起，而她的听众，尤其是她丈夫和两个孩子，对此却大加讥讽。）她差一点赢得比赛——她的演讲效果现场反应最好，观众鼓掌欢呼，但评委最终决定不应该由女性赢得头奖，于是头奖颁给了一名男生。但无论如何，她也算取得了胜利，人人都在争相谈论此事。谁也不同意评委的裁决，她才是当天的女主角。她很乐意回忆当时的情景，尽管我们心存疑虑（这不，现在又回到演讲比赛了）。此刻，透过我父亲纸张发黄的回忆录，我仿佛看见祖母一家正在享用周日的下午茶，我坐直了身子倾听他们的谈话，并在谈话的间隙捕捉到嗡嗡乱飞的苍蝇。当我开始思考我们这个家族的命运时，我猛然意识到，他们当中绝大多数的幸存者在战后都重新开始了生活，而之前关于周日下午茶的华丽场景——与战后临时拼凑的简易场景相比——简直是难以复制、难以企及的美好回忆。但同时我也深切感受到，在两次世界大战之间，他们难免失意沮丧：他们不再是利沃夫自信满满的教授、无忧无虑的有产者，不再是自我生活的主宰，不再是命运的主人。还有我的曾祖母，试图以一丝资产阶级情调来掩饰她真实的贫困……更不用提那位在自己房间从事秘密研究的疯狂的舅舅，在家庭聚会时身着睡衣招摇过市；正像二十年后，我们住在格利维采的阿尔孔斯卡（Arkonska）三号二楼上的一位邻居——当时除了我们几个小孩，大人们都已安定下来，只有这一位邻居——哪怕是外出倒垃圾时也身穿睡衣。

　　天气好的时候，他会在外待上一会儿，贪婪地呼吸新鲜的空气（他从来不在秋冬季节离开他的两层小楼，为什么？）——有人说，这是一种出于意识形态考虑的选择：表示对"共产主义"的抗议，他对后者如此鄙视以至于不愿正装出门。他不愿正经八百面对"共产主义者"……但为什么约瑟夫舅舅对二十年代和三十年代也充满怨气？或许他也意识到在他的时代，战乱频仍的欧洲预示着没落和衰亡。或许他更为怀念战前的欧洲，那个真正的欧洲，而不是一九一八年后地图上出现的欧洲？我无法推断，或许他已意识到那样的时代不过是昙花一现……很可能其命运早在一百五十年前便已注定——从那时起，他们中有些人拥有小片的田地，住在小小的庄园（门厅有两排廊柱），其建筑风格仿效帕拉迪奥❶的文艺复兴式样；他们或许还拥有一小片林地，林地上奔跑着野兔和狐狸；然而，不可阻挡的进步潮流将这一切瞬间吞没：随着起义失败、财产被没收，他们变得日益贫困，一无所有，只能与收入极少的教师、职员、法官、医生等知识分子为伍，他们彷徨失落，不知这一种失落感从何而起，只能在怀旧中寄寓这一种惆怅之情。

* * *

如何来描述这两种力量：梦想与现实的冲击波，相互缠绕、争斗、短暂结盟，瞬间又撕毁盟约？如何理解这两种力量，一早还虎视眈眈，一副老死不相往来的模样，入夜却已暗度陈仓，互通款曲。这一种激情交织着爱恨情仇，瞬间可迸发无比惊人的力量——唯有睡梦可以让它平息。在梦里，一条公路蜿蜒不知伸向何方。在筑堤旁，水草疯长，散发出醉人的芬芳。

* * *

我一直在思考他们的痛苦、他们的失落。假如我是一名历史学家，对于我们时代的最具悲剧性的、最大规模的人口迁徙事件，我

---

❶ 安德烈亚·帕拉迪奥（Andrea Palladio，1508—1580），16世纪意大利著名建筑师。——译注

一定要挖掘出真相。比如说,我要研究希腊人一九二三年从小亚细亚(Asia Minor)被遣返——在此之前,他们在士麦那(Smyrna)及其他城市居住了上千年时间;以及德国纳粹占领波兰伊始,波兰人便被逐出波兹南(Poznan)和罗兹(Lodz);还有一些德国人也被赶出柯尼斯堡(Konigsburg)、格但斯克(Gdansk)、什切青(Szczecin)、弗罗茨瓦夫(Wroclaw)以及格利维采等城市。可我不是历史学家,我不会在历史档案中皓首穷经。我只能写下我的所见所闻。我想到阿尼娅姑姑,一个孤独的小老太婆,如此瘦弱,似乎一阵风便能将她吹倒,但从来不愿向周围的环境妥协。

现在她九十多岁了,对于涌入新城的移民仍充满疑虑。(是的,在六十年以后!)我又联想到我的父亲,在他精神失常之前,一直在搜集旧物:邮票、图书以及利沃夫地图。还有我的爷爷,在晚年,他混淆了国家和城市的边界,居然相信通过某种神奇的办法可以让他重回故乡利沃夫……我理解他们的痛楚,理解他们为何不愿与周围的高墙和树木以及庸常的生活达成妥协。我父亲健步如飞,对城市郊区的丛林地形了如指掌,但在我看来,他对当地的地理环境似乎不屑一顾——连真正的树林坐落在哪里也不知道(而我们都心知肚明)。同时,我非常明白他们饱受的痛苦和折磨在某种意义上也是上天的恩赐。你可以比较一下数百年来一直安居乐业的家庭:他们长期待在同一个地方,同一所房屋,同一个村子,同一个城镇,衣食无忧,似乎从未品尝过失意。只要你仔细观察,便不难发现,其实他们生活得并不快乐。他们从来不会在意生命之根——对他们而言,那不言自明,甚至令人生厌。他们对无与伦比的安定生活极其满足。这种安定确实令人羡慕,但其中毫无诗意色彩——失落本身会给人带来深切的伤痛,终生难以愈合。它让我回想起那位可敬的以色列医生——几年前我遇到他——他告诉他所遇到的每个人:他的家族在克拉科夫已生活了整整五个世纪。五个世纪,在今天的克拉科夫,很少有家庭与之相提并论。但在长达五个世纪的历史进程中,真正吸引我们注意力的还是残酷的战争和大屠杀——虽然只是短短的数秒钟,很快面试官便打断了他的自我陈述。我们的注意力很短暂。别人的命运只能让我们专注数分钟……其余时间都被我们自己占据。这些流离失所之人失去很多,但生活的吊诡在于唯有失去,生活才有意义。一种理想化的无忧无虑的生活,一种日复一日单调雷同的生活,像孩童温暖之手上的冰激凌迅速融化。仿佛托尔斯泰❶史诗巨著中的描述:和平时期,生活由四季更替、播种收获、风霜雨季、生老病死等日常琐碎所构成;而不甘于平淡的英雄,有意无意间开始渴望战争。渴望激荡人心的历史事件(正如一九一四年八月,整个欧洲,尤其是德国,在宣战的刹那所体验到的极其短暂而虚幻的幸福感),只是当战争暴露出它的狰狞面目之时,人们才开始怀念和平时期的可贵。这些流离失所之人,尽管生活在和平年代,但他们背负的却是战争的回忆,其他人或许早已遗忘,但他们却永志不忘。他们当中有些人确乎成了艺术家。他们无须作曲绘画或进行文学创作,无须投身于美术学院,交响乐团,或开设创意写作课程。他们成为艺术家,乃是由于内心那一种神秘的悸动。普通的邻人,从未遭受此劫难,从未被迫背井离乡,远离故乡的墓园,远离田园诗般的丛林环绕,青山绿水(锦鲤在清澈的池塘游来游去——"甚至鲤鱼也今非昔比")。他们

---

❶ 托尔斯泰(Tolstoy,1828—1910),19世纪中期俄国著名的批判现实主义作家。——译注

或许会耸耸肩,他们考虑的不过是健康医疗、物价上涨之类日常生活的烦恼。他们已成为庸常的化身。他们的生存沦为一种机械的运动,尽管在今日的波兰,绝大部分人对如此单调乏味的生活并无不满——与加拿大截然不同——但对于流亡者则另当别论:他们心中隐藏着秘密,他们饱经战乱,九死一生,然而理想之火从未熄灭。他们无须写作或绘画,无人强求,他们也无须经历考试,无须本人指导(此类人多为艺术的寄生虫),但他们所有人都能感受到强烈的失落感。他们的生活丰富多彩,他们的创作素材源源不断,因为每次失落都是一次机遇。他们承受着巨大痛苦,但内心的隐秘却指引着他们的生活。我父亲在收集关于这座城市的图书和相册时,曾不无嫉妒地谈到西方的富庶:惬意的城市,体面的公寓,人们从不担心会流离失所——但或许反过来西方人也会嫉妒他的创伤哀痛,他的家国情怀,以及他的人生信念和理想。当他们去逛书店——假设他们真的去逛书店——常常会四顾茫然,不知所措,甚至要向店员征询意见,仿佛初学者向图书管理员描述他们的阅读偏好:要有大团圆结局,对话多一些,不要枪战……与他们不同,我父亲非常清楚他要的东西:他一眼便能发现那些陈旧的旅游手册和城市地图。我们这一代人没有这样的切肤之痛,我并非外来客,只是旁观者。尽管我必须承认,时不时地,朋友们会赠送一些与这座城市有关的小礼品:一些旧的版画和地图——记载着我们失落的伊甸园,但我并无力恢复昔日的乐园,也不想解释为何我志不在此。我缺少我父亲那一种激情,我对收集利沃夫的历史遗迹毫无兴趣,失落感并非遗传,可能更多是通过遗迹代代相传。小时候我曾见过大量外来移民迁至西里西亚(Silesia)社区,尤其是那些老人小心翼翼地脚踩铺路石

——新近它们已成为德国的铺路石——那一幕无疑令我备受震撼：我无意否认它限制了我的想象力，我注意到在德国占领波兰的背景下，他们像漫无目的游荡的疯子，迷失在陌生的深不可测的街道，对我而言，这就是生活；或许可以说它改变了我的生活，它让我痛心疾首，也让我脱胎换骨，那悲愤无语默然前行的场景。倘若不是为了那满腹哀愁的流亡者，我决不会拿起手中之笔开始我的创作——他们不知道自己是否活在一个真实的世界，抑或只是一部怪异的宣传片当中——这是盟国拍摄的电影，描绘《波茨坦公告》（*Potsdam Treaty*）发布后百姓欢欣鼓舞的场景。假如我不曾留意到民众与高墙之间的裂缝，不曾注意到二者之间的严重对立——二者明显不合逻辑——我很可能选择一个相对比较安全的职业，比如像我父母期望的那样做一名工程师——他们希望我能子承父业——或当一名银行职员，或在外省某地做一名穷酸教师，或当一名平庸的哲学家，绞尽脑汁向一帮心不在焉的学生解释柏拉图和亚里士多德的哲学的差异，而学生却沉醉在他们的影视明星梦中不能自拔。很显然，在我的童年见闻和我当下从事的职业之间存在着某种联系，尽管我并非流亡者，过去不是，现在也不是，然而我也不是定居者——通常从一地迁至另一地需要数代人的时间才能完全适应；当然存在一些过渡状态，目前我很可能处于这样的状态，籍籍无名，谁也不屑于浪费时间为它命名，因为它注定很快会湮没在更为广阔的历史当中……值得注意的是——我扪心自问——那些定居者，向来喜欢使用"历来如此"。他们生活在表面富足安定、实质单调乏味的氛围之中，自诩为"世上的精英"（salt of the world）；似乎他们代表的便是恒久的稳定，而流亡者代表了贪婪和永不知足，犹如生活的另类。这是何等可笑!

* * *

许多年前一张纸条上写道:"那些兴致勃勃满怀信念、自信满满的五十岁的男人谈起这个世界,俨然他们是世界的主人。"

* * *

阅读卡夫卡❶:世界的荒谬。他的许多小说跟我们的时代更为切近:一个被驯服的世界。但我仍记得旧时代小说每个章节前的摘要——作者通常要剧透一下后三十页主人公遭遇的命运。哪怕打盹,我们照样镇定自若,很清楚有人在身后关注着我们。那是我们的看护天使和心地善良的老派作家,双手沾满墨污,守护在孩童的床旁,驱走所有恶魔和他内心的恐惧。

* * *

必须提到的是,在我年轻时候,大约二十二三岁的样子,突然

---

❶ 卡夫卡(Kafka,1883—1924),20世纪奥匈帝国德语小说家,现代派文学的奠基人之一。——译注

遭遇不测,差点使我成为谨小慎微的守旧派。让我获救的不是一夜成名的渴望——我素来无此雄心壮志,而是一种心不在焉的疏忽——这一点我至今仍感到茫然。尽管听起来有些奇怪,我不得不承认很可能是因为诗歌。当然,从一方面看,我也算是一名哲学家,毕竟我获得过哲学博士学位,但从另一方面看,诗歌对我的吸引力却是日甚一日。但我诗性的一面,却缺乏相应的社会基础:我对自己的创作深以为耻,或许问题不在写作本身——至少在创作的瞬间能让我感受到全身心的投入和快乐;令我郁闷的是写作的产物——即别人如何看待我的作品。我朦胧地觉察到一位初登文坛的诗人满是陈词滥调,看起来绝对滑稽可笑。像"共产党时代"一样,作为社会人我们每个人都身披盔甲,将自己裹得严严实实,但一位初生的诗人并非为其他人而活,他不需要什么社会关系,也无须扮演可怜的小丑角色。他对"艺术赞助人""博士""副教授"之类头衔冷眼相看。他(或她)犹如虫卵,期待有朝一日,更高的生命形态能破茧而出。到目前为止,我只出版了几本书——我收到更多的是编辑的退稿——支撑我的与其说是现实,不如说是希望。我密切关注同辈诗人的新作,有时也会浏览一下老一辈诗人——我一直觉得,老一辈诗人仿佛生活在另一个星球,他们根本感受不到我的痛苦和追求。当然,有些时候,灵光乍现——我的诗情天赋会压倒我的哲学天赋:刹那灵感胜过学术训练必不可少的引经据典——而我却将必读书目中的论纲、典籍直接略过。有一次我参加学生在扎科帕内(Zakopane)举办的哲学研讨会,临近结束突然冒出一篇混乱不堪漫不经心的论文,充斥着马克思主义哲学思想的引言,而论文本身却空洞无物,简直是学术界的耻辱。但很快我便释然了,因为我是一名诗人，不必像学者那样拘泥固执。我很快放弃了这种伪哲学，不再假装是一名"青年学者"。当我回想这一切，尤其是扎科帕内的那场研讨会——尽管我很不情愿，也很少提及——心中仍是不无羞愧。而这一段不堪回首的往事，如今早已烟消云散。

* * *

司汤达❶在《自我的回忆》(*Souvenirs d'égotisme*)中曾说，"天才诗人留下的空白，会被怀疑精神所取代。"是真的吗？是的，诗歌与怀疑精神从来不能相容，必须经过殊死搏斗——战败的一方被毫不留情地处决，根本无视日内瓦公约。而诗的精神却永远不会消亡，它可能会被削弱，或消失一段时日，但它从来不会弃我们而去……至少我是这么看的。这也是我的愿望——或许遥远的国度和远方的诗人不过是一道幻影，他们的节日、成就和荣耀不过是海市蜃楼。不，我并不这样认为。我认为精神世界的健康，以及未来的生活完全取决于我，取决于我们。每天我们都在做决断——决定向生活竖起投降的白旗，还是呈上一首锦绣诗篇。

---

❶ 司汤达(Stendhal,1783—1842),19世纪法国批判现实主义作家。——译注

* * *

我不是流亡者,但是一旦意识到家族的流亡史,我立刻感受到某种不安的情绪日益生长——从街头的流浪汉、面带菜色的饥民,以及他们生死未卜的明天。

* * *

二〇〇六年十二月,一位著名的德国诗人造访克拉科夫,谨慎起见,我们称他为G。法语联盟邀请我参加这位尊贵客人的研讨会。与会的大约十五人,都是年轻人,毫无疑问,应该是罗曼语系的学生。我向G询问法国诗坛的阐释学转向,以及在世界诗坛为何它看似一座孤岛?其目标是否仅是语言学的实验?换言之,法国诗人是否认为只要像新闻报道一样关注一些重大题材,便可以做出好诗?许多年前,我记得有一位法国诗人,名气没有G大,告诉M说他无法帮助她完成我的诗歌翻译,因为他不喜欢——我的诗中有太多的年代标记(例如,"叔本华的哭泣")——而诗歌应该无条件地超越任何时代。让我们还是回到克拉科夫那个夜晚。G坚定地回答说,他跟我看法不同:法国诗歌并非异类——它可以在美国和西班牙诗人中找到许多盟友,他甚至援引了约翰·阿什贝利❶。然后他开始畅谈波兰诗歌,我们也由此知晓他满怀热忱对此做过深入研究,并对其价值

---

❶ 约翰·阿什贝利(John Ashbery,1927—2017),诗人,美国后现代诗歌代表人物之一。——译注

赞赏不已。但有一件事令他困惑不解,他说,那就是居然仍有那么多波兰诗人在神学边缘摇摆不定。波兰诗人——当然并非所有人——仍在与上帝较量。他对此难以理解。"很久以前我们已有结论,基本的结论,"他断言,"即上帝根本不存在,恕我直言,时至今日仍在一本正经地谈论上帝简直太过天真。"

我曾经与一位熟识的哲学家闲聊,谈及我父亲回忆录中在我曾祖父家举办家庭聚会的段落。关于约瑟夫舅舅的那一小段激起了他的兴致:太有意思了!他惊叫起来,一位疯疯癫癫的家伙,在周日居然穿着睡衣。从历史心理分析家来看,其中一定大有深意。它发生在二十年代末、三十年代初,对吧?这位身处正经八百、衣冠楚楚的家族成员包围圈中身着睡衣的约瑟夫,岂不正是当时被瓜分的波兰的隐喻。一个国家失去主权,失去自治,但尚未被从世界版图抹去;它仍拥有自己的语言、居民、河流,正如一位身着睡衣之人,置身于各种长裙礼服以及双排扣礼服之中——那些拥有主权的自由国家正襟危坐,他们的双排扣一直扣到领口。

* * *

里程碑式的四卷本法国诗选由耶日·利索夫斯基(Jerzy Lisowski)负责编撰,在他死后才宣告完成。我从中发现一首诗,其身世与我相近,诗名《词语与寒冷》(*Word and Cold*),它的作者是吉尔伯特·莱利(Gilbert Lely)。我从百科全书中查找,莱利是一位超现实主义作家——以色情作品和广受好评的萨德❶传记而知名。但是我所知晓的只有这一首诗,仅此而已。这首诗的波兰译文由康斯坦蒂·耶伦斯基(Konstanty Jelenski)操刀,后收入法国诗选。我印象中耶伦斯基是在另外一部诗选——即一九八五年十二月出版的让-弗朗索瓦·雷维尔(Jean-François Revel)翻译的法国诗选——中发现这首诗的。这首诗打动了他,后来他将译文给了波兰文学期刊《文学笔记》(*Literacy Notebook*)。

在此我打算稍做摘抄——美妙无比的诗篇,其中提到它的作者(叙述者)徘徊在自己的墓园,在秋日的巴黎,四周空空荡荡,他在蒙马特尔(Montmartre)墓园边等待:

> 瞧,我的墓碑,没有鎏金的生辰,也没有名字,
> 一种异样的感觉向我袭来;活着,我身无长物,
> 死后,像冥后帕耳塞福涅❷,只是短暂离开。
> 明天起,我将葬身在阿尔比纪(Albigensian)花岗岩间。
> 我想到我的那些著作,每个字句
> 都经过反复修改,
> 生活难以表达,需要不懈地
> 努力和长久地忍耐。
> 这便是我诗歌的主题:它比现实更柔软,
> 它允许我从头再来。

---

❶ 萨德(Sade,1740—1814),法国色情小说家。——译注
❷ 帕耳塞福涅(Persephone),希腊神话中冥界的王后。——译注

此刻，重读这首诗，我忆起巴黎这块知名墓地的确切地点。墓地掩映在名闻遐迩的蒙马特尔高地山间。墓园上方，大巴装载着日本游客和其他一些外国人，照例要在红磨坊夜总会（Moulin Rouge）稍做停靠。在最高处，总有一群人聚集在杜特城堡（du Tertre），寻觅一个消失的时代，和它的遗迹——当年那些穷困潦倒的艺术家——他们当中很多人现在成了百万富翁——一度曾寄居于此地。现在，四下寂静无声，唯有静默的墓碑、冰冷的大理石和死寂的墓园若有所待，像躲藏在光亮房间一角的蜘蛛。吉尔伯特·莱利（1904—1984），其时年事已高，一位资产阶级的超现实主义者（因为只有资产阶级才有实力在那样的黄金地段预留一块墓地），朝拜了他未来永久居住的家园。资产阶级的超现实主义者，貌似奇妙的混搭，事实上也可能是最理想的混搭。

* * *

不久，康斯坦蒂·耶伦斯基本人也于1987年谢世。当时我正在美国访问，他埋葬在卢瓦尔河谷（Loire）的一小块墓地，地点在卢瓦尔河上的圣迪埃小城。古斯塔夫·赫林–格鲁金斯基❶在日记中载了他与耶伦斯基一道漫步的情形——后者告知他未来墓园的地址。墓地已事先购置。恰好在那时，康斯坦茨发现了莱利那一首诗。

---

❶ 古斯塔夫·赫林–格鲁金斯基(Gustaw Herling-Grudzinski)，波兰当代作家。——译注

* * *

我在某处读到席勒对斯塔尔夫人❶的评判:"我们称之为诗的东西,她一无所知。"很有意思,关于德国和法国的古老争论:诗歌是不是应该晦涩难解,玄之又玄?或者可以运用严格的修辞手段加以界定?一旦定义成立,是不是仍有某种难以捉摸的东西在四下游荡,挥之不去?……

* * *

我父亲写道,年轻时候,他"喜欢孤独",这种忧郁气质令他的父母忧心忡忡。当我在他的生命缓慢驶向终点,在他的记忆尚未尽失之前,对他的一生进行追思之前,我猛然意识到,不但是他喜欢孤独,孤独也喜欢他。他有妻子和一双儿女,他是知名教授,甚至在晚年还参加了团结运动(Solidarity Movement)。年轻时候,他和一大帮朋友一年要去几次附近的山间宿营。尽管如此,他始终觉得自己孤独而脆弱。在山里,他最感到开心,我们坐在草坪上,四周风景尽收眼底,附近村庄亮丽的房屋,茂密的丛林,起伏的山峦,而他一言不发,只是默默地远眺。我想,在那一种静默之中,他一定很快乐。或许远眺之时他更加快乐——因为可以将四周景物尽收眼

---

❶ 斯塔尔夫人(Madame dë Stael,1766—1817),法国小说家、评论家。——译注

底：近处的榕树和落叶松，然后是一道山谷，以及远处起伏的低矮的群山，山脊伸向虚无缥缈的天际；高天之上，云舒云卷，偶尔还有直升机在蔚蓝的天空滑过，留下奇形怪状的痕迹。他最喜欢九月末、十月初的季候，此时秋叶渐红，他会选择一处僻静的山林草丛，让自己陷入沉思。当然，他从来不用"沉思"二字，感觉这是个外来词，有些虚张声势。作为一名人文主义者，我会选择用这样的词汇，而他却不会。他只是在凝神远眺，我总怀疑他在山水之间一定发现了某种东西，又超越日常经验——他需要逐日记录下的各种烦恼忧愁。通过泛黄的纸上记录的文字，我了解到父亲从未将他的生活视为强烈的情感冲动和决断力的必然结果。当然，他是一名教授、工程师，在他的领域，他取得不俗的成就，也赢得学生的敬佩。但在他的青年时代，他更为心仪的却是历史。将中年尘封以后，到了晚年，他又重拾历史。我认为他成不了历史学家，因为他过于内向，但谁也说不准，或许他能成为世界简史的知名作者，他组建了家庭——但倘若没有他那位激情四射的未婚妻，我母亲的参与——恐怕他将一事无成。比如，我父亲写道，在他决定离家从军之时，她却出乎意料地出现在火车站台上。她赶来和他道别，尽管他们事先并无任何计划。他是一位很好的父亲，与众不同——周围其他男人早已自觉承担起家庭责任，像糖融化在水中，自得其乐。而他从年轻时候起，便不得不离开这座城市。从某种意义上说，这也是他这部传记最为真实的部分。当然，那也纯属偶然——人生乃是由一系列偶然构成的历史事件，这是无可争辩的事实，痛苦而顽强，犹如石化的灿岩（lava）。对此他很少提及，因为无法忍受火山的喷涌。他热爱登山，他需要山川的抚慰，否则，作为典型的文人风格的经验主义者，他一定很难从生活的重重迷雾和困境中挣脱出来。我们并肩而坐，一言不发，直到他扬手看表，说："时间到了，我们走吧。"沉默寡言是他一贯的风格，所以直到今天，可以说我对他仍知之甚少。

* * *

去年有几天，我曾和来自艺术博览会——当代艺术的盛会——的一帮艺术家和画廊老板一道访问博洛尼亚（Bologna）。我驻足在当地一家美术馆（Pinacoteca Nazionale），墙上悬挂着拉斐尔❶的名画《圣塞西莉亚的狂喜》（*Ecstasy of Saint Cecilia*）以及圭多·雷尼❷和阿尼巴尔·卡拉齐❸的画作，后者一度是卡拉瓦乔❹的竞争对手。那是一月底一个阴沉的下午——我必须承认，我丝毫感受不到圣塞西莉亚的狂喜，雷尼和卡拉齐不对我的口味，尽管如此，那些大师们熠熠生辉的画布依然令我陶醉不已——展馆内游客寥寥无几——到傍晚时分，工作人员都急不可耐地盼望早点下班回家（似乎是小型展馆的常态）。此时，文艺复兴时期几幅小型的油画似乎在对我呢喃低语，或许还有几幅素描，以及一些残缺的雕塑——令人感受到逝去的历史的芳香。我猛然发现自己来到一扇窗前，是那种连排的窗户。美

---

❶ 拉斐尔（Raphael, 1483—1520），意大利画家，与达·芬奇和米开朗琪罗合称"文艺复兴三杰"。——译注
❷ 圭多·雷尼（Guido Reni, 1575—1642），意大利画家。——译注
❸ 阿尼巴尔·卡拉齐（Annibale Carracci, 1560—1609），意大利画家，欧洲古典风景画奠基人。——译注
❹ 卡拉瓦乔（Caravaggio, 1571—1610），意大利画家，对巴洛克画派的形成有重大影响。——译注

术馆或画廊的窗户通常极有情调——有时甚至喧宾夺主——因为你透过窗户看到的绘画和雕塑可能比原作更引人入胜；但我还是忍不住瞥了一眼外面的世界。正对着这一扇窗户，是狭窄的街道和普通的民居。美术馆的建筑风格与民居通常并不相伴——更多时候，美术馆的窗户应该正对公园和花园，或一块空地、宽阔的街道、全景式的城市风光（以免观众受到诱惑……）。但此地截然不同，这里几乎漆黑一团，只有美术馆的内饰反射出微光。不仅于此，从这里更容易窥伺普通居民的生活日常。百叶窗尚未拉上——说明难以启齿的夜生活尚未开始——博洛尼亚不惮向路人展示他们在这一时段的生活隐私。可以看到有些房子的厨房，他们正在做饭。有一个人在漂洗莴苣，另一个人在切洋葱片，有位老人穿梭在硕大的、深蓝色的厨房，像一位教师面对空空荡荡的教堂；在另一个楼层，一名年轻妇女正在给婴儿喂奶；在另一幢楼内，硕大的电视屏幕上明亮的光斑跳跃不停，似乎在播放一部电影，讲述破茧化蝶的故事（电视机离我太过遥远，我根本无法解读那些光斑的意义）。这是一个平常的冬日午后，从下班到晚饭一段难挨的时光。用法国人的话说，是介于狼、狗之间的朦胧暮色。而我此刻却站立在画廊中央，一个不食人间烟火的地方。脑海中忽然冒出一个句子："他们就这样活着。"他们就这样活着，与他们相比，我瞬间充满了优越感，刹那间我感觉自己更为认同人工处理过的光鲜闪亮的画布，而不是狭窄的街道对面活生生的居民。

＊　＊　＊

　　有一瞬间，我更认同色泽鲜艳的画布上不朽的人物。仅仅是一瞬间，因为我知道这种感觉难以持久：从现在起，任何一分钟，我都可能感到饥饿，然后联想起晚餐，于是乖乖回到普通人的行列。衣食住行，柴米油盐，通过胃液有规律地分泌来丈量自己的生活。有一阵子，我无法理解画作中吃面包的普通人，或许艺术家摹画出了人的两面性——尽管数百年逝去，作为人的主要特征，他们的面部表情依然栩栩如生；相反，对于当下普通食客，他们却满心鄙视，不屑一顾。我喜欢那一瞬间的永恒，或许这也是《圣塞西莉亚的狂喜》打动我的原因。但这种感觉很难持久，是的，很难持久；很快，我重新回归到一群饥肠辘辘的兄弟们中间，开始大快朵颐。

　　＊　＊　＊

　　"他们就这样活着。"我也是，跟他们生活在一起，生死与共。

　　＊　＊　＊

　　我们对父母并不了解，因为我们根本不可能客观地（用该词的本义）或批判地看待他们。这也就意味着，我们可能持一种严厉的批评性的眼光,但那样一来,与其说是审视父母,不如说审视我们自己。

一开始,他们是偶像,但慢慢地,我们不由自主地成了费尔巴哈❶——从基督教徒一变而为不可知论者,甚或无神论者。我父亲生性腼腆,但不乏幽默感,喜欢冷嘲热讽。自打我记事起,他的全部精神力量似乎只朝向一个目标——他人生的目的和使命只为抚慰我的母亲,每天变换花样,变换视角,以乐观精神冲淡她内心深深的悲伤和恐惧。我不知道,我也不可能知道,我母亲的忧虑是源于她的童年时代——像许多老到的心理学家断言的那样——还是源于恐怖的战争年代和随后的德据时代。我知道的是,我父亲的确是在他们一生中最惨淡的时刻——在战争开始——便着手履行他的职责。一九三九年九月一日,德军四处狂轰滥炸之时,他对母亲轻描淡写地说是空军军事演习。当时他们住在华沙的萨斯卡克帕(Saska Kepa)区,在梦中被爆炸声惊醒。德国空军的战机对华沙发动空袭。"别怕,卢德卡(Ludka,我母亲昵称),只不过是演习,没什么好怕的——他们不过是摆个架势,根本不会打仗,"这是我父亲的经典台词——每次都能让他的妻子、我的母亲平静至少十五分钟。为了她,他将大战的爆发节点足足推迟了一刻钟。

然后,他们辗转来到利沃夫,仿佛坐了好几个世纪的火车,而且不时遭到空袭——有时不得不狂奔到田野上,藏身于秋日稻田的陇亩之间,倾听斯图卡(Stuka)轰炸机俯冲时发出的轰鸣——轰炸的对象不仅是他们,也包括潜在的我。经此一役,我父亲的修辞策略势必要发生改变:这不能算是演习了,一九三九年九日,躺在温

---

❶ 费尔巴哈(Feuerbach,1804—1872),19世纪德国著名哲学家。——译注

暖而干燥的田野上，他不可能再心安理得地编织谎言，不可能像那些满腹经纶的哲学教授，对邻人遭受的苦难视而不见——至少应该中止会议议程，暂停一下讨论。我认为，在那时，言辞无足轻重，重要的是脸上的尘土、身边的荨麻和陶土罐中的牛奶。无论如何，炸弹应该落在一百米开外。一路颠沛流离，他们最终抵达利沃夫，在华沙时他们一无所有——只得投奔我们的祖父母，同时我相信父亲立刻又自动恢复了他美化现实的职责。

事实表明，我母亲体格纤弱，更适合瑞士某个景区的湖光山色，而非近代欧洲史上的战乱频仍；她无法直面一个充满强制的世界，她无法容忍苏联统治、德国纳粹，然后又是苏联极权，她更不忍直视德据时期和战后波兰的贫困。在被德军占领的利沃夫，她见到常人所未见，她无法释怀押解犹太人去刑场的卡车。我不知道父亲当时如何编织谎言，来护佑我母亲——我当时尚未出生。但我后来确实知道，在抵达巴洛克风格的利沃夫之后——他们都非常热爱这座城市，尽管战争的残暴令这座美丽的城市伤痕累累——走在丑陋的格利维采大街上，她突然号啕大哭。这时我父亲不得不再次扮演守护神的形象——就像他在一九三九年九月那样，对她百般抚慰，别害怕，只不过是演习，飞行演习……然后到了西里西亚，又有了新的话题——这是安慰我母亲的好机会：“从现在起，任何时候我们都有可能重返利沃夫，"他说。当局突然强令兑换货币，包括我父母在内，每个人都变得一贫如洗：我父亲失去了他新近编写的一本教材的版税收入——本来在他极其微薄的薪酬之外，版税是唯一的额外收入——我父亲当时一定编织了美妙的借口，让她从这一打击中康复过来。但每一天——我记得很清楚——每天下午他从技术学院下班回家——总会随身携带一份当地的报纸，回来瘫倒在躺椅中，对着那张烂报纸研究半天，直到开饭。我搞不清他为什么要浪费时间阅读那种专制的宣传工具，尽是些干巴巴的丑陋无比的谎言。后来我才意识到，这一种阅读与普通的浏览新闻不同，这是我父亲为我母亲特意摆出的一种姿态，日复一日，仿佛具备了某种天然魔力。借此，他力图证明白纸黑字的报纸完全可以被操控，它的威胁性可以被冲淡。通过传播巨幅图片——它们宛似普鲁士雄鹰身上红白相间的翼翅：它的一翼是今日政坛明星的严肃头条，另一翼则是足球比赛的新闻——通过这样一种方式，我父亲可以象征性地杀死新闻：像深入地穴的英雄，勇敢地斩杀毒龙；如此他可以向母亲演示：天下太平无事——今天没有坏消息，没有汇率波动，没有人被盘查、被引渡，没有即将开打的战争，没有新的流亡者定居点……总之，一切如常，我们不会被驱逐离开这座公寓，离开这座城市，一切都会变得很好，晚餐精美可口，孩子茁壮成长，春天已近在眼前……他仿佛在对她哼唱一曲催眠曲——尽管没有歌词，甚至都没有动下嘴唇——别怕，一切有我，一切都会好起来的，看，报纸根本伤不到你，它就在我手里。一切都会好起来的，他默默地吟唱，一切都会好起来的，你不用害怕。

* * *

七月份在柏林待了两天，参加一个关于老龄化如何影响写作的公共研讨会。我和南非诗人安提耶·科洛戈（Antjie Krog）以及德国诗人约翰内斯·库恩（Johannes Kühn）受邀一同出席。邀请我们的是《声音与形式》（Sinn und Form）杂志的主编塞巴斯蒂安·克莱因施密特（Sebastian Kleinschmidt），他是我的朋友，也是一位出色的杂文家。对于应邀谈论这样的话题，我一开始颇感惊讶，后来才不无悲哀地意识到：讨论这样的话题，我的年资已绰绰有余。我的观点是，对于任何人，尤其是年纪老迈而仍不辍笔耕的人而言，这犹如一场决斗——困难重重，而且最终一定是输得很惨——因为精神愈发强健，而肉体日益衰颓；与之俱来的，还有日渐增长的孤独与疏离之感。被它忠实的老友——肉体——所抛弃，灵魂变得日益孤单——像战争大片中不惜牺牲生命掩护部队撤退的孤胆英雄。这一场决斗，胜负早已注定，但决斗的过程却可能极其精彩、刺激、令人意乱神迷（此处不含任何讽刺色彩）。在现实生活或纪录片中，偶尔我们能见到一位步履蹒跚的老艺术家或年迈的诗人，眼中仍闪烁着寻觅真知的光芒，那是一种精神的力量，与脆弱的肉体恰成对比——一种不屈的自豪、不懈的探求，无惧无畏地向衰老和疾病发起挑战。是的，它注定要失败，终有一天，他眼中闪烁的光芒会熄灭。但我们不知道，我们根本无法预料——或许会有另外一道光芒。我们无法预料，但我们确实满怀希望。或许我是在狡辩，当我回到克拉科夫家中，在大词典中查找"决斗"一词，发现德语中该词是中性名词，而非阳性。可我却一直使用错误的阳性形式……一遍又一遍。我意识到自己可能犯了错误，一直很焦虑。这一语法错误会推翻我的立论吗？我的同伴发言人似乎很有策略地回避了这一语法错误。从此我牢记不忘：决斗是中性，而非阳性形式。对此我一直耿耿于怀，忍不住又写下一大段话：这表明我依然缺乏一些年迈之人（男人和女人）眼中闪烁的智慧，相差甚远……

* * *

母亲要求父亲不停地提供保护——保护她免受战争的厄运侵袭。但有一次——在我出生之前——他们的角色互换，反而是母亲向父亲提供了保护。那是一次非同寻常的事件：在利沃夫第一次被苏联统治期间，那时当局正全力搜捕流亡者，即希特勒侵占波兰中部以后，从德军铁蹄下逃亡到利沃夫的"未注册"人员。强制性人口登记注册制是苏联政策的标记。任何一个"未注册"人员皆被视为非人——他们一旦被发现，即被遣送至西伯利亚或哈萨克斯坦；很少有人能从流放地返回。因为我父母是从华沙到的利沃夫，从某种意义上看，他们也是逃亡者，注定要遭遣送流放。最终他们获得"注册"。不久，某天晚上，两名苏联士兵，毫无疑问是克格勃——苏联秘密警察——来到我祖父位于皮亚斯科瓦大街的家中。他们奉命抓人，就一个，抓我父亲。至于为什么只抓他一个，我们无从知晓。后来我在父亲的回忆录中发现了他的推断：几天前我母亲在门口跟一帮苏联人聊天，我父亲写道，他们一定很喜欢她——她给他们留下了深刻的印象。很有可能——假设低级官员也能下达抓捕的命令——他们希望将我父亲（当时他还不是我父亲）判处流放，然后便有机会对我母亲下手。就在此时，我母亲做出她一生最辉煌的功绩。她出示了一份文件，证明我父亲并非流亡者，更非逃犯，并以不容置疑的口吻宣布他哪里也不会去——他们根本无权逮捕他，以及诸如此类的话。无权。禁止抓捕。到此结束,一开始他们还在大喊大叫,说他们奉命抓人,他们无权擅自更改上司的命令,等等。但最终还是空手而返,被我母亲吓跑了。从此他们再也没有回来找过我父亲的麻烦——当然,那时他还不是我父亲。那是四十年代的一次偶然事件。平常我母亲怕这怕那,这一次却挺身而出,表现神勇。我父亲的职责是保护她免受惊吓,这一次却是我母亲救了他。

* * *

往往在聆听CD时,我们才会注意到一个小小的,然而却是非常重要的发明:随机播放按钮。我们端坐在扶手椅中,手执遥控器——这一发明令人类益发懒惰,但同时也有助于人陷入沉思——感觉自己像掌控一切无所不能的上帝,只消轻按按钮,一组设计精妙的艺术品便会土崩瓦解,碎成一地。曲风大变。严肃的交响乐表现出不同的节奏。伟大而虔诚的巴赫创作的宗教清唱剧——其格调及样式被音乐学院师生条分缕析并加以精心研究——此刻却改变了风格,变得年轻而充满活力,令我们备感震惊。柔板迫不及待地现身——出现在交响乐、弦乐四重奏以及奏鸣曲的序曲部分——可怜的柔板,像乡下的表亲,以前总是要怯生生地站在后排,永远要排在活泼的快板之后——这位注定在音乐史上扮演二流角色的家伙,现在却堂而皇之拿了头奖——多亏了那一枚随机播放按钮。

* * *

在父亲回忆录中我还发现一段伤心的插曲，发生在德据时期。当时我母亲还住在位于皮亚斯科瓦大街我爷爷家中（在利沃夫犹太人定居点搬迁后，他们很快被迫离开大街）。某一天，我父母的一位熟人，一位犹太妇女，过来询问我父母能不能让她和孩子们躲避一阵，我父母说不可能，因为随时会被邻居出卖——要走进我爷爷家里，必须穿过一条狭窄的过道，过道的左首是栅栏和绿化带，右首是一座矮房——当你经过时，邻居时刻会睁大眼睛，我父母对他们极不信任——因为他们喜欢窥伺，以邻为壑，甚至落井下石。我可以想见，前来求助的犹太人命运何等凄惨，也可以想见，我父母当时何等为难。但邻居们确实不值得信任：第二天，盖世太保来到皮亚斯科瓦大街，搜寻犹太人。

* * *

为时已晚。有时候我忍不住在想——这不是我思想保守、观点偏激的症状，而是一种切实的担忧——我的出生是不是为时太晚。我的激情、嗜好以及令我莫名冲动的使命感，时常提醒我挥之不去的疑虑和担忧：是否吾生也晚？学术界是否一如从前：各种门派、学说激烈交锋，思想家们对于论争的对手毫不留情，但这种交锋仅停留在纸上，而非硝烟弥漫的战场？我们获悉，如今在几乎所有领域都存在某个"后"时代。所谓大众文化对深刻思想丝毫不感兴趣，它生产出受雇于纸媒的记者，以取代过去的批评家和杂文家（当然"纸媒"很快也会消失，连同那些麻木不仁的作者）——他们的职责乃是就文坛新作、音乐盛会或艺术展览撰写一些无关痛痒的报道；而他们自己的观点（假如他们确乎有自己的观点）、他们的情感、他们的好恶及其评判标准，必须通通躲到纸的背面。给人的印象是读者付费只是为了读他们对图书、音乐会和艺术展的走马观花式的概述。当下我们是否应当满怀激情并勇敢地承认，在我们身处忧患的这些年，我们的艺术追求不过是一场自由梦：我们与自己开战，并不时地犯错（我自己在作品中便犯下若干错误）；我们曾失足跌倒，我们曾在诗中夸大其词（我本人写过不少这样的烂诗），我们的作品无人问津——承认这一切是否为时已晚？有没有读者愿意响应我们（哪怕是轻声地响应）——像出席我们诗歌朗诵会的好心读者那样，对我们公开支持，并承担有时候我们某些诗句确实能帮助他们度过人生的至暗时刻？但遗憾的是，读者的评论尽管发自肺腑，令人动容，但只能以业余人士的身份，在私下场合流传，对官方的文坛产生不了任何影响——相反，官方人士对这些言辞不仅毫不在意，还会直接将其贬斥为头脑发热的"胡言乱语"。我不知道是否为时已晚？但我确实知道吾道不孤——我与一些素未谋面的朋友（也可能是敌人）在许多学科领域都有交流合作——在美国，我遇到的诗人特别多，当然也有一些音乐家和哲学家，由于时间关系或环境影响，尽管我们不一定有机会交谈，但我对他们一直念念不忘。相比而言，欧洲的情况要糟糕得多——在这里，受制于各种利益集团的项目计划，他们显得无动于衷，以此来掩饰他们内心的疲乏和精神的委顿。是不是为时已晚？不，绝对不，只要我们还活着，我们便不会停止对人生的礼赞。

* * *

"跟世界决斗，你永远应该站在世界这一边。"一开始，我对这句格言相当排斥。不过是卡夫卡受虐狂倾向的另一则案例。是的，而且在我看来更加准确：一个人如何成为他自己的反对派。知易行难。后来我才意识到，这一卡夫卡风格的警句也可以有不同的阐释，比如，"站在世界一边"可以理解为我们不应该受控于直觉和冲动，因为它们大多代表着孩子气般的盲目、偏执，小题大做，转眼即逝。而我们的首要职责是了解这个世界，了解它的架构，了解世界——和我们自己——的欲望和需求。由此我们才能了解，世界的本质并非完美无缺——所谓天地不仁——它目盲耳聋，对万事万物漠不关心，有时甚至凶残暴虐。当然，它也有灵光乍现、光芒耀眼的时候——只有了解了世界的本质，我们才能采取行动，来探索它的奥秘。只有这时，我们才开始不知不觉地承担起自己的角色。这时我们才会明白，原来自我与世界并无矛盾冲突——构成我们的是同一种物质，同一种宇宙尘埃。

片刻的欢愉，但同时也要防范一首坏诗造成的危险——英语中称之为言不由衷——"这类言辞关乎道德、宗教或政治，貌似义正词严，实质假扮圣人"——英文辞典这样解释，这一种双面修辞无异于政治宣传。但遗憾的是，这一种修辞可能出现在诗作当中，这也是波兰传道牧师惯用的手法。

* * *

聆听巴赫、莫扎特、肖斯塔科维奇以及卢托斯瓦夫斯基❶是否真的需要勇气？齐奥朗认为恰恰相反，是巴赫赋予他勇气和力量，让他这位激进的怀疑派暂时皈依了上帝。然而年复一年，一种奇怪的现象却日渐流行：任何人胆敢自称为"古典音乐"爱好者（加上引号是因为"严肃"或"古典"这样的称谓皆不准确），必定会被讽为势利鬼——因为他借此凌驾于众人之上。何等荒唐的指控：当众人对某物一无所知之时，你如何能凌驾于众人之上？我有一些朋友，更喜欢轻松愉悦的音乐，他们称之为"年轻的"音乐；当然，这一音乐现在已不再年轻——当年的"滚石"乐队现已成老人，早已退出乐坛；他们手中挥舞的吉他，也早已被换成了电子吉他。你时常能听到的古典音乐过于远离生活……但生活假如不在音乐——这些将人内在的灵魂节奏与外部世界紧密相连的音乐当中，它又会在哪里？海米托·冯·多德雷尔❷在作品《群魔》（*The Demons*）中提到一位人物："他现在似乎明白了现实到底是什么，它变动不居，在内心世界与外部世界之间来回振荡。"这一种振荡，这一种永恒的内外回响，乃是灵魂与世界共同谱写的罗曼司（Romance）；这种一刻不停的、徒劳的挣扎和哀伤，唯有借助音乐和诗歌才能表现出来；音乐和诗歌能

---

❶ 维托尔德·卢托斯瓦夫斯基（Witold Lutoslawski, 1913—1994），波兰作曲家、指挥家与钢琴家。——译注
❷ 海米托·冯·多德雷尔（Heimito von Doderer, 1896—1966），奥地利小说家。——译注

展示出内外混合的成分。年轻的音乐如今大行其道，而它成功的原因恰恰在于当下严肃音乐的缺失。摇滚乐无疑具备酒神狄奥尼索斯（Dionysus）的狂妄不羁，使人意乱情迷。但年轻的尼采——这位《瞧，这人》(Ecce Homo)的作者，在他尚未发疯之前——却在《悲剧的诞生》(The Birth of Tragedy)中告诉我们：艺术中的酒神狄奥尼索斯与日神阿波罗（Apollo）一直处于对话当中。而在摇滚乐当中，令人遗憾的是，激情与平和、情感与形式等精彩对话全部变得暗淡无光——我们只听见穿着紧身牛仔裤的异族神祇的哀号（他们手中叮当作响的铃铛表示利润丰厚：有更多的美元流入了收银台）。

* * *

有人会提出质疑：难道我们只会观赏紧身牛仔裤的异族神祇？摇滚乐本身也可能会令人狂乱——它揭示，在当今世界，狄奥尼索斯依然在场？还有人会质疑酒神的音乐过于原始；但你是否想过，远古神话中源于小亚细亚、极具原创力的酒神狄奥尼索斯会循规蹈矩，满足于纤细精巧的旋律，难道指望他正装领带去音乐学院，上作曲课，在娜迪亚·布朗热[1]指导下对十二音乐体系（dodecaphony）产生兴趣，并在夜晚研读阿多诺[2]的信函？我看未必。这样想的人多

---

[1] 娜迪亚·布朗热(Nadia Boulanger, 1887—1979)，法国女音乐教育家、作曲家、指挥家。——译注

[2] 阿多诺(Adornor, 1903—1969)，德国哲学家、社会学家，社会批判理论奠基者。——译注

半是对艺术一知半解的势利鬼和门外汉,他们根本无法理解瞬间迸发的、古老的激情——艺术是一座火山,你可以植入精致的情感和道德律令,但却不能与之一同蒸发。这些人会说:艺术与人性、进步、道德之类了无干涉,无论后者贴上何等崇高的标签——犹如奔跑的小马驹,根本不在意主人唤他何名。当然,这种音乐很原始,没有故作惊奇,也没有"更新音乐语言",甚至也没有精巧的结构来打动所谓的专家,但有一点必须要肯定:你到底指望从狄奥尼索斯那里听到什么?

* * *

里尔克与交游甚广的瑞士富商之妻南妮·翁德利-伏尔卡特(Nanny Wunderly-Volkart)——的两卷本通信集属于我最爱的读物。集中只收录了诗人的信函,因为对方认为她的回复不值得出版。在这些书信中,安吉拉·古特曼(Angela Guttman)这个名字反复出现。谁是安吉拉·古特曼?简而言之,她是诗人的女门徒之一。关于里尔克有一则流传甚广且不怀好意的说法,认为他在罗致金主方面很有一套;这一说法当然也并非空穴来风。人们很容易忘掉,在由高到低的生存生物链中,从皇帝到乞儿,从公司总裁到流浪汉,里尔克恰好居中。这位《杜伊诺哀歌》(*Duino Elegies*)的作者尽其所能倾心倾力帮助他人,以期成功地吸引他恩主的注意力。安吉拉·古特曼便是其中一位。关于她的一切,我们都采自里尔克的书信。她是谁?这名女子无疑具有异常热切的灵魂,但与此同时,却无法吸引出版商同意出版她的著作。从这些书信中,你可能推断这一次两人之间并无私情,里尔克帮助她仅仅出于道义,但你显然大错特错——因为传记作者告诉我们,两人确乎有过一段短暂的风流韵事——为了保护诗人的声誉,很快又恢复成普通友谊。

正如我之前所说,安吉拉·古特曼内心一定是异常强大,在致翁德利-伏尔卡特夫人的信中,里尔克时常向夫人提及他这位非同寻常的友人:一贫如洗,处境堪忧。而里尔克对这位友人不仅仅抱有同情,更有钦佩——他同情的是她的经济困难和个人境遇,钦佩的是她过人的勇气和毅力。他在一封信中提到的某种东西让我非常动容。他说安吉拉经常一直生活在精神世界里(im Geiste)——也就是说,她精神紧张从未得到缓解。此外他还加上,"对我而言,只是偶尔如此。"可见这位大诗人对一位籍籍无名的女子不无羡慕——尽管她被同时代人遗弃,在她那个世纪的文化史中也未能留名。那他羡慕的到底是什么?她不知疲倦的精神生活,充满激情,充满热忱。但安吉拉·古特曼却未能写出《杜伊诺哀歌》这样的传世之作。她是什么人?她必定是奔放不羁、理想高远的自由灵魂——智力超群,毫无疑问,因为她能打动里尔克。由此,我们能否主观臆测或假想推断?恐怕不能。但一位伟大的艺术家与一位无名之辈的这一种奇妙的结合确实令人疑窦丛生,欲罢不能。或许我可以做出如下推测:生活在一成不变的狂喜与亢奋的精神世界,也许并非上佳策略——如此一来,人很难感受到空虚、寂寞与绝望。相反,偶尔地生活在精神世界里无疑非常困难,令人压抑、郁闷、烦躁不安——但它确乎能激发创作的冲动。你只消短暂地走进精神世界,满怀激情,满怀欣喜,充满热望——犹如迎接一场久别重逢。很快,你们会再度分开,当然你的心中会充满忧伤,甚至留下错误的印象,仿佛你们永远不会再相逢——因为精神之火已永远熄灭。然而这却意味着"少即是多"——时不时地从别离的痛苦中抽身,回到精神世界——较之于永久地沉浸在狂迷状态显然会有更多收获——正如一位长期居住在深宫里的人,对宫廷的描摹与仰慕一定赶不上一位卑微的访客,他手提破敝的行李箱,蒙主人恩准于此将息一晚,而后打发他上路——或许他将来会走向另一座宫殿,但不是立刻——在目睹下一座宏伟的建筑,并由它的主人再次为他敞开大门之前,他必须经历一段漫长的而艰辛的泥泞之路。每次他离开宫殿,心中便充满忧伤,思念并渴望再见它一眼——准确地说,是思念他失去的东西。他在思念与渴望之中生活,这似乎也是我们目前最佳的状态。

* * *

"我们并不指望从狄奥尼索斯那里听到这些。"这样的说法,提醒我发生在西欧的两次近乎雷同的小事件:一次在巴黎,一次在荷兰。某次阅读会结束后,有人走过来——记不清名字和脸,只留下一个大致印象——对我说,"我们的艺术家都已喑哑,我们对你们东欧诗人有更多期待,期待你们的力量、活力和灵感——我们这里只有大量多余的讽刺,而我们需要的是热情和信念……"

* * *

旧梦重回。梦境只有一个提示：为弱者而写作。别无其他。没有其他原则，或意识形态。只有一条：为弱者而写，我想到阿尼娅姑姑的一生，想到许多人一生轻飘飘地度过。他们从未赢得人生的竞赛。

* * *

但我们也不必为狄奥尼索斯和异教神祇而陶醉——那些人身着皮衣，挥舞着电吉他，一旁是经纪人和鼓鼓的钱包。狂野之神平日里嗑药吸毒无所不为，却能数十年把持金麦克风——这是他们最为明智的投资，无人能比，狄奥尼索斯从来没听到娜迪亚·布朗热的音乐课，也没有跟华尔街打过交道。

* * *

几天前在格利维采，在西里西亚技术学院的文化活动中心读书。那是一个六月的夜晚，太阳当空但凉风习习，令人感到漫长而困倦，中心坐落在公园边的一栋小阁楼上，绿地上还有若干黑鹂鸟在吟唱；它的一侧是重度污染的、漆黑的克洛德尼卡河（Klodnica）——令人惊奇的是，在夏天它居然被裹上一层油油的绿色——好像河水中的毒素不仅戕害了植被和树木——其毒性也为菩提树和桤树提供养分。

在乌黑的河边散步构成我大部分童年生活。至今我仍记得那一潭死水与河岸边生机勃勃的水草形成的强烈对比。我的祖父是一名退休教师，时常带我到河边漫步——其实一名教师很难根除他好为人师的冲动——他怎会真正退休？我祖父就在这乌黑一团的河边，给我上课，给我启蒙。我记得有一次，他用一头带有金属护套的手杖，从厚厚的水草中挑出一株，看似与其他水草并无两样——对我说，知道吗？这就是毒水芹（博学的生物辞典上定义其为由水中毒芹提取的毒药），苏格拉底（Socrates）在狱中就是服用它而死。你知道苏格拉底吗？他为何要服毒？然后开始对我大谈苏格拉底，关于他的审判，为何不为他自己辩护，以及他明明可以越狱，却严词拒绝。最后，祖父跟我讲了苏格拉底之死，他临终的遗嘱向医神阿斯克勒庇俄斯（Asdepius）敬奉一只公鸡。也正因为如此，这条黑河常常让我想到苏格拉底审判和苏格拉底之死——毫无惧色地告别人世。此后我时常感到惊奇：一处平常不起眼的场所，被西里西亚工业污染的漆黑的河流，居然能生长出杀死苏格拉底的毒水芹：古老的传说，令人神往的希腊和高贵的苏格拉底——令人意想不到的是，苏格拉底的高贵居然与普通的水草——毒水芹——大有关联。

* * *

我事先便有预感：这可能是一个不寻常的夜晚，我有些紧张，但并不畏惧恶意攻击，毕竟我不喜惹祸上身。如果我备受困扰，那一定是由于感情或情感。我的情感，我的感情。听众并不太多，但也相当可观。大部分是中年听众,当时我便觉得,这是最理想的听众,这是我的听众,也许我过于理想化了,我朗读的诗中提到了几位逝去之人,他们与这所学院相关,于是我问道,是否有人记得罗默教授(Romer)?回答是:当然。我望着大家,又问:马宗斯基(Mazonski)教授夫妇呢?当然。后来我猜,他们一定也听说过我父母(或许是间接听说)——因为他们不可能跟我父母有交集,但他们毕竟属于同一个社区,战后遣返到西里西亚的犹太人重置区。对,他们就是我最理想的听众,尤其是这一首跟我的童年密切相关的诗歌。我深有感触,事实上,除了朗诵会一开始跟我打招呼的三位老同学,台下听众我谁也不认识,但又好像全都认识。当然,他们一定也会有同感。朗读会进行了一阵子,外面依然光亮耀眼,黑鹂鸟忧郁的歌声穿透时开时闭的窗户,引人遐想。临近结束时,按照常规,我邀请听众提问,场面很冷清;听众并不像我之前想象的,尽管他们兴趣盎然,神情专注。但这似乎也是常态,都是一些中规中矩的问题,缺乏我在那样的一个夜晚感受到的张力。后来我突然记起当年离开这座城市的原因,这座城市静默无言——它只为包含计算、化学、物理和机械等各门学科的技术学院而存在,只为修桥架路、设计矿井坑道而存在,只为结构图而存在——昔日在紫色复写纸画出的结构图如今改在紫色电脑屏幕上呈现。倘若能够开口,它一定会诉说,在此之前,它讲的是德语,然后是苏联统治期间,短暂地流行过俄语,到了现在,又被迫转换成波兰语。随着语言一同改变的是语法和词汇,它不得不对付某一种斯拉夫语言——或音韵婉转,或粗嘎生硬,变幻无常,令人难以适应,极其费力,异常痛苦。这座城市已不再年轻,而学习一门语言,在我看来,应该是年轻人的强项。它也因此而沉默不语。这是一座安宁、体面的城市，民众也很体面——当然并非人人如此——不管他们是土生土长的当地居民，还是像我父母一样被遣送、重置的外来户。许多年来，这两个群体相互混杂，通婚，共同养育第二代、第三代，以至于如今已很难辨认谁是外来户谁是当地人。它因此而沉默不语。当年，我还在古尔内切瓦洛（Gornych Walow）大街的莱默学校（the Rymer School）上中学时，对此便大为迷惘。因为我想开口说话，在这个静默的城市，在我静默的家庭——温馨、善良而静默的家庭——举止优雅得当被视为体面之举；而开口说话则不然，因为开口会暴露弱点；这样的人被视为吹牛大王——与他的伦理身份不相匹配：因为只有缄默不语，你才能更好地帮助他人——这是我们家族的信念，但尽管如此，我依然渴望开口讲话。我也不知道这样一种冲动从何而来。后来我才明白，这也是我离开这里去往克拉科夫的原因——克拉科夫是一座富于表现力的城市，到处是具象的表达——古老房屋的浮雕在讲述历史，圣玛丽大教堂（St. Mary's Basilica）的塔楼也在向世人无声地宣示。而我渴望逃离一座静默的城市，去往一座健谈的城市，通过它的大学、诗人、剧院和音乐厅，以及它的房屋和宫殿，我想要选择话语来表达，但同时又不得不有所保留——这是天主教家庭传统的缄默——当然，也不完全排除源自德国新教家族的影响。像后者一样，我对未经思考的无心之语和率尔之言往往不无疑虑。对于华而不实的演讲之辞更是望而生畏。学生时代，我常乘火车由格利维采到克拉科夫，至今仍记得在黑皮笔记本上记下的一句格言让我兴奋了足足一个星期："口若悬河的演讲家最终被自己的口水杀死。"如今也不觉得这句话有什么奇特之处……但或许可以表明，总体而言，我对言辞不无反感。或许在骨子里，我依然算是缄默之城忠实的儿子——城里的技术员和工程师对口若悬河的高谈阔论付之一笑。或许谁也没有意识到，昔日奔涌翻腾的悬河，早已干涸。

＊　＊　＊

弗拉基米尔·扬科列维奇[1]曾这样谈论音乐："音乐会终场之时，观众席会爆发一片喧嚣——这难道不是被迫沉默两小时后，观众对音乐的报复？被压抑的词句从每个人口中喷涌而出，犹如山洪暴发。小提琴琴弓弹奏的部分被肢解，钢琴家一个不经意的手势遭到物议，女高音歌唱家的高音更是饱受指责……这样的议论，其主要功能在于能够将我们从音乐的魔力中解放出来，证明我们不愿降服；同时，这也帮助我们强化社会身份，证明我们并非少不更事的天真汉，能够轻易被俘获、被催眠，这是我们可怕的教育和智力培训方法对于受教育者的惩罚：无力承受静默无言。"

高见。因为音乐当中真正打动我们的东西，确实无法形诸文字——也许模棱两可而精妙绝伦的法语中的"吾何知"（Je ne sais quoi）除外——然后我们满心欢喜地回家，相信自己已经找到了音乐的本质。扬科列维奇文章中有一点我最为欣赏：在原初、本真的状态，人很容易受到感染。这是高明的见解。孤独之时，在自己的房间聆听音乐或阅读诗歌，能轻易感受到这一种本真——在那美妙的一瞬，

---

[1] 弗拉基米尔·扬科列维奇（Vladimir Jakelevitch，1903—1985），法国犹太裔哲学家。——译注

我们能获得纯粹的理解力。但一场音乐会效果却大不相同——因为它具有二重性。一方面它需要我们敞开心扉,接纳更伟大的东西;另一方面它又难免稠人广众之中常见的冷嘲热讽和清高自傲——这使得音乐的神奇功效大打折扣。但音乐会这一样式在人类历史中已久经考验,有时它会经历危机,但从未屈服——迄今也从未发现能取代音乐与人心直接交流的艺术样式。或许本真与讥讽之间的冲突便是音乐这一样式得以成功的保证;本真不可能以绝对纯真的状态在世上存身,它只能躲藏在巧智的硬壳之下;它必须历经乱世劫难,方能苟全。正如人们相信食品唯有藏身在荨麻之中才能保鲜。

* * *

乔治·塞菲里斯❶在日记中坦承,他无法接受卡瓦菲❷的诗作,尽管外界认为他是伟大的亚历山大派诗歌的继承人。塞菲里斯认为卡瓦菲是一位平实而素朴的诗人——也许过于素朴。但最终,他还是被这位亚历山大风格的隐士诗人的魅力所折服,并拜他为师。卡瓦菲诗歌高古绝伦,但并不容易理解。假如存在两种伟大的诗歌:一种是平实的、素朴的;而另一种则是凌空虚蹈、灵性飞扬的,很难用词语来界定——如此看来,卡瓦菲的诗作便属于经验主义的、脚踏实地的那一种。他是现代希腊诗歌中的巴尔扎克。像任何一部

---

❶ 乔治·塞菲里斯(George Seferis,1900—1971),希腊诗人,1963年获诺贝尔文学奖。——译注

❷ 卡瓦菲(Cavafy,约1863—1933),希腊诗人,现代希腊诗歌的创始人之一。——译注

精彩的小说，他的作品饱含引人入胜的细节描写，既不乏激情，又匠心独运。读罢卡瓦菲的诗作，读者可能感觉一切皆成过往，无论是抒情诗篇抑或是历史诗篇，都已囊括其中——其诗作已臻于顶峰。众所周知，他的诗作有两种：一种是希腊和拜占庭时代流传至今的神话传说题材，一种是色情的同性恋题材——主人公是像他一样生活在现代亚历山大城的籍籍无名的年轻人。他们生活于历史之外，穿梭于变幻不定的破烂的街区之间。这是何等的聪慧！这一种智慧主要源于生活的打击。卡瓦菲的诗作可以当成精美的论文来读——论人生快意，论人生多灾。这位亚历山大派诗人从失意中找到了慰藉和甜美，发现了积极向上的一面。面对粗鄙的征服者，被征服的民族坚信文化的优越性——或自以为如此。被侵略者一遍又一遍地凌辱，波兰人在俄国占领期间也以一种文化优越的姿态寻求一种精神安慰：通过思想、言语和书写表达对俄国的不满，这一点并不值得炫耀，但很明显，背后确乎存在着这样一种社会心理学。

卡瓦菲的诗作时常呈现罗马征服希腊城邦和共和国的场景——脆弱的城邦根本无力抵抗一个生机勃勃、急剧扩张的帝国。但这些脆弱的城邦和共和国却产生了一流的哲学家和诗人，博学多闻，才智过人。罗马人拥有孔武的军团和漂亮的战刀，但他们却不得不向希腊人学习精致的文化艺术。这一点他们心知肚明，希腊人也同样心知肚明。即便如此，失败的一方也不过是耸耸肩而已：粗鄙的征服者不是照样得向我学习……他要学习希腊文，因为当时拉丁文尚处于襁褓之中，势必要倚重于希腊作家。年轻学者涌向雅典——正如今天他们冲向巴黎。卡瓦菲取得了非凡的业绩：他向世人表明，被征服未必不是幸事。他折损了胜利者的自大自满，也摧毁了他的怡然自得。富有哲理地接受失败比疯狂的胜利更为体面,更令人心境平和……但请注意,卡瓦菲并没有一首诗描写古希腊史上最大的一次溃败——奥斯曼之围(the Ottoman capivity)以及君士坦丁堡陷落(the fall of Constantinople),直接导致希腊诸国在长达四百年时间里遭受土耳其人的压迫和欺凌——国破家亡,暗无天日,希腊被从欧洲历史中活生生地剔除出去——犹如俄国占领后波兰人的命运。长达四百年的黑暗——尽管地中海的太阳照样升起,海豚照样在大海里嬉戏,橄榄树依然枝繁叶茂。但在这位诗人笔下,没有一首诗触及这样的主题。卡瓦菲是一位失意的诗人,通过描画失败的心理学并弱化失败的痛楚,他发现阴暗忧郁之中仍不乏快乐光明的一面。但他缺乏勇气和想象力,缺乏英雄情怀,来描绘苏丹(sultan)统治下长达四个世纪的沉默的痛苦。诗歌的炼金术并非万能……它会刻意回避,以免自取其辱。

* * *

我打算离开"静默之城",因为我要开口讲话。这是我天真的一面——总是相信只要搬迁到另一个城市,我就能开口讲话。或许我应该首先梳理一遍我们家族移民重置区这一段耻辱的历史?但我到底想说什么?过去我知道什么?现在我又知道什么?年轻的时候我自以为知道得很多。这些年却感到跟上某些"项目"越发困难。"项目"一词令我产生不祥的预感,对,它是一切的根源。但你该说些什么?动手写诗之前通常有相当长的静默期。有一些静默通常最终能进入诗篇。这是诗歌与作文竞赛或公共演讲竞赛的区别。这种静默能令人开悟，刹那间能够把握世界的真谛——远胜于其后完整的诗篇。但也极有可能刹那之间令人感到绝望。创作一首诗歌（哪怕短短数行——必须记住任何一次降神会也催生不了一首完整的诗篇）通常与个人的失意和悲苦相关。而沉默将最终会被打破——诗意汩汩而出。这也是诗人，或尝试写诗之人面临的最大困难。只有在一连几周真正的静默开始之前——在这段痛苦时期你根本无法写作——你才意识到孕育诗歌的静默期是诗人最大的幸福；其他种类的沉默则令人烦恼。与此同时，假如你欣赏音乐仅仅因为它没有表达什么东西，你会感到越发的烦恼。在诗歌当中你不能"静默无言"；然而问题是，说出诗歌的言外之意也会造成新的问题：在话语充斥泛滥的世界阿谀奉承又有什么意义？我也知道对于那些铿锵有力、朗朗上口的诗作，或故作艰深、不知所云的诗作，我丝毫也提不起兴趣，估计大多数读者也是如此。同样，学院派炫技的、花哨的音乐我也敬而远之。比如，昨晚的爵士音乐会演奏者，是由德国著名艺术家组成的一个庞大的乐团——不得不承认，他们都是受过正规训练的一流音乐家。但总觉得缺少了什么。伟大的黑人爵士音乐家一定没有受过如此专业的训练，但他们别有所长：他们受饥饿的驱使，渴望表达，渴望讲述他们贫民窟的童年故事——悲欣交集。

* * *

写作——在阳光灿烂的日子满心愉悦、兴致盎然地写作，近乎创造另一个自我：你开始重新定义人生、规划未来——似乎之前的种种努力都不值一哂。在晦暗阴郁的日子里则是与沮丧绝望不停地作战，在至暗时刻，你只想拯救你自己。幸福日子里产生的伟大项目如今留下什么？烟消云散。那些伟大的计划，一开始一切都很新鲜，充满希望，但忽然之间一切转眼成空，计划又偃旗息鼓，你只能绝望地蜷缩在某个角落自怨自艾。仿佛一位伟大的君主，统治一个庞大的帝国，突然发现只有极少量的食物和水来保卫一座小小的边境要塞；支持不了不久……除非闪亮的日子再度降临，你庞大的计划重新激发你的想象力。作家、诗人、便是在这无尽的自我扩张与收缩，汹涌澎湃的激情和冷漠厌倦之间来回摆动。如果政客或法官们也屈从于这样的摇摆，社会将土崩瓦解，天下大乱，我们在夜里肯定不敢出门……

* * *

尴尬一刻：就在我中学毕业典礼仪式上，我们的班主任，一位不受欢迎的波兰人，马尔科夫（Markow）教授，将毕业证书递给我，说："亚当，我相信你一定会成为一名优秀的工程师。"

* * *

我记得有一则评论,是朱利安·格林❶日记里的一个假说(他是解析别人的理论):伊丽莎白时代诗歌和戏剧的繁荣源自对天主教的强烈反对和拒斥——寺庙被封闭,连同一些隐修院也在劫难逃。但潜心钻研的能量却不会轻易消失,它必须找到另外的出口,于是转向诗歌……我很赞同这一假说,尽管我那些满腹经纶的友人、文化史学家、文艺复兴专家——当我斗胆在学术研讨会上提出这一假说时——一定会备感震惊。

* * *

孤独的领导人。有时候我不禁猜测,那些伟大的政治领导人阅读时会选择何种书籍。我说的领导人并非指极权国家的大独裁者,也不是大大小小的暴君,而是真正的政治领袖。在这样的历史时期,我怀疑这样的政治领袖是否存在,但幸运的是,不久之前,在二战期间,这样的伟人确实存在,诗人和小说家时常不愿提起……相反,无一例外地,他们会异口同声地谴责政治,甚至对人类的集体行动一律加以谴责,于是他们可以心安理得地藏身于音乐、诗歌、绘画等艺术形式之中,他们创造出一个虚幻的世界,其范围不超过图书馆的围墙或音乐会的门厅。丹尼洛·契斯❷——一位了不起的塞尔维

---

❶ 朱利安·格林(Julien Green,1900—1998),美裔法国作家。——译注
❷ 丹尼洛·契斯(Danilo Kis,1935—1989),南斯拉夫犹太裔作家。——译注

亚作家，也是一位相当有趣之人，有一阵子住在巴黎，但年纪轻轻便夭亡——出版过一本杂文集，题为《诗意人生》(Homo Poeticus)；主张在现代社会和政治背景下，艺术应当洁身自好远离现实。吊诡的是，他自己的作品却选择现代欧洲历史中的战争、大屠杀、独裁做主题。我可怜的朋友约瑟夫·布罗茨基相信只有在写诗的那一刻，他才真正具备洞察力——当然，他偶尔也能对当下政治和历史做出精彩点评。相比于当下的事件，他认为代代相传的精致的诗歌形式才是真正的历史文化遗产，对布罗茨基而言，诗行的构建犹如人类最显性的DNA——从贺拉斯到奥登❶只有一步之遥。

在奥地利作家托马斯·伯恩哈德❷那里也能发现同样精彩的议论，他认同叔本华的观点，即荒谬的人生只能通过艺术才能获得拯救，其中最重要的艺术样式是音乐（还有同情，每一本百科全书都这样提醒我们）。普鲁斯特的伟大小说诞生于纯粹的审美经验和某种政治激情的互动。打开《追忆似水年华》(A la recherché du temps perdu)……毫无疑问能发现作者在德雷福斯上尉审判案中出离愤怒的立场。普鲁斯特的摇摆——表明艺术体验和政治立场（以及广义的历史）之间的冲突自古有之，且从未消弭，而要如外科手术刀一般精确划分两者之间的界限则绝无可能。这一种摇摆恰恰说明作家的智性活力不肯向复杂的社会现实低头屈服。在这一点上，作为一流的思辨性作家（他探讨音乐的有关章节令人印象深刻），叔本华可谓大错特错——他嘲讽爱情（称之为自然的骗术），认为历史也不足为信。他希望将人类众

---

❶ 奥登(Auden, 1907—1973)，英国出生的美国诗人、文学评论家，艾略特以后英美最有影响的诗人。——译注

❷ 托马斯·伯恩哈德(Thomas Bernhard, 1931—1989)，奥地利作家。——译注

生百态——各种快乐梦想,各种幻灭绝望,各种悲喜交集——与艺术做严格区分。后者通过不动声色地沉思与观照更能接近生活的本质。但假如艺术过多地介入生活——它源于生活又归于生活——则难免会受影响,会变形,甚至会改变它自我的形象。这也是为什么我们只能短暂地生活在艺术之中——那是至关重要的时刻,极富意蕴,但稍纵即逝——然后迅速回归到纷繁复杂的世界——这是血腥的独裁世界,是一片面目可憎、喧哗骚动的荒原;让人不禁引领遥望一个秩序井然的清平世界。我们交替游走在"生活"与"艺术"的边缘,有时我们甚至跨越两者的边界——像游牧民族觊觎对方的领土疆域——我们谁也不肯老老实实待在自己逼仄的疆界以内。

* * *

那些真正的领袖,那些非同寻常的伟人,他们应该读些什么?我出身于书香门第,自幼崇拜的偶像如克尔恺郭尔❶、卡夫卡、陀思妥耶夫斯基❷以及策兰❸等,皆名满天下实至名归。但我一想到那些肩负国家兴亡重任之人,一想到那些面对前所未有的巨大压力彻夜未眠之人,如丘吉尔(Churchill),难道我真应该向他推荐《恐惧与战栗》(*Fear and Trembling*)、《致死的疾病》(*The Sickness unto*

---

❶ 克尔恺郭尔(Kierkegaard,1813—1855),丹麦宗教哲学心理学家、诗人,存在主义哲学的创始人。——译注
❷ 陀思妥耶夫斯基(Dostoevsky,1898—1956),俄国批判现实主义小说家。——译注
❸ 策兰(Celan,1920—1970),继里尔克之后最有影响的德语诗人。——译注

Death)、《地下室手记》(*Notes from Underground*)和《变形记》(*Metamorphosis*)？尽管这些精妙无比的文本、图册和意象是我们生活的礼赞——表达出我们的焦虑和内省，表达出我们对一切权威的质疑。我不敢尝试这样的推荐。在当下，这些伟人——他们真的存在？——应该去阅读修昔底德❶、普鲁塔克❷和李维❸。当然还有荷马和莎士比亚。

* * *

我必须承认，有许多年我沉迷于马勒（Mahler）不能自拔。我记得是在一九八一年春，在新罕布什尔州的麦克道威尔文艺营（MacDowell Colony）——那是我第一次访问美国，在那里待了三个月——跟几位美国友人聊到我们生活的时代，我问：谁形塑了你们？我当时对马勒如此痴迷——我提问的目的就是要宣告"马勒形塑了我"。晚餐后，我们围坐在麦克道威尔庄园宽敞的客厅的一张小桌旁。大概是五六月份的光景。现在我才发现我的宣告显然太过夸张。毕竟，除了马勒，还有其他一些大师。但有许多年，我确实为马勒所折服，被他音乐当中强有力的鲜明对比所吸引：既有鄙俗的街头音乐，又有名闻遐迩的军乐团的回声——很可能是摩拉维亚伊赫拉瓦（Moravian Jihlava）年轻而忧郁的古斯塔夫（Gustav）在操练；同时在他夏

---

❶ 修昔底德(Thucydides, 约前460—前404年)，古希腊历史学家。——译注
❷ 普鲁塔克(Plutarch, 约46—120)，罗马帝国时代的希腊历史学家。——译注
❸ 李维(Livy, 前59—17)，罗马历史学家。——译注

夜一般绵长、悠远的柔板之中仍能捕捉到纯粹的哀歌的音符。居然有人能活在这样的矛盾对立之中：从极度的痛苦到狂喜，中间几乎没有经过任何转换，能够生活在一部交响乐不同乐章的暗哑的间奏中间，这令我极度震惊。这样的音乐能表现人性的复杂：既有插科打诨也不乏严肃正经，既对真理孜孜以求又不时自我解嘲……如此杂多的成分并未影响交响乐的单纯，它依然保持紧凑完整，我反复聆听马勒，成了他的铁杆粉丝——听得最多的是第九交响曲，也有作曲家死后整理的第十交响曲零星的片段。我认为《大地之歌》（*Song of the Earth*）是人类音乐史上最伟大的作品——但我再也不问谁形塑了谁。

   *   *   *

  许多年前，有一次我和茨维坦·托多洛夫❶以及C. K. 威廉姆斯坐在巴黎咖啡馆，讨论即将举办的一场读书报告会。爵士乐从身边飘过：是比利·霍利戴（Billie Holiday）在歌唱，她柔和的嗓音我很熟悉。但那一天，在那一瞬间，我却像中了魔法一般——我真希望待在咖啡馆，一直不停地听下去，比利·霍利戴那漫不经心的、甜美而哀伤的声音。

---

 ❶ 茨维坦·托多洛夫(Tzvetan Todorov, 1939—)，原籍保加利亚的法国著名文学理论家，当代著名结构主义符号学家。——译注

* * *

在我父亲九十五周岁生日来临之际,我写下这样一段话:我父亲出生于利沃夫,在利沃夫技术学院读大学。大战爆发前两年,他在华沙一家工厂工作,生产"亚斯科尔斯基(Jaskolski)工程师"牌半导体。大战以后,他在西里西亚技术学院担任教授,他们所领导的自动化部门在全国排名第一。德国占领期间,他生活在利沃夫;偶尔我会遇到他从前的学生,来自五湖四海,谈到他时无不充满敬意和温馨。一九六八年三月,为保护他的学生,他付出了惨痛的代价:系主任和研究所长的职位被剥夺。当他卸任之时,学生们献上了两百朵玫瑰的花篮。许多年后,我遇到其中一位学生,他还记得当年土气的格利维采街道上出现这样一束巨型花篮,市民们眼中的惊愕之情——只是这一次它的到来没有宣告僭主麦克白❶的垮台(时候未到),而是向一位高贵的市民敬礼。他为团结运动出谋划策,他为自由波兰的诞生欢呼呐喊,我甚至听说有人劝他角逐上院的席位,但被他婉言谢绝。第三共和国(更不用提第四共和国)根本没有给我父亲任何荣誉,他也毫不在意,名利无所介怀。他的幽默感将这一切全都置之度外。

我父亲什么也记不起来了。他已完全丧失了记忆。我也无法给他写信。他不记得星期天是他的生日。他不知道还有那么多人怀念他,敬仰他。他连我也不记得。他成为鳏夫已整整十六年,他天性善良,为人谦和,他失去记忆,但我们还记得他。

---

❶ 麦克白(Macbeth),莎士比亚悲剧《麦克白》中的同名主人公。——译注

他为人非常谦虚——对于纳粹统治时期的一些情况也是直到最近他才告诉我的。在这样一个国度,几乎每个家庭都想炫耀,他们至少掩护过抵抗运动的一位英雄——这一令人惊奇的数量简直可以媲美德意志国防军(Wehrmacht)——而父亲居然能保持缄默若干年,显然非比寻常。他最后开口说道:"你晓得,我当时替地下游击队工作,不是生产或运送武器弹药,不是的。""那你负责什么?""没什么,我只负责维修半导体……哪一只坏了,我就带回家去修。""你怎么才能带回家?""我就将半导体放在手提箱里。"他就这样大摇大摆地穿过德国人的重重哨卡。在距皮亚斯科瓦大街几步远的维察科夫斯卡(Lyczakowska)大街,就在圣安东尼教堂边上,他开始工作——我想象无数个夜晚,他紧闭窗户,在黯淡的灯盏下翻阅资料,焊接电线,维修配件——正是由于他的努力,两座以字母L开头的城市——利沃夫和伦敦——才得以保持通讯畅通。

然后是格利维采的漫长岁月,在技术学院,他不由自主地成了德艺双馨的学者楷模,但他从未加入波兰共产党。他对学生要求很高,但极为公平。从利沃夫外迁而来的群体中——包括助理教授、副教授和正教授——他属于年轻的,如今他们绝大多数都已谢世。我父亲很少怨天尤人,几年前也曾哀叹同辈凋零,只留他自己苟活于人世之间。

他走路很快,直到最近我才勉强跟上他的步伐。人们都认识他,经过时会向他点头或微笑致意。在格利维采这样一座只有一条大街——即胜利大街——的小城市,他一度是小城名人(我用过去式因为他现在已不能出门)。他从前的学生和同事,还有许多熟人都向他致意。但他越来越记不住事,并时常向我抱怨,他根本记不得谁跟他打了招呼——像电影明星认不出粉丝。

* * *

创办于一九〇七年的麦克道威尔文艺营是美国历史上最为悠久且受人尊敬的艺术之家。一九八一年，它发放一种特殊津贴（我想是受洛克菲勒基金会赞助），旨在为中欧来访的一些作家提供资金扶持，我在柏林时突如其来接到邀请函。美国这一类文化赞助活动必不可少的推荐信，由兹比格涅夫·赫贝特撰写，他当时正好也在柏林……抵达美国的第一晚令我永生难忘。我从巴黎起飞，先到纽约，再到波士顿，最后乘坐大巴来到新罕布什尔州的彼得伯勒（Peterborough），在新英格兰漆黑一团的乡间小道上奔波数小时——好像是奔赴一种全新的生活，我抵达时已是深夜；结果却发现来到一栋破旧的、新古典主义风格的建筑前：预留的那一间卧室内摆放着古老的家具，地板在脚下吱吱作响。最后我精疲力竭地瘫倒在床——与欧洲不同，这里的床上放着若干花里胡哨的枕头（遗憾的是我只有一个头颅），当时给我的感觉是好像来到了火星——那是一种陌生而又熟悉的感觉，不像现实，更像是梦境，或许来自一个古老的乌克兰家族，远在我出生之前——一座乡村庄园，散发着甘草和久违的英联邦气息。第二天早餐时，我遇到几位同行，攀谈中了解到艺术之家的流程：来访的艺术家、作家、音乐家和制片人，每个人都有一间自己的工作室（像乡村小教堂，散播在丛林之间）——但早餐和晚餐是大家围桌共进。其目的是为增进文艺营的社交生活，促进大家相互了解

——可以三三两两小声嘀咕，也可以高谈阔论，直到深夜。但次日一早，又开始进入工作状态，周而复始。——至于是否有人真正开展工作，我不太确信……

当然我的本意不在于这些闲聊，我只想谈一位同事，他待在那里时间最长（美国人通常只待几个星期就会离开）。他是歌唱家卡雷尔·科瑞尔（Karel Kryl），在他的祖国捷克斯洛伐克相当有名，属于传奇人物；在我进入麦克道威尔文艺营之前，他的大名、他的传说早已如雷贯耳。我和他一见如故，立刻成为好友——至少在居留营地期间，科瑞尔曾以流亡身份在西德的慕尼黑生活多年，他是一名政治歌手，哀悼一九六八年华沙协议对波兰的侵占，哀悼布拉格之春（Prague Spring）运动被镇压。他为慕尼黑的"欧洲自由广播"工作——我想，正是这一原因，使之得以一直与捷克斯洛伐克的听众保持联系。巴伐利亚与布拉格近在咫尺，甚至两城的啤酒味道都一模一样。但在新罕布什尔州的彼得伯勒，在湖光山色、风景如画的城镇——连林中小鸟与欧洲也大不相同，天气暖和时会有巨型的蜂鸟现身，它们筑巢的天赋令人震惊——卡雷尔·科瑞尔却感到极端的落寞无助。

在我看来，他的这次访问是美丽的错误，是乱点鸳鸯谱：科瑞尔极度压抑——不妨想象一下：一位极富传奇色彩的歌唱家与他的舞台，与他的观众完全隔绝开来——而他本应为他们歌唱，因为有观众才有他的传奇。试想一下，在一个陌生的群体中，你如何成为一个传奇？天下谁人不识君，才是传奇。如此硬生生地将他与熟悉的观众相隔绝，对他无异于是一次沉重打击。

对于置身事外的看客——如我——而言，这一事件之所以有趣乃在于它揭示出名人的局限性。在他自己的努力范围，如某个城市，某个街区，名人自然高人一等。但他们一旦离开那一片赖以成名的土壤，则另当别论。除非他们是国际摇滚巨星……若干年后，就在美国世贸大厦遭遇恐怖袭击之时，全球的媒体都往纽约派遣记者，我在电视屏幕上突然目睹一位在法国相当有名的新闻评论家，但在曼哈顿大街上，他也只是个无名的记者……路上行人从他身边经过，眼都不眨，估计他内心一定相当崩溃。在麦克道威尔文艺营的艺术家中，卡雷尔·科瑞尔不过是个身材矮小、满脸忧郁的家伙，穿着厚鞋底的鞋，操一口破烂英语，毫不起眼，有一次，他开口为麦克道威尔的访客们献唱——那里有一架钢琴，偶尔我们也举办音乐会——但并未激起什么反响。考虑到当时的情景：歌声断断续续，加之又是用捷克语演唱，不管多么字正腔圆，在美国佬听来根本没什么感觉。我自己也有类似的体验，当然毫不夸张——作为一名非著名诗人（更谈不上传奇），我根本体会不到科瑞尔的忧伤。我在文艺营的主要工作是写作，将自己锁在丛林中的工作间——只是在午饭时才会有一辆吉普车为疲惫不堪的艺术家送来午餐。——艺术之家的工作人员会轻手轻脚地将午餐放在门口，以免打扰到我们的工作——当然我也从未指望那些美国同行为我的工作而喝彩。但有一次，一位新来的客人问，能不能让他看一看我写的诗歌？我手头刚好有十来首早期诗作——是安东尼·格雷厄姆（Anthony Graham）所译——便随手交给他，但很快发现，他满脸难掩失望之情。这些是愤怒的七十年代的"政治"诗。剥离了原先的语境，它们对我的这位客人毫无意义。他嘴上没讲，但我内心很清楚他没有问出的问题："难道这就是你的诗吗？"在新罕布什尔州这一片密林中，中欧人当年遭受的苦难和呐喊，根本无关痛痒，无人倾听。

一九九四年，在帕绍（Passau）一家医院，卡雷尔·科瑞尔死于心脏病。在新罕布什尔州文艺营，三个月的短期活动结束后，我再没见过他——印象中只有树林间绯红的红雀（crimson cardinals）和沉思的蜂鸟。

* * *

我对重置区的居民当然可以予以讽刺挖苦：嘲弄他们的清规戒律，嘲笑他们在文学回忆录中毫无保留地宣泄，讥笑他们的故作感伤和刻奇（Kitsch）。讽刺他们在放逐多年后对故乡田园诗般的眷念之情，这一点很容易，但我每想起那座失去的城市，心中未尝不充满哀恸。让我痛苦的是，我从未在那里生活过，像一根巨大的真空管，本该饱满鲜活的童年记忆现在却是一片空白——它们似乎从未存在过，甚至那些老师也让我备感兴奋，尽管他们没有教过我，我的教室不知在哪个区的哪一幢大楼（战后的区划变化不大），但我肯定上过其中一所学校：台阶擦得锃亮，拖地大妈的水桶放在大理石台阶上，金属扣环叮当作响。我相信这儿的老师一定更为有趣，而格利维采那儿的老师让人烦得要死。我时常回想，这里有我不曾遇见的真爱，有我不曾拥有的生活。那些似曾相识的树林、石头和街道，就是一座城市的气息，混杂着东西文化，向日葵黑籽混杂着散发奶香的芝麻酥糖，飘浮在老师钢琴的氤氲之气中，那是熟悉的巴赫和舒曼❶的曲子。琴键已发黄，这些旧式房子和数不清的老物件，在房子的主人看来，仿佛是船头之锚，可以让他们在利沃夫生活的河流中平安地生活下去。沉重的衣橱、笨重的橱柜，本意是充当定海神针，可以让他们安心、放心。但事实并非如此。城里没有水，也没有锚的落脚点。经历严冬之后，春回大地，万物复苏，重现人间四月天，但战争的阴云尚未褪尽：大屠杀、暴恐、第一次俄国占领、然后是纳粹占领（我没见过也没亲历）。城内的建筑尽被夷平：天主教、东正教教堂的梁柱以及和巍峨高耸的锈迹斑斑的塔楼，以及音乐厅和剧院，无一幸免。这些坚固而沉重的建筑，当初也是要充当定海神针。犹如草地上的蒲公英，将种子向四处播撒。我们家族的陵园在维察科夫斯基（Lyczakowski）墓园——这里矗立着斯坦尼斯拉夫·兹博罗夫斯基（Stanislaw Zborowski）的墓碑。他是一位律师，也是诗人，死得很早，让人们哀伤不已。他不会知道，在下一代，他的家族中会出现长命百岁的妇女——仿佛看不见的命运之手要为他的夭亡而做出补偿。古老的市场坐落于城市中央东正教教堂的城墙和斜坡之间，城墙上弹痕累累，是一九一八年乌克兰与波兰兄弟自相残杀留下的遗迹。走进一座漂亮的亚美尼亚（Armenian）教堂，仿佛走进一座埃及的科普特教堂（Coptic）。在这里，你能听到人们用纯净的东方圣歌赞美亚美尼亚真主。会众小心翼翼，将教堂视为祷告之家，而非上帝之家，同时他们也心怀忧虑不想惊扰他人。后来，情况大不相同，礼拜日的仪式变为身着制服的奥国军官的正步操演，满脸崇拜的女仆在一旁驻足观看。波兰军官的军刀和

---

❶ 舒曼（Schuman，1810—1856），19世纪德国作曲家。——译注

银色的肩章绶带闪闪发亮。然后进入占领期严寒的冬日,燕子啁啾,之前丛林中孕育的生机如今已荡然无存。附近有一座耶稣会❶花园——从我孩提时代起这名字便令我大感困惑——花丛中百花盛开的弥漫的生命力,与长达数个世纪打造的身着黑袍的耶稣会戒律森严的形象,如何能兼容并存?花园里遍布小鸟和蜥蜴,耶稣会教士手下顽皮的学生一转眼便消失在蟋蟀鸣唱的草丛,无影无踪——教士们只能漫无目的四下寻找。世纪末(fin de siècle)富庶的居民见证了该城在十九世纪末取得的成就。遥对着乌克兰大草原的破败的郊区一变而成为富庶之地——城市反被挤压成平房遍布的一座村庄,一列蓝色的电车沿着狭窄的轨道,摇摇晃晃地登上高堡(High Castle)。凯塞瓦尔德(Kaiserwald)的野樱桃,味道胜过其他任何水果,假如我生长于利沃夫的山峦之间,而不是西里西亚的煤矿塔楼之中,我一定会成为另一种人。对于东正教的教堂和东仪(Uniate)天主教会的圣物,我一定会有不同的理解。甚至对我自己,谁知道呢?我们对于并不存在的虚无,到底了解多少?

* * *

音乐提醒我们什么是爱。假如你遗忘了什么是爱,请聆听音乐。

---

❶ 耶稣会(Jesuit),天主教修会,1534年由圣罗耀拉在巴黎大学创立。——译注

* * *

古代日本俳句❶诗人在我们看来，心如止水，似乎永远处于一种怡然自得的状态。但真正的情形或许恰巧相反，他们也会紧张、焦虑，充满疑虑——只是在他们作诗的一刹那——千百年来这些诗为我们所熟读——他们才表现得平静深沉，充满灵感，将艰难时事抛诸一旁。

* * *

我散步行经普兰蒂花园（Planty Garden），一个小女孩乘滑板车从我身旁经过——在那一瞬间我似乎悟得运动的真谛。但我无法解释。

* * *

夏季，在法国的地中海滩，你不停地听到有人在高喊：太好了。形容海浪。小心谨慎的当代城里人会相互鼓励：没问题，可以下水，海水不会像北冰洋那样冰冻刺骨。但实际上，这呼喊是对世界和大自然的礼赞。太好了。

---

❶ 俳句（haiku），日本的一种古典短诗。——译注

* * *

昨天是斯坦尼斯拉夫·伊格纳齐·维特凯维奇❶的摄影展。我们拿这位思想家开玩笑,将他姓名的三个部分缩合成一个字,称他为维特卡其(Witkacy)。他本人也喜欢拿自己的姓名寻开心,正如他拍摄的许多自画像所表现的那样:在画中,他无情展示自己年事已高,牙齿脱落。他一直喜欢乔装打扮,有时也拿别人恶搞——有一幅图是他和来自德罗霍贝奇(Drohobycz)的怯生生的中学教师布鲁诺·舒尔茨❷的合影。当然许多是跟社会名流和波兰名媛的合影。其中大部分摄于扎科帕内,有时在户外——在山间溪流旁,在田园诗般如画的风景中,维特卡其会精心设计出搞怪的表情,同时也设法让出镜的友人大出其丑。他出生于一八八五年——这是欧洲前卫艺术家的良辰吉日。维特卡其是现代派艺术家身处困境的象征:在固守文化传统和拥抱"现代性"之间举步维艰。维特卡其常说,一切流变——但所有这些变化在扎科帕内似乎无人察觉。但是他在彼得堡,已窥见端倪:在急剧变化的现代之都,他已感受到俄国发动战争的威胁。通过他与友人的恶作剧,或许他是第一位,也是唯一一位揭示出现代性神话悲剧的真正的思想家。维特卡其的论文论超自然情感的消失,乃构成他理论体系的支点。观赏这些图片,我的心情异

---

❶ 斯坦尼斯拉夫·伊格纳齐·维特凯维奇(Stanislaw Ignacy Witkiewicz),波兰诗人、画家,波兰第二共和国时期先锋文学三杰之一。——译注

❷ 布鲁诺·舒尔茨(Bruno Schulz,1892—1942),波兰籍犹太作家。——译注

常复杂。说实话，我太喜欢这位拒绝看牙医的人，对于男性和女性朋友，他一律不加区分地加以捉弄，我感觉他像个真正的专制暴君。他的朋友们是否真的喜欢与这位扎科帕内暴君待在一起，我表示怀疑。他们有些鬼脸明显是被逼无奈，有些装腔作势；另外一些时候他的模特儿明显快快不乐，甚至眼泪快要掉下来，但同时我也感受到他的悲剧性格：他从不缺乏才智，也不乏自知之明，但在扎科帕内这样的弹丸之地，他的明智却无用武之地。这是他的悲剧。当然，他写出了令人惊叹的原创性小说和戏剧，在绘画方面也有成就。他天赋过人，博闻强记，很适合摄影艺术家的称号，也无愧于"作家之子"。他创作出大量的艺术品，但似乎都是漫不经心地创作——像一位出席领事招待会的花花公子，身着崭新的无尾晚礼服，下身却露出一截脏兮兮的秋裤。他是一流的搞怪者，像克尔恺郭尔笔下的倒霉鬼——那一位一直高喊"着火了，着火了"的马戏团小丑。没人会拿他当真，观众拊掌大笑——期望小丑做出更多精彩的表演；大笑的观众浑然不觉，剧场已快要被烈焰吞噬。老实说，我不太喜欢维特卡其，但我理解他。我理解他的恐惧，也认同他的许多观点，超自然情感——已从人间蒸发了吗？当然不会，而我们的任务就是要使它们驻留人间。在我们人生的每个紧要关头，它们都会如影随形，而不像格陵兰冰川般瞬间融化。它们也不是一整块大陆，缓缓融入海洋，我们就是这超自然情感。千百年来，它们一直饱受压迫，但总会有人起而拯之，直到目前依然如此。持有这一信念的人如今被贬称为保守派；现代派与此相反，他们拥有无懈可击的所谓"前卫"思想，但实质上，其观点与保守派大同小异。他们满怀眷念地创作出一个艺术的新时代。里尔克对当时的现代之都深恶痛绝，艾略特❶对热忱的基督教世界的等级森严感到痛心疾首，叶芝（Yeats）对古代拜占庭❷满心崇拜，心向往之。与他们比肩的，还有扎科帕内的斯坦尼斯拉夫·伊格纳齐·维特凯维奇。他的自画像，至少是某些自画像，似乎更多出现在他的晚期作品中——此时，"超自然情感"的感召力已然消退，或更准确地说，是他日益感到忧虑：这种情感会令敏感的观察者悲观绝望，当然，他们也可以借此良机大干一场。换言之，身处两难之境，他们可能经历常人未经之绝望痛楚，才能创作出不朽的作品。有许多张图片，是他们在河中戏水——或许是向赫拉克利特❸致敬——赫拉克利特对此一定感到非常滑稽。河流自身毫无幽默感可言。

* * *

保拉·马拉瓦西（Paola Malavasi）是一位年轻漂亮的意大利女士，性格温婉，智力超群，脸上时常挂着腼腆的微笑，令人陶醉。她在罗马郊区的一座城市中学教授希腊语和拉丁语。她也是一位诗人。我在访问罗马时与她相识——她投宿在罗马中央火车站附近的小旅馆——M和我刚好也住在那家小旅馆。她代表某个不太出名的杂志，想要采访我，杂志的名字我早已记不起。她很喜欢我的诗

---

❶ 艾略特（T.S. Eliot, 1888—1965），出生于美国的英国著名现代派诗人、文艺评论家。——译注
❷ 拜占庭（Byzantium），此处指拜占庭帝国（395—1453），即东罗马帝国。——译注
❸ 赫拉克利特（Heracleitus，约前530—前470），古希腊哲学家。——译注

——主要通过英文译诗。对于当时访谈的话题和内容，我当然已忘得一干二净。但我的确记得她说她翻译了十几首我的诗歌。她是从英文转译的。但她同时强调，有一位波兰朋友协助她对照原文查对了英译本。不久，这些译作刊登在米兰的《诗歌月刊》(*Poesia*) 上，编辑是尼古拉·克罗切蒂（Nicola Crocetti）。后来我又两次遇见保拉。第一次还是在罗马，当时我们约定：她和她的朋友埃尼奥·卡瓦利（Ennio Cavalli）在奥凡托（Ofanto）一条小街的拐角与我们会合——奥凡托是伟大的杂文家尼古拉（Nicola）的遗孀玛丽亚姆·基亚洛蒙特（Miriam Chiaromonte）居住的城市（她住在十八号，楼层很高，是那种医生和律师才住得起的宽敞的大房子）。最终，埃尼奥开着他的捷豹车，载着我们开了好长时间，才到达他在罗马郊区的公寓房。我为什么提起这一陈年往事？因为保拉后来突然死了，死于心脏病。年仅四十二岁，当时她人在威尼斯，是九月一个星期天的早晨。她身体一直很好，她的死毫无征兆，类似于法国式的道别。在第二次罗马会面后，我们在卡斯特罗卡罗（Castrocaro）又见了一次。那是艾米利亚–罗马涅（Emilia-Romagna）大区的一座城市，以疗养温泉名闻遐迩。在那里，埃尼奥组织了一场小型的诗歌节，有好几天时间我们可以逛逛邻近城镇——在朗读诗歌之余——朗读会的形式每次都稍有改变。每天我们先要举行一次会议，保拉一般会带上她儿子。有位来自罗马的女演员经常陪伴我们——她负责朗诵意大利译文。我们游览了弗利（Forlì）和切塞纳蒂科（Cesenatico），邻近亚得里亚海（Adriatic），但没能成功抵达埃尼奥的家乡里米尼（Rimini）——

也是费里尼❶的家乡。有一次，朗诵会在我们下榻的酒店举行。在酒店观光电梯上可以看到顶层公寓上悬挂着"墨索里尼"（Mussolini）标记，与酒店相邻的是一座温泉浴场。住店宾客身着白色浴袍回房，然后更衣，正装下到餐厅用餐；酒店饭菜精良，酒的味道也不错，喝不出当地水源的苦涩味。我为什么要提起这些陈年往事？是想让保拉·马拉瓦西在这个世上多停留一段时间，能够再次看到她鲜活、秀美的面庞，善解人意，令人陶醉。智力超群，在她活着的时候这一切都顺理成章，只是在她死后，才发现物是人非，令人扼腕。或许因为她离世过于仓促，现在我们才知道，作为她的熟人朋友，她是何等不同寻常。可惜为时已晚。但事实大抵如此：活人谁也不受尊重。

* * *

一位年轻艺术家得到社会的承认，其过程既励志又漫长；或许需要数年，甚至数十年。没有比一位艺术家得到认可并被接纳更困难的事了。谁能获此殊荣？谁也不自信。批评家、读者，还是机缘巧合偶尔露面的某位天使，谁也不知道。陪审团一开始会细细斟酌，随后又可能将此事全然忘却，直到最终会议表决，每位初登文坛的诗人都会受到强烈质疑。陪审团提出的最为奇怪的一个关键问题常常是：他是不是刻意装腔作势？这一点容我慢慢解释。一位年轻的

---

❶ 费里尼（Fellini, 1920—1993），意大利著名导演、编剧。——译注

艺术家——以诗人为例——通常会以某种腔调，表达某种尚不明朗且难以言传的东西；有时或许是开怀大笑，有时则是忧郁惆怅，总之，每次都会超越日常情感的界限——不是新闻记者报道或行为学家认同的普通的情感模式。这一种过度渲染的腔调（此时尚不能用"风格"二字来形容）乃是诗歌的本质，但在我们隐形陪审团眼中却大为可疑。我们的陪审团——假如他们确乎举行集会——当然，很少有这样的情形——一定会提出这样的问题：她或他（候选人）是不是刻意装腔作势？否则又该如何解释这一种过度的腔调，这一种普遍社交场合很难见到的新奇表达到底植根于何处？陪审团无从知晓答案。而艺术家的对手则会出面指控：她（或他）确实是在装腔作势，企图以此获得进入其他社会领域的入场券。既然他们和我们一样，并无过人之处，为何可以跨界进入其他领域？我们读的是同样的书，上的同一所学校，看的同一部电影。诗人像舞台上的小丑，搔首弄姿，目的不过是赢取掌声和喝彩，是典型的势利鬼。对此，年轻诗人的支持者矢口否认（年轻指初登诗坛，尚未经陪审团裁判——漫不经心且荒诞不经的裁判——而诗人本人可能已年过七旬）。他们辩解道，的确，她（或他）上了同样的学校，看了同样的电影，但可能突然发生某事，随之一切改变。很可能一夜之间，一切改变。对此我们无从知晓，但姑且让他继续辩解。确实，其中有些诗恪守传统，平淡无奇，但也确实有些诗灵光乍现，展示出诗人的洞察和顿悟。通过意象和隐喻，诗人暗示，他的体内产生了巨大的裂变，他的世界豁然开朗。反对派听闻后大声喧哗抗议，冷嘲热讽。胡言乱语，不过是骗人的把戏！诗人与我们上了同样的学校，看了同样的电视，他（或她）就是装模作样，诱使我们上当——尽管他穿上了古人的长袍，但他和我们同样观看了我们橄榄球队大败亏输,同样厌恶当下的政治体制;我们一同抱头痛哭,一同欢呼,我们共同祈祷,狂饮劣等啤酒……他怎么可能借尸还魂,变身为年轻艺术家出现在世人面前?就这样,一场马拉松式的争论悬而未决——当然,也没有人在意——谁会在意这样的破事?

* * *

音乐由和谐的旋律构成,但有时候打动我们的却是嘈杂的声响,说得专业一点,就是噪音的纷然杂陈——由此呈现出管弦乐器动人心扉的神奇魔力——正如有时在布鲁克纳❶的音乐当中,我们听到小提琴琴弓的颤动,听到大提琴琴弦在小号和长号的低音声部穿梭游走,有时在瓦格纳的音乐当中——或是最近在亨里克·戈雷茨基❷第三交响曲的第一乐章中,像黎明降临,蚕茧般的交响乐渐次打开——或者换一种比喻:我们可以想象——仿佛一艘巨轮的桅杆从迷雾中缓缓浮现。这种感觉妙不可言,仿佛整个身体被隐秘不见的振动的声墙所激发,或与之相反——在压倒性的客观存在和看不见的幽冥世界之间——存在着某种神秘力量,吸引着我们,引导着我们,短暂地进入另一个世界——去探访生命存在的另一种形态。

让我们再次回到维特卡其的摄影:它们绝非简单的自画像,其中有一幅是哲学家扬·莱什琴斯基(Jan Leszczynski)的肖像,他比

---

❶ 布鲁克纳(Bruckner,1824—1896),奥地利著名作曲家、音乐教育家。——译注
❷ 亨里克·戈雷茨基(Henryk Gorecki,1933—2010),波兰著名作曲家。——译注

维特卡其年轻二十岁。年轻时代,他对扎科帕内那位名人的恶作剧情有独钟。他是维特卡其哲学的崇拜者。莱什琴斯基死于一九九〇年,年仅四十五岁。二十年后,他和维特卡其的通信集《单子论的冲突》(*The Monadism Controversy*)出版。图片上有四人,维特卡其大师和莱什琴斯基被另外两位朋友簇拥在中间。那是夏天,除了莱什琴斯基,大家都穿得很休闲,没人穿外套,只有莱什琴斯基,不仅穿了外套,还戴着帽子。我为什么提到这些?三十五年后,扬·莱什琴斯基成为我哲学硕士论文的指导老师,无论冬夏,他总是一身浅色的罗登尼(loden)外套,即使在大热天也不例外。我认识的莱什琴斯基绝对算得上是沉默寡言之人,神情压抑,心不在焉。他是我的指导老师,但我和他之间似乎从未有过真正的对话。我也无法想象这样的对话该是何等模样。莱什琴斯基——我其实应该称呼他莱什琴斯基教授——在人群之中犹如一道影子。他通常保持缄默,有时不得不说话——比如在他自己的课堂,他不得不说些什么——他的语调也相当沉闷。他的讲座涉及古典知识论——我记得他曾分析过笛卡尔(Descartes)的学说——思考的客观对象究竟为何物,但他讲得毫无激情,几乎是平铺直叙。由此我们作为他的听众也形成一种误判——认为认知理论是哲学当中最枯燥乏味的部分。

莱什琴斯基教授内心早已寂灭,包裹在他的罗登尼外套之下,穿行在苏联共产党占据的克拉科夫大街上,他的身影犹如幽灵——或间谍。他对维特卡其预言的超自然情感的死亡学说了如指掌,深知在那样的条件下,生命已毫无价值可言;与他的老朋友不同,莱什琴斯基没有亲手结束自己的生命,至少从外表来看他还活着。或许是好奇心让他苟活下去,他是老友教义的忠实信徒,也是他哲学的阐释者。他希望能向世上证明，维特卡其的预言是何等精确，他成了某种代言人，或外交使节。在我攻读硕士学位期间，他已垂垂老矣。很快，我自己也到了他当年的年纪，作为维特卡其的秘密特使，莱什琴斯基教授本人对他的使命一定乐此不疲——预言必须准确无误地兑现。当然，维特卡其的预言遗漏了一项重要的内容，即对苏联统治的反叛，对专制的反叛，他绝没有料到，知识分子群体的反抗很大程度乃是由于"超自然情感"遭到忽视，压抑乃至扼杀，但很快，人们又发现，地下反对派期盼已久的民主政体对维特卡其的"情感"说并不特别青睐。事实上，民主政体对他的小说并未加以谴责或迫害，因为它没有时间，也没有兴趣。它听任这一学说淹没在无知的海洋，像恶人信手淹死一只盲猫。维特卡其的预言也遗漏了其他一些内容，在每一个民族的每一个时代，无论何种社会制度之下，男人和女人都无法想象，缺少"超自然的情感"，人们还能生活下去——哪怕他们从来不曾听说过扎科帕内的那位剧作家、思想家，也从来不曾引用过他的只言片语——或许在他们看来，他的言辞过于矫饰浮夸。很显然，他们无须以宏大叙事的方式构建繁杂的理论，对他们而言，闲暇时听听音乐，不停地问一些没头没脑的问题，记住美术馆看过的一些字画，铭记黄昏时的万籁俱静，聆听五月天的鸟鸣啁啾，便已足够——意识到他们还活着，意识到新的一天预示着无尽的希望，会让他感到一阵悸动，犹如一道暖流。

* * *

我突然醒悟，之前所用的"难道他不是装腔作势"这句话来自维托尔德·贡布罗维奇❶。我是从一封著名的书信中摘录的——在信中，贡布罗维奇故意激怒狡猾的布鲁诺·舒尔茨——问他，"假如某位来自华沙威尔察（Wilcza）大街的医生太太"对他的艺术成就鄙夷不屑，并宣称舒尔茨不过是"装腔作势"——他该如何作答？但这个问题被二战所打断：威尔察大街先是被夷为平地，而后又重建，而假想的医生太太很可能已经在波兰起义中丧身，布鲁诺·舒尔茨本人在他的故乡德罗霍别茨（Drohobycz）被枪杀；贡布罗维奇亡命天涯，后终老于阿根廷。尽管如此，贡布罗维奇的经典提问却在大战中幸存下来；我深信，不仅是来自威尔察大街的医生太太会问这样的问题，假想中的对年轻诗人进行评判的陪审团也会提出一模一样的问题……

* * *

那是美妙的一瞬——身体轻盈，灵魂受到牵引，内心充满执着的信念——那是无比美妙、稍纵即逝的一瞬，很快便会从记忆边缘消退；我们既不知其何处来，也不知其何处去；更有甚者，那无处不在的反讽迷雾，是现代社会与生俱来的怀疑主义——这便意味着我们会不无挑剔地重新审视那一瞬间，仿佛我们自己极不自信，企

---

❶ 维托尔德·贡布罗维奇（Witold Gombrowicz, 1904—1969），波兰著名小说家、剧作家。——译注

图将它们抛开，弃置一旁——生活已如此烦恼，何必再让它雪上加霜？但这些美妙的瞬间事实上构成了我们生活的本质和基础，它们生性敏感，且毫无防范，因此一旦遭受攻击，转眼消失不见。尤其在机智的反讽面前——这一种反讽已成为时代的特征，谁也无法幸免——它无路可逃，唯有自我消解。这一切我们无法诉诸好友亲朋，因为其中有些东西晦暗不明难与人言。只有它们存在时才看得真切。你不可能一边喝茶（或咖啡，或红酒）聊天，一边谈论人生哲理——无论一个时代的哲学风气如何变化，请客吃饭这样的社交活动总要求我们兴致勃勃、神采飞扬——这是任何聚会宴饮必不可少的条件——至于与会的友人是否拥有（或曾经拥有）那美妙的一瞬，又有谁会在意？当然，勾勒描写这美妙的瞬间也洵非易事……因为当你试图记录它时，它已面目全非。世上玄秘之事从来不易捕捉……不可捉摸，难以索解。当然，我也注意到，在我们的时代，一种心照不宣的假天真非常盛行：去聆听巴赫的人或多或少会感受到那美妙的瞬间，但他们却发明一种速记：一种代码——不去讲述灵魂出窍的刹那感受，而是简单说一句："我在听巴赫。"听众中也不乏行家里手，对巴赫极其尊崇，认为他的音乐是艺术的享受，足以比肩普罗科菲耶夫❶、布里顿❷或雷斯皮吉❸——后者在所有作曲家中最令人生厌。所以，请记住我的箴言：谈论巴赫的人并不都是行家，有些是；当然，他们都不是钻研音乐的老学究。

---

❶ 普罗科菲耶夫（Prokofiev，1891—1953），苏联著名作曲家、钢琴家。——译注
❷ 布里顿（Britten，1913—1976），英国著名作曲家、指挥家和钢琴家。——译注
❸ 雷斯皮吉（Respighi，1879—1936），意大利作曲家。——译注

* * *

毕竟,"他是不是装腔作势,"算不上新问题,而且这一现象也带有普遍性。在朱利安·格林的一则日记(一九三二年一月九日)中,我读到下列字句:"以她一贯的近乎苛刻的洞察力,格特鲁德·斯泰因❶非常严厉地批评某位画家——事实上,她本人也购买了画家的一些素描作为收藏。画家是否真的具有天赋,或仅仅是故弄玄虚,令她大为困惑。她将这一事例与教会长期悬而未决的一个问题相提并论,即:我们面对的到底是圣人,还是疯子?"(此处译自波兰语格林日记,而非法语)。朱利安·格林是一位审慎的作家,他并未在日记中透露画家的名字——或许是萨尔瓦多·达利❷,其时他正住在巴黎(格林和其他人一道设法帮助这位穷困潦倒的青年艺术家,定期购买他的画作)。每位新作者、新画家或新作曲家首先必须向世人证明他"并非装腔作势"。如何才能做到这一点?让内行人相信一位天才横空出世,比登天还难,原则上几乎不可能。承认一位新艺术家诞生,犹如一则神话——而世上不可能每天产生神话,它们的数量必须严格加以控制,一如法兰西学院(Académie Française)的席位。

* * *

---

❶ 格特鲁德·斯泰因(Gertrude Stein, 1874—1946),美国先锋派女作家、诗人。——译注

❷ 萨尔瓦多·达利(Salvador Dalí, 1904—1989),西班牙著名画家。——译注

我在莱什琴斯基教授指导下完成的硕士论文标题是——我自己都羞于提及——"论自我的身体认知"。(事实上，指导一说纯属杜撰：一位像影子一样生活的教授，连他自己是不是真的存在都大可疑问——当然，他对我也不无疑虑——我很可能成为典型的社会主义新人，头脑空空如也——他又如何对我进行指导？)

* * *

我常常在想，我沉默寡言的家族，就像老而弥坚的苹果树——培育出一代又一代不同层级的教师——从幼儿园到大学，涉及各类学科——他们都是脚踏实地、勤奋工作之人，唯有我是例外——我的气质更近于艺术家。在一个不乏性情古怪之人的大家族里——有酒鬼、有病态的撒谎者的大家庭，人们当然梦想能过上宁静的书斋生活。而我却不然。我对资产阶级的物质追求近乎毫无兴趣，相反，我追求想象力，寻求勇气来改变当下按部就班的生活：从助理教授到副教授再到正教授，拾级而上。像我的远亲利奥波德·兹波罗夫斯基（Leopold Zborowski），他是一位艺术商，也是诗人；许多有名的艺术家，如莫迪利亚尼❶，都曾为他作画。可我却一直在观望，我时常突发奇想，有位亲戚，比如说我伯父，是一位作曲家（这也是我后来成为作家的原因：为我沉默寡言的家族增添了物种的多样性）。我杜撰出一位伯父维托尔德·卢托斯瓦夫斯基的传记——德国占领时期，他

---

❶ 莫迪利亚尼（Modigliani, 1884—1920)，意大利表现主义画家。——译注

在华沙（或利沃夫）的咖啡馆靠弹奏钢琴谋生，几乎是一枚废柴；他最终与家人决裂，只身前往巴黎，在娜迪亚·布朗热指导下学习音乐……但在我母亲族中，确实有人与众不同，与循规蹈矩的教师更是迥然有别。我母亲有个姐妹詹妮娜（Janina），她很少被提起。我母亲一家是彻头彻尾的右倾分子，民族主义者，我母亲离开家以后仍然秉持这一反动思想。幸运的是，她的新家，即由她的丈夫和子女组成的家庭让她经受了彻底的思想改造，早期的反动思想被一扫而光。她的姐妹詹妮娜在战前年纪轻轻就死于肺结核——她短促的一生大多消磨在扎科帕内的疗养院里。在那里，她逐步向亲共的知识分子群体靠拢；毫无疑问，她与家庭彻底决裂，她无法忍受他们的政治主张，以及他们的小布尔乔亚式的生活方式。正如其他许多肺结核病人一样，她的疾病是一种负担、一种诅咒，也是一场决斗，但同时也是一场机遇，让她从程式化的生活中解脱出来：她的身体在燃烧，肺结核之火，几乎要将她吞噬，但也将她从平凡的生活中拯救出来，帮助她拓展了想象力；这是一种加速度的馈赠，或许她认识维特凯其……她认识许多艺术家，我无从知晓她本人是否也自命为艺术人士。她丈夫名叫切斯瓦夫·维泰斯卡（Czeslaw Wieteska），跟她一样，对共产主义抱有同情——扎科帕内的艺术圈对她极度保守的家庭一定相当排斥……切斯瓦夫·维泰斯卡本人也患有肺结核，是剧场的新锐导演，与里昂·席勒（Leon Schiller）关系密切，后者是他的助手。维泰斯卡未能在大战中幸免于难——他被利沃夫的苏联秘密警察（NKVD）拘留，跟亚历山大·瓦特（Aleksander Wat）及其他知识分子的被捕几乎在同一时间——当时他们在一家咖啡馆举行抗议集会。他被捕时患重感冒，正发着高烧；很可能被捕后他就死了，在险恶的环境中，生命之花过早凋零——尽管我们无从知晓在他临终一刻，什么样的意象和梦境环伺在他四周。或许它们代表了昔日如愿以偿的刹那欢愉，我们无从知晓；不管怎么说，当我思想反动的外祖母站在利沃夫的布里奇汀（Brygidki）监狱门口——她在那里遇到瓦迪斯瓦夫·布罗涅夫斯基（Wladyslaw Broniewski）的首任妻子詹妮娜——外祖母给她的女婿送来一篮食品（说句公道话，尽管种种原因导致分开，她对她可怜的女婿仍时有接济——他当时是个鳏夫，来日无多）。她在凛冽的寒风之中等候了大半天，结果被告知：他根本没有被关在里面。此外再也没有他的任何消息。我的外祖母只得折返回家。我母亲家族反叛的艺术基因亦由此断绝。

* * *

这是威廉·文德尔班❶在百科全书里的照片——照片上的他似乎没有脖子；他身材矮小、敦实，留着大黑胡子——胡子拉碴的，弄得没头没脸。凭良心说，他跟同时代的学者相比，也没什么两样，他们都蓄着大胡子（仿佛故意要遮盖脸孔）。文德尔班——这是某个新康德派哲学家的名字，也确有其人。年轻的奥西普·曼德尔施塔姆或许曾听他在海德堡（Heidelberg）讲授康德。（曼德尔施塔姆当时尚未被圣彼得堡大学录取，作为犹太学生，他必须等待分配名额）。或许他在海德

---

❶ 威廉·文德尔班（Wihelm Windelband, 1848—1915），德国哲学家、新康德主义弗莱堡学派创始人。——译注

堡大街上遇见斯特凡·格奥尔格❶，他是萨满教（Shaman）诗人。大胡子的威廉·文德尔班一头扎进故纸堆里，试图根据他自己的创见将人类科学划分为常规的和独特的这两种——第一类可称为通则学科，包括物理、化学；第二种则是人文学科，着重关注个体经验和具体事实，反对归纳和抽象。由此，我们更为关注事件和对象的不可重复性。我们试图把握难以把握的东西：个性——一种独特的不可复制的存在。我自己在研究中对此多有体会。可怜的人文学科，胆小怯懦，畏畏缩缩，甚至伤心绝望——像一名年轻学者既害怕他的师长，又畏惧他的学生。不幸的人文学科，只能眼睁睁看着那些通则学科门庭若市、兴旺发达……其实，他们也想创建法则、发现规律，并能寻找到漂亮的数字公式和符号……

当我回过头来重新阅读雅罗斯瓦夫·伊瓦什凯维奇❷，尤其是他的短篇故事、游记和日记时，我感到极其震惊。一种相当正面的、妙不可言的震惊：这绝对是一位个性"独特"的作家，擅于把握细节，对建筑、图画和人脸皆素有研究，对抽象理论则毫无兴趣，也缺乏崇敬。他对个体事物、个体的男人和女人，了解得非常透彻，了解他们的喜怒哀乐，认为这才是真实的存在——如同白杨树的一根断枝；戴着红口套的小黄狗摇头摆尾，惹人喜爱；烦躁的小黑猫，在每棵树上敲敲打打；还有眼睛大大的可爱的小男孩，骑在滑板上，彬彬有礼地跟我们聊天——我们当时正在科希丘什科（Kosciuszko）

---

❶ 斯特凡·格奥尔格（Stefan George，1868—1933），德国 20 世纪初叶最重要的诗人之一。——译注

❷ 雅罗斯瓦夫·伊瓦什凯维奇（Jaroslaw Iwaszkiewicz，1894—1980），波兰诗人、小说家。——译注

的坟堆一带闲逛——他自称弗拉尼奥（Franio）。他还对我们讲述克拉科夫大街上那一位紧握手杖、独自在人行道上艰难前行的老太太的故事——尽管举步维艰，但仍不失风度，从她身上可以看到远逝的优美和高贵——这样的品质我们现在已一无所知。

　　这就是他描绘的一切：特定的人，特定的事物，杨树和榉树，黑丁香的草丛，善于观察的双眼，以及万物转眼成空的悲怜。人，男人和女人，每个人，所有人，最终都难逃一死。许多相逢，比如大街上的一瞥——在他们急匆匆下班、回家、一溜烟小跑时——都只是刹那的交汇。他们的提篮中可能装着食品：土豆、面包、苹果、西红柿、火腿和松软干酪。唯有吃饱喝足，方能成就其伟大；他们行色匆匆，一溜小跑，其实都是为逃离伟大，尽快返回到庸众之中。对于已逝之人，我们会保留一些残缺的记忆，当他们的音容笑貌日益远去，我们会忍不住痛哭流涕。记忆的近亲——想象力——同样也不喜欢抽象的事物——想象力犹如身穿黑衣的寡妇，端坐在扶手椅里，随时准备让死者复活。死一般的沉寂，很久以后，很久很久以后，才会有写作的冲动——它试图捕捉头脑中闪现的、独一无二的、不可重复且充满象征隐喻的句子，像少不更事的牛仔用套索捕捉一头发狂的小马驹。象征性的句子毫无章法可言：它只是记录对人类最直观的观察——月色苍白，像小清流，菩提树泛绿，安娜去学校，侯爵离开家，正是带着这样原始的工具——与宇航员和外科医生的设备相比——作家开始探索宇宙丛林的奥秘，这一举动既愚蠢又崇高。写作的目的本来就是为了不可能完成的任务，绝对不可能完成。有时候它确实能缝合现实之墙的漏洞，但首要的一点是他必须对现实生活满怀激情——这一种激情本身便是它的回报，回报它对世界的痴迷（众所周知，这是单方面的痴迷，因为世界对文学一向嗤之以鼻）。

　　写作表达我们对世界的爱憎。有些作家，如奥地利的托马斯·伯恩哈德写作时常常怒气冲冲，雅罗什瓦夫·伊瓦什凯维奇则近乎歇斯底里——这是他作品的标志：他对特定的人物、狗以及艺术品的喜爱简直到了狂热的地步。与此同时，他还自责"思想贫乏"。比如：在关于威尼斯的一篇论文中，他写道："我不停地说话，因为闲聊可以掩饰我的贫乏——贫乏的不仅是我的思想，也是我的国家。"思想的贫乏，貌似一种误解——因为许多崇尚细节的读者认为他的写作是作家思想的上佳表达……思想贫乏之人必将有福。伊瓦什凯维奇如何将他的生活与创作截然分开？我永远也不会忘记，在德国占领时期，他和他夫人如何救助犹太人——他们不仅救助犹太人，也帮助持不同政见之人。到战争结束时，几十名从华沙来的幸存者和流亡者都住在他的大房子里——他们的庄园成了"一艘巨型的诺亚方舟"（Noah's Ark，与《圣经》中的长老不同，伊瓦什凯维奇夫妇并不限定每人携带物种的数量）。他们的庄园，斯塔维斯科（Stawisko），成为洪水肆虐之际一座坚如磐石的孤岛。伊瓦什凯维奇本人酷爱德国音乐和诗歌，到二十年代他甚至和格奥尔格的艺术圈子也有交集；但他极端憎恨纳粹的愚昧无知，憎恨他们在德国占领时期对波兰人表现出的蔑视——有一段时间，他拼写德国（German）时首写字母并不大写，明显违反正字法则……正字法则？一个关注细节之人根本不在乎首写字母大写小写。

　　战后，他成为文人，以故作天真的政治投机而著称——很显然，他是故作姿态（简而言之，他认为嚼口香糖的美国人对未来文明的威胁远胜于苏维埃的秘密警察）。他宣称自己同情共产主义分子——由此获益匪浅：

不仅保留了他的大房子、他的宫殿，甚至还可以生起壁炉，并对它进行维护修缮。但人们对他的看法丝毫没有改变。玛丽亚·东布罗夫斯卡（Maria Dabrowska）如此回忆（摘自她一九五四年三月三十日的一则日记）："有一次伊瓦什凯维奇举办酒会，每次我听他大言不惭地发表演讲，浑身都会起鸡皮疙瘩——真受不了他的奴颜媚骨和沾沾自喜。我为他感到羞愧，也为我们的作家群体感到羞愧。"

但在同一部日记的其他地方，有时她会由衷地表示敬意，甚至仰慕。随着时间的流逝，他的斑斑劣迹——卑躬屈膝、逃避现实以及为虎作伥——逐渐被人遗忘（与此同时，当他的作家朋友饥寒交迫甚至面临逮捕之时，他也会伸出援手）。他是当仁不让的机会主义者的典范。机会主义者——这是怎样的一位作家！当然，这里并不牵涉意识形态的问题，也无须信奉马克思主义。马克思主义对他毫无吸引力，它对事物的特殊性一知半解，囫囵吞枣，难以消化——最终也因此丧失生命力。伊瓦什凯维奇本人学识渊博，在人文方面造诣尤深。阅读他的著作，我感到在他那一辈作家（他出生于一八九四年）与当代作家之间横亘着一道鸿沟。他们的教育背景跟他们的后代，跟我们以及我们的后代相比真有天壤之别。这绝不是对古典文化的衰落发出的习以为常的哀叹。伊瓦什凯维奇本人坦承希腊文明难以理解——有一次，在西西里的阿格里真托（Agrigento），他宣称，穿行在连排屋舍之间，透过落地窗，他听到阿格里真托某个女子弹奏肖邦的华尔兹（waltz），那一刻的感动远远超过希腊半岛所有庄严的神庙和建筑。

我们很少想到，在过去的一个世纪中，学术生活的体系化和条理化让我们失去了多少珍贵的东西。在当今时代，尤其在大学，意识形态、官僚体系、文牍主义这类东西大行其道。各式各样的马克思主义，还有心理分析、先锋派、结构主义——号称穷人的亚里士多德主义——以及层出不穷的以"后"（post）开头的要命的理论，更不用说各种"后现代"的旁系子孙和衍生物——其中每一门派都有一位巴黎先知（而且更为巧合的是，他们无一例外都住在拉丁区，并在同一家咖啡馆会面）。有些理论，如精神分析，作为一种与人打交道的艺术，可以提供帮助，让人获得慰藉，甚至治愈心理创伤，在生活中具有实际意义。但总体而言，几乎所有体系最终都是心灵的毒药。会败坏人的灵魂。体系会将我们变成奴隶，变成侏儒。而不带功利色彩的对生活的沉思则是另一回事，正如保罗·克洛岱尔的《第二颂歌》（Second Ode）——作者在诗中赞叹："噢，信念之中充满各种可见与不可见之物！"这才是最重要的东西：对世界无功利的思考——时而满心欢喜，时而满怀忧惧，或兼而有之。而体系则天然排斥这种无功利的思考——它们像筛子，过滤、隔绝、简化、清除直至灭绝。体系像流行的速记法，适用于夜校的培训课程……只消经过几个月的强化训练，任何人都能掌握——从此便会与真正的知识隔绝，与真正的自由自在的学问相隔绝。真正的学问应该朝向社会现实，朝向传统文化，这是由千百位画家、作曲家、诗人等共同构建的传统——其共同之处在于他们都无条件地反对臣服于这样一种大一统的体系。他们每个人都尽其所能去追求真理，历经艰难险阻，历经痛苦绝望——这也是他们为此付出的代价。他们有些人有缘相会，并成为好友，如德拉克鲁瓦[1]和肖邦；另外有些人彼此一无所

---

[1] 德拉克鲁瓦（Delacroix，1798—1863），法国著名画家，浪漫主义画派的典型代表。——译注

知,至今仍是如此——他们希望安静地沉思世界,而不是热衷于社交,或创建俱乐部。他们也不希望用某一种理论体系来归纳他们的作品。在致敬肖邦的一首诗中,戈特弗里德·贝恩说:"当德拉克鲁瓦宣布他的理论之时,他显得很焦虑,因为无法用理论阐释肖邦的小夜曲。"这简直匪夷所思:阐释小夜曲!阐释叙事曲!

雅罗斯瓦夫·伊瓦什凯维奇曾云游四方,主要在意大利,也去过丹麦和波兰。所到之处,无论赫赫有名如威尼斯,还是默默无闻如桑多梅日(Sandomierz),他都有最喜爱的漫步之处,有他最爱的景点和画作。这些城镇各有特色,如草籽的香气、璀璨的烟火、麻雀和燕子以及小咖啡馆、博物馆等等(从中可以看到悲欢离合,世相变迁)——并无任何体系可言。这里每个悲喜交集的人物都栩栩如生,每个人脸上都既有阳光灿烂的时候,也有阴云密布的时候。伊瓦什凯维奇喜欢他们各异的个性。他是一位异常敏感的作家,他笔下的主人公往往由爱生恨——由于世人的冷落——他们爱而不得,并最终为爱而献身。伊瓦什凯维奇有个缺点:许多时候死亡来临,一如读者所料,仿佛作者事先安排——像酒店的早餐如约而至——而不是命运的播弄。伊瓦什凯维奇尤其擅长描写死亡,因为死亡偶尔能助他摆脱困境:当作品中矛盾的冲突难以化解之时,死亡是最简单的捷径。这一点在他的经典故事《安娜·格拉齐》(*Anna Granzzi*)中有明显体现——尽管它被称为经典,但其中人物的死亡仍是通过"降神机"❶来实现。

他拥有作家非凡的记忆力,善于把握遥远的记忆,能从普通旅

---

❶ 降神机(deus ex machina),一般指古希腊悲剧中解围的人或事件。——译注

行者的日常经验中感受到事物的独特与新奇。他热爱音乐,非常了解音乐。他本人便是技艺非凡的钢琴家,音乐的本质是独一无二的,不知不觉中,音乐进入伊瓦什凯维奇的创作。音乐具有至高无上的独特性,胜过千百种枯燥乏味的理论,但只有用心聆听的人才能体味。音乐杀死体系。但即便如此,像纳博科夫那样喜爱独特性的鉴赏大师,为何对音乐却一窍不通?我们不得而知。伊瓦什凯维奇阅读的作家,许多今天都已被遗忘,如凯莱多夫斯基(Chledowski)、克雷默(Kremer)等等。他向所有人推荐伊丽莎·奥热什科夫斯卡(Eliza Orzeszkowska)的书信。他对另一位体系的破坏者克尔恺郭尔推崇备至——他翻译了哲学家的许多作品。在这一点上,我发现他和法国日记家保罗·莱奥托❶颇多相似之处——他性情古怪,属喵星人——我一度对他狂热崇拜(尽管后来不再阅读他的作品)。莱奥托属于二流作家——他时常以此炫耀。对战后作家,如萨特(Sartre)和加缪(Camus)那一辈人,他时常加以贬斥。他抱怨驾驭文学的力量如今已转移到哲学教授手中——他们是一群博学的偏执狂,是虚张声势的文体家;在他看来,他们对法兰西艺术一无所知,对世界的多样性也一无所知,他们根本不了解荒野和规则之地,不了解外部联系,悲剧和喜剧。他们扼杀了活生生的个性:压制一切不同凡响的声音,禁绝一切不可重复的表达,根除一切癖好。伊瓦什凯维奇的想法正与此相同。他在美国旅行期间,曾在一封书信中谈到法国:"它慢慢遗忘了德据时期的宝贵经验,被恐惧和野心所压垮,感觉……像伤残军人。所有法国当代文学都是这种生存状态的体现。在

---

❶ 保罗·莱奥托(Paul Léautaud,1872—1956),法国批评家。——译注

巴黎，我阅读了萨特和加缪。极具天才，但似乎忘记了作家真正的使命。"（我很想在此处谈谈加缪……）作家，或艺术家，真正的使命到底是什么？伊瓦什凯维奇常常思考这一个难题（在这一点上，任何体系都能给出完美无缺的标准答案），比如在某次旅途中，在西西里岛的锡拉库扎（Syracuse），靠近阿瑞托萨（Arethusa）温泉，那里浅浅的暗黑河水中长满了纸莎草——他联想起卡罗尔·席曼诺夫斯基❶并写道："我注意到他的面部表情和他的手势，他将对生活的热爱和对人性的关切转化为声响，通过声音来衡量生活、理解生活，最终以艺术之美来呈现生活……不是阿基米德（Alchimedes）天平称量的那种数字的、量化的呈现，而是动人心弦；因此，当人们听到、看到或读到这样的东西时，他们会自言自语：这就是生活——这就是爱，这就是死。"同样，我们在阅读伊瓦什凯维奇时，我们常感无话可说，因为从他的时代距今若干年，我们似乎并未看到任何新东西——他曾拥有美妙的瞬间，在穷途日暮，在穷困潦倒之中，他仍有新发现，他并未被艰难的生活压垮——个中原因，至今我们仍无法解释。我们只能一遍遍地重复：这就是生活——这就是爱，这就是死。

* * *

伊瓦什卡维奇曾说他"讨厌加里西亚"（Galicia，尽管他对克拉科夫印象很好，他喜欢到访此地）。他也说过他"讨厌维也纳"。他"讨厌"

---

❶ 卡罗尔·席曼诺夫斯基（Karol Szymanowski，1882—1937），波兰作曲家。——译注

城市生活：被关在鸟笼般的公寓房里，而他却愿意用一生时间来回忆过去，回忆他少年时代乌克兰大地上回荡的传奇故事（尽管他父母在乌克兰社会地位极低）。在列宁格勒，他访问了亚历山大·勃洛克故居——勃洛克的诗对他影响很大——但感到极度震惊：因为勃洛克的故居在公寓的顶层，没有奇特之处，周围也无风景。这样一所公寓也能激发勃洛克天才的想象力——庄园、宫殿、绵延的乌克兰大草原，以及西西里的平原——的确，这才是诗的源泉，而不是某个普通得不能再普通的四层公寓楼房。

* * *

朱利安·格林日记中还有一则，时间是一九三五年四月二十一日，当时作家人在罗马，在圣彼得广场——那里围聚着一大群人，为教皇十一世欢呼。在成千上万振臂欢呼的人群中，格林遇到"数百名德国天主教徒，举起右臂，高喊万岁"。作家对此不予置评——兴高采烈的法国天主教徒向教皇敬礼正是他们当年向纳粹敬礼的方式。

* * *

在维特卡其展出的图片中有一幅是戴着飞行帽的男人，下面的文字是艾尔岑贝格,飞行员。他一定是亨里克·艾尔岑贝格❶——一位哲学家,他在文学史上的地位主要是作为兹比格涅夫·赫贝特的良师益友。在斯大林统治时期,他几乎被勒令停止教书,只有少数几个学生,包括年轻的赫贝特,还一如既往环绕在他身边。他写过许多专业书籍,但最了不起的还是他的私人文化日记,二十世纪六十年代后期出版,标题是《生存的烦恼》(The Trouble with Existence)。时至今日,该书的批判锋芒丝毫未见减弱;这是一本奇特的书,艾尔岑贝格受到一系列文化传统的影响,如十九世纪历史学派、东方哲学——从歌德到甘地(Ganhdi),足资效法。在《生存的烦恼》中,他揭示出一种无所不包的赤子之心,没有任何哲学的粉饰和包装。与之相应,作家本人却积五十年之功,小心翼翼地记录下他的观察和他的思考,对他的广泛的阅读做出评注,并对历史事件做出回应——这日记便是他毫无保留的心声。他一直致力于古典文化哲学研究,同时对体系化的思想史中较少提及的现实困境也加以关注。其中一个问题可谓诗歌与生活发生联系的关键点:一个执着于诗意和想象力的人是否不可避免地会选择远离生活的姿态?……艾尔岑贝格对此并未给出明确答案。事实上,他本人时常挣扎在两者之间:有时候更想直面生活,可另外一些时候又禁不住要捍卫想象力。第一次世界大战期间,他宣称诗歌在与生活的争论中已取得上风,因为战争这出大戏表明"生活天然具有多样性,丰富性和悲剧性"——他的这一论断为时过早,当时战争的残暴性尚未完全展露。第二次世界大战期间,尽管身在地狱(纳粹占领下的波兰与地狱无

---

❶ 亨里克·艾尔岑贝格(Henryk Elzenberg,1887—1967),波兰哲学家。——译注

异），他仍坚持阅读，坚持记录他的思想；他从未怀疑过沉思的艺术和文学的力量，他坚信它们的价值——而当时其他作家，他们早已被摧毁欧洲传统文化的战争祸乱和大屠杀吓破了胆，并选择虚无主义和退让——像受伤的小孩。在残酷的历史语境中，他竭力维护知识分子的独立，继续对惨绝人寰的斯大林格勒战役进行抨击。他从未构建过哲学体系，也从未发明什么"核心观念"——在这一点上，他与以往的哲学大师迥然不同——但他却留下了一部巨著，其伟大价值在于它的"柔软性"，在于它拒绝任何最终定论；相反，它只逐日记录这个世界和生活的日常。在艾尔岑贝格的日记中，好像每个夜晚都会擦除他之前的沉思，同时开启他新的思索——这是不是哲学家的失败？他每天都重新开始，好像他被禁止阅读之前日记的条目，又好像他不得不从头开始思考人生的基本问题，这算是失败还是成功？也许是他故意依违其间：他根本无力选择明确立场、发表宣言，并不遗余力地捍卫自己的学说。我不得不承认，有时候他的无尽追问确实令人生厌；但另外一些时候，我又确信，他赢得了巨大胜利，因为他的两种特质：他没有找到答案，但也从来没忘记过问题。

* * *

在伊瓦什凯维奇的《日记》（*Diaries*）里，作者从批评家卡罗尔·伊尔兹科夫斯基（Karol Irzykowski）那里摘录了一句格言："任何东西都经得起生活的考验，但没有什么经得起思想的考验。"

* * *

我们在瑞士小城洛伊克（Leuk，地处瓦莱州Valais，德语称为瓦利斯Wallis）待过几周，应罗讷（Rhône）河谷施皮赫尔（Spycher）文学奖之邀。年轻的罗讷河谷风景绝美，感觉这里应该作为世界开始的原点，创世之前原生态的宇宙混乱在这里留下了遗迹：在某个错误的地点忽然有陡峭山峦拔地而起，在别处又有悬崖瀑布从天而降；河谷一望无际，灰白的层云在高天缓缓飘荡，下方有雄鹰展翅，人和蚂蚁则在地面上为生计奔波劳碌。山坡上爬满葡萄园，其形状和图案酷似法文拼写字典。洛伊克是中世纪小城，在罗讷河上方二三十米处，规模不过村庄大小，属于德语区。这里是诗人里尔克的家园；洛伊克位于穆佐城堡（Muzot）——诗人在该地写下《杜伊洛哀歌》（*Duino Elegies*）——并最终安葬于拉龙（Raron）的一座教堂。

* * *

纪尧姆·阿波利奈尔❶死于一九一八年十一月九日，年仅三十八岁。由于在前线身负重伤，他未能挺过西班牙流感，在第一次世界大战临近结束之际，他已奄奄一息——人们至今犹记，成群的民众

---

❶ 纪尧姆·阿波利奈尔（Guillaume Apollinaire，1880—1918），法国著名象征派诗人。——译注

在圣-日耳曼（Saint-German）大道边驻足——诗人住在公寓的顶层——高呼："打倒纪尧姆！"——实际上他们要打倒的是德国皇帝威廉二世（Wilhelm II）。一直以来，我非常喜欢阿波利奈尔（Apollianire）的《地带》（Zone）和其他一些诗，特别是《美丽的红发女郎》（La Jolie Rousse），这是他晚期作品之一，类似于誓约，我在此引用罗杰·沙特克（Roger Shattuck）的译文。

美丽的红发女郎

我见识多广何惧审视

洞悉生与死的玄妙

品尝过爱的甜蜜与酸楚

发表过真知灼见

精通数国语言

游览大好河山

在炮兵和步兵队里亲历战争

头部重创接受

氯仿环锯手术

骇人的战斗夺走我的挚友

我饱经沧桑已能与

人类的极限比肩

朋友啊我毫不畏惧

这场你我之间的战斗本为你我而战

我要在纷争不息的守旧与创新

　　　　　秩序与冒险之间做出裁决
你们仿照上帝刻画的嘴唇
　　　　昭示了秩序

请宽容地把我们同
那些一丝不苟的秩序相比
我们只会无休止地冒险

我们并非你的敌人
渴望献上辽阔而新奇的疆土
那里神秘之花绽开等候采撷
绚烂的烟火令人眼界大开
数不清的虚空的幽灵在游荡
渴盼幻化成人形
我们将探索这片广袤的
静默的国土
你还留有时间思虑撤退或投入
怜悯我们这些在前线
为虚无为未来战斗的人吧
怜悯我们的疏失与罪孽
狂暴的夏日就要来了
我的青葱年少恰似春阑
灼日啊炽烈的审判即将开始
　　　　我只需等候

追随那甜美高贵的身影
我对它情有独钟
它款款而来吸引我如同磁铁攫住铁块
  它外表美丽气质迷人
  就像我亲爱的挚爱的红发女郎

你也许会说她的秀发是黄金打造
是永不消逝的一抹闪电
是玫瑰丛中舞动的火焰
而花儿渐渐凋残

尽情嘲弄我吧
全世界的还有这里的人们
只因我畏惧我已说得太多
但你却不许我说出这么多
可怜可怜我

（曹莫然 译）

  这首动人的诗歌很难阐释，一位先锋派诗人不停地乞求宽恕和谅解，而通常先锋派诗人的语气都相当自负。阿波利奈尔在传统与现实之间被撕裂：他对古典诗歌了如指掌，但同时又倡导艺术创新——让人联想到法国文学史上一度相当有名的"古今之争"。但在这首诗中，诗人本人却站在世界的中央，站在交叉路口；正如我之前所说，这是一部晚期作品，此时作者在前线已身负重伤（诗中提到的

"环锯"即指此事),生命对他而言,已是来日无多。站在世界的中央,在古今之间,是什么意思?或许这意味着承受苦难之人再不会拿年轻艺术家雄心勃勃的口号当真,处于生死考验之人再不会信奉所谓的程序和宣言。

* * *

昨晚散步,我在圣马可(St. Mark)广场的哥特教堂前停留很长时间——这是克拉科夫最古老的教堂之一——观察教堂前来回穿梭的雨燕:它们一定很喜欢教堂古老的砖墙,它们在墙上筑巢,那就是它们的家园、它们的城堡。黄昏时分,它们环绕城墙振翅飞翔——它们移动的速度很快,高声尖叫,有时会突然加速,完全忽视人类的存在——看上去它们像是一支负责围城的快速反应部队,正要捣毁教堂。面对此情此景,我几乎目瞪口呆。我假想自己变成刺破暮色的雨燕——我昂首抬头,不是望向路人,而是钦佩它们身躯迅敏地划过半空,将黑箭满世界乱射。我知道它们是在捕捉昆虫,但在这黄昏时分,当它们环绕教堂发射出利器,我突然忘记了它们的使命;我只听见它们呼啸而过,像街头的巡警,在克拉科夫古老而狭窄的街道上忠实地履行使命:它们在空中翻着筋斗,像欧洲最有名的马戏团表演艺术家。直到很久之后,夕阳缓缓西沉,它们才消失在暮色之中,仿佛向着黑夜消融。

* * *

假如我动笔写一篇小说，我很可能尝试描写一个人，他只愿活在获得神秘启示的那短暂而美妙的一瞬，而将生活中日复一日的庸常全然忽略——那些单调乏味的日子像难以忍受的苦力，像所有的日子被棉花塞得满满当当——在那样的日子里，我笔下的主人公会相信生活如同教科书一样平庸，因为我们无法每时每刻都活得精彩——毕竟，达尔文（Darwin）也不允许这样的假说；其实我笔下的人物也未必要做一名艺术家兼思想家，他只要能全身心地去体味生活就可以了。他也学会做笔记，期望这些笔记有朝一日能成为他的"主要作品"（Hauptwerk，维特卡其的术语）。只有在和平时期，他的哲学才能有价值；可是很快战争爆发，凶神恶煞般穿着党卫军制服的家伙出现，或同样面目狰狞的苏维埃秘密警察出现在他面前。我们的神秘主义者发现他已落入陷阱，他被现代历史上最恐怖、最原始的战争机器摧毁——这架机器对精妙的时间计量法完全没有概念，更不用提那令人狂喜的美妙的瞬间。亨里克·艾尔岑贝格对马可·奥勒留❶的《沉思录》（*Meditations*）推崇备至，他很适合充当这部小说的主角。从某种意义上说，他是生活在格言之中，而不是体系化的生活事件之中。一九三八年，他在日记中写道："战争越来越迫近，毫无征兆地随时有可能爆发。我们一定要做好心理准备。它对生活的伤害一定会大于上一场战争，它将摧毁一切，包括我们脚下的大

---

❶ 马可·奥勒留（Marcus Aurelius，121—180），古罗马思想家、哲学家，161年至180年担任罗马帝国皇帝。——译注

地，它不会像第一次大战那样给我们留下和平的缝隙；当然，人们仍然可以谈恋爱，相互争吵然后再和好，也可以写哲学论文，在科学院当众诵读，并在维也纳获得院士称号；他们可以一连几个星期流连于美术馆，观赏画作，阅读伦勃朗❶传记……但对于真正以文学艺术为生的人来说——按照字面上的意义——一切已宣告结束。"

* * *

关于伊瓦什凯维奇的《日记》，再多说几句：二十世纪六十年代早期，伊瓦什凯维奇像往常一样，在桑多梅日（Sandomierz）住过一阵子。某天晚上，他听到一个十来岁的男孩吹奏口琴，附近几个女孩听得如痴如醉。这位年近七旬的知名作家——在他的圈内可谓无人知晓、大名鼎鼎，居然会对桑多梅日的年轻人心生妒忌——他妒忌黄昏、夜色、年轻人和他的口琴——那是自由和灵感的象征。

* * *

我对纳粹占领时期艾尔岑贝格的私人生活知之甚少，只知道他为谋生苦苦挣扎；当时他住在维尔纽斯（Vilnius），私下教授学生，打打短工。比如说，他曾在一家木器厂当过夜间看门人——这一事

---

❶ 伦勃朗（Rembrandt，1606—1669），荷兰画家，欧洲17世纪最伟大的画家之一。——译注

实让我恍然大悟：作为夜间看门人的思想家，沉思是他的天性，他喜欢对着夜空沉思。艾尔岑贝格本人有一次评论说，每一位作家都会面临选择：是对着星星谈论他的同时代人，还是对他的同时代人谈论星星？……在他身为夜间看门人期间，他在闲暇时仍愿谈论星星。毫无疑问，他没有去维也纳旅行，也没有在绘画大师们古老的作品前驻足流连。但他确实幸存下来，尽管困难重重。他从未放弃心爱的日记，在日记中他苦心孤诣地、顽强执着地、有规律地书写（尽管不是逐日）——这些作品不仅写给我们，也写给所有后来人，因此他实际上不可能成为我小说的主角——战争没有吓倒他，斯大林暴政也没能摧毁他。似乎可以在小说准备阶段做出如下推断：他的格言式的生存方式令他幸免于难——在面临集体镇压的巨大危险时，这位惯于生活在痛苦与狂喜边缘的诗人已经能够做到喜怒不形于色，仿佛一位沉醉于捕捉蝴蝶的人错过了一场大搜捕——不知是巧合还是运气——因为他追踪蝴蝶漫无目的地飞行，而对方则一定是严格按照常规路线对他进行追捕。

但机遇的确摧毁了其他许多唯美主义与神秘主义者（二者也难以截然分开）；他们心神不定、步履蹒跚，随时会被围捕；甚至走在华沙或利沃夫的大街上，由于党卫军军官心情不佳，看谁不爽便有可能遭遇牢狱之灾；假如他们是犹太人，那出逃的概率更近乎为零。艾尔岑贝格来自一个已被同化的犹太家庭，他在战争中幸存下来，结果却成为意识形态的牺牲品——成了苏维埃帝国的臣民，尽管在那样的黑暗时代，他依然能找到朋友和学生——其中包括调皮的年轻诗人齐兹比格涅夫·赫贝特。从二十世纪五十年代开始，艾尔岑贝格便被取消了教授资格，由于他"不思悔改的理想主义"（这是维基百科对他的评语）。他活到一九五六年，目睹了知识分子的解禁。他死于一九六七年，时年八十。在他去世之前，他的主要作品大多已成功面世——这些作品巧妙地收集并保存了人类经验的精华。不，我不会让他成为我小说的主角。

* * *

不知道我的记忆是否准确无误——似乎从我的少年时代起，我就无端地猜测世界的双重性：主宰我们生活的不单单是具体的可视的经验世界——它构成了我们相对稳定的生活，比如有轨电车和火车（尽管时常晚点），比如报摊和花店、学校和便利店，但在生活的表层之下，仍有一些无以名状的东西——缺乏这些东西，日常经验便如片纸投火、泥牛入海——瞬间消失不见，枯萎凋零。

我住的地方离当地图书馆步行不过六七分钟；我嗜读如命，特别是小说——统一包着深褐色的封皮——好像有人给它们穿上制服，由此得以将最难归类的小说整齐划一。我家里也有很多书，但都已读过，正如诗人马拉美❶在《海风》中所说"所有的书我都读过"。对我而言，家里的书太过熟悉，平淡无奇；而我则追求新奇和独立。图书馆位于市政厅内，墙上的铭文显示国王约翰三世索别斯基（King John III Sobieski）在解救维也纳途中曾在此驻留一晚。假如我没记错的话，国王下榻之处，正是此刻我所在的图书馆。由此所有

---

❶ 马拉美（Mallarmé，1842—1898），法国象征派诗人、文学评论家。——译注

深褐色封皮的书籍也沾染了些许皇家风范。我每天都去图书馆，几乎每天都去。现在很难相信，当时我的阅读速度有多快——当然书中许多景物描写我一律跳过不读——通过与朋友闲聊，我才知道，像我这样的阅读大有人在，我的朋友几乎都采取这样的跳读法。茂密的树林和如茵的草地，绽放的百合和活泼的小鸟，这类描写很难引起我们的注意，或许我们认为四周到处是这样的树林和小鸟，可以将它们一带而过，正如大厨向通心粉碗里随手撒盐。我说步行六七分钟，但通常我的目的不是步行，而是借机发思古之幽情。从我可以独自离家的年纪开始，我就喜欢外出，无忧无虑，自由自在，感觉自己仿佛是从家这座牢笼中逸出的逃犯。但等我背着大包小包的书籍返回家中时，它早已不再是一座牢笼——仿佛我短暂的离别已完成了自我净化和救赎。借来的每一本新书都预示着灵魂的一次冒险，我至今仍记得抢到一本最新外借书目上的图书，那一种刺激和快感！比从书店购买一本新书更为刺激——因为一旦入手成为藏书，便会油然而生一种沉重的责任感。而图书馆的书，则仿佛自由恋爱，不会带来任何压力——无拘无束，自由自在，兴之所至，则展卷把玩；心境不佳，则弃置不顾——总之，主动权尽在掌握。至于借出之书是否为人所读，则无人在意。有时候，好的书籍能够祛除尘世的纷扰——不仅于此——有时候甚至整个世界都会为之驻足停留。当我从家中跑回大街时，我满心自由，期待一次新的冒险，其他人显然无法察觉这样的冒险——因为它们只存在于我的内心世界。那一瞬间，积云为之凝滞，钟表也为之停摆，现代人都生活在每周纪录片式的乏味的历史里，那高亢有力、欢快昂扬的画外音代表了我们的时代精神：欣欣向荣，生机勃勃，催人奋进。幸运的是，在这时代的主旋律之外，偶尔地，你无须离开家，便能听到一些不和谐的杂音。比如在暴雨来临之际，坐在自家窗前，看乌云压城、墨浪翻滚——仿佛这是一支由古罗马驶来的海上军团。或不经意间，一位邻人身穿睡衣步出家门。或——我已移步到窗前——有时候收音机里播放的婉转的小提琴曲，瞬间便能将秋日午后实实在在的客观现实击得粉碎。收音机里传出的声音令人陶醉，但前提是你不能透过播音室的幔帐看到播音员——他们只有声音，没有脸孔——可是电视却破坏了这一不成文的规定：它不仅让播音员暴露出脸孔，甚至还露出下半身。我喜欢听广播剧——沙漠狂风呼啸，海上暴风肆虐——各种声响杂陈。我怀疑海上的风暴来自叮当作响的铁皮罐，而狂风的呼啸则是演员的口技，但这些丝毫不影响我的快感。这些是常见的套路，像公交车停靠站点一样一成不变，但在停靠之时，可以享受刹那的自由，然后期盼它的下一次停靠。

* * *

四月份在巴黎小住几日，这是巴黎最美的季节：圣-日耳曼林荫道层林尽染，绿意盎然，气度不凡的法国梧桐树似乎意识到它们才是这座城市永久的居民和真正的主人——至于满大街驱驰的铁皮轿车则是匆匆过客：很快会在锈迹斑斑的坟场（车辆报废处）走完它们短暂的一生。诗歌节在圣-叙尔皮斯（Saint-Sulpice）举行，之前我对这一活动满腹狐疑，感觉没有必要人为地将一干诗人辐辏在一起；因此，我在巴黎时候，一般对此类活动都敬而远之，但今年情况却大为不同：我是来自克拉科夫的访客，我对巴黎的风景和气息感到目眩神迷。在著名的"采办"（La Procure）书店，两个学生模样的年轻人笑吟吟地站在收银台——午后的书店，顾客很少——他们正在津津有味地阅读兰波❶的诗歌。我被这一幕深深地打动，这更让我确信诗歌在现实中的客观存在——不是官方书市展架上摆放的珍稀本，也不是签售桌旁无所事事的诗人——他们被公开展览，公开出售——任何购买一册新书的人都有权要求签名。我在那张小小的签售桌旁枯坐一小时。我本人，也有待出售。

* * *

卢森堡花园（the luxemboarg Gardens）呈现在我们眼前：它似乎具有某种魔力，使得巴黎成为欧洲为数不多的具有永恒魅力的城市，而且魅力一直得以保持——从何时起？法国大革命？或许巴黎的伟大重建可以追溯到拿破仑三世（Napoleon the third）和奥斯曼男爵（Baron Haussman）时代？——其风格的统一在别处很难见到。比如巴黎的咖啡馆——它的大理石地板上直到最近才布满烟头，还有圣-日耳曼大道的法国梧桐树。这是一座焦虑不安的城市。身穿灯芯绒夹克的学生、正装革履的文员，穿行在冬日的巴黎街头——尽管户外寒风凛冽，他们却都没穿外套——只有打结的红围巾——其中的秘密其他任何城市也无从获悉。红色的开司米围巾是一个标记：它

---

❶ 兰波（Rimbaud, 1854—1891），法国诗人，早期象征主义诗歌的代表人物。——译注

准确无误地表明巴黎是一座南方城市——千万不要被风雪所蒙蔽。正如雷蒙·阿隆❶许多年后回忆的那样,卢森堡花园是二十世纪三十年代一次重大事件的见证者。那是和煦的春日,阿隆和夫人外出散步,发现西蒙娜·薇依❷在街角哭泣。(阿隆和薇依相知甚深,曾在巴黎高师共事。)"怎么了?"阿隆问,"你没听说吗?"薇依大声回答:"上海警察开火枪杀工人!"

* * *

我正聆听柴可夫斯基(Tchaikovsky)的小提琴协奏曲,我对它并不了解——我对作曲家的程式化和情绪化的表现方式一向很排斥,但随着年龄增长,发现自己越来越包容——我突然意识到他的确创作过不少华美的乐章。聆听其中的一个乐章"声乐套曲,行板"时,我想起斯维亚托斯拉夫·里赫特(Sviatoslav Richter)曾告诉布鲁诺·蒙桑容(Bruno Monsaingeon),在列宁格勒围城期间,他奉命去演奏协奏曲。他抵达之时,城中许多居民已在饥荒和战火中丧身;走在冬日的街头,冰冻的尸体在院墙和浮桥上四处堆积。这座饱经创伤的不幸城市,其实并不缺乏音响(很少有人知道,这是苏维埃的特别之处:高音喇叭响彻每一条街道,可以随时将领导人的旨意传达给臣民)——每一台高音喇叭都在播放舒缓的"声乐套曲:行板"。这一幕我永生难忘,一座勇敢、濒死的城市,其中的老幼病残为他们军事领导人

---

❶ 雷蒙·阿隆(Raymond Aron,1905—1983),法国思想家、哲学家。——译注
❷ 西蒙娜·薇依(Simone Weil,1909—1943),法国女哲学家。——译注

的决定付出了生命的代价：空无一人的街道、散发恶臭的遗骸，与小提琴欢快的抒情短歌恰成鲜明对比，在我脑海中挥之不去——从街头每台高音喇叭发出的甜美的旋律，背景是濒死的城市。

* * *

世事多巧合：好像是一九九五年五月的一天，在托斯卡纳一座乡村，敏捷的燕子在狭窄的街道上下翻飞，我们刚走进一家嘈杂的咖啡馆——打算喝点什么——忽然看到邻座一位德国游客在读一本小书——当他转头的时候我一抬眼看到了书名（对于人们闲暇之时所读之书，似乎不止我一个人有浓厚兴趣）——书名是《神秘主义入门》(*Mystik für Anfänger*)，是关于心灵修炼的辅导书（说句实话，教人心灵修炼这想法可够蠢的）。我不想费力抄下那一首同名的诗篇，但却突然之间恍然大悟：神秘主义的入门读物便是诗歌。那位随身携带一本可笑的小册子在托斯卡纳旅游的德国游客，让我一下子明白了诗歌和宗教的本质区别：诗歌会在某个时刻让人停顿，望峰息心；它并不要求摆脱凡尘，恰恰相反，它让人流连在红尘之中——在游人如织、莺莺燕燕、可视可感的大千世界之中。它描写具体的人和事，参与到现实生活中：一个人走在雨后湿滑的街道上，听着收音机，在地中海湾游泳。这与那些政客颇为类似——他们喜欢炫耀如何亲民——他们居然知道黄油、面包以及公交车票的价格！诗歌与政客一样，往往言不由衷，因为他们总渴望与众不同。

* * *

卢森堡花园邻近塞尔瓦多尼大街（Rue Servandoni），这是我最喜爱的一条街道——更准确地说——是一条小巷，异常宁静，时常空无一人，有座建筑物上悬挂着铭牌，告知人们孔多塞侯爵❶生命的最后几个月曾在此藏身。在法国大革命中，侯爵被革命政府判处死刑；最终，他从藏身之处露面，被人认出，尽管矢口否认，他还是立刻被逮捕入狱——他很快死于狱中，死因不明。被捕之前数月，他仍在孜孜不倦地修改他的巨著《人类精神进步史纲要》（*Esquisse d'un tableau des progrès de l'esprit humain*）。政府的密探四下对他进行搜捕，他居然还在书写人类进步！他聆听安静的街道上回响的足音，对于进步的信念却丝毫也没有动摇。他聆听刽子手的脚步声越来越近，但与此同时，向着未来不断前进的乐曲也萦绕在他耳畔。他目睹雅各宾派❷的暴力恐怖，但对人类的向善性却一直满怀信心。我不知道哪一样东西更值得钦佩，是藏身在塞尔瓦多尼大街的哲学家的盲目乐观，还是他的惊人的勇气？

---

❶ 孔多塞侯爵（Marquis Nicolas de Condorcet, 1743—1794），18世纪法国哲学家，启蒙运动最杰出的代表人物之一。——译注

❷ 雅各宾派（Jocobins），法国大革命时期参加雅各宾俱乐部的激进派政治团体。

——译注

* * *

诗歌也有局限性:我大学时有个朋友,汉卡·科扎热夫斯卡(Hanka Kozarzewska),来自尼斯(Nysa)城,我跟她多年未见了;不久前,我们终于又取得联系:她让我为她已故的父亲耶日(Jerzy)的诗集写一篇评论,并向我讲述了她父亲的传奇故事。后来我在彼得·马特维茨基(Piotr Matywiecki)所作的诗人朱利安·杜维姆❶的传记中又读到这一故事——该传记主要取材于塔德乌什·雅努什耶夫斯基(Tadeusz Januszewski)的叙述。耶日·科扎热夫斯卡(Jerzy Kozarzewska)是国民卫队的军官,激进的民族主义者,从事反共产主义的地下活动,在一九四六年被共产主义法庭判处死刑;还有其他五人与他一道被判刑。走投无路的一家人被迫向杜维姆求助——当时,杜维姆刚结束战时的海外流亡返回祖国,受到波兰共产党政权的隆重礼遇,视之为天使长加百列(Archangel Gabriel)。他们为他提供了别墅和专车。他时常在广播和媒体中抛头露面,甚至可以通过特别渠道直达党内高层。对新的统治阶级而言,他是身价不菲的政治盟友;作为战前即享誉文坛的诗人,他历经战争期间政治的风云巨变,却最终对极左势力表示支持并毅然返回波兰——与他的同时代人迥然有别——从而变相承认了新政权的合法性。杜维姆避居纽约期间,他母亲惨遭纳粹杀害(其家族为犹太人)。这位国民卫队军官对犹太人素无好感,尽管如此,杜维姆还是决定代他和其他五位

---

❶ 朱利安·杜维姆(Julian Tuwim,1894—1953),波兰诗人。——译注

被判刑之人向当局求情——当时的政府领导人是博莱斯瓦夫·贝鲁特（Boleslaw Bierut）。他的求情信被保存下来——以下是摘录："在我发现自己有可能搭救这几位人犯以来，整整两个月，我像个疯子四处奔走。我甚至敢说，我被某种神秘的光环所笼罩……除了拯救这些人的性命，还有什么更能证明我存在的意义和价值？所谓诗人的职责，在该词的终极意义上，到底所指为何？在于行善。这一种善有时表现为智，有时表现为真，有时表现为美。两千年来，它一直徒然地在十字架上向世人发出召唤。"

我摘录和引用的作家们评论说，杜维姆公开表达他对狭隘的民族主义强烈厌恶之情，宣称他只想拯救五位年轻人的生命；然而奇迹发生了，贝鲁特将他们的死刑全部赦免；是杜维姆拯救了他们。到二十世纪五十年代中期前后，政治气候改变，他们都重获自由。有好几年，我朋友与她父亲失去联系、生死未卜。出狱后他安享高年，在二十世纪末去世。正是在这里，我们碰触了诗歌的局限——杜维姆是一位激情充沛的但褒贬不一的诗人，极其自负，具有惊人的幽默感。（尽管这两样东西在他的诗中很少能同时见到。）战后他与政府达成了一位真正的艺术家不可能达成的协议——他收获了大把的金钱和荣誉，但同时也将自己与普通人隔离开来——那些生活在城市废墟之中、掩埋在地下室里的人们，那些缺少汽车、洋房也没有电话可以直通贝鲁特的人们；换言之，他与周围的劳苦大众隔绝开来，但这并未妨碍他行善的义举。他被人为地拔高——这是不争的事实，也是作家的不幸，但他却对此巧妙加以利用，拯救了六个人的性命。据他的传记作家披露，不久以后人们才意识到，假如不是他满怀人道主义信念只身前往华沙，便根本不可能有什么赦免。

* * *

谈谈善和善行。齐奥朗在他的《笔记》(*Notebooks*)中写道:善是人性的光辉,但他立刻又补充道,它不能混杂强烈的智性因素。假如事实果真如此,世界将会是一场灾难;幸运的是,这样的言辞和立论是这位伟大的恨世者作品中为数不多的错误——其实只消一个事例,就能驳斥他的论断:约瑟夫·恰普斯基。或举个更有名的例子:弗里德里希·尼采——他的学说鼓吹权力意志,并极端鄙视弱者——但在现实生活中他却是和蔼善良、可亲可近之人(齐奥朗本人也不时提到这一点)。而且齐奥朗极其害怕孤独,尽管他在写作中对孤独颇多溢美。毕竟,作家的话不可全信。

* * *

约瑟夫·恰普斯基日记摘抄(一九六一年十一月四日):他刚看完抽象的表现主义艺术家马克·托比(Mark Tobey)的画展,随后并引用了西蒙娜·薇依著名文集《重负与神恩》(*La pesanteur et la grâce*)的标题——他这样评价这位美国画家:"在托比描绘的神恩中,充斥着他对宗教派别相互融合的思考……但与我们的日常生活,与我们这个星球距离较远。我猛然意识到这样的思考对我毫无吸引力——我们应该以伦勃朗的方式超越宇宙万物的重力与引力,但同时不应忘记它们的存在。而托比的缺陷正在于此。"他的评论振聋发聩，与我的主张较为接近：艺术不能，也从来不该脱离重力和引力，脱离世间的一切的痛苦和丑恶——艺术家必须明白，只有意识到自身的束缚和局限，才能真正追求明晰而完美的表达——这也可作为狂喜的另一个定义，狂喜意味着摆脱一切痛苦、丑恶与苦难，而专注于美。但纯粹狂喜的艺术品却只能令我不快，或漠然置之。准确来说，轻重明暗，痛苦与狂喜无尽的争斗，乃是艺术的根本。

* * *

雨燕也喜欢栖息圣卡特琳娜（St. Catherine）大教堂，一座哥特式的天主教堂，历经战火，饱受风霜，也经受过地震，因此它的结构不复完整：没有塔楼，远望犹如平整的停机坪。这里聚集的雨燕比圣马可教堂还多，它们飞行的队伍杂乱无章，有的成群结队——通常十到十二只构成一支快活的小分队，有的则从队伍中开了小差，形单影只——它们在空中盘旋，发出奇怪的、粗嘎的啸叫，那声音犹如来自另一个世界；卡斯帕·豪泽尔❶对此一定不会感到陌生。

---

❶ 卡斯帕·豪泽尔(Kaspar Hauser, 1812—1833)，德国传奇人物，据说自幼生活在地牢之中。——译注

* * *

历史的阴影让恰普斯基的笔记变得异常厚重（他本人在我前引的评述中也暗示了这一点）：一九六一年十月十七日巴黎屠杀阿拉伯人的暴行，当时正在进行的阿尔及利亚战争，几十具乃至上百具尸体横陈在塞纳河畔。历史学家证，警察从巴黎市中心美丽的圣-米歇尔（Saint-Michel）桥上，将被杀害的阿拉伯抗议分子的尸体抛入河中，这是战后法兰西历史上最臭名昭著的大屠杀。当时的警察头目是同样声名狼藉的莫黎斯·帕朋（Maurice Papon），在维希政权（Vichy）时代，他不遗余力地为纳粹效劳——作为波尔多地区的警察总监，他负责将超过一万六千名犹太人驱逐出境。恰普斯基评述托比的艺术作品时头脑中保存着大屠杀鲜活的记忆（尽管法国媒体很久以后才予以报道，并且语焉不详，并未完全披露这一令人发指的暴行）。当然，针对这一人间惨剧，他并不指望能有一个完全忠实的文字记录。但他也不希望因为陷入"宗教门派相互融合的思考"而与严酷的社会现实、与这个世界的痛苦和丑恶相脱节。世上痛与美的联系不能轻易被斩断……

* * *

在柏林，我最喜欢的美术馆（Gemäldegalerie）位于达勒姆（Dahlem）。这是一座宁静的小城，过去很少有游客到访，因为城市被两种不同的文明历史一分为二。兹比格涅夫·赫贝特属于为数不多的游客之一，而且他时常光顾。通常他随身携带笔记本，遇到特别心仪的画作会在本子上勾勒几笔。今天，他的艺术品收藏在柏林市中心的波茨坦广场（Potsdamer Platz），占据了整整一个楼层，但很奇怪，并未能吸引像罗浮宫（Louvre）一样大量的游客——在罗浮宫，来自世界各地的人们蜂拥而入，往往连插脚的地方也没有。美术馆的建筑设计相当完美，大厅呈现巨大的矩形——如果你打算整理思绪，完全可以在油光锃亮的木凳上从容落座。从大厅出发，便步入遍布大师画作的画廊。每次都会有不同的画作吸引我的目光，比如，作为职业画家的普桑❶阴沉而严肃的自画像，或勃鲁盖尔❷的一幅画作——画面正中是拴在墙上的两头驴，背景则是喧嚣的港口：小鸟上下翻飞，船只来来往往——维斯瓦娃·辛波丝卡为此曾写过一首漂亮的诗歌；这幅画不仅表现出高超的技艺，也表现出深邃的思想。"关于人世的痛苦，这些大师/他们从不会犯错"——奥登（Auden）在《美术馆》（*Musée des Beaux Arts*）一诗中写道——该诗乃受到勃鲁盖尔画作"折翼的伊卡洛斯"❸的灵感启发。两头驴并没有眼望别处，而是定定地直视眼前的料槽——料槽遂成为他们的牢笼——至于港口、船只或小鸟，一律视若无物。大师绝对明白"囚禁"的真谛：驴对船只、小鸟和整个世界漠不关心，只顾眼前的苟且。有时候鲁本斯❹晚期的某个画作也会打动我，比如一片空地矗立

---

❶ 普桑（Nicholas Poussin，1594—1665），17世纪法国古典主义绘画的奠基人。
——译注
❷ 勃鲁盖尔（Pieter Brueghel，约1525—1569），16世纪尼德兰地区最伟大的画家。
——译注
❸ 伊卡洛斯（Icarus），希腊神话中代达罗斯之子。与其父使用蜡和羽毛制作的翼翅逃离克里特岛时，他因飞得太高，双翼上的蜡被太阳融化，跌落水中丧生。——译注
❹ 鲁本斯（Rubens，1577—1640），17世纪佛兰德斯画派著名画家，早期巴洛克艺术杰出代表。——译注

着一方绞架，远处是巍峨而静默的纪念碑式的城堡。狂风撼动树木以及白衣的受刑之人。沉沉的乌云压顶，但在画作的右上方，却隐约闪现出一道光亮——我们不知道那是日出还是日落。

* * *

每一位诗歌爱好者和诗人都不时会面对一个重要的问题：那一道光——除此而外任何一部伟大作品都不可能成形的——那一道光亮，是否仅仅存在于我们的强烈想象之中，或灵感激荡的幻想之中，在现实中并无依据？它只是一次想象力的飞跃，一个逃离庸常的假日，一次语词的狂欢，还是客观现实中通常被遮蔽的真实的存在？问题的答案，言人人殊。假如我被追问，我一定会说，我对此大感疑惑：我时时担心，这一道光亮犹如圣埃尔默（Saint Elmo）之火，只在我们想象的桅杆上闪烁。但最终，一旦我消除了疑虑，出于强有力的、纯粹的信念，我会说诗歌最神奇、最令人惊叹之处（当然也最为少见）源于被遮蔽的现实维度，源于这个星球上某一处的光亮。

* * *

每次身在巴黎，我总是要计算一番二十年来我在此消磨的时间，准确来讲，应该是二十年零一两个月——或二十一二年——如果扣除访问美国的时间。我去巴黎是为了M——我已不再年轻，但仍行事鲁莽，不计后果。一些政治上相当活跃的文学圈朋友无法理解这一种冲动，"你的生活不该如此，"他们说，"爱，当然不错，可是你的年龄？"还有，"我们需要你留在这里，而不是去那里。"对这些劝告，我不会置若罔闻，但也不会当真，我知道自己不会热衷于政治——事实上在哪里都可以写作，在国外也未尝不可，于是我去巴黎——尽管正如耶日·斯德姆波夫斯基❶早前所说——巴黎已不再是欧洲艺术和诗歌的中心实验室。（斯德姆波夫斯基不肯原谅法兰西——他一度深爱的而且满怀感激的法兰西，因为维希政权的昭彰恶行和对法国前殖民地阿拉伯人的血腥屠戮导致了它的沦陷。）我生活在巴黎的时候，这座城市以人文学科方法论的不断革新而著称于世。那些国际知名的方法论大师如今已垂垂老矣：他们老态龙钟，体弱多病，后来又回归到人道主义；他们捍卫人权，勇于为越南船民和波兰抵抗运动发声。我对他们的著作素无好感，尽管我有一些或称为熟人的人，宣称，大师们继承了伟大的法国人文主义传统，但正如一位方法论大师——他恰好也是一位了不起的诗人：T. S. 艾略特所说——"除了聪明才智，世上别无方法。"——难道不是这样吗？

但巴黎确实热爱方法论——和小说。方法论像裁缝，他自己并不制作衣服，而是撰写服饰的长篇大论；或像阿拉伯谚语中的缝针：他装扮了整个世界，自己却身无寸缕。实际上，巴黎最爱的只有小说。方法论者主要用于出口：他们的思想可以贩卖到北美和南美、亚洲和整个欧洲，甚至远至澳大利亚和新西兰所在的大洋洲，但在巴黎地铁上，我却从未见到什么人捧读方法论巨著。没有，在地铁

---

❶ 耶日·斯德姆波夫斯基（Jerzy Stempowski，1894—1969），波兰著名作家。——译注

上我只见到有人捧读厚厚的小说。巴黎小说业的复苏已有时日,不记得谁曾说过,在十九世纪的敖德萨(Odessa)港口,顾客排队求购新到港的满船的法国小说——全都用黄色防尘套包裹得严严实实。我总暗自怀疑巴黎地铁公司和出版商之间存在某种秘密协定。后者总是大量炮制出黄色或亮粉色防尘套包裹的通俗小说——跟巴尔扎克时代的小说并无二致,因为通勤的乘客对小说有大量的需求。地铁线路不断延伸,新的站点和换乘枢纽不断出现——导致小说越来越厚,甚至有时候列车已驶入终点站,而捧读小说的人仍浑然不觉而忘记下车。似乎无人需要诗歌,因为与叙事不同,诗歌无法持续,像一道闪电,它让人瞬间通体透明,但由此它也被认为过于狂放不羁,不切实际,而叙事本身则足以治愈心灵。叙事可以愈合心灵的创伤,将悲摧的生活打上绷带,清洗伤口和淤血,并使人重新振作。叙事提供了多重的感官享受,像节日烘烤的粉红色巨型火腿,香气四溢;它能持续数日,香气经久不息。它像喜马拉雅山(Himalayas)和安第斯山脉(Andes)。叙事为每一个艰难的登山者架设桥梁,让天堑变通途;叙事以世界上梦想为题材,讲述爱情和婚约,引领读者步入小说,就像它是家的一部分——它将冷冰冰的铁轨和列车变成了家的连接线。闪电一样的诗歌需要心智健全的读者——如今这样的读者很难找,闪电不能治愈任何人,恰恰相反,闪电有时会杀人,它也从来不会带来家的感觉。

如上所言,热爱方法论和小说的巴黎令我意乱情迷,因此我无法假装在此受到冒犯,我在那里经常是一名孤独的流浪者:上午、下午是我在家工作时间——待在库尔布瓦(Courbevoie)郊区沉闷乏味的家中写作,有时无法写作,则只能读书,或听听音乐,等待创作激情和灵感到来的那一刻。午饭之后，我一般会乘坐城际列车进城，无论上午半天在家有没有捕捉到灵感。只要五分钟时间便能抵达圣-拉扎尔车站（Saint-Lazare）——莫奈❶曾画过车站（画上烟云笼罩着车站的玻璃拱顶）——从此出发，我可到巴黎各区。借机我可以顺道观察巴黎独具特色的房屋、教堂和街道，如风景优美的里尔街（Rue de Lille），在春夏时节的夜晚，它像一架望远镜，镜头正对着西方。里尔街是典型的巴黎建筑：西边是紧挨着的石头砌成的房屋，中间是狭窄的街道——看上去正像一部光学仪器。假如你站在里尔街和圣-佩雷斯（Saint-Pères）街的拐角向西眺望，你会发现眼前的景色美不胜收：街道上空层云堆积，而在最远处，就在大块堆积的灰色雨云下方，一轮硕大无朋的玫瑰色红日却向着西班牙和葡萄牙的方向缓缓西沉。巴黎的晴空——除掉阴雨天低垂的彤云——主要由大西洋的邻国输送。大西洋的碧波不再承载华美的航船（对此，德拉克鲁瓦在他的日记中不胜哀叹），相反，它却将成片的积云送至巴黎，于是在巴黎上空，它们摇身一变，成为威风凛凛的纵帆船、双桅船和护卫船，然后又被高科技的、由柴油发动机驱动的蒸汽船和平底船——所取代。德拉克鲁瓦其道不孤：许多艺术家和作家像他一样，对风力和白帆驱动的自然之美心驰神往，那是麦哲伦（Magellan）和另外一些伟大的航海家的时代——如今那些帆船似乎又重回巴黎上空，几乎每天巴黎的空中都在上演无与伦比的帆船赛——只不过比赛的船只都是由水汽和幻想组成。只是这些积云组成的船队一旦越过巴黎的边界，仿佛国庆节的游行方阵，或欢迎外国元首到访的队

---

❶ 莫奈（Monet, 1840—1926），法国画家，印象派代表人物之一。——译注

伍，一转眼便消失不见。

我逐渐对新旧巴黎皆有所了解：途经蒙帕纳斯塔（Monparnasse）——仿佛欧洲现代主义的一方巨大墓石，矗立在久负盛名的蒙帕纳斯街区——在那里我可以观赏饱经风霜的法国梧桐树，以及在奥斯曼男爵（Baron Haussmann）剪刀之下依然保存完好的中世纪的街道（男爵的贵族头衔相当可疑——为了迎合他的虚荣几乎改变了大半个城市——他的痕迹无处不在）。同样生活在这个城市，波德莱尔❶和兰波跟官僚和警察总监大不一样，天才们在物质世界几乎不留下任何痕迹。我逐一观赏巴黎近四十座大桥，桥拱像弓腰的小猫懒洋洋横跨在波光粼粼的塞纳河上。老巴黎城的魂魄犹在，比如可爱的圣路易斯岛（Île Saini-louis，那里的房价奇高），那里的咖啡馆，树影婆娑的小广场，红方格子桌布铺垫的小餐馆；在索邦大学（Sorbonne）附近，学生们热烈讨论物性——一如身在阿伯拉尔❷和埃洛伊兹❸时代——尽管早已不复当年的宗教热情。巴黎仍拥有她的巴黎圣母院、她的教堂、塔楼和宫墙——但其精神风貌与昔时已不可同日而语。圣-日耳曼大街的林荫道，是旧日巴黎的中心：街道光鲜亮丽，似乎能毫不费力地让人目眩神迷，像发达的神经中枢；那里密集地排布着各式书店、咖啡馆以及穿着体面的读书人——甚至书店旁边的梧桐树也高人一等——与普通喜鹊绕树喳喳叫的梧桐树相比，无非因为它们阅读了太多哲学论文，并在晴朗天气以树叶摩擦的方式相与切磋讨论。

但旧日的巴黎具有欺骗性，即使在纳粹统治下，它的魅力也并

---

❶ 波德莱尔（Baudelaire, 1821—1867），法国19世纪最著名的现代派诗人。——译注

❷ 阿伯拉尔（Abelard, 1079—1142），中世纪法国著名神学家和经院哲学家。——译注

❸ 埃洛伊兹（Héloïse）, 阿伯拉尔的妻子。——译注

未全然失去；不管怎么说，恩斯特·荣格尔❶上尉——一位药商的儿子——像奥斯曼男爵一样，也有浓郁的贵族情结——喜欢被人以男爵相称。我非常喜欢读他的日记、散文。(但他对穷人和弱者的冷漠令我大为不满。) 他曾身着煊赫一时的德国国防军制服，趾高气扬地行走在永恒的巴黎街头——幸运的是，正如 M 评论的那样，那一身制服如昙花一现 (如同纳粹设计的其他样式——体现出伦理道德和审美之间不可调和的矛盾冲突)。和我一样，荣格尔对千百年未变的树木和宫墙情有独钟，但与我相比，他对树木更有研究：他特别喜欢花期早、枝叶肥、开满紫花的泡桐树——因此他也更爱泡桐树环抱的泰尔纳广场（des Ternes），他解释说此树源于中国，得名则是为了纪念俄国公主安娜·帕夫诺夫娜（Anna Pavlovna）。荣格尔在巴黎撰写植物志，而与此同时，在我的故乡波兰，德国人正进行一场种族大屠杀。荣格尔的日记是古典主义的胜利，一种超然物外的精致的自我主义和唯美主义视角——似乎周围变幻莫测以及骇人听闻的事件根本不值得作家关注。当然，我这样的立论对荣格尔未必公平：他也竭力试图理解罪恶的本质。但真的有人能理解罪恶的本质吗？我们喜欢阅读荣格尔日记——它们有时令我入迷，有时又让我恼怒——比如作者提到在华沙贫民起义中，居然有一对德国士兵挺身而出，站在犹太人一边——这在任何一部正史中都未见记载。五十年后，有读者要求他出示证据，这位百岁老人只是一再重复，他是从一位东方信使那

---

❶ 恩斯特·荣格尔(Ernst Jünger, 1895—1998), 德国作家和思想家, 狂热的军国主义者。——译注

里道听途说。这是同一座巴黎吗？矿井在安德烈·马尔罗❶笔下被修剪，呈现出钙化的深褐色，而不是大清洗之前影视作品和图片上常见的漆黑一团。

＊　＊　＊

埃米尔·齐奥朗当时仍在巴黎，我甚至还和他见过一面。当时他住在拉丁区的剧场街（rue de L'odéon）二十三号的一幢公寓。他住在顶层，要乘坐一架迷你电梯（电梯如此之小，连呼吸都感到困难）——但那次访谈并没有什么结果，印象不深。当时他年事已高，而我又过于羞怯，不敢想象他愿意和我结为忘年交。后来他患上老年痴呆症，我又见过他几次，他忠实的伴侣西蒙妮（Simone）牵引神志不清的诗人漫步在街头——正是这位敏感而愤世嫉俗的浪荡子似曾相识的街道。我将目光移开——早年才华超群英气逼人的齐奥朗，跟眼前老态龙钟双目呆滞的齐奥朗，反差如此强烈，让人目不忍睹。我之前读过一些关于尼采晚年的记述，人们见到的不再是神采飞扬的大哲学家，而是一个满嘴胡言乱语的精神病患者。幸运的是，我还拥有约瑟夫·恰普斯基，他一切如常，风采依旧。他住在迈松-拉菲特（Maisons-Laffitte）——尽管性情和才情不减当年，但还是不可避免地慢慢呈现出老态。此外，我还拥有其他一些年轻的朋友。我每天散步读书，因为巴黎在我眼里日新月异，从来没有失却过魅力。

---

　　❶ 安德烈·马尔罗（André Malraux，1901—1976），法国20世纪上半期的重要作家。——译注

每天我都能发现新的路线，发现历史的遗迹和现代性的标志——新的广场、新的建筑，如稍带社会主义现实主义风格的巴塞罗那广场（de Barcelone），以及大理石板上铭刻的性格各异、难以胜数的豪杰英才——他们一度都想征服巴黎——但很少能够如愿，甚至莫扎特（Mozart）或瓦格纳这样的大师也不例外。他们在此曾备受煎熬，他们谁也不曾料到，有朝一日，光洁的大理石板会铭刻他们在巴黎的伤心过往——当然，为尊者讳，铭文上无一语提及他们在此遭受的冷遇。肖邦运气稍好一些——我时常潜入他位于巴黎第九区奥尔良广场（d'Orléans）的故居（我用潜入，因为作曲家故居位于一幢建筑群的中央，门口有凶神恶煞般的门卫塞伯拉斯❶把守）。去观赏喷泉——那单调的吟唱更近于教皇格里高利合唱团❷，而非肖邦灵动的叙事曲。奥尔良广场显然是作曲家在巴黎最后的落脚点，尽管他最终逝世于旺多姆广场（Vendôme）的德尔菲娜波多茨卡（Delfina Potocka）公寓。

* * *

我对巴黎本地诗人知之甚少，也从未谋面，起因是开始不太顺利——那时我刚刚抵达巴黎——而M打算着手将我的诗译为法文，于是向某一位当代诗人求助——根本没有意识到她此后的大麻烦。

---

❶ 塞伯拉斯（Cerberus），希腊神话中冥土女神赫卡忒（Hecate）的宠物，负责守卫地狱大门和阻止亡灵离开。——译注

❷ 格里高利合唱团（Gregorian），又称"教皇合唱团"，由十位在英国伦敦音乐界具有一定地位的演唱家组成。——译注

诗人向她索要现行的译本，并保证几天后给她明确答复。当他再度见面时，他却声称无法与之合作，因为他对这些诗歌丝毫不感兴趣——因为这些诗中含有的历史和时间概念过于明晰。举个例子，如在《叔本华的哭泣》(*Schopenhauer Cries*)一诗中，提到了这位格但斯克（Gdansk）哲学家的生辰（1788—1860）。在他看来，这是不可接受的，因为诗歌应该超越一切时间。诗歌应将我们从时间，从历史中解放出来；我们创作诗歌，阅读诗歌，目的都是为逃脱时间的控制。诗歌是朴素的、纯洁的，诗歌中一旦引入具体的历史时间必将消解和破坏诗歌的淳朴天性，所以我不喜欢这些诗歌，也无法与你合作。一言以蔽之：我拒绝合作，因为诗中含有明确的历史时间。假如我记得不错的话，诗人发表上述宣言的时间在一九八三年（我又一次夹带私货偷用了历史时间的概念）。不过，至少他态度相当坦诚。时间腐蚀了我，然后我又腐蚀了诗歌，而绝大部分的法国诗歌，并不需要记录时间，记录历史，记录维希政权，记录种族屠杀，记录人的衰老——阿尔茨海默病（Alzheimer）……因此，法国诗歌并不需要我。

* * *

在克拉科夫卖英文书的马索利特（Massolit）书店，我最近碰巧读到一本小书，讲述一个波兰小男孩激发了一位大作家的灵感——由此创作出塔奇奥（Tadzio）这一人物形象——后者是托马斯·曼的名著《威尼斯之死》(*Death in Venice*)中的主人公。这本书的作者是来自美国纽约的作家杰尔伯特·阿代尔（Gilbert Adair）。他发现，这一位早熟的男孩——当时他只有六岁,便在另一位大作家亨里克·显克微支❶的头脑里留下了深刻印象!作为曼笔下的人物原型,他更是广为人知——当年曼在威尼斯确实曾邂逅一家波兰贵族,并被贵族青年"塔奇奥"的美貌征服,不能自拔——他坠入情网。但正如曼的传记作家强调的那样,这又是一次小心翼翼的柏拉图之恋,他无意在未来的小说中与情人再度会面。到二十世纪六十年代,小男孩身世曝光,他的名字是瓦迪斯瓦夫(Wladyslaw),而非塔奇奥,而他的家人称他奥奇奥(Adzio)——德国大作家的起名也正源于此。长寿的瓦迪斯瓦夫·默斯(Wladyslaw Moes)是一名男爵,一名真正的男爵(跟附庸风雅、喜欢贵族头衔的巴黎警监奥斯曼大不一样)。他的前半生生活优越,挥金如土。他毫无知识分子或艺术家的气质,相反,举凡宝马香车、华美服饰乃至夜宴赌博,他则无一不好;简而言之,他便是三流通俗小说作家笔下最理想的玩世不恭的贵族形象——事实上,有时候也的确如此。很显然,他对所谓高雅文学毫无兴趣,更不会追求所谓"超自然的情感";同样,他对政治亦漠不关心,他生活在另外一个世界——一个无忧无虑寻欢作乐的世界。许多年后,他才意识到他是《威尼斯之死》中小男孩的原型。更准确地说,这并不是他的发现,而是新闻找上门来。我觉得他根本没有兴趣追寻当年发生的一切,在威尼斯,在利都(Lido)酒店,当时他能感觉到背后有一双眼睛——来自那位身材矮小的中年绅士,他是体面的德国资产阶级的一员。当这一新闻披露以后,无疑他甚至会大为开心:他只是一个普通人,用法语说即是"平庸之人"(un homme moyen

---

❶ 亨里克·显克微支(Henryk Sienkiewicz,1846—1916),波兰19世纪批判现实主义作家。

sensuel），无意间突然发现自己天赋异禀——他一定会长时间地揽镜自照，徒劳无益地试图发现他脸上的异禀……

很久以后，他的名字开始出现在欧洲的报刊媒体上，他的真实身份被曝光——为此他发起诉讼，以维护他的个人隐私——好像他奢靡的私生活真的值得维护，又好像托马斯·曼在艺术作品中赋予他不朽真的有损于他声名狼藉的人格尊严。战后他一无所有，变成废柴一枚，只能靠替人做翻译的微薄收入维持生活；只是流畅自如的法语，暴露了他的身份和教养。简而言之，生活很困难，虽然尚未达到悲剧的程度，但令人伤心欲绝——从一个局外人的角度来看，在利都酒店度假的那一刻，或许是他人生辉煌的顶点……不仅仅因为由此他已厕身世界文学经典。后来，在一九七一年，导演维斯康蒂（Visconti）以此为题材，拍摄了一部影片，片中反复播放的是令人窒息的背景音乐——马勒（Mahler）"第五交响曲"的"慢板"，然后扮演年轻波兰贵族的演员——一位漂亮的瑞典男孩——缓缓出现；而年轻贵族当年在威尼斯度假时的真实图片也开始流出——假如年迈的瓦迪斯瓦夫·默斯看到这些图片，假如他非常在意年轻时的传奇，他一定会勃然大怒——因为这些图片往往伴随着恶意的评论：他小时候根本谈不上好看，影片中年轻的瑞典演员容貌能将他甩出几条街……但二十世纪初的图片真的能反映人脸？（在此我愿意为男爵辩护）这真是雪上加霜，他们连他仅有的一点财富，他的美貌，他的魅力，也要统统夺走……但还有一些事会令我更为震惊——"塔奇奥"在二战期间曾被关进德国的"军官战俘营"（Oflag）。"塔奇奥"居然是德军战俘！实在无法想象这样一副画面：托马斯·曼中篇小说里的男青年，一位生活放荡不羁的贵族，被关押在德国战俘营。

这是与德国人的另外一种遭遇。不同寻常的是，这次遇到的尽是些言辞粗鲁的下等人，他们口中最常用的单音节词是"滚开"。我也能想象出战俘营的日常状态：淡而无味的甘蓝汤，四下乱扔的铁皮罐，脏兮兮的床单；偶尔能收到一封家书，四下里都是同病相怜的难友，只能眼睁睁看着户外风霜雨雪，岁月变迁——仿佛秃鹰盘旋在营房之上，犯人毫无隐私可言，也没有一刻可以躲避，可以逃脱，香车宝马，盛装华服——如过眼云烟，此时已被统统遗忘；更早之前，豪华的利都酒店、沙滩游戏，以及诸如此类短暂的快乐时光——也是拜托马斯·曼的偷窥，和他的天才——所赐，我们才能略知一二。

众所周知，战争时期，曼避居加利福尼亚，自然也无从追思他的"塔奇奥"，那一段人生经历，如今已属于历史，属于哲学。几十年后，塔奇奥成为一个文学形象，如同托尼·克鲁格、克拉芙吉娅·苏夏以及小弗里德曼先生❶——与激发塔奇奥创作灵感的人物不同，上述人物都只存在于书面之上，而非现实生活。在他洋洋洒洒的日记中，大作家继续邂逅其他一些漂亮男孩，仔细观察他们，并详细描述每一次会面，但再也不做耽于肉欲的非分之想。"塔奇奥"结局如何？他幸免于难，离开战俘营释放回家，但他的家早已被波兰共产党没收。陪伴他的只有贫穷——日子过得紧巴巴的，他只好在华沙的一家西方国家领馆做些零星翻译——这些领馆是另外一个世界的孤岛，但中央委员会性情古怪的领导人并不喜欢——他们大多是不通文墨之人，满脑袋都是马克思的乌托邦，用克拉科夫哲学

---

❶ 托尼·克鲁格(Tonio Kruger)、克拉芙吉娅·苏夏(Clavdia Chauchat)以及小弗里德曼先生(Little Mr. Friedemann)，皆为托马斯·曼小说中人物。——译注

家罗曼·英伽登❶的话说,就是没有多余空间。最后,在贫病交加之中,他辗转于疗养院、医院和精神病房(像战俘营房),直到某一天,死神降临——在那一刻,我们无从知晓,是否会燃起一道光亮,比利都酒店之光更为璀璨?或死神只是无情吹灭一根早已黯淡的蜡烛,然后又移步到它的下一个猎物。

* * *

在休斯敦(Houston)待了许多年——假如算上所有的旅程,总共已超过五年,但哪一次也长不过四个月时间(也就一学期时间,通常是春季学期)。我第一次去时的情景,印象已不太深刻,那里像是棕色的沙漠,一片荒原。我不得不去,我不得不接受爱德华·赫希(Edward Hirsch)一九八七年夏发出的邀请——因为当时在巴黎我们已一贫如洗。至今我仍难以忘怀,这次美国之行对我是何等重要。当时我的英语口语并不太好,但从一开始,我就独立开展了所谓诗歌工坊的工作——也就是说,我对美国年轻诗人创作的诗歌进行评估,并向他们提出修改意见。第一次访美时我随身携带一部英德词典,因为我德语较为流畅,而在巴黎,当时居然找不到任何一本英波词典!过了很长时间我才意识到英英词典用起来更方便,而且价格也不贵。抱着黄皮大词典,我在上课前一天修改学生创作的诗歌,同时感受到巨大的精神危机——从事这项工作,我是否称职?在这种

---

❶ 罗曼·英伽登(Roman Ingarden,1893—1970),波兰现象学哲学家、美学家。——译注

情况下，你时常会忘却你的强项以及你的内在资源，古斯塔夫·赫尔林-格鲁律斯金（Gustaw Herling-Grudzinski）曾引用利希滕贝格❶——后者好像说过，"经验根本派不上用场，因为每一次愚蠢的形式各不相同。"在一个日益封闭的世界，这句话不妨可以理解成：每次遇到新问题，总让我们头疼不已——而事实上这些不过是旧瓶装新酒，毫无新意。假如确实存在所谓的"内在资源"，它也不只是为我们而存在——它必须受到外部环境的激发——因此，当一个人紧张地坐在空荡的房间里咬啮指甲时，他根本记不起什么内在资源。

爱德华从酒店接我去机场（这项工作他以后又干了好多年）。他通常会随身携带两本书，以免我的航班晚点（一本书有时不够）……而且往往是诗集，或诗歌评论。我第一次从巴黎飞休斯敦，途经纽约，在那里学到了英语新单词，在纽瓦克机场（Newwark），飞往得克萨斯（Texas）的航班延误，听见有人大叫："又搞砸了！"第二天，我经历了平生最可怕的偏头疼发作，根本不知道自己身在何处。透过公寓的玻璃窗，我看到爬满藤蔓的常青的橡树，像巨型的古代野牛。我猛然意识到休斯敦是一座园林化的城市，四季常青的橡树证明它名不虚传。请注意它的前缀"常青"！这里的杜鹃花从早春二月开始绽放，花朵比欧洲要大很多——在这样的气候条件下，强调春天似乎没有太大的意义。常青的橡树像行事谨慎的收租人：它们不会让树叶一下子全落光，相反，它们有条不紊地更新枝叶——在旧枝上长出新叶，最终推陈出新——堪称自然界赤裸裸的代际生存竞争的一个缩影；由此树木确保四季常青。学期课程一月底开始，但我感受

---

❶ 利希滕贝格(Lichtenberg，1742—1799)，18世纪下半叶德国启蒙学者，杰出的思想家、讽刺作家。——译注

到的气温却已是五六月间。我在一九八八年春第一次访美时，自己没有汽车，因此要了解这个杂乱无章的城市只能依靠步行和从卡尔·基连（Karl Kilian）那里借来的一辆自行车。每天，通常会有一名学生开车接我去教室，爱德华·赫希很快成为我的好朋友。一开始我们两人都不太自在，后来才慢慢熟悉起来，我喜欢他超强的幽默感和对诗歌的热爱。我还发现我寓所附近的莱斯大学（Rice University）图书馆乃是绝佳去处——我在那里一待便是数小时，甚至能偷得浮生半日之闲。只是在离开之后，我才重新发现了古老橡树构成的图案之美，以及我曾亲历的一切是多么令人难忘。众所周知，莱斯大学的工科远比文科更为知名，但它的图书馆内欧洲文学的典藏确实令人叹为观止。长排的书架上大多是如今已湮没无闻的作家，当初他们曾将全部生命用于写作——但徒劳无益，因为如今那些蒙尘的诗歌和散文集只能在图书馆空调房里簌簌发抖。偶尔，也会有一两个作家被读到，仿佛他们的生命被重新唤起。事实上，从飞机在得克萨斯落地那一刻起，我就开始怀念欧洲艺术与文化，在图书馆我主要阅读法语和德语文学——因为波兰文学总体乏善可陈。而且，我的确发现许多在巴黎图书馆也找不到的好书——欧洲的图书馆很难与美国图书馆相提并论。因为欧洲的城市从框架结构，到规划发展，乃至绿地草坪摆放，都有先例可循——一层一层的历史记忆，经历的雨雪风霜，都铭刻在纵横交错的街道里，铭刻在古建筑的高空深院里——无须收藏到图书馆里。与此相反，美国的图书馆和博物馆才是城市记忆的最佳保存之所——因为这些城市患有健忘症：古旧建筑不消几十年便遭唾弃，而后由光芒四射的新大楼取而代之。

我在莱斯大学安静舒适的图书馆消磨过许多时间,我总是随身携带黄色封皮的法语笔记本——遇到心仪的诗人或哲学家,我会立刻摘抄只言片语、某一行诗、某种对于生活的观察和思考,以备我日后写作之用。过去我时常遇到一位了不起的出版家,也是文人绅士罗杰·施特劳斯(Roger Straus)——他已故去——通常是在纽约——而每次我提及休斯敦,他总会露出嘲讽的微笑,宣称自己从来没去过休斯敦,并且永远不打算去。接着,他会打趣地问,我们是不是真的确定:得克萨斯是美利坚合众国的一部分?在东部海岸,人们通常将休斯敦视为某种反物质的神秘黑洞。由此东部海岸的朋友对我时常满怀同情——为了我不得不又回到南美洲的丛林地带。苏珊·桑塔格❶便是其中之一:她对纽约一往情深,觉得美国其他任何地方——外省的生活都难以想象——或许因为她本人即出生于亚利桑那州(Arizona)的图森(Tucson)。慢慢地,我结识了更多热情友好的典型的南方人,因此,莱斯大学图书馆便不再是我唯一的慰藉之所。此外,我发现其他一些地方,如梅尼尔(Menil)画廊及其周边地区,也很有趣。身材苗条,容貌艳丽的德·梅尼尔夫人是富裕的法国新教徒施伦贝格尔(Schlumberger)家族成员,目前她仍健在,但年事已高;她资助了这家博物馆,由著名现代建筑设计师伦佐·皮亚诺(Renzo Piano)设计,模仿殖民地时期老派风格的南方庄园——尽管身在其中的不是主人和奴隶,而是伟大的艺术品。

休斯敦大学校园算不上漂亮,但它的图书馆却独具魅力,慢慢取代了我学期之初发现的那一座图书馆。当我告诉爱德华——M首

---

❶ 苏珊·桑塔格(Susan Sontag, 1933—2004),美国女作家、艺术评论家。——译注

次抵达休斯敦时,我带她参观的第一个去处便是莱斯大学图书馆——他忍俊不禁,认为简直是个笑话。M的访问恰好与约瑟夫·布罗茨基的到访重合——他刚获得诺贝尔文学奖,受邀到莱斯大学参加一次朗诵会,邀请人是莱斯大学的历史系教授迈克尔·马斯(Michael Maas)。马斯是中古史专家,他们相识于罗马的"美国学院"(Academy American)。他向我转述了他首次提出邀请这位名诗人访问莱斯大学时,那位系主任的反应——当时他声称与布罗茨基堪称知己——这位系主任以不无轻蔑而又难以置信的语调说道,"你真的认识他?"迈克尔和我开车去机场迎接布罗茨基,当时我们穿着短袖,让客人颇为震惊,因为他来自天气严寒的纽约。我记得他的羊毛领带上点缀着飞蛾的图案,我很喜欢——俗话说蠹虫和时间不会饶过任何人。布罗茨基并非花花公子,有一次他送我一件开司米夹克,他穿着嫌小——这件衣服我一直穿到现在。我记得有一天我们开车去美国航空航天局(NASA),因为布罗茨基提出想让我们带他去。那是一座雄伟的大楼,废弃的火箭散落一地,还有回收的喷气火箭呼啸而来——这是我们一生中最美妙的时刻,也是我们友谊的见证;在那一瞬间,我们无忧无虑,仿佛处于失重状态——就是过去宇航员在长期训练中首次感受到、而后在第一次太空飞行中真正体验到的感觉。

* * *

在长达一学期的休斯敦朝圣之旅中,我的住处紧挨着梅尼尔画廊，右边是一群古老的木屋环绕的奶白色博物馆。不巧的是，与我一墙之隔的房间里住着一群吵吵闹闹的年轻人，喜欢半夜里听重音乐——如电吉他和打击乐。博物馆的主管聆听了我的申诉，深表同情，并同意将馆内不常用的一间客房交给我使用。他的要求只有一条，即客房只能做我的工作室，不得挪作他用。两处的反差明显，在原先那一间，电子乐随时能炸开人的头脑——不仅如此，还有半夜三更从各处酒吧或夜总会聚拢而来的不速之客，大声炫耀他们如何度过了一个无比美妙的夜晚（这样的乐趣如果不与人分享，还有何乐趣可言）。而现在这一间工作室，四周异常安静，绝对是理想的工作场所。这两处场所中间隔着一片空地——我常常早早晚晚从一头走到另一头，从地形学角度看，这样一种空间架构绝对有益于深入的哲学思考：身处两种现实之间——一边是喧嚣纷扰的红尘，一边是和平静默的世界（偶尔也会有音乐，但那是我自由选择的音乐）。偶尔也会有一两位德·梅尼尔夫人的访客，通常是佛教徒，西藏的喇嘛（这位美丽的老夫人晚年放弃了唯美的追求，转而潜心宗教）——他们的到访，一连几天，可能剥夺我的工作室，以及我闲暇的宁静时光——甚至也无法聆听音乐，简直令我发狂：因为不由自主地让我联想到那些疯疯傻傻的邻居，觉得自己像个无家可归的流浪汉；一想到那些客人，在我的房间，沉迷于东方式的潜修，我就感到怒火中烧——他们似乎从来不曾想过，那一种亚洲人的玄思默想，剥夺了我西方式的独立思考的自由。当然，当我再次回到自己的小房间，重新享受到那一种宁静自由以及刹那的顿悟，那种感觉实在是妙不可言。

* * *

还是让我们再次回到塔奇奥——小说《威尼斯之死》中的主人公——从那位不幸的男爵、我们的老熟人瓦迪斯拉夫·默斯那里获得了生活原型的特质。时至今日，那部中篇小说仍将托马斯·曼的读者分为截然不同的两大阵营：热烈的拥趸和狂热的反对派，小说的叙事类乎巴洛克风格（六音步的韵律属于德国原创，但也暗指柏拉图）……但它呈现的却是这样一个故事：一位著名作家发疯似的爱上了一名英俊少年，为此不惜放弃他毕生孜孜以求的文学生涯和艺术追求，最终在贫病交加之中安然死去——像无名的乞丐，像无家可归的流浪汉，像被主人抛弃的宠物，像一个虫豸——这样的故事会在任何时候、任何地方、发生在任何人（几乎所有人）身上。小说的主人公古斯塔夫·冯·阿申巴赫（Gustav von Aschenbach），当代著名作家，也是人性的观察家，对欧洲历史了如指掌。他在书房展卷把玩时最感到惬意自如——他生命的最高宗旨就是思考和写作。任何深邃的思想，无论来自别人还是他自己，都会令他欣喜若狂——写作承载他的生命，犹如海洋承载风帆，风行水上，一切都自然而然。但忽然之间，自打他遇见英俊少年的那一刻起，他便失魂落魄，不能自已。之前的学术训练为他抵御声色犬马的外界诱惑提供了避难所，如今却轰然倒塌，甚至连艺术灵感也激不起他丝毫的兴趣。短短几天时间，看似牢不可破的教育基础和艺术追求、知识结构和创作灵感，以及个人名誉和人格尊严，统统被抛到九霄云外，荡然无存。他生命的唯一宗旨只剩下塔奇奥：在安全范围内近距离地观察，记录他每日的行踪：去哪里散步，去海滩玩耍，跟同伴打游戏——

不顾一切地追寻他的踪迹,焦灼不安地徘徊等待,直到他再次露面:起初是在家人簇拥之下,出现在酒店,然后是在利都的沙滩上——当时大作家坐在舒适的沙滩椅中,假装写作,实际上却用眼角余光追踪小男孩的一举一动;他不得不如此,因为写作已勾不起他任何兴趣。阿申巴赫遭遇到他人生最大的不幸:他陷入了爱河,他不可救药地爱上了一个可爱的小精灵,既有少年的调皮天真,又富于年轻男孩的魅力——但他无法以任何体面的方式分享这美丽的生命——他不久发了疯,很快死去。至于当初辛勤笔耕的无穷乐趣——在昏昏欲睡的冬日,侬偎在窗前,潜心攻读,炭火在壁炉中的噼啪作响,用自来水笔在洁白如雪的纸上记录自己点滴的思想,还有最甜蜜的时刻——灵感突然降临,不知其所从来,仿佛之前你已思考了若干世纪,但它突然成熟,使你刹那间精神大振,生出无穷的力量——一种狂喜之情向四周蔓延,直到你为这一灵感找到一种完美的表达方式,然后一挥而就——然而这样的乐趣,如今哪里可寻?没有人知道它们去了哪里。那些美妙的瞬间,似乎刹那之间全被遗忘,全都消失不见。更为滑稽可笑的是,如今支配这位年届五旬的作家的唯一力量,是狂热的激情——奋不顾身追求一位小男孩——他不是理念的化身,没读过什么书,也没听说过柏拉图,更不可能与人谈论古希腊悲剧,谈论十九世纪后半叶实证主义大行其道和科学进步所造成的危机,更不可能像柏格森❶及其他对贫瘠的科学世界感到伤心绝望的思想家和艺术家一样,设想出科学危机的破解之道。恰恰相反,这位美男子的一个浅笑便胜过伦勃朗所有的画作,胜过

---

❶ 亨利·柏格森(Henri Bergson,1859—1941),法国哲学家,1927年获诺贝尔文学奖。——译注

济慈❶的诗篇，胜过里尔克的《杜诺伊哀歌》(Duino Elegies)，胜过莫扎特的钢琴奏鸣曲，胜过莎士比亚戏剧和戈雅❷的《狂想曲》(Caprichos)。当男孩在沙滩上奔跑时，其他一切都不重要，只有他在沙滩上奔跑。他弯下腰，晒得黝黑的苗条身材与地表形成了一定角度——只有这一幕，才是无比珍贵美妙绝伦的人间尤物，才是独一无二稍纵即逝的稀世珍宝。此时此刻，他瘦削的身体比所有图书馆、美术馆和音乐会更为重要。在那里，钢琴家演奏得再卖力，充耳不闻的听众仍是无动于衷。但到底为什么，让获奖无数、名闻遐迩——不仅在他的祖国，而且是在整个欧洲——的阿申巴赫——做出如此抉择？（那些荣誉和奖项，如今也早已化为乌有）到底为什么，他会英年早逝，像城市流浪汉，被草草埋葬在无名的坟地，为了不打扰到怡然自得的资产阶级？经过多年努力，他才获得殊荣——他的名字已成为博学和智慧的代名词，如今却只能一天天眼睁睁看着他的令名受损、萎缩、消解，坠入万劫不复的深渊。一同坠入深渊的还有他各种奖项、精彩评论、贺信贺电以及荣誉学位……如昙花一现。他一定知道——或至少已经感受到，他别无选择，非死不可，因为他没有希望接近那位英俊少年，他们之间存在难以逾越的鸿沟——而他的生活离不开塔奇奥——他无法忍受没有塔奇奥的日子。令他更为痛苦的是，那一大家波兰人，害怕四下疯传的流言蜚语，打算带上可爱的小孩子一道离开（男孩也朦胧中觉得有年老的绅士在暗中偷窥）——如此一来，这位大作家就只剩下唯一出路——假如可以称为出

---

❶ 济慈(Keats,1795—1821)，杰出的英国诗人，浪漫派诗歌代表人物之一。——译注

❷ 戈雅(Goya,1746—1828)，西班牙浪漫主义画派画家。——译注

路——那就是灭绝、消失、死亡。唯其如此，他才能摆脱命运的折磨，像闷热的夏天一场雷雨过后，只在地面上留下浅浅的坑坑洼洼——痛苦悲哀全部蒸发。他的名字将获得重生，装点欧洲几家报纸的版面。这位文坛耆宿谢世的消息一定会令读者错愕震惊（使他们大为震惊，的确是，但说句公道话，也使他们大为开心，可以作为茶余饭后的谈资作料——令他们自我感觉更好——至少，又有事发生，不幸但有趣）。到那个时候，他的名字会像死去的蝴蝶，在阳光下风化，像一只盲蛾，或懒洋洋躺在窗台上的苍蝇：小腿蜷缩着，好像在祈祷。

* * *

令人惊奇的是——无独有偶，小说的作者托马斯·曼本人也遭遇了同样的经历——准确来讲，不是同样，而是与阿申巴赫相近的危机——但他头脑清醒，故而能全身而退，毫发无损。当然，他内心承受了极大痛苦，但他和小说中那位成为殉道者的主人公不一样，他有异乎寻常的道德感和自我尊严，绝不像小说主人公一样自暴自弃，自甘堕落。尤为关键的是，他是和太太一起待在那家酒店，因此只能在暗中尾随——为了不让太太有所觉察，他必须上演一出喜剧。但真正让他获救的是另一样东西：写作。写作是个奇异的化学反应过程：输入的是痛苦，收获的是愉悦。它能吸收痛苦，并将其转化为文字。

*　*　*

让我们重回"中央实验室"的话题——他是耶日·斯德姆波夫斯基慷慨赠送给巴黎的雅号——意指巴黎乃先锋派进行创新实践艺术之都。同时,《中央实验室》(*Le Laboratoire Central*)也是马克斯·雅各布(Max Jacob)一部诗集的名字——该书出版于一九二一年。无疑,它是斯德姆波夫斯基这一暗喻的灵感源泉,马克斯·雅各布是犹太人,他的命运也是欧洲前卫艺术家共同遭遇的一个缩影——众所周知,雅各布是前卫艺术家中的活跃分子,他与阿波利奈尔和毕加索❶关系密切;他在文艺圈几乎无人不晓,也激发了许多人的灵感。一九二一年,他寄居在卢瓦尔河上圣-贝努瓦(Saint-Benoît-Sur-Loire)的一座罗马式修道院。前几年,他刚改宗皈依了天主教。但他仍时常造访巴黎,访亲会友,但总会回到坐落在卢瓦尔河谷的修道院。一定是有人告发——否则,作为犹太人,他的改宗根本不会引人注目——纳粹对人类精神生活毫无兴趣。一九四四年二月二十四日,马克斯·雅各布被捕,送往巴黎郊外的德朗西(Drancy)中转站。从这里,人犯会被送往奥斯维辛以及其他集中营。但在被遣送之前,马克斯于三月五日因肺炎发作死于德朗西。据说他的两位密友毕加索和科克托❷并未竭尽全力拯救他的性命——尤其是毕加索(科克托至少为此付出了努力)——因为他们两人在德国都广有人脉。由此"中央实验室"之光熄灭——不是死于燃烧,而是死于人情淡漠、

---

❶ 毕加索(Piéasso,1881—1973),西班牙画家、雕塑家,立体主义画派创始人。——译注

❷ 科克托(Cocteau,1889—1963),法国先锋派作家,艺术家。——译注

铁石心肠和故意冷落。

* * *

巴黎地铁乘客喜欢一头扎进厚厚的小说里，与他们不同，我更喜欢从口袋里掏出轻薄之书来读。我不喜欢卷帙浩繁的文集——像冬天穿着皮袄的臃肿的农妇，我也不喜欢法国"七星诗社"❶的过度夸张——诗中充斥先知耶利米❷或撒母耳❸式的预言，神乎其神——令圈外人士满心敬畏，瞠目结舌。显然，你不能携带某人厚重的文集外出散步……而书籍应该像思想一样便于携带。由此，我很钦佩一项了不起的发明，口袋书（Livre de poche）。与厚重的小说不同，它们是薄薄的小册子，写作日期也没有明确标记，甚至也无须在书中夹带书签。（有谁见过哪位学生利用书签来做博士论文？通常地铁乘客手头倒不乏纤细、精巧的书签——它们的使用寿命可能比书籍本身更长——小说一旦读完立刻变得索然无味，而书签则顺理成章地进入下一本书，像器官被植入另一个新的躯体。）小而轻的书籍是读者的良师益友，不仅于此，有时它还能让读者有所感悟，有所启迪——像黑暗中的一盏明灯；另外一些时候，它又能带给他孤独的闲暇时刻——也许它不是真正的桥梁，只是高山溪谷间垂悬的轻便的人行道。马塞尔·普鲁斯特的经典巨

---

❶ 七星诗社（Pléiade），16世纪中期法国的一个文学团体，由七位人文主义诗人组成。——译注

❷ 耶利米（Jeremiah），《圣经》中的先知、祭司。——译注

❸ 撒母耳（Samuel），以色列最后一位士师，也是以色列立国后的第一位先知。——译注

著在这一点上尤其具有启发意义：它展现出一位深思熟虑的叙述者，既能满足地铁乘客的好奇心，也能满足横穿西伯利亚（Siberia）铁路乘客的需求——当我们穿越一千公里的广袤大地抵达终点之时——几乎与此同时，《追忆似水年华》这一部书也进入尾声——我们会发现，在这部史诗般的巨著中，真正的主人公是一个个美妙的瞬间、瞬间的领悟、瞬间的记忆、瞬间神秘的快感和狂喜。故事的大部分篇幅都在刻画瞬间；对于这一点，文学史专家和学者一定欣然认同。而那些普通乘客，那些在国际航班的机舱或医院的候诊室阅读的人一定将普鲁斯特视为叛徒，因为他将叙事的全部法宝交到敌人手里——那些人希望故事简洁明快，认为小说应该刻画电光石火的瞬间顿悟和启迪，将无数人物的悲欢离合汇集成刹那的礼赞……怀有史诗情结的读者对此一定出离愤怒，他们期待读到几代人的爱恨情仇：主人公自出生之日起便为厄运所笼罩，他们在绝望中苦苦挣扎，最终才获得片刻的慰藉；但像这样误导读者的作家又不止普鲁斯特一个，列夫·托尔斯泰的《战争与和平》（War and Peace）最擅长刻画这样普通的生活场景——主人公安德烈公爵（Prince Andrei）在一场战役进行到一半时，突然对着天空和云朵陷入沉思，而将这次战役、这场战争，将俄罗斯与法兰西的命运……统统抛诸九霄云外，忘个一干二净。在我凌乱的私人图书馆，专门辟有一席之地安放这一类小书：诗歌、箴言、短评和日记。比如，戈特弗里德·贝恩诗集的缩略版；诗人身材敦实矮小，他的性情既有不切实际和不靠谱的一面，又有间歇性的天才迸发、妙语如珠的时刻——前者表现为作为技艺平平的皮肤病医生，他因为漫不经心丢了医院的工作；他三天两头光临德意志国家图书馆，并且也是街头廉价啤酒摊的常客——

后者则使得他成为不可多得的街头漫步的最佳伴侣。在他的作品中没有叙事，只有对于当下的专注、坚定的职业操守、转瞬即逝的人生体验以及情感的集中爆发，猛烈地或平静地——假如存在平静地爆发——正如我们在《紫菀》（Asters）一诗中读到的那样。这类诗集，不仅适合巴黎的林荫道，也适合其他城市如克拉科夫。有时候我散步时也会携带尤金尼奥·蒙塔莱❶诗集——我喜欢那一种稍显仓促的节奏——从他的第一部诗集《乌贼骨》（Ossi di Seppia）开始，那种颇不耐烦的语气，那些别开生面的隐喻——甚至人名中也有某种魔力，比如朵拉·马库斯（Dora Markus）——尽管是虚构，但却是生活中确确实实的人名——我喜欢眼看那些真人从现实中挤进诗里——比如说在《赞美诗》（Mottetti）组曲的某一首诗里突然钻出一只拴着皮带的豺狼。文学专家告诉我们，蒙塔莱的诗歌是对邓南遮❷夸张诗风的反拨。但蒙塔莱本人日后却为此横遭物议——在评论他的作品《古讽刺剧》（Satura）时，皮埃尔·保罗·帕索里尼❸指责蒙塔莱对法西斯的抨击过于直白。这一指责，貌似严肃的文学批评，实际上荒诞不经——因为任何写出曲折隐喻诗歌的人都不可能与直面反抗暴政的人相提并论；诗人也不可能用柔软的诗行来袭击暴政，否则便是时代之耻。我们要求艺术家一方面着力刻画生活中美好的事物，一方面又要求他们不惜为此牺牲生命——一旦他们真的牺牲，那些美好的事物也会随之消失——你必须做出抉择，在紧要关头，

---

❶ 尤金尼奥·蒙塔莱（Eugenio Montale, 1896—1981），意大利诗人。——译注
❷ 邓南遮（Gabriele D'Annunzio, 1863—1938），意大利著名诗人、小说家。——译注
❸ 皮埃尔·保罗·帕索里尼（Pier Paolo Pasolini, 1922—1975），意大利作家、诗人。——译注

你是保存物质,还是思想。帕索里尼的指责极大地伤害了诗人的自尊。他奋起抗争,写下一首异常粗野的诗篇,《致马尔瓦里奥的书信》(Letter to Malvolio),其中有以下诗行:"不,你没有错,马尔瓦里奥,心灵的科学/尚未诞生,因此每个人都可以随心所欲"——该诗由亚罗斯密斯(William Arrowsmith)翻译。这些还算不上蒙塔莱最为歹毒的诗行,但考虑到帕索里尼日后横遭惨死,我不忍心再去重复那些刻毒的诗行。还有一本散步时的常备书:约瑟夫·恰普斯基《日记》摘选,由一家波兰地下出版社出版。该书字体模糊,有时候简直难以辨识,但阅读恰普斯基的随笔的确让人满心欢喜——他是人性的观察者、高明的艺术家,智力超群;像常人一样,他内心脆弱,但他对此毫不讳言——这也是我们这些外来移民的卓越之处——通常情况下,我们不承认内心的脆弱,我们更多表现为政治热情高涨的斗士;但恰普斯基显然不是这样的斗士。值得庆幸的是,他毫无政治野心,也从来不装英雄。恰恰相反,他时常为自己的性格缺陷和过错悲叹不已。在《日记》中,他是他自己最严厉的批评家——他将自己的隐私悉数暴露:他拒绝利用贵族特权,他不想做高人一等的外来移民。在巴黎的外来移民群体中,他以"绝对的率真"独树一帜。他公开承认自己的无知渺小,从来不装圣人;像许多受过良好教育的社会精英一样,他热爱无知的状态。他拥有一种神秘的天性,天然具有探究人类和自然的好奇心。日记摘选的许多条目都是关于他的巴黎漫步:他观察到的人物形象、色彩、饱经风霜的灰蒙蒙的城市——阅读这样的文字恰在我漫步巴黎途中,在我暗淡无光的日子里,在灰蒙蒙的背景下,他的日记将一座真实的城市慢慢展现出来——像复写纸上一个的画面(image)。还有一个我最喜欢的漫步时的伴侣，是伟大的西班牙诗人安东尼奥·马查多❶，可惜他在波兰名气并不大。我读的主要是英法两种语言的译文，后来才发现，薄薄的一册波兰译本，封面是黄色的玻璃纸。

唐佩特森❷诗集《眼睛》（*The Eyes*）模仿马查多，由费伯出版社出版，最合我的口味：

> 这就是将要和我们一同死去的地方？
> 我是说在这世上唯有记忆悠长
> 那里有你早年生活的印迹：
> 有你苍白初恋的身影
> 和你的心跳的声音起起落落
> 你梦寐以求的手掌覆上你的掌心……
> 所有温婉可爱的燃烧的回忆
> 刹那间浮现心底
> 它能否照亮我们全部的内心世界？
> 当我们死去，这个世界是否会同步消失？
> 我们能否用双手在世上创造崭新生活？
> 我们的灵魂所经受的蒸煮和锤炼
> 是否全部随风而去，化为尘埃？
>
> （《无》[*Nothing*]）

---

❶ 安东尼奥·马查多（Antonio Machado，1875—1939），20世纪西班牙大诗人。——译注

❷ 唐佩特森（Don Paterson，1963—　），英国当代著名诗人。——译注

但我无法列举收藏着无数奇妙瞬间的口袋书；我们也无从知晓，那么多美妙的瞬间如何能装进眼前这些小书。还有——有一次，一本非常有趣的小书——西蒙斯（A. J. A. Symons）《追寻科尔沃》（*The Quest for Corvo*）由老一辈作家康斯坦蒂·耶伦斯基（Kanstanty Jelenski）和古斯塔夫·赫林-格鲁金斯基共同推荐。这本书讲述了一位性情古怪、对威尼斯极度迷恋的作家弗里德里克·罗尔夫（Frederick Rolfe）鲜为人知的故事。在那座凄美的水上城市，他长期处于贫困状态，干过各种杂活（能够想象的以及难以想象的）。但毫无疑问，他是真正的一流作家，他的语句具有神奇的魔力；然而他的书有一个缺点，它不能像普通的诗歌、格言以及一些词条一样被反复阅读——因为在这里，追随着传记作者西蒙斯和他笔下人物科尔沃的历险，我们读到的是小说叙事；而在叙事故事中，我们能够接受，能够亲身体验的故事通常只能发生一次——除非你是荷马或托尔斯泰——否则便会令我们厌烦：这样的叙事越惊险刺激，重读时就会越令人困倦，更不用说再三再四去重读了。人们完全可以设想一种更为成熟的监禁方式——对犯人的惩罚措施只有一种：就是在经过特殊训练的、镜片像瓶底厚的警卫的监督下，反复阅读同样一部小说，七遍、八遍、九遍……这一发明让转世投胎也可能变得极其困难——（如此重复再重复，连灵魂也会厌倦——正如同一遍又一遍重读一部小说。确实，换了一具不同的躯体，但你们不得不经历人生必不可少的各个阶段，如是循环往复）。二十世纪九十年代，理夏德·普日贝尔斯基（Ryszard Przybylski）出版了他的译作——收入"耐克"系列丛书（Nike Series）——曼德尔施塔姆的《时间的噪音》（*The Noise of Time*）。在这部书中，叙事时断时续，并不连贯，有时甚至裂成碎片，但与此同时，它也没有重复的嫌疑，而且作者的思想深度也确实令人叹服。不，这些不是写作指导丛书目录，我也无法列出长长的书单，可以囊括所有具有启发性的小书。这时我又想起安德烈·弗勒诺（André Frénaud）的诗歌。第一次世界大战之前，他在利沃夫住过一年，教授法语。他在利沃夫生活过这一史实并非是吸引我的主要原因，但这一段经历确实令我很感兴趣——他很有可能坐在某家咖啡馆与我祖父、我父母，还有我姑姑一道聆听钢琴演奏。他的诗集，口袋本式的设计，由另两位诗人——阿图尔·明齐热茨基（Artur Miedzyrzecki）和兹比格涅夫·赫贝特翻译。我从未见过安德烈·弗勒诺本人，尽管我知道我在巴黎居留期间他仍健在，我还知道他就住在勃艮第大街（Rue de Bourgogne）——他来自勃艮第，住在勃艮第大街七号。

* * *

六月底，是大自然的危险期——延续数月的大好春光倏尔散去，四周万籁俱寂仿佛战场的停火协议——还要再过几个月，等到秋风乍起，大自然才会恢复生机；此时黑鹂鸟和其他鸟儿渐渐停止吟唱，城市也变得落幕无聊，像一座乡村火车站——只有偶尔的机车轰鸣能给孤苦伶仃的街道增添一些活力。夜晚时分，精心打扮的姑娘们穿着恨天高的高跟鞋踢踢哒哒地赶往迪斯科舞厅，笨拙的鸭子从一处飞到另一处，百无聊赖；只有雨燕和燕子不肯屈服——它们疾速穿过滚滚热浪，似乎以此向那些懒散的同伴证明：瞧，生活还是跟从前一样！城外田野里的麦堆，静静地等待康拜因联合收割机的到来——这也是夏季慷慨无言的献礼。而当沉甸甸的八月来临的时候，大自然更像苏丹后宫肥胖的土耳其贵妇，躺在奥斯曼（Ottoman）的沙发上，一边暗自叹息，一边怀念她年轻时的大好时光。成熟的田野，金灿灿的一片；有时也会来一场暴雨，卷起乡间小路上的沙石，打在花园的墙上。烦闷的夏日，令人厌倦。

* * *

在他的《笔记》(*Notebooks*) 中，齐奥朗曾提及莫扎特的G大调第十七号钢琴与管弦乐协奏曲（KV453）对他产生了巨大影响。我不知道他听的是哪个版本——我听到的是钢琴家默里·佩拉希亚（Murray Perahia）的录音。一连几天，他沉醉在莫扎特忧伤的旋律中，像中了魔法一般无力自拔，最后——由此可以看出，他智力超群——他干脆重新定义了忧伤，他认为忧伤意味着人处于"怀疑上帝"的状态。不仅于此，几天之后（这是我的推测——因为他的《笔记》并未标注日期），他又补上一笔："从莫扎特的音乐中我们发现了另一个世界的回忆——对此，我们的记忆无法抵达。"很显然，他发现之前的定义有所欠缺——又或许他根本不喜欢抽象的概念和定义。现实受困于概念的牢笼，但对于像他这样天生擅长归纳定义的人来说，答案似乎无解，因此他情不自禁地记下这些定义，只是为了日后将它们从记忆中清除……然后又会有新的事物、新的思想浮现，再一次定义，再一次清除，周而复始。

＊　＊　＊

不久前我发现一个事实：P博士，我读哲学专业时的伦理学老师，坦承他曾与警方有过密切合作，作为秘密特工（SI）——这一缩写可以代表高知（Superior Intellect）、安检员（Safty Inspector）、女神伊斯塔的仆人（Servant of Ishtar）；很不幸的是，上述种种都不是——它代表了秘密特工（Servant Informant）。时至今日，在波兰仍有一群狂热分子——而且极为活跃——他们的任务是揭露潜伏在各行各业的秘密特工。我从未加入类似组织，对他们也极不信任——我觉得他们心胸狭隘，充满仇恨，像手握套狗索的屠夫一般令人憎恶。但P博士这一则新闻大不一样，它令我备受困扰。他教授伦理学——从没有哪个学生认为他是明星教授——他的授课风格跟哲学系其他教授截然不同：他课上携带的文件夹里是各式各样的自成体系的提纲目录和索引卡片——上头用各种颜色的墨水做了标记（至今仍清晰可见）。简而言之，给人的印象是他在课上基本是自说自话——读他本人的手稿，很少提及哲学权威，也绝少引用康德或柏拉图。与之相应，他在课上的表现仿佛是他本人发明了所有的哲学范畴和概念——然后由我们恭恭敬敬地誊录到我们的笔记本上——尽管课后大家不无讥讽。他不招人喜欢，但也不令人憎恨；在昂首阔步的哲学大军中，他小心翼翼地穿行在茂林与原野之间，姿态难看（当然你不能要求一位本体论者具有运动员一般的轻盈体态）——显然还算不上正规军，至多只能算是伦理学的散兵游勇。我们别无选择，只能跟随他前进。P博士或许也意识到了他本人的问题，并努力通过行动来弥补：这也暗示着他跟我们一样，他是我们当中一员，他从来没有凌驾于学生之上，趾高气扬。他愿意用一种充满信任的口吻表达他的感受，像中学或大学操场足球和排球教练那样；说话的时候，他戴着镜片的圆脸会挤出一丝笑容，俨然在说：我们都一样，人人平等，我并没有凌驾于你们之上。从有趣的人类学种属范畴来看，他完全可以被划分到狡猾的狐狸那一类——本质上他属于怡然自得的那种人。但他毕竟是伦理学教授，从某种意义上说，理应成为善的使者——他应该向我们演示善恶的边界，如何去辨别，如何去命名。我们这位微笑的同伴记下他的观察和报告——告诉我们应该如何去生活。

* * *

让我再次回到散步时陪伴我的私人藏书，有相当长时间，我口袋里一直装着捷克诗人弗拉迪米尔·霍兰（Vladimir Holan）的诗集《象征的哭泣》（*The Crying of Symbols*）。我被诗中这些凌厉、尖锐甚至粗俗的隐喻所打动。霍兰在两个层面上令我深受感动——首先，他是彻头彻尾的宗教诗人，他所使用的是贫民化的语言，像教区的牧师，既能对大名鼎鼎的教授以及啜饮白葡萄酒的书记员这些上流人物布道，也能对沿街叫卖的小贩以及喝廉价黄啤的货车司机讲经。该书的序言里说，整整十五年时间，霍兰足不出户，后来我才意识到这句话是个隐喻——在长达十五年的时间里，诗人在捷克斯洛伐克（Czechslovkia）无法公开出版他的作品，但我还是更愿意从字面上来理解，即在此期间他从未离家：他在自家窗台上看风霜雨雪，看四月的旭日初升，看四季轮回。很久以后，我又了解到霍兰具有反犹倾向（anti-Semite），这令我非常伤心，但我继续读他的诗。因为到了藏书目录的H字母，我又想到另一本书，弗里德里希·黑贝尔❶的日记选——卡罗尔·伊热什科夫斯基（Karol Irzykowski）翻译了日记中较长的段落——这里摘抄其中的一则格言："尽管根深埋在土地，树却不能抱怨。因为它拥有全部的大地。"还有一部鲍里斯·帕斯捷尔纳克❷的诗集，一本薄薄的布莱克（Blake）诗选（"嘲讽吧，嘲讽/伏尔泰，卢梭"）以及埃米尔·齐奥朗——后者的格言集根本无法与上述大诗人相提并论——齐奥朗的格言始终机智幽默，令人振奋，让人脚踏实地面对现实，面对巴黎这块土地，面对这位罗马尼亚诗人夜晚时常漫步的卢森堡花园的石子路。但在脚踏实地之前，你首先必须升至半空，超越现实。齐奥朗生活在一个愤世嫉俗的城市中央——他住在剧场街（L'Odeon），或许他正是以自己的冷嘲热讽来抵挡这个城市的愤世嫉俗。"我选择当一名愤世者，正如别人选择放荡不羁或禁欲主义。"他在《笔记》里说，但他的选择当然不止于此。"让我们再来谈谈莫扎特的协奏曲，忧伤能令人振奋，简直太过神奇。在这样的音乐面前，其他一切都无关紧要。"我钦佩齐奥朗的雄奇想象，但有时候我更喜欢，比方说，格奥尔格·特拉

---

❶ 弗里德里希·黑贝尔(Friedirch Hebbel, 1813—1863)，德国剧作家。
❷ 鲍里斯·帕斯捷尔纳克(Boris Pasternak, 1890—1960)，苏联作家、诗人、翻译家，1958年获诺贝尔文学奖。——译注

克尔❶的一首短诗（我偶尔会携带他的诗选），或艾米莉·狄金森❷以及约瑟夫·切霍维奇❸——他的代表作是《悲伤》（Grief），而不是齐奥朗不乏巧智但过于恶毒的篇章。我无须重回现实——事实上我一直头脑清醒，并对周围的事物满腹狐疑——我要逃避的恰恰是我的愤世嫉俗——我找寻诗歌这样轻便的交通工具，可以引领我飞升；我已厌倦脚下的泥土和石子路，我需要找寻灵感和片刻的狂喜。我要找寻狂喜，尽管当别人问我狂喜为何物，以及我为何偏爱它胜过巧智，恐怕我一时还答不上来。莫扎特的忧伤令我振作，还有舒伯特。有时候我偏好蒙塔莱，一句诗行远胜过我们这个时代的拉罗什富科❹——格言家齐奥朗。在讽刺家看来，诗歌软弱无力——格言体则犹如锋利的剪刀——它需要锋刃。而诗歌则无须锋芒毕露：它不想伤害任何人，因此无须时常打磨，刮垢磨光——年轻诗人与著名讽刺家同桌共坐，时常觉得手足无措，道理正在于此。但从另一个方面看，正如曼德尔施塔姆——我至爱的曼德尔施塔姆所说，"岁月像猎狼犬，趴在我肩上，但我的血液中并没有狼性流淌，请将我装进袖套，用你西伯利亚草原火热的皮袄。"闻听此言，讽刺家一定会满怀歉意地偷偷溜出房间。我的这些小书，目的都在于让我的精神得以升华，有时我也会试着理解齐奥朗——他总喜欢与自己争辩，比如下面这段话："西蒙娜·薇依刻画的安提戈涅（Antigone）具有某种

---

❶ 格奥尔格·特拉克尔（George Trakl, 1887—1914），20世纪奥地利表现主义诗歌代表人物。——译注

❷ 艾米莉·狄金森（Emily Dickinson, 1830—1886），美国女诗人，与惠特曼齐名。——译注

❸ 约瑟夫·切霍维奇（Josef Czechowicz, 1903—1939），波兰著名诗人。——译注

❹ 拉罗什富科（La Rochefoucauld, 1613—1680），17世纪法国古典作家。——译注

特质,可以让她抵御怀疑主义而走向崇高。"这句话提醒了我——西蒙娜·薇依也是我散步的最佳读物,我既读过法语读本,也读过切斯瓦夫·米沃什的波兰语译本。她的思想随笔《重负与神恩》(La pesanteur et la grâce)由古斯塔夫·蒂邦❶选编,堪称居家旅途最为合适的口袋书。假如恰好经停卢森堡公园(时有发生)——公园的金属扶手椅最适合阅读和思考——你只要将它们搬至某个阴凉之处——便不难找回那一种神秘的力量——一种在日常生活中会觉得滑稽可笑的东西——就存在于战前这一座漂亮的公园里,存在于奥古斯特·孔德❷路的巨石建筑里。有一次,薇依在那里痛斥托洛茨基❸;当时她还是一位小姑娘,居然跑过来训斥"伟大的革命领袖"——指责他在镇压喀琅施塔德(Kronstadt)起义过程中滥用暴力。西蒙娜·薇依在她的《笔记》中写下一下这段话(她也记笔记,但与齐奥朗相比更具现代眼光):"诗歌的美妙之处在于它能清晰地表明,诗人在作诗过程中,所有注意力专注于那些妙不可言的东西。"——这是迄今为止关于诗歌最重要的一条结论。薇依在《笔记》中的大多数评论算不上巧智,通常也没有明确的观点;她是一位伟大的文学家,但她的风格是低调内敛而非显摆张扬,因此阅读她的作品我们很少纵声大笑。《笔记》中的评论大多带有某种实验性和不确定性,尽管这些评论没有完备的格式——更像是无心私语而不是精雕细琢的格言——但显然它们更容易深入人心。齐奥朗的《笔记》也颇具实验性

---

❶ 居斯塔夫·蒂邦(Gustave Thibon,1903—2001),法国天主教作家。——译注
❷ 奥古斯特·孔德(Auguste Comte,1798—1857),法国著名的哲学家,实证主义的创始人。——译注
❸ 托洛茨基(Trotsky,1879—1940),苏联工农红军和第四国际的主要缔造者。——译注

的功能，但那些齐整的格式和矫饰的风格却削弱了它的感染力——对于这一点，作者本人显然心知肚明。西蒙娜·薇依在创作《笔记》时脑海里一直思考着妙不可言的东西。由此，她的作品自然便缺乏锋芒。一位训练有素的格言家决不会追求不可言说的东西——追逐那一种朦朦胧胧的东西，到头来肯定是难以言传，欲说还休。玄思默想之人根本无须锋芒。齐奥朗是言说的巨匠，而薇依则堪称不可言说的大师。

* * *

克拉科夫一幢古旧建筑上的涂鸦——两支橄榄球队、维斯瓦河（Vistula）和克拉克维亚（Cracovia），长期以来一直处于你死我活的战斗状态——上面写着："情愿姐妹入妓院，胜过兄弟进克拉。"

* * *

但涂鸦当中也有崇高的思想，正如我的朋友艾莉萨（Alissa）发现在距瓦维尔城堡（Wawel Castle）不远的普兰蒂花园墙上的一则铭文——字迹虽已斑驳，但依稀可辨："我们将兑现赫贝特的誓约。"

* * *

普兰蒂花园里有一种美丽的克拉科夫树种：高大的红毛榉（植物学家说这是红叶榉的一个变种）。由于无遮无挡，它的冠盖向四下蓬松伸展形成完美的圆形。榉树冠盖下方的那一块土地像被炙烤过一番，光秃秃的。

* * *

再谈谈齐奥朗——最近我读到亚历山德拉·莱涅尔-拉瓦斯汀❶的一部著作，《齐奥朗、伊利亚德❷和尤奈斯库❸：论遗忘法西斯主义》(Cioran, Eliade, Ionesco: On Forgetting Fascism)。作者搜集整理了二战时期一些零星资料，主要是伊利亚德、齐奥朗与罗马尼亚"铁卫团"（Iron Guard）的联系（尤奈斯库与他们二人迥然有别）——那是极端反犹的、邪恶的法西斯组织。书中大部分史实其实早已披露，但这位德国学者的研究结果却令人相当震惊：它揭示出伊利亚德和齐奥朗为人不齿的一面——任何读过这部著作的人都不会忘记——二十世纪三四十年代这两位老于世故的知识分子所发表的言论，也

---

❶ 亚历山德拉·莱涅尔-拉瓦斯汀（Alexsandra Laignel-Lavastine, 1966—　），法国哲学家、史学家。——译注

❷ 伊利亚德（Eliade, 1907—1986），罗马尼亚裔美国学者，西方著名宗教史家。——译注

❸ 尤奈斯库（Ionesco, 1909—1994），罗马尼亚裔法国剧作家，荒诞派戏剧最著名的代表人物。——译注

不会忘记巧舌如簧的伊利亚德如何不遗余力试图掩盖这一段不光彩的历史。齐奥朗则选择沉默——他的笔记当中谜一般的评论文字，表现出一位高明的虚无主义者的空虚和绝望。

尽管如此，这两位作家都是真正的知识分子，而非浮皮潦草的党棍；他们在后期都写出了重要的作品，他们绝非对人类生存困境假装产生兴趣。恰恰相反，他们是真切地、热忱地体验了这一困境。伊利亚德的经历更为复杂，因为他"信而好古"——终其一生，不改对于"巴尔干村庄（Balkan village）"和前基督教（pre-Christian）时期宗教的热切向往——这一线索，可以将他早年的狂放与晚期的作品联结起来。

* * *

这座西里西亚城市，其历史可以追溯到中世纪早期——它的四周有护城的城墙，城中有古老的教堂——但在历史的某个特定时刻，它却被迫敞开城门，接纳由利沃夫及其近郊流离失所的难民（护城墙只具有象征意义）——但与此同时，它又不得不重新安置并驱逐城中的德国居民，根除德语文法，废弃德国厨艺（假如德国真的有厨艺），并清除德语明信片和课本教材。很好，但这是几年之前的事了，后来呢？现在的情况如何？答案有两种，一种相当简单，而另一种极其复杂。第一种答案是：老一辈的外来移民去世了，准确地说——至少是两代人已故去，消失，死去。年轻的一代现在也长大成人，而且在不久的将来，他们也会同样告别这个世界。年轻一代对这一段历史不感兴趣,丝毫不感兴趣。他们只关心自己,他们沉迷于怪腔怪调的美国歌曲,恨不能一头扎进电脑屏幕里。这是简单的理由,最简单的理由,但造成这一现象的根源很复杂。若隐若现。有些宗教礼仪必须遵守;有人祈祷,有人哭泣,有人在写诗,有人悲悼时光流逝,也有人拼命打发时间,靠酒精麻醉自己。总不能每天在悬崖边行走——脚下是万丈深渊——但他们跃过了深渊,活得平平安安。这里的一切与他们无关。一开始的时候,他们一无所有,只有战争的黑洞——刚刚结束的世界大战——街道上挤满异国他乡的陌生之人。必须创造出新的宗教仪式,必须发明象征性的手势。我祖母从城里买了一些瓶瓶罐罐和一只神奇的炒锅;我发现现炒的土豆味道特别香,虽然后来也用过其他的炒锅,但却缺少了那一种独特的风味——即法国人讲的"不知道是什么"(Je ne sais quoi),因为其他炒锅都平淡无奇。看到我如此起劲,祖母特别开心,我喜欢在他们家吃饭——就是因为那只神奇的炒锅。我的姨奶奶维西娅(Wisia)终生未嫁,但很高寿——她保留着许多古旧的小玩意,数也数不清,小剪刀、绣花针、镶边小圆镜、银色铅笔,等等。我怀疑她大半生的闲暇时光都端坐在梳妆台前,消磨在这些宝贝玩意里。我想象她紧闭上双眼,双手灵活自如地摆弄着这些象牙或金属的小物件——她可以一连坐上几个小时。她也拥有大量前朝积余的硬币,有小铜币,也有饰有船帆或其他图案的银币,那些货币在市面上早已不再流通——取而代之的是共产党监制发行的劣质的合金硬币——跟华贵雍容的前朝铸币根本不可同日而语,但它们在难以预料的特定条件下——比如国际形势风云突变——或许可以购买回乡的船票,包括塞给警卫和列车员的贿赂……银币上的帆船或许能载送维西娅姨奶奶返回她的故乡利沃夫。因此她在等待，为了生存和返乡，每个人都有自己私密的计划。

＊　＊　＊

有位女士，我父母的熟人，将她创作的乐曲分寄给世界名人，包括教皇、英国女王、美国和法国总统等。这些乐曲从未被公演，但上述个人（以及他们庞大的秘书团队或总统班底）无一不向L夫人热忱致谢。然后L夫人便向亲友逐一宣读这些致谢信：哪一封来自教皇，哪一封来自英国女王，还有的来自美国和法国总统。当然，上述信函的签名都由秘书代劳而非各位名人亲力亲为。但无论如何，那些设计精美、气度不凡的信头在可怜的西里西亚小镇难免不会引起一阵轰动——想想当地文具店里出售的那些劣质纸张，还有我父亲用来撰写回忆录的丑陋信纸……这些信函告知L夫人她的大作已收悉，并谨致谢意。书写这类信函的纸张极不寻常——放在光亮处，可以隐约透视其中的水印——绝对可以保证其真实性；不仅于此，信末还有滚圆的印章，都刻有神秘兮兮的龙凤鹰隼之类的纹章（跟它们生活在真实世界——如住在附近林中的远亲绝不相类，那些凡鸟太过寒酸）——这一事实本身可以立刻化腐朽为神奇，变小败为大胜。但对于"小败"一说，L夫人未必苟同。她本来也没希冀收获更多，她的确收到了来自权贵政要的办公室寄出的致谢函。是的，她的乐曲从未有机会公演，但也未必尽是坏事——至少不会因此受到批评家的攻讦；她既独立逍遥，又无虑物议。她能与政坛名流书信往还，而那些可笑的评论家、可憎的普通人、落魄的艺术家以及妒火中烧的媒体人,谁也不敢妄议她的杰作——她仿佛立刻身价倍增,可以居高临下,教皇和总统,或许还有联合国秘书长——这些都是她的社交资源,她取得了非凡的艺术成就。尽管她的作品未能上演,她发现了艺术家的另外一种生存之道的——让未能公演的作品赢得公众的一致称赞。在此,L夫人玩弄了一个艺术概念,证明所有的中间环节(彩排、试听以及掌声雷动和嘘声四起)完全没有必要。当她开门纳客之时,会从精致的抽屉中取出这些信函,然后当众高声朗读;客人们都会被这些优雅而庄重的书信所打动,一时间觉得自己也随之身价倍增,几乎能与伟人平起平坐。毕竟,他们都是下里巴人,生活在边陲小镇,籍籍无名——必须牢记,只是因为二次大战,因为格利维采事件,它才变得小有名气(这样的名气不要也罢)。身穿波兰警察制服的秘密特工仓促上阵,试图捣毁当地一家德语广播电台,最后无功而返——他们甚至都没有执行上峰的指令——他们根本不知道这家电台是中转来自弗罗茨瓦夫(波兰语 Wroclaw)——即德语的布雷斯劳(Breslau)地方的广播节目;因此,它根本无法传播袭击波兰的谣言——当然,这一点并不重要。L夫人被重新安置,属于重置人员当中的一员,但她取得了成功:她收到了政坛显要的信函,从政要的秘书那里。让批评家们对着其他作曲家——那些平庸的作曲家——摩拳擦掌。他们根本不懂她的成功的奥秘:如何躲避艺术批评家的明枪暗箭,并取得成功。

今天,当我回想起她来,对当日的幽默情境,禁不住莞尔一笑。回到当年——假如我记得不错——L夫人的成就在某种程度上令我钦慕不已,尽管我是从我父母那里听说有这样的信函,并有人煞有介事地朗诵这些信函。当时我还小，只是个孩子，根本不可能受邀出席L夫人的宴会。我父母曾绘声绘色色地描述当时的场景，但从中可以看出，他们既感到滑稽可笑又不禁肃然起敬。L夫人的这一策略是否跟她的身份——作为重置人员的身份密切相关，我不确定。我只知道，当时我们——假如允许我为来自东方的文化多元论者（Pluralis）代言——已被切断与过去的一切联系。我们的墓园还在东方，我们的过去也停留在东方，谁也不知道未来是什么样——假如真的有未来。在现实当中，我们只是过客——我们被包围在德国城墙之下，受困在德国公寓之中。一开始我们一无所有，无法与坚固的普鲁士城墙相颉颃。当然首先我们必须拥有自己的建筑，我们自行设计，并为之添砖加瓦。从这个意义上说，L夫人便是我们的艺术家。从她身上，我们可以受到启迪：如何打造自我形象；不幸的是，她的乐曲从未卒章——那仅仅是个艺术的概念，但我深信她别有用心，另有所图。她的作曲可能出类拔萃，也可能什么都不是。

重置之人需要一些东西，让他们自己根植于新的土壤。对他们而言，时间既是敌人又是朋友：时间剥夺了他们的社会地位；但与此同时，年复一年，时间又赋予他们生存的权利。此外，重置之人还需要其他一些东西，比如一个象征性的姿势。他们需要艺术——犹如一张无形的象征之网，可以网罗树木和教堂的尖顶。L夫人恰好满足了这样的需要，尽管以夸张搞笑的方式——她手头掌握的不过是政要们的秘书和助手发来的信函。我父亲曾语带讥讽地描述L夫人的洋洋自得，因为他与之不同，迥然不同——从几何学理上说，他们两人恰似两个极端：他低调而羞怯，最希望他的成就不为世人所知。假使他本人也会作曲，他一定从未想过将谱写的乐曲呈送教皇、美国总统以及英国女王去鉴赏。

但他并没有作曲,也从未写诗;他唯一从事的与文学相关的种类是明信片——有时附带图片,有时只有文字。我父亲是一位格言家。很久以后,应我的请求,他才开始撰写回忆录——尽管他嘴上没有明说,但通过阅读他的回忆录,可以看出那根本不是他的强项——明信片上那短短的几行更适合他。他还特别喜欢在我母亲写的东西之上(不管她写的是什么)附上几句自以为是的嘲讽之语(但绝非挖苦)。他不属于文风简洁的作家,他更喜欢充当评论员的角色:对他人做出回应,指涉从前的文本,再加上一小段戏剧性的注解。在我母亲的书信中,她基本上是实事求是地传达信息——天气情况,亲朋好友的健康状况,还有亲戚熟人的来访;她的信件和明信片堪称经典的家庭记事簿。在她娟秀而略显拘谨的文字下方通常有我父亲简明的点评——一如既往地简明扼要,比如"斯基尔卡先生(Skierka)邋里邋遢……"我父亲的笔迹颇具现代风格,横平竖直,包豪斯(Bauhaus)的设计师一定喜欢那种简明风格。在祖父的敦促下,父亲开始学习使用打字机,而他的书写字体跟打字机上的几何图形和标记简直一模一样!母亲去世后,他继续向外发送明信片(很少写信),所以也就不需要我母亲的记事簿做他的蓝本——从此他的写作也就由从属的、寄生的性质一下转变为积极主动的艺术创新……

* * *

在古斯塔夫·赫林-格鲁金斯基的日记里,我读到一则引文,是赫伊津哈❶表达他对维米尔❷的钦佩之情:"维米尔的每一幅画作,都能唤起对童年的美好回忆——宁静的梦乡,甜美而安宁,弥漫其中的是一种不同于忧郁之情的淡淡的忧伤。维米尔的现实主义绘画高超之处正在于它远离了粗俗的社会现实和生活的庸常。"

　　赫伊津哈的这一精彩评论,其实在另一些伟大诗人的艺术家那里也不难发现:他们通过儿童和成人的双重视角观察生活——他们的目光既清澈又迷茫,既开心又忧伤。理性主义者会驳斥,这怎么可能?但事实就是这样,在某些艺术作品中一个人能取得和谐统一:少年的梦境和理性、欢乐和悲伤以及运动和静止。因此,在那一瞬间,他便成为完人,悲欣交集。

* * *

　　但我无论如何也难以忘怀初抵巴黎的那一段时光,长达数月的目眩神迷——迷醉于这座城市和它的新奇瑰丽。尽管我只是身居勒瓦鲁瓦(Levallois)的一间斗室——之前它一定是廉价的小旅馆,如今被改造为鸽子窝一般的集体公寓。其住客无非两种人:在城市打拼的年轻人和穷人。穷酸的气息四下弥漫:楼梯的走廊积了薄薄一层污垢,大胆的蟑螂时常在我房间抛头露面,为此我购买了杀虫剂,满墙喷洒,蟑螂的反应也堪称迅速——这也是每一个帝国遭到邻国骚扰时常见的反应,该邻国根本没有意识到它对手是何等强大——

---

❶ 赫伊津哈(Huizinga,1872—1945),荷兰语言学家和历史学家。——译注
❷ 维米尔(Vermeer,1632—1675),荷兰最负盛名的风俗画家。——译注

一时之间，从天花板，从墙缝中钻出了成群结队的蟑螂——像罗马军团，从四面八方涌来。我的策略一定激怒了它们——但它们的力量实在太过强大，小小的杀虫剂根本不能伤及分毫。我突然明白了这是一场取胜无望的战争，从此只能跟这些讨厌的臭虫展开旷日持久的拉锯战，因此我时常从房间逃离。幸运的是，春天很快到来，可以在户外长时间散步。M并没有和我在一起，她有工作要忙——当时她正忙于新古典主义风格的玛德琳教堂（Madelein Church）的工作。这座最初为庆祝世俗节日而兴建的教堂并无特别之处，后来用于纪念拿破仑大军的阵亡将士；在这位矮小的皇帝倒台之后，在复辟时期它才被转交给天主教会。当然，这座教堂也有它自己的光辉历史。肖邦去世时，为哀悼并纪念这位音乐大师，有三千民众聚集在那里聆听莫扎特的《安魂曲》（*Requiem*）。逃离房间后，我在巴黎四处闲逛，最喜欢往人堆里凑。我时常漫步在卢森堡公园，并发现——当时发现，或一段时间之后发现——花园隐藏在王宫（Palais-Royal）后面，小巧玲珑，充满诗情画意；石子路铺就的广场四周有一群建筑，那是科莱特❶居住过的地方——科克托一度也曾在那里生活。这里也是最让我心动的理想居所，可以俯视广场，可以安享静谧时光——因为远离喧闹的歌剧院大道（L'Opera）。我时常漫步于林荫道，然后折返到塞纳河畔。我喜欢凝望枝叶累累的梧桐树——经过一个漫长冬天的精心酝酿，枝头低垂的蓓蕾呈现五角星形状，含苞绽放。因为与蟑螂作战失利，我在这座城市可算是无家可归：没有办公室，也没钱（或者说钱不多），但我的确拥有无与伦比的幸福

---

❶ 科莱特（Colette，1873—1954），法国20世纪上半叶著名女作家。——译注

时光。我自由自在。在我看来,只有了无牵挂的游客,才是一座城市真正的主人;城市像一幅油画,一座浮雕,与之相关的只有春天这个时令,只有缓慢生长的梧桐,还有我的一双眼睛。此时此刻,巴黎属于我,而不属于关在办公室里的那些官僚;只有真正了解城市街道和广场的人才真正拥有这座城市。似乎这座历史文化名城只愿向我这样无所事事的看客展示它的魅力;至于那些很少离开豪华专车的名流显贵和政要,倒很难入它的法眼。的确如此,在位于波拿巴路(Bonaparte)上的古董店里——除了玄幻的漆黑内饰墙面,还有屋内摆放的旧式家具和镀金铜像——老板一再强调,"我们应有尽有,连德国侵略者也不能夺走我们几个世纪以来积攒的宝物。"——走遍全城也很难找到一张厚重的书桌,能摆放如此多的银器、陶瓷花瓶、枝形烛台以及从无人问津的圣坛上偷取的天使和丘比特(Cupid)的裸像。但这丝毫也改变不了什么,跟我的自由自在的生活状态相比,古董店主的生活状态只能用悲摧来形容。毫不奇怪,他们选择波拿巴路作店址,因为正是波拿巴,为巴黎送来如此多的珍宝!尽管在当时,我居无定所,近乎流浪漂泊,但这又令我回想起一九八一年在新罕布什尔的麦克道威尔文艺营度过的三个月的美好时光。有人询问我的个人和职业规划——跟喜欢咬文嚼字的法国文人不同,美国人直截了当地称之为职业生涯,有鉴于我当时身无长物且职业前景黯淡(负责海关盘查的移民官猜得神准)——他戏称我为"亡命之徒"。此时此刻,我徘徊在繁华的巴黎街头,看上去更像一名亡命之徒;然而事实恰恰相反,在这里我享受曼妙的幸福时光,春夏之交的巴黎美景,与M度过的良宵——这一切将我变为"希望之徒"。

* * *

  几乎所有重新安置人员,其人格特征都可以归类为政治压抑型。因为苏联共产党最擅长干的一件事:即扼杀人的多元性——以一层粉饰的外衣护套掩盖多姿多彩的现实生活。过去,人们一度可以畅所欲言,哪怕言论荒诞不经,现在则通通被禁言:他们噤若寒蝉,再不敢公开表达昔日的信念。恐惧便是最理想的"奥卡姆剃刀"❶。正如任何一个哲学系学生课上所学到的,奥卡姆认为在哲学本体论研究中,应当奉行一条法则:"如无必要,勿增实体。"此刻恐惧也扮演了同样的角色——之前人们的种种高谈阔论现在一律转化为方法论上最高的简明原则:缄默不言。他们公开放弃从前的信念,或许他们只在最为亲近的朋友圈里才会口吐真言;但也未必,处于这样的历史时刻,沉默寡言乃是上策。我们似乎生活在——至少表面如此——一个"政治冷漠"的时代,谁也不持有任何观点。禁欲主义的生活既整齐严肃,又单调无趣——你可以称之为乏味(事实上也是),但它确实清除了狄更斯❷和其他一些作家描摹的痛苦和罪恶:人们不再遭遇面目丑陋、贪婪成性的商人——正如我当年从插图本狄更斯小说中读到的那样——每个花费很长时间阅读狄更斯的人(比如我自己)看到这样的形象都免不了要做噩梦。现在它们被清除得干干

---

 ❶ 奥卡姆剃刀(Occam's razor),即"简单有效原理",由14世纪英格兰逻辑学家、圣方济各会修士奥卡姆的威廉(William of Occam,约1285—1349)提出。——译注
 ❷ 狄更斯(Dickens,1812—1870),19世纪英国批判现实主义作家。——译注

净净，因此对大多数年轻人来说，或许这也意味着，生活中的过恶——那些掠夺成性之人——未来皆不会出现；他们面目狰狞，额头上铭刻着"贪婪"。后来我逐渐意识到，如此精心策划的大清洗，腰斩的不仅是狄更斯小说中的恶魔，它同样也剥夺了我们享受美好生活的乐趣。一个显而易见的事实：我们丧失了美丑之间进行抉择的自由。后来——同其他人一样——我也开始怀念被清除、被弃置的东西，怀念人性的大清洗之前算不上完美的社会现实，但苏联共产党所粉饰的这个太平世界也并非十全十美。举个例子，由于某种显而易见又说不清道不明的原因，在这里我必须说说我的外祖母——她性格孤僻，连她的家人也不太喜欢；她的政治观点极其反动保守：她是不折不扣的反犹派——连大屠杀也不能丝毫减弱她对犹太人的憎恨之情。早在战前，我对极右势力的国家民主党（ND）便深感厌恶——尽管当时他们的恶名及丑行尚未昭彰，但多亏了我外祖母的性格倔强——她不像其他人一样忍受压抑缄默不言——而是直言不讳地痛斥ND——很久以后我才了解这个缩写的真正含义。我的外祖母是混迹在人群中的普通的老妇人，年老体弱，一半时间在热舒夫市（Rzeszow）跟儿子待在一起，另一半时间在西里西亚跟女儿在一起；但毫无疑问，她坚信自己不会受到伤害，她之所以相信能够旗帜鲜明地表达出政治态度而免于伤害，是因为上述态度与任何社会组织和机构毫无利益关联，属于中立的立场。

* * *

国家民主党一门心思煽动对于犹太人的憎恶和仇恨之情,并由此炮制出"反闪米特人"(Anti-Semitism)概念。我实在搞不明白,在大屠杀之后,几乎每一位国家民主党成员都目睹了身边犹太人承受的苦难,在如此巨大的痛苦面前,我认为一切政治偏见都应该被摒弃;如此深切的痛楚,远非意识形态的纷争所能包容涵盖。不妨让我们换一个视角:我家有个老熟人D先生,我记得我母亲在大学时代即与之相识。他学的是法律,战后去了一家法律事务所工作——至少他的官方头衔是这样(在一个大清洗的、受压制的社会里谁还会需要法律顾问?对此我百思不得其解)。不管怎么说,D先生在我眼里就是一个自命不凡的中年男——你只要看看他们那张脸,便不难发现他们的自以为是和洋洋自得。他惯用阴阳怪气的腔调,故作惊人之语;他对自家的小聪明相当自鸣得意。他本人也是重置人员,他完全合乎标准——他从利沃夫来到西里西亚,在格利维采,一切不得不从头再来。每一年,他总会偕妻子在我父母家露几次脸,一般也都是命名日,尤其是我父亲的命名日——在十月份,那时所有人都已度假归来。我母亲的命名日在八月份,那时我们绝大多数朋友还没能逃离灰蒙蒙的城市,去他们向往的旅游胜地短暂度假。一九六八年前后,D先生的人生出现戏剧性变化。有很长一段时间,反犹语汇在报刊媒体已销声匿迹,然后忽然之间,或许是在最高当局的默许甚至授意之下,这些词语开始小心翼翼地零星出现。D先生阅读广泛——转眼之间,他的话风突转,由原来华美的词章一变而成粗俗的言谈——甚至会冒出"犹太佬"(kike)这样的语汇。我吃惊地看着他，之前从他的口中我从未听过这样的词语；在我眼里，这样的词语只属于已经封存的过去。我为此感到羞愧。但聪明的D先生却毫无愧色，自抑的功能似乎停摆：D先生已不再是重置人员，至少看上去如此。因为重置人员与世界所有流亡者共享的尊严和命运——它代表的不仅是承受的痛苦，还有某种荣耀——或许这是自谦之辞，但这一点却无可辩驳。

* * *

我常常设想，会有一类热忱的读者，在两本书中间消磨他一生的时光：即西蒙娜·薇依的《笔记》和埃米尔·齐奥朗的《笔记》——他会发现对两本书爱恨交织的（并非同时）复杂心情，有时想要逃避，有时又会返回——但从来不会同时喜欢或厌恶这两本书。诗人们应该去研究齐奥朗的《笔记》，书中很少提及神圣的概念，除了巴赫、亨德尔❶和莫扎特的音乐。甚至最真的灵感也能将人引入精神的天堂，在此情况下，人很难保持平静状态，保持客观、中立、超然物外的立场。只有齐奥朗或西蒙娜·薇依以玩世不恭或近乎神圣的语调，为世人祈祷。诗人们的修辞手法惯于夸张，而非曲言。齐奥朗发明出一整套地质学的修辞术语，如锐角，腐蚀性的，锋利的、水平的。你还需要西蒙娜·薇依的刚直与伟岸。

---

❶ 亨德尔（Handel，1685—1759），英籍德裔作曲家。——译注

* * *

　　天主教堂已成过往，祈祷仪式已成过往，当下流行的只有方法论者的书写，还有一些图书和电影。但我仍对教堂情有独钟。这与某些理论毫不相干。我喜欢法国天主教堂巨大的彩色玻璃窗，以及每一座乡村小教堂所展示出的庄严气象——它们的规模具体而微，仿佛是大教堂的玩偶。与乡村教堂气质最为相近的是巴黎圣母院，尽管它的棱角已被十九世纪的天才和疯狂的保守主义者维奥莱-勒杜克❶稍稍磨平。欧仁·维奥莱-勒杜克添加了一座极富魅力而之前并不存在的塔楼，还有一些雕塑，使得巴黎圣母院更加美丽。他为它精心装扮，使之更加风姿绰约，也为巴黎市中心平添魅力。无可否认，巴黎圣母院的确非常可爱，但它也太过严饬，太过整洁，未免过于迎合首都的欧洲时尚。中世界的冷色元素被摒弃，以免打扰到洋洋自得的时尚先生和太太的雅兴；蠢笨而恶毒的怪兽精灵也不许投下阴影，以免影响到乘坐篷式汽车徜徉在塞纳河畔的笑意吟吟的靓男俊女。与之相反，沙特尔大教堂（Chartres）则是另一种截然不同的风格：不无狂野，且时常被人忽略。沙特尔是一座外省城镇，与时尚了无干涉，时尚也未能深入此地。确实，从距离来说巴黎并不遥远——我毫不怀疑理发师和制帽匠可以在招牌上打上"巴黎"字样以招揽顾客。沙特尔城市本身乏善可陈，值得一提的唯有这座教堂：石屋顶上有时会冒出一簇簇野草的芽尖——这在巴黎简直不

---

❶ 维奥莱-勒杜克（Viollet-le-duc，1814—1897），法国建筑师、画家。——译注

可想象。幸运的是，维奥莱-勒杜克并没有机会去改造沙特尔教堂，将它弄得井然有序，为它增添一根挺拔的脊梁。M和我偶尔会造访沙特尔，通常自驾，有时也乘坐火车。距离城市十多公里以外，便能看到教堂的塔尖直插云霄，距离越近，塔楼的颜色愈加深沉，其面积也愈发扩展，倒是城市的面积在相应缩小。巍峨的教堂占据了这座小城，城里的小商小贩在教堂的阴影之下摆摊设点，叫卖西瓜、洋蓟、西红柿、鱼以及奶酪等各式商品。生活在沙特尔意味着生活在教堂的阴影之下：在沙特尔城中苏醒也意味着在教堂四周苏醒，沙特尔的公证人通常也是教堂附近的公证人，一名裁缝通常也是教堂附近的裁缝。教堂是悠久历史的产物，沉重的石块之上苔痕累累，城镇像印章下的垫子，驯服地躺在教堂之下，而教堂的徽记印章则屹立在山顶。教堂内部为一片暗蓝色所笼罩，一切都取决于天气——取决于当天晴空万里还是阴云密布。在阴沉灰暗的日子里，彩色玻璃窗户从容不迫，悠然自得——它并不急于散发光彩，也不刻意迎合大量观光之客，它默默地返诸自我，若有所待。在上一次战争中，它们一定也像这样沉默不语——因为战争期间，为安全起见，它们被从教堂大殿移除送往沙特尔别处保管；这对彩色玻璃来说无疑是极大的考验，被迫告别古老的城墙——它没掩埋在幽暗的光影里，备受冷落；而在阳光灿烂的日子里窗户又会散发活力，熠熠生辉。巨大的窗户平静安详，它们是巨人，它们在沉睡，或貌似在沉睡，除非你是走得更近，才会发现它们映照出的四周的忙碌和劳作：工人们有的在修剪葡萄藤蔓，有的在修缮厅堂——连案几上的蜡烛也不甘寂寞，它为病人疗伤。画有耶稣谱系（Jesse Tree）的彩色玻璃窗，无论春秋冬夏，寒来暑往，就这样见证这一切：先知发出愤怒的咆哮，他的子民漫不经心地聆听预言——每个人都能在世界历史的漫长画卷中找到自己的位置——托马斯·贝克特❶在抵达英吉利海岸之前弃舟登陆；圣-尤斯塔斯（Saint-Eustace）从一只雄鹿的鹿角上窥探到耶稣的形象；行善的撒马利坦人（Samaritan）拯救受伤之人；此外，农夫在耕田，瓦工在建筑，牧师在布道，圣人以身作则——唯有蜂拥而至大教堂的观光客才是闲散之人。彩色玻璃窗却是片刻也不曾合眼：织工在纺纱，农夫在种田，中世纪男女的侧影显示他们要么忙于劳作，要么忙于祈祷——虔敬上帝也是他们日常工作的一个部分；但圣母的形象却比其他圣人更为高大。你必须凑近窗户，才会发现彩绘的人物并未沉睡；事实恰好相反，游客手中的相机噼噼啪啪响个不停，但他们似乎并未留意到：镶嵌铅框的窗棂上这些人物都在奔波劳碌，或忙于手工，或忙于预言，或忙于治愈。对广大民众而言，教堂犹如一座火车站，一座体积庞大、巨无霸式的火车站——它对当时的经济至关重要，正如今日铁路被视为经济命脉。如今它们早已成为历史遗迹，犹如古旧的手风琴、敞篷四轮马车。沙特尔居民经常抄捷径进入教堂：他们会绕开游客的重围，选择由南向北或由此而南从中央突破，经过教堂的十字架翼部，再穿过教堂正厅——有时他们会诵读经文以示感恩，有时则不然——因为他们每个人都忙于自己的事务，当然这也算不上大逆不道亵渎神明——恰恰相反，这也是一种积极的行善。他们祷祝的神明为教堂带来了风霜雨雪，也带来春秋冬夏；他们漫不经心，终日忙

---

❶ 托马斯·贝克特（Thomas Becket，1118—1170），英格兰国王亨利二世的大法官兼上议院议长，后被任命为坎特伯雷大主教。他效忠罗马教廷，与亨利二世对立，后遭暗杀。——译注

忙碌碌——他们质押了生活,但这也没什么不好。正相反,倒是其他教堂没有为其信徒提供这样的快捷通道,它们应该引以为耻——因为它们占地面积不够大,因为它们不像庞然大物能够阻断道路,因为它们没有占据城市的心脏地带。穿越教堂之人也为教堂带来最新的资讯,为之带来高墙之外变动不居的、与时俱进的消息。而他们,沙特尔的居民,对教堂的所思所想毫不在意;毕竟,他们没有经历当初修建教堂的艰难苦恨,他们也没有在墙角之下踽踽挣扎;他们视教堂为祖先的遗产,为天然的馈赠。他们对它心存畏惧,又爱又恨;他们将它视为通往某个目标的捷径,一旦目标实现,又会即刻将它遗忘。

那游客又该如何对待教堂?我的看法是,在沙特尔教堂,你要从容不迫,而不必像其他旅游团一样慌慌张张。你不妨坐下,仔细打量窗户,然而站起来在四周走走,尽量忘却你是身在教堂;然后再重新收拾记忆,很快你会发现一些导游手册没有提及的东西——一种强烈的情感或欲望,远非这座教堂及其窗户所能容纳——在体内浮动,在空中飘荡;再过一段时间,当你围绕教堂走过几圈之后,穿过光影交错的地带——一旦欲望聚焦,纯然的感官印象便会消退。我们不知道教堂为何能激发这样的欲望——或许因为教堂的阴森激发出内心的欲望。

* * *

诗人们到底知道什么?莫扎特又知道什么?

* * *

时有发生的现象——尤其当我读到某个愤世嫉俗的诗人所写的评论（本周我刚读到过某位著名纽约诗人的评论）——我会突然感到一阵眩晕，一种幻灭，一种突如其来的无所适从。愤世嫉俗的诗人并不多——极具代表性的是诗人菲利普·拉金[1]，一位真正了不起的诗人——但这样的诗人确乎存在，而且往往会引起争议。他们嘲讽人性（其实这本身无可厚非），他们歌颂简易、便捷、舒适感性的生活；他们断然拒绝所谓政治正确、同情怜悯、兄弟友爱等观念；他们对功名利禄不屑一顾。诗人们仿佛暗示，无须自我欺骗，上述观念根本就不存在。很显然，他们的评论并非要引导读者——而是引导他们循规蹈矩的同行诗人——走向经典文本。在那一刻，我若有所悟：或许所有诗人都会选择更为曲折的道路，勤力前行，以期到达真理的顶峰。他们追寻理性之光，并探测人性幽冥之地；他们承认宗教直觉，也不否认神迹的存在——他们或许是傻瓜，或许是更为卑劣的伪善之徒——他们的行为举止不啻冒险跃入湍急水流的莽汉：一意孤行，对便捷的人行桥视而不见——而后者可以轻而易举地将他安全送达河对岸，不消半分钟时间。愤世嫉俗的诗人们怡然自得地生活，很少离开他们下榻的豪华饭店；他们对一切鄙俗之物冷嘲热讽，偶尔也会在纸上写下几行漂亮的诗句，他们在进入梦乡之时嘴角似

---

[1] 菲利普·拉金(Philip Larkin, 1922—1985)，英国著名诗人。——译注

挂着嘲讽的微笑——或许直到临终之际,陪伴他们的仍是这样的微笑……

* * *

在卡莫里斯克(Karmelicka)无意中听到一则对话:一个年轻女子对另外一个说:"我给她回信时,尽量做到客客气气,但毫不留情。"又有一次,另外一个女孩跟她同伴说:"你知道,我在那里获得了最佳观众奖。"

* * *

七月的克拉科夫,周末的市中心相当吵闹,但在偏远的地方,一场短暂的暴雨过后,麻雀在水塘边悠然自得,胜似闲庭信步。

* * *

五月和六月是最美的季节。但到了九月,梦想与现实则会同步运行。

* * *

在马索利特书店——那里既有咖啡又有红酒——我偷听到两名年轻美国学生的谈话。女孩对男孩说，你知道，我在克拉科夫遇到一件恶心事，今天我往家寄信，你知道吗？在邮局居然没有自封口信封，我只好用嘴舔——真恶心死了。

* * *

即使在法国，保罗·克洛岱尔基本也已被人遗忘，但他妹妹卡米耶❶的崇拜者还记得他——有时候，想当然地指责这位兄长残酷迫害不幸的女雕塑家，偶尔也会有人排演一出他的戏剧；但总体而言，能够反映他深邃思想和智性力量的诗歌和散文，如今已经乏人问津——或许它们过于伟岸，过于峻切，令人望而却步，明显不合时宜。他对未来坚定的信念也是老式的折中论调——在他的名作《叶芝悼文》中——克洛岱尔或许以他姓名的尾音"del"和"well"押韵，完成了一次漂亮的自我指涉。奥登承认这位法国诗人才华横溢，但同时又暗示他首先需要被宽恕——或许因为政治方面的"僭越"之举，或许因为他在西班牙内战（Spanish Civil War）期间对佛朗哥（Franco）政权表达了理论上的支持——然后我们才能坐下来欣赏他的作

---

❶ 卡米耶（Camille, 1864—1943），法国雕塑大师罗丹的女学生，也是他的情人。——译注

品。二战期间，克洛岱尔是一名退休的外交官，住在布朗盖城堡（Brangues）——有一阵子他同情贝当（Petain），甚至为他撰写颂诗（篇幅较短，与他的五部颂诗体杰作根本不能相提并论），但很快他对维希政权的幻想破灭。他对犹太人的悲惨遭遇大为震惊，并在一九四一年十二月致信法兰西大主教，勇敢地站在受压迫群众一边。毋庸讳言，在他身上，也有极不光彩、惹人厌恶的一面：比如他扮演的宗教裁判所的角色——尽管他从来没有真正担任过判官——他坚信所有新教徒都该下地狱被火烤，就因为他们是新教徒。出于一种高卢人（Gallic）的厌恶之情，他对德国人素无好感，尤其是那些大口吃烤肉、喝啤酒的德国市民，但他对波兰——天主教的波兰——却仰慕不已。他的外表并不出众，伊瓦什凯维奇对他非常欣赏并翻译了他的诗集，但在初次会面时，他对克洛岱尔的忸怩作态大为震惊——伊瓦什凯维奇当时用了一个法文单词"矫揉造作"（facticité）。保尔·瓦雷里（Paul Valery）当时对他的印象也是如此。当然，这一切对我们进入他的文本毫无帮助——克洛岱尔的性格是：憎恨一切，鄙视一切。他憎恨艾略特，鄙视里尔克；同时我们应该记住他的厌恶无处不在——从他的照片来看，他本人的形象并不讨人喜欢：身材矮小肥胖，似乎没有脖子。无论独自在林中砍柴，还是身穿穗带制服以外交官形象出现在公众面前，他都不苟言笑。二战以后，这位不苟言笑的剧作家和诗人历经艰难，又套上了另外一种制服——这一次是法兰西学院的制服，相同的穗带，甚至还有佩剑——当然主要是一种象征。但对这位坏脾气的院士而言，在理论上它也可能代表一种真正的打击——比如说，利剑毫不留情地砍向新教徒。尽管如此，任何人只要平心静气地读过他的五部《颂诗》（*cinq grandes* odes）或他的戏剧选段——比如戏剧《正午的分界》（*Partage de midi*）中船舱甲板上的一幕——便会立刻被他的诗情魅力所征服——而那种魅力通常被掩盖在日常生活的制服和穗带等外表之下。克洛岱尔的《日记》（*Journal*）以两卷本的形式，由"七星诗社"出版，非常优美，犹如一首散文诗——洋洋数百页的文集既有烦冗的拉丁文神学经文的摘引，但也不乏穿插诗意的观察以及纯粹灵感绽放的神来之笔。

* * *

在柏林佩加蒙博物馆（Pergamon Museum），有一座海里出土的阿波罗铜像。他的一生埋没在水中。他与波塞冬（Poseidon）交流。他渴望回到陆地。漫长地等待。

* * *

在假期短租房遗落了哪本书？两年前我在拉帕洛（Rapallo）的一间公寓———一度属于一位德国修女，现在则由她的继承人对外出租——丢失了埃德蒙·戈斯❶的《父与子》（*Father and Son*），以及保罗·罗尔巴赫❷的《德国随想》（*Der Deutsche Gedanke*）——该书出版

---

❶ 埃德蒙·戈斯（Edmund Gosse，1849—1928），英国作家。——译注
❷ 保罗·罗尔巴赫（Paul Rohrbach，约 1869—1956），德国作家、植物学家。——译注

于一九一一年，当时德国人普遍相信有必要保留海外殖民地。威廉·米歇尔（Wilhelm Michel）写过一部很好的荷尔德林❶传记《我的一生》（*Das Leiden am Ich*）——一九三〇年版，是关于物质生活和精神生活的沉思录；斐迪南德·格雷戈罗维乌斯❷的《罗马日记》（*Römische Tagebücher*）——该书摘抄一位热爱意大利文化的知名历史学家的旅行日记，主要关于十九世纪意大利的政坛格局，以及为缔造一个现代化民族国家所付出的巨大努力；卡齐米日·维任斯基❸的肖邦传记的意大利译本；最后还有马尔维达·冯·迈森堡❹的《一个理想主义者的回忆录》（*Memoiren einer Idealistin*）——其中最初的两卷讲述她如何抵达伦敦，与赫尔岑❺、奥加廖夫❻等人相识，最后又返回罗马。拉帕洛图书馆还有其他馆藏——那是尼采在附近小山漫步之余，与他理想的超人会合之处；尼采此前已经与迈森堡夫人（Mme Meysenbug）相遇——而她显然比超人更真实。

* * *

乔安娜·罗尼奇（Joanna Ronikier）出过一本好书：《记忆花园》

---

❶ 荷尔德林（Hölderlin, 1770—1843），德国著名诗人。——译注
❷ 斐迪南德·格雷戈罗维乌斯（Ferdinand Gregorovius, 1821—1891），德国历史学家。——译注
❸ 卡齐米日·维任斯基（Kazimierz Wierzynski, 1894—1969），波兰诗人、记者。——译注
❹ 马尔维达·冯·迈森堡（Malwide von Meysenbug, 1816—1903），德国女作家。——译注
❺ 赫尔岑（Heren, 1812—1870），俄国著名作家、革命家，被称为俄国社会主义之父。——译注
❻ 奥加廖夫（Ogarev, 1813—1877），俄国革命家、诗人、政论家。——译注

(*In the Garden of Memory*),讲述大战之前及大屠杀期间她们大家族的历史（她是犹太人）。她有一次对我们说，有相当长时间，她根本不敢触动那一段回忆（她被修女们藏在华沙附近一座修道院里）。对此她解释说：她一度与名为"公羊地窖"（Cellar Under the Rams）的卡巴莱夜总会（the Cabaret）关系密切；她跟每一位表演者关系都很好，卡巴莱夜总会就像她自己的家，因为那里的开怀大笑可以驱除她痛苦的记忆。这令我很好奇，难道笑声具有如此神奇的魔力？凭借这具有穿透力和感染力的笑声，难道一个人真的能从当时波兰统治的岁月中幸存下来？甚至对某个自孩提时代起就一直生活在死亡阴影中的人来说，笑声也能驱赶她记忆中的恐怖，分散她的注意力，让她远离这一段痛苦的记忆。只是当时在波兰统治垮台之后，卡巴莱夜总会的强烈影响慢慢消逝，乔安娜才开始重拾早年的记忆，写出令人爱不释手的佳作。

* * *

在拉帕洛，我与马西莫·巴奇加卢波（Massimo Bacigalupo）一同度过了许多美好时光。他是意大利热那亚（Genoa）大学的美国教授（极具魅力），酷爱庞德的❶诗歌。马西莫的父亲曾经是庞德的私人医生，因此从他的童年和少年时代起，他对诗人的了解便非常全面。有一次他带领我们坐船外出，随手指着船上某个地方说：这就是庞

---

❶ 埃兹拉·庞德(Ezra Pound, 1885—1972)，美国诗人和文学评论家，意象派诗歌运动的代表人物。——译注

德当年住过的房子。还有奥尔加·拉奇（Olga Rudge）住过的房子。但当我询问庞德和拉奇这一对恋人当时都谈些什么时，他略带讶异地瞥了我一眼说，庞德从不发话。他将自己紧紧包裹在沉默之中。然后我展开联想：想象年迈的诗人与年轻的马西莫在一起沉默无语的场景。要是我也能喜欢庞德的诗歌，那该多好啊！就算是为了让马西莫开心——正如他的名字隐喻的那样（Massimo 意为最多、最大）——他尽最大努力吸引更多的新老朋友阅读庞德。我也尝试过，但不成功。不仅仅因为政治原因。

* * *

逝者悄然归来：赫尔穆特·卡伊扎尔（Helmut Kajzar）经历了与无情的病魔短暂地抗争之后，于一九八二年死于癌症，年仅四十岁。他是剧作家和导演，一直关注欧洲戏剧的最新进展，对德国文学尤为谙熟。他在戏剧界和导演界都小有名气，但那是在他生前，如今造化弄人，他的名字已被人遗忘——几乎遗忘殆尽。唯有他的朋友还记得他和他的家人。我通过耶日·克龙赫德（Jerzy Kronhold）与他结识。赫尔穆特来自切申（Cieszyn）的一个新教家庭。他死于夏天，当我告诉父亲这一噩耗时，他的第一反应是卡伊扎尔是不是很年轻。我比卡伊扎尔年少几岁，我不知道父亲怎么定义年轻——因此吞吞吐吐地回答说他四十岁，我觉得太年轻。有时候，他会悄无声息地回到我的思绪中——在他生前我们时有争论。那时候波兰的反对派势力开始冒头，而我当时作为正统的反对派，完全认同他们的政治主张。这也意味着身边只要有人对这一政治运动表示厌恶或漠不关心,我会立刻对他加以指责。同时,在反对派内部,我对同道中人也多有不满(当然,我自己也并非百分百正确),而赫尔穆特与我的政治主张恰恰相反——他公开支持另一派,并乐于扮演"艺术家"的角色——似乎他可以生活在"艺术"中,而不是生活在愚蠢的北欧佬统治下的波兰。他与塔德乌什·鲁热维奇(Tadeusz Rozewicz)成为朋友,后者对具有反叛精神的知识分子和学生一向也抱有怀疑。赫尔穆特对于我在"地下"讲座或朗读会上的经历——上述活动通常在私家公寓或天主教堂举行——也不无狐疑。其实在这些活动中,我从未担任过主角。我喜欢混迹在人群之中,一般很少朗诵自己的诗作,因为当时写得不多,能写完的更少。我的政治狂热并未持久,或者更准确地说,这种热情很难与我对诗歌的热爱相提并论。我并不完全认同诗歌应该服务于政治——不管出于多么高尚的理由。尽管如此,这一运动本身也不乏精彩的一面:在此我结识了许多了不起的人物,经历了许多难忘的时刻,并学会了许多东西。但对我来说,诗歌确实不应该简单地等同于社会抗议,也不会追随政治的风云变幻——像趴伏在滚烫石头上的变色龙。当然,这一切现在都毫无意义,当赫尔穆特重回我的记忆,我们再也不发生争吵。此时他已置身死者当中,而死者再也不能刚愎自用,冷嘲热讽——死者一律身穿黑色外套,神情异常严肃。此时我已明白了他和我们不同。在一个天主教国家,每个新教徒都与常人有异。关于赫尔穆特,他的言谈举止当中有某种特质——字斟句酌,雍容华贵以及卓尔不群——令人非常着迷。有一次我们在柏林外出散步,去往希特勒曾为德国运动员庆功的奥林匹克运动馆。一路上赫尔穆特展现出现代舞台艺术的高超技艺，比如说非自然的减速慢跑：将每个跑步动作都做了分解。我当时根本没有意识到——事后才猛然醒悟：或许这便是死者的慢跑，他们拥有大把的时间，无须着急赶路；他们迈出细小的碎步，有条不紊；他们行走缓慢，但神情专注——注视着脚下的路面。

* * *

戴夫·布鲁贝克（Dave Brubeck）——我正在聆听《欧柏林的爵士乐》(*Jazz at Oberlin*)，精准的音符告诉我们，这是一九五三年灌制的同名黑胶唱片的CD版。聆听戴夫·布鲁贝克和保罗·戴斯蒙德（Paul Desmond）疯狂的即兴表演，我忽然体验到一种从过去的囚笼中被释放的强烈快感——这是我最喜欢的一张爵士唱片，从中学时代起便成为我的珍藏——也就是说，我体验到这一种电流般的快感大约是在十年前，正好在俄亥俄州欧柏林学院的音乐会录制现场。那些即兴表演和狂野的混音——是布鲁贝克通过钢琴和弦制造出的效果——至今仍令人精神为之振奋。当时的观众——那些学生的强烈反应——如今那些学生一定已经退休在家，在佛罗里达过着舒适而乏味的生活。

* * *

我又想起我父亲关于《伤感的情歌》(*Balladyna*) 故事人物所写的幽默散文：斯基尔卡（Skierka）工作勤奋，柯克立克（Chochlik）则不怀好意。就这一主题，我正在撰写一部大部头著作……斯基尔卡庄重严肃，柯克立克诙谐幽默，两种人物缺一不可。

* * *

善恶交锋是好莱坞电影和最近的电子游戏中常见的主题，司空见惯——有时候形式非常单调、呆板。世界各国的知识分子总体反对简单粗暴的善恶划分，并不遗余力演绎出善恶调和的复杂理论。我们每个人的内心深处是否也存在同样的一场战斗？——你需要更为精妙的概念来为某种概念辩解。

* * *

我父亲已经病了好多年，身体越来越虚弱，神志也不清醒。事实上，有一年多时间，可以说，他已身在另一个世界。一位九十七岁的老人，奄奄一息，但他的身体器官并未衰竭，完好无损。但是他完全失去了记忆，也不能下床。他谁也不认识，每天必须有人伺候他吃饭、洗澡。而我仍记得当年他是多么要强，多么风趣。也不知道为什么,大约十年前,他回答记者提问的场景又重回我的脑海。当时记者正在做一个访谈,访谈后来刊登在月刊《西里西亚》(Silesia)杂志上。访谈的主题是利沃夫大迁徙,要求我父亲回忆他本人,以及他学院的一些同事——他们被迫离开巴洛克式的城市(城市中布满东正教和天主教的教堂),来到普鲁士砖墙风格的格利维采或弗罗茨瓦夫(Wroclaw)。接受采访时我父亲已是资深的幸存者,但在那场史无前例的大迁徙及随后的重置运动兴起之时,他还身处年轻人的行列——另一队是教授和终身教授——刚刚开始他的学术生涯。《西里西亚》杂志的记者对我的创作一定也有所了解,因为采访过程中他忽然提到我的随笔《两座城市》(Two Cities)中的某个段落,并问我父亲有何感想。记者引用了我父亲文章中的几句话——关于如何将人划分为三个阵营:被安置者、迁徙者以及一些无家可归的流浪者——比如一些画家和一些音乐家——后者堪称最为抽象的艺术(从字面解读:"音乐专为无家可归而创作,因为在所有艺术样式中,音乐与场所方位最少关联……绘画则不然,它最宜表现徜徉在美景之中的安居之人。肖像画足以证明——他们依然健在")。我父亲从来不喜欢隐喻性的语言。他曾经是——我用过去式是因为他已失去记忆——一名工程师,他所理解的是一个经验世界;毫无疑问,他会赞赏实证主义的哲学原理——即维也纳学派❶的主张,认为所有事物都必须被严格量化。他是一位求真务实的工程师——他喜欢阅读历史书籍,也喜欢绘画。绘画使他开心,他热爱绘画(尽管他本人从来不使用热爱一词,也从未向孩子们提及

---

❶ 维也纳学派(Vienna Circle),20世纪影响最广泛、持续最长久的哲学流派之一,它代表了自然科学对哲学的挑战。——译注

绘画)——尤其是印象派❶笔下如茵的芳草地和宁静的巴黎郊外风景。我的充满诗情隐喻的诗歌散文创作一定令他深感不安,因为他像大多数人一样,始终坚信高度隐喻的语言具有欺骗性,或者至少具有欺骗倾向。任何人使用修辞来表达情感,来介绍新发明,或进行即兴创作——无异于动摇语言的根基,会将其引入歧途,导致虚假的泛滥。他已成为诚实的化身——在格利维采技术学院,他们都这么认为——这也是许多学生对他的印象。他阅读广泛,主要是回忆录——堆积如山的回忆录,将军与工程师、银行家和内阁部长——以及不可胜数的历史书籍和数量可观的小说。但我相信他在阅读时一定会跳过作者自我吹嘘的部分——一些过于诗化的夸张和对比,提喻和曲言,以及小说家最热情洋溢的部分——他会跳过这些文字,等待作者平静下来,重回正常的叙事模式。我不难想象,一名记者引述他儿子的文章,当众向他发问,该令他何等难堪。因为对此他无法置之不理。但同时他又深知他所说的每一句话,每一个字都会被记录下来,不久以后,还会见诸报端。眼下我们相安无事,我属于偶尔使用隐喻之人,通常不会打扰到他。我甚至大胆推测,他本人私下里对隐喻也许并不特别反感,但牵涉到他儿子的"社会立场",这就不是个小问题,需要他当众发声——这是另外一回事。我记得他陷入了沉默——记者也彬彬有礼地静待我父亲整理思绪,后来眼见开口无望,他甚至暂停了录音键。最后我父亲终于开口,以他略带沙哑的声音——这是他陷入窘境之时的常态——说道:"这是轻描淡写。"轻描淡写。我读到此处不禁哑然失笑。这就是他对诗歌

---

❶ 印象派(Impressionist),兴起于19世纪60年代的艺术流派,鼎盛于七八十年代,反对因循守旧的古典主义和虚构臆造的浪漫主义,注重内心主观印象的表达。——译注

最完整、最透彻的阐释，也是他对这个吞噬他儿子的狰狞世界的全部看法。轻描淡写，这就是一位工程师对诗歌的认识。工程师这样的看法本身无可厚非：诗歌并不一定导入虚假、腐败或唯美主义，它也不必为其中的修辞而愧疚负罪。轻描淡写，在某种意义上也是一种修辞，一种夸张。它徒然混淆了理想与现实的界限——而现实正翩翩起舞，高度亢奋。

* * *

轻描淡写——真的是诗歌的上佳定义。在晨雾弥漫的日子，在清澈寒冷的早餐，诗歌的这一精彩定义错误地预示着和煦的艳阳。这是轻描淡写，除非我们能领会其中的深意——那时它才表达出真理；但当我们再次离开它——因为诗歌不可能成为永久的家园——它又变回为轻描淡写。

* * *

我父亲对诗歌一向抱有怀疑态度，但在他很年轻的时候，他读过加尔钦斯基（Galczynski）——书架上有他的诗集便是明证——这位才华过人的诗人坦言他的诗歌缺乏个性（"像羊毛随风摇摆"）。但二十世纪八十年代发生的一件事却令我感到震惊——若干年后我才发现——父亲曾手抄我的诗歌《去利沃夫》（*To Go to Lvov*）赠送给他的亲友。我曾写诗记录这一事件——

并非在意审美

一九八〇年代，我父亲手抄我诗歌
《去利沃夫》，分赠他的朋友
（很久以后他才告诉我，
有些难为情）我想他并非在意审美，
以及其中的暗喻，强调和深文大义；
他只在意他一度热爱，而后失去的城市
那里有他的童年，他的顿悟，以及他与世界的相遇，
如今回忆被扣压，仿佛人质，
他唯有用老式打字机
拼命敲打键盘
似乎唯有这样
才能更好地储存能量
我们或许能从城市的某一条街道
寻回他的满腹忧伤。

我至今仍不明白，一向为人古板、愤世嫉俗的父亲抄写《去利沃夫》诗时，心中做何感想——诗中充满了隐喻和转喻。或许他可以自我辩解：这是非常时期，他有责任帮助传播地下文学；但我想，他念兹在兹的肯定还是利沃夫——关于这座城市他比我的感情要深得多。二〇〇一年我去利沃夫做了一次短途旅行，回来向他展示拍

摄的照片。他对那里了如指掌,每一条街道,每一座广场,他一眼就能辨认出来,还是老样子——好像他前一天刚去过一样——而事实上,距离他离开那座城市,已整整半个世纪。我想,其实他从未真正离开利沃夫,尽管他在战后积极投入了崭新的生活,甚至也在自己的职业生涯取得了相当的成功。他在记忆衰退之后,曾对看护他的L夫人说,"你知道,我很快要跟我太太会面了,我要去利沃夫。"那个时候,我母亲早已不再人世。

* * *

据说弗朗茨·舒伯特曾说过,"不存在快活的音乐。"你可以不承认,但你必须牢记:这是一位音乐大师的名言,其中别有深意。

* * *

我们生活在夸张与曲言之间(曲言是夸张的反面,它竭力降低话语的分量,夸张则加强话语的分量)。这些都是修辞手法,但它们的实际功能远远超出学院修辞手册的范围——正因为我们对所见所闻之物,对欢喜哀愁之事,需要随时做出放大或缩小的尺度调整——而在日常经验中,发现夸张和曲言之间的那一片空隙,谈何容易。

＊　＊　＊

　　所有接受诗歌馈赠的人——无论读诗还是写诗——都必须以此为阅读和创作的根基，但同时他们也要小心谨慎，不要无端扼杀它潜在的力量，不要将这种天赋浪费在各式各样的日常闲谈之中。简单来说，我认为我们应当关注树木。树木懂得如何生长——并非只是围绕一个中心点，也包括通过枝叶向四周蔓延，由此在枝干之间找到一种和谐和平衡点：不止一棵古老的白蜡树长出竖琴的形状；同样有许多古老的菩提树从坚实的根部开始分成两块；只有高大的白杨树，像厌食的少年，对周身的枝叶不闻不问，只是自顾自地向上生长——与之相反，它们的近亲，那些银色和黑色的杨树，却显得老成持重，似乎它们已预料到垂直的生长必然伴随水平的扩张——一根蜡烛光焰不会太长。

　　＊　＊　＊

　　轻描淡写——假如照我父亲的思路，根本不可能在充满隐喻的语言和平实的、陈述性的（通常也是干巴巴的）语言之间取得一种理想的平衡状态。因为迟早你就会发现：平实的语言也渴望更加鲜活的意象、巧妙的对比和转喻等修辞手法，即轻描淡写。可是这样的夸张一旦过头，而流于巴洛克式的浮夸，我们转而又会选择工程师最为青睐的准确而朴素的语言——正是这样的语言构成了我们生活的日常。在罗伯特·穆齐尔关于诗人里尔克的优美散文中——是他在诗人逝世一周年所做的讲座——有一段话，分析了想象力的独特性，并且进行了一番引申："比较是人的天性，也是人喜忧苦乐的根源……由于习惯于比较，我们无论坐在哪里，都会感到不自在。"何等精彩的论点，无论坐在哪里，我们都会感到不自在！我们不停地找寻隐喻，似乎根本不可能给任何东西做出准确无误的定义。仿佛我们去看医生（有许多医生，不过是穿着白大褂的工程师！）——医生会询问我们的年龄，然后让我们站在小断头台似的机器下面称量体重。我们非常讨厌在短短几分钟内自己被降格为一个三位数的符号。我们立即开始询问：代码前后的形容词和名词到底去了哪里？我们期盼能逃脱庸常的定义（和医生办公室）；而在现实生活中——巨大的、真实的生活之流流过医院分诊台和牙医候诊室，流过那些雍容华贵、时刻关注各式披肩、披风和长裙的太太小姐，同样也流过各式男男女女，无论他们对时尚漠不关心，还是为时装操碎了心。事实上，他们一直在做比较，仿佛他们意识到存在着某种看不见的东西，像厚厚的乌云笼罩在四周——陈腐的格言远不能令它满足，它需要新的定义，常出常新。

* * *

马尔罗曾说，人们只为某种不存在的事物而献身。

*　*　*

我记得之前在某个地方我曾说过,在中文里表示音乐的"乐"和代表快乐的"乐"是同一个字,对此我们不妨问问舒伯特的感想。

*　*　*

只有犹太人才真正流离失所——他们永无归路。他们被驱逐出这个星球,他们被焚尸灭迹,他们在万人坑边被集体射杀。他们被驱赶到烟雾之中,湮没无闻。正如被驱赶的波兰军官——无论是现役军官,还是预备役军官——也许他们当初曾是医生、数学家、艺术家和律师,最终却惨死在卡廷(Katyn)、哈尔科夫(Kharkiv)以及其他一些城市——刽子手对准他们的后脑勺开枪——那是人类智慧的中枢。其他所有人,包括我的姑姑、我的舅舅、我的父母;无论波兰人还是德国人——无论如何所有人都必须到达指定地点——我父母乘坐火车跨越四百公里,从利沃夫到西里西亚,路上花了整整一周,最终到达毫无前途的目的地——只有他们这些人被重新安置,也就是重置。许许多多的人死于重置。

*　*　*

《捍卫热情》(*Defense of Ardor*)一书出过法文本(书名:*Éloge*

de la ferveur),用的是劳伦斯·戴耶夫(Laurence Dyèvre)的译本。我提到这本书是因为二〇〇八年十二月,我在图卢兹(Toulouse)遇到一个年轻可爱的法国人,他送给我一本弗朗索瓦·朱利安❶写的小书:《捍卫平庸》(*Éloge de la fadeur*)——这个词很难翻成英文。法语的"fadeur"大抵是庸俗、乏味、无趣的意思,因此该书事实上是颂扬平庸,为平庸辩护。朱利安是知名汉学家,他的著作对中国文化颇有研究——在中国文化中,他描述说,崇尚平庸乃人之常情——人应当尽量避免使用加强语气,也不该使用尖利的音调——应该对热情或激情敬而远之——任何事都应该把握度,适可而止。

* * *

我记得有一次在荷兰——印象中是鹿特丹(Rotterdam)的一次诗歌艺术节——我坐火车去代尔伏特市(Delft),旅途并不长,途中我发现一个地方——正是当年维米尔创作名画《代尔伏特风景》(*View of Delft*)时的落脚点。那里现在有三张结实的长椅:两位退休老人占据了一张,另外两张空着。

---

❶ 弗朗索瓦·朱利安(François Jullien,1951—),法国当代哲学家、汉学家。——译注

＊　＊　＊

帕维尔·弗洛林斯基❶曾说过，美是信仰的核心。

　　＊　＊　＊

气候突然有变，昨天还很闷热，华氏六十五度。昨天在克拉科夫城外一座水塘游泳，水塘的前身一定是个采砂场，池塘的碧水清澈透明，池塘的一面是高高的岩石，另一面是长满青草的平地，当地人经常在此烧烤——也是当下度周末的新时尚。水塘边停泊的某辆车里传出震耳欲聋的三流摇滚乐，跟烧烤的烟雾混杂在一起——事实上，那种东西也不能称之为音乐——从一辆红色轿车传出沉重的击打声如此震撼，似乎要将那车震垮……

　　＊　＊　＊

我在聆听约翰内斯·勃拉姆斯❷的《女低音狂想曲》（*Rhapsody for Alto*）——男生合唱与乐队伴奏，作品第五十三号，由英国传奇歌手凯瑟琳·费丽尔（Kathleen Ferrier）倾情表演——时，忽然联想

---

❶ 帕维尔·弗洛林斯基（Pavel Floresky，1882—1937），俄国哲学家。——译注
❷ 约翰内斯·勃拉姆斯（Johnnes Brahms，1833—1897），德国作曲家。——译注

到威廉·斯泰伦❶关于忧郁的著作《看得见的黑暗》（*Darkness Visible*）——书名借自弥尔顿（Milton），大诗人用它指代地狱。斯泰伦饱受抑郁之苦，并将这一种切肤之痛形诸笔墨。经过漫长的无眠之夜，他想到自杀，随后他打开收音机，忽然听到勃拉姆斯的狂想曲，奇迹出现——他度过了危机。正是音乐——那一首狂想曲，作品第五十三号，治愈了他的抑郁，拯救了他的生命，让他能够直面现实：新的一天会开始，光明一定会到来，城里的面包店会重新开张，那一种独特的麦香很快飘满大街小巷。

这是对音乐最大的礼赞。勃拉姆斯的狂想曲安详内敛，如老友话家常，但又充满戏剧性。我记得他是根据歌德的歌词谱的曲子——作为赠送给罗伯特·舒曼和克拉拉·舒曼夫妇之女朱莉（Julie）婚礼的礼物。（多么美妙的礼物！）曼妙的旋律在乐队伴奏之下静静地流淌，像蜻蜓划过五月的芳草地，但同时又不乏戏剧张力，听众能够感受到女声的力量——或许因为勃拉姆斯式的狂想曲既雄浑高亢又平静委婉，与瓦格纳式的狂暴甚至歇斯底里的风格截然不同。这一种宁静之气不疾不徐，弥漫在整个乐章。音乐中也有戏剧冲突，它历经发展、微调以及变奏——在许多地方，为强化效果，不得不再三重复；它具有示范——撤除这个大词常常隐含的讽刺意味——效应：它能给人勇气，甚至能拯救人的生命。相对于忍受无尽生活的折磨，勃拉姆斯对每一周、每一天甚至每一时刻的悲剧性的体验更为深切：他一定明了，我们比黑水塘上掠过的快活而愚蠢的蜻蜓活得更久——这意味着我们要劳作更久，要忍受更多的悲苦。诚然，

---

❶ 威廉·斯泰伦（William Styron，1925—2006），美国当代著名小说家。——译注

我们也有狂喜的时候，但那毕竟可遇不可求。生活主要由狂喜与痛苦之间的间隔所组成——一次又一次期盼下一次顿悟，害怕下一个失败——那片刻的舒缓，犹如高山上的一片平地，弥足珍贵。我们站在这片平地上，根本不知道下一步会发生什么，不知道生活会给我们带来怎样的打击。有时候我们悲观绝望，以为厄运没有尽头。事实证明我们错了——奇迹时有发生，下一秒也许就是狂喜。生活总不乏下一个篇章（尽管我们总以为全篇已经完成），为我们呈现意想不到的宝藏。正是勃拉姆斯音乐中寓含的这一人生智慧，治愈了斯泰伦，使他能够面对未来，重获新生。它让他重拾对于生活的信念，它也提醒他：人必然生活在片刻欢愉与长期忍耐杂然交错的状态之中。它用赤裸裸的讽刺，明白无误地揭示："你已饱经沧桑，但你还将经历更多。"因为忍受，就像聆听我们伤心情史时面带微笑的老阿姨，通常意味着善意的嘲讽——如此一来，令人心碎的情史似乎也没那么伤心了。忍受还意味着经验，以及一种幽默感。尽管抑郁会摧毁我们对未来的期盼，片刻的抑郁终究不能代表我们全部的人生。即使身在灵泊（Limbo），我们仍拥有长长短短的期待和期盼。狂想曲作品第五十三号是一件美妙的礼物——无论对惯于把握当下，还是甘愿长久忍受之人。

* * *

二十世纪九十年代后期，每年春天我都会在休斯敦待上一阵子，像切斯瓦夫·米沃什一样——他在克拉科夫和加利福尼亚之间往返奔波，然后回到位于伯克利（Berkeley）的格瑞兹里峰（Grizzly Peak）大道的一所小房子（房子坐落在小山上，现在已成为朝圣之地；游客纷纷来此拍照，以便向人炫耀已到过诗人故居）。每过一阵子，我和米沃什会通过电话交谈。有一天，米沃什给我打电话，声音低沉而忧伤。交谈不久我便意识到，他的情绪极度沮丧，需要我的帮助。最后他问我，亚当（这是他一向对我使用的正式称谓），请老实告诉我，我这辈子有没有写过哪怕一首好诗？

* * *

当我再次与老友一道聆听勃拉姆斯狂想曲（作品第五十三号）时，我突然有了新的认识：这首乐曲的结构是先呈现女声，女低音；然后才是乐队伴奏；慢慢地，我们能听到合唱融入独唱之中。起先，伴唱小心翼翼，像陌生人并肩前行，生怕惊扰对方；渐渐地，它们变得熟悉而亲近，几乎融为一体——当然，独唱的部分从头至尾依然是主旋律。同时我还感觉到，独唱演员与合唱团的珠联璧合对听众而言是莫大的享受。我们无须"理论"阐释，我们无意当中便能领略到一种放松舒缓与抚慰。哀婉的女低音自始至终，而合唱团的曼妙声响则饱含同情——二者共同建立一种脆弱但真实的同盟——对孤独，对承受的不幸深表同情。从女低音独唱到加入合唱这一进程也契合勃拉姆斯作曲所依据的歌德原诗中的戏剧性冲突。

* * *

我时常回想我与父亲之间的"矛盾争论"(polemics)——尽管对话的一方斯人已逝,已谈不上什么矛盾争论。他已身在另一个世界,另一个维度:失去记忆,失去知觉,无能为力,无法独立生活。然而,他在半开玩笑时所说的"轻描淡写"——那时他的身体状况还好,还未丧失自理能力(老年人就像无力自卫的国家,比如十八世纪的波兰,羸弱,衰朽,记忆力缺失)——时常令我感到郁闷,以致我不得不经常谈起"工程师"的世界观。这一次又是罗伯特·穆齐尔来帮忙——最近我重读了他一些散文,他在一篇文章中这样谈论艺术:"缺少了热情,无论如何创作不出恒久的艺术。"热情——这正是我所寻找的语汇。这个词在启蒙思想家著作中很少出现,因为他们害怕引发宗教狂热情绪。但它的确是理解艺术的关键之处,运用热情这一概念,我们可以准确无误地洞察纯粹陈述性的语调与描绘人的狂喜之情这两种语言之间的细微差异……"热情"这个词汇的语源非常有意思,众所周知,它最初用来描述神灵附体的那一种迷狂状态——阿波罗(Apollo)或狄奥尼索斯进入凡人身体。我们时常用到该词,但似乎过于开心,全然忘却了词源学上它包含的神圣意味——启蒙思想家的努力没有白费,他们成功移除了该词中带刺的概念:热情一词今天可以用来描述足球比赛,形容一款手提电脑,或指代一次政治事件。在苏维埃统治之下,该词特指党务活动,你时常会读到这样的词句:"年轻人满怀热情地参加五一游行"——广播里也如是说;但从两个方面看艺术确实需要热情,无论是创作的艺术家,还是欣赏艺术的观众。

* * *

在我的旧笔记中，我找到下列评论："我们这些自命不凡的个体，一变而为渺小之徒。"事实果真如此吗？是的。人们迎来送往，热衷于所谓的社交生活，但总体而言，他们表达不出哪怕一丁点儿真实的自我——他们卑躬屈膝，畏畏缩缩。我记得维托尔德·贡布罗维奇❶日记中一段有趣的描述——他去拜访了不起的先锋艺术家与作家维特卡其；后者一向行为怪诞，有异于常人：他打开门后，立刻弓腰缩背，只是偶尔露头，恢复一下常态。我们与他人会面时，常常会不由自主地自我矮化（哪怕对方未必是维特卡其这样的名人）。性格内向之人，与人交接时，最是深受其害。那些沉默不语的内向之人，往往并非由于他们对他人心怀戒备，而完全出于害羞。看上去他们显得倨傲无礼，但事实上这只是假象，是一种错误：他们实在太过害羞，他们害怕什么？我们无从知晓。肯定有某种力量阻止他们发声。在某种意义上，他们都是完美主义者：他们害怕，一旦说出口，他们的想法就会失实、变形。他们在生活中历经磨难：无数次地窘迫失态，出乖露丑，经常词不达意，言不由衷，过后又为此追悔不已。由此他们宁愿保持沉默——事实上，这也是对其他人的尊重，无论他们与谁会面。但维特卡其对此的看法全然不同……

---

❶ 维托尔德·贡布罗维奇（Witold Gombrowicz, 1904—1969），波兰小说家、剧作家和散文家。——译注

＊　＊　＊

　　聆听马勒。最近几个月,我时常聆听古斯塔夫·马勒的作品,尽管我一直认为他的《大地之歌》(*Song of the Earth*),像《第九交响曲》(*Ninth Symphony*)一样,都是非比寻常的杰作。当然还有其他一些交响曲,一些组歌——克日什托夫·迈耶❶曾讲过一则肖斯塔科维奇的故事——他问这位作曲家最喜欢马勒的哪一部交响曲,肖斯塔科维奇犹豫了一下,然而开始一个接一个不停地往下数。我记得之前曾提到我与德国作家哈特穆特·朗格的谈话。我们都非常喜欢《大地之歌》,但他走得更远——他将这部作品视为"神作",而且用的是该词的字面意义。神学家对此一定大感震愕。对他的观点,我不敢苟同,我很少聆听《大地之歌》——并非缺乏兴趣,正相反,我是害怕会在头脑中刻录下每一个音符——会令我感到厌烦,而不是开心——因为我已将它熟记在心⋯⋯

　　＊　＊　＊

　　我的童年记忆中感觉最悲摧的部分是我父亲离家外出军训的时候。他乘坐的一定是早班列车,因为我起床时他已消失不见。我知

---

❶ 克日什托夫·迈尔(Krzysztof Mayer,1943-),波兰作曲家。——译注

道他一去要好几个星期才能回来,那时军训是一项严厉的考验,像一触即发的战争一样悬挂在人们头顶（流离失所的那一代人,一门心思怀念失去的家园,居然像着了魔似的盼望下一次战争……）。那一天早晨,我哭得很厉害,因为我父亲不告而别。

* * *

叔本华热爱音乐超乎一切——他的传记作者不无愤怒地注意到,这位大哲学家最喜爱的作曲家是焦阿基诺·罗西尼❶——现在基本被视为一位轻音乐作曲家……而那一位法兰克福隐士（叔本华）时常吹奏的正是他的咏叹调。

* * *

在我的旧文档中,我发现一份文件标注日期为一九八八年十月二十六日。文件模仿拉辛（Racine）式的古典悲剧风格,标题是"呈警察局的书面证明"——在我的名址之后,文件这样说,"根据相关部门提供的材料,足以证明上述文件中关于他文学活动的相关证明真实可信。"然后是相关部门——当时的名称是"专业委员会"的签字盖章;假如你想得到警察局颁发的暂住证,这一纸证明至关重要

---

❶ 焦阿基诺·罗西尼（Gioacchino Rossini, 1792—1868）,意大利著名歌剧作曲家。——译注

——我所属的警局是上塞纳(Hauts-de-Seine)的楠泰尔(Nanterre)。"专业委员会"地点在巴黎市中心的圣-多米尼克大街(Saint-Dominique),位于一幢普通豪斯曼(Haussman)风格的公寓房的底层。在等候区,或许你会遇见提着大画夹的日本艺术家——画夹里很可能是时尚设计(Haute Couture),或是戏剧服装的简笔素描;也有美国艺术家背负笨重的大提琴或低音提琴,捷克和匈牙利艺术家怀抱成捆的绘画、照片或雕塑的复制品——由于委员会的存在,国外的自由艺术家们可以获得证明(后来又由警察局背书),让人确信他们并非无所事事游手好闲的乞丐,而是具有正当职业的艺术家——尽管他们并不依附于任何一家法国公司或机构。也多亏了这些纸质证明,他们的暂住证才得以按期更新。令我感到震惊的是,这类委员会的标识象征着两种文明的混合物——既代表高度官僚主义,又仿佛中国明代的社会制度:对工匠和艺人表现出一定尊重。因此,几乎每年——因为暂住证要求每年更新一次,我总会抱着一堆书本来到圣-多米尼克大街,距离美不胜收的圣-日耳曼林荫道仅数步之遥——后者曾经是,也一直是西方文明创造出的一条最伟大的街道——由此来证明我是一名作家。年复一年,我呈交的几乎是同样的书籍——偶尔会有一些新版的诗集或散文集,有的是我的母语,有的是翻译;而当我下次去取证明文件时,大部头的书——其实就是些小册子——又会退还给我。似乎我的作家身份只有一年的有效期,像有些药品,或瓶底打上生产日期的罐头食品。每年九月底或十月初,我都禁不住怀疑——我还是不是一名作家?拿到委员会的证明,我如释重负,终于又可以太平一整年。然而,委员会的头头在家里有没有读过我的书?他喜不喜欢我的诗歌和散文?这些问题迄今仍无答案。证书的语言虽然不免贫乏枯燥,但高度凝练——它只提及我的"文学活动",并未做出任何价值判断——属于极简派风格。当然,这与普通的评判——尤其是每天报纸上登载的出版快讯类的短评——并无异样。很久以前,我已无须携书前往圣-多米尼克大街,但每年秋天,我依然备感焦虑:我还是不是一名作家?谁能为我提供证明?……

* * *

一年前,我正忙于写作关于里尔克的论文,最终决定删除其中一小段话——这段话原本与雄浑悲壮的《杜伊诺哀歌》第一首紧密相连——

> 如果我哀吟,天使的队列中,有谁
> 能听见我的声音?即或其中一位,突然
> 拥我入怀:他那强健之躯
> 也会令我震颤。因为美无非是
> 我们恰好能承受的恐惧的开端,我们
> 对它抱以惊叹,因为它静穆单纯,不屑于
> 毁灭我们。

——我用的是史蒂芬·米切尔(Stephen Mitchell)的译文——同样的雷霆万钧,气势磅礴,完全配得上约翰内斯·勃拉姆斯《第一

钢琴协奏曲》开头几个小节。事实上这两部作品很难进行比较：它们的创作年代相隔五十年，它们分属于不同的艺术样式，使用的是两种截然不同的语言，但两部作品一开始的雄浑气势却表现了它们的亲缘关系。

* * *

几年前我去探望我父亲，尽管"探望"一词不够恰切——因为他当时已神志不清。我的感觉是他不仅不能辨识出我，也无法辨识周围任何东西，因为他无法集中注意力。父亲躺在床上，一直在安睡。现在他仍待在他的公寓，待在他的房间，生活照料及护理一应俱全。这样的探望让人感到悲哀，甚至令我再度陷入绝望。因为他的不辞而别。

* * *

齐奥朗曾说，有一次某人当着诗人狄兰·托马斯❶的面，试图阐释他的一首诗——诗人爆发出一阵大笑，笑瘫在地板上。

---

❶ 狄兰·托马斯(Dylan Thomas, 1914—1953)，人称"疯狂的狄兰"，英国作家、诗人。
——译注

* * *

作曲家布鲁克纳（绰号"老爸"，Papa Bruckner）非常在意别人的意见和建议，会据此修改他的交响曲，并同意做出删减……"老爸"布鲁克纳，既虔诚又谦卑：我读到过他的一则轶事——有一次他正在对学生讲课，传授如何作曲，突然双膝跪地，因为他听到附近教堂唱诗班的吟唱。他的传记作家也确认，事实上，他非常脆弱，过于顺从——比如说，年轻的时候，某一次，他获得一个职位，但这一职位根本不允许他从事创作。直到四十岁时候，他才得以专注于作曲。为他赢得声誉的作品大部分是他去世若干年后才得以面世。他最伟大的作品之一，《第九交响曲》，据说经过大幅删改，几乎沦为歌剧咏叹调之间穿插的无关紧要的小夜曲。幸运的是，原作最终得以保留——《第九交响曲》由此成为他的标志性作品——是真正的摇滚式的交响曲。

* * *

昨天我去了芝加哥交响乐团（Chicago Symphony Orchestra，简称CSO），坐在乐池后方楼厅位置——差不多与之平齐，能看到指挥家的面部表情和音乐家们晃动的肩膀——但无法看清整个管乐和鼓乐部分，当然也看不清楼厅上方难以胜数的听众和楼厅下方的乐队：一张张脸孔模糊不清，从远处很难分辨他们的表情是厌倦还是沉迷，但指挥家的表情却看得清清楚楚。昨天伯纳德·海廷克（Bernard

Hatink）满怀激情地指挥了整场演出：为了完美呈现布鲁克纳，你需要所有人齐心协力——你需要低沉顿挫的小号和哀伤悲凉的长号，你需要双簧管在小提琴和铜管乐器之间进行过渡，你需要声音低沉的巴松管、如泣如诉的单簧管，还有英国管（类似狩猎时的号角）；当然，更不可或缺的是幽怨的大提琴、哀婉的小提琴以及雷霆万钧的鼓乐。海廷克当时已年过八旬，为了减少大幅度身体移动，并更好地与乐队融合，他几乎与弦乐队贴身而立。他的动作很小，但每一个手势都刚劲有力，仿佛来自某个隐藏的身体器官，借助于乐团的合力迸发出惊人的能量。我记得一位英国作家曾经说过，世上最令人惊叹之物莫过于议会民主与交响乐团。确实，没有任何人群，或物群，能胜过一支了不起的交响乐团。一大群性格迥异的普通人，有的或许患有失眠症，另一些郁郁寡欢（因为他们没有取得更大成就——成为独奏演员），但就在他们登台亮相的一刹那，他们忽然成为步调一致的一个整体。他们身着统一服装，男士们打着黑领带，女士则一袭黑色长裙——他们忘却了自我，成为一个和谐整体的一部分，完全听命于指挥家手中神奇的魔杖。在此我无意论及议会民主，但只消想一想大选的场景——与统一着装的乐队相仿，成千上万的选民可以随心所欲地选择能够展示他们个性的任何式样——仅此一点便足以令人暗自惊叹。

很难想象布鲁克纳未完成的《第九交响曲》最终会变成轻盈的小夜曲。昨天我们聆听了整部作品——而且有幸跳过了不太出色的第四乐章——这部分主要根据布鲁克纳的遗稿进行了编辑加工。我很开心；第二乐章雄浑的节奏和驱驰的场景——尽管难以名状，但仍令我们联想到勇猛的女武神（Walkyries），令我大为动容，刹那间几乎泪流满面。一对夫妇坐在我身旁，在我的左首——男的个子很高，西装革履，英俊潇洒，年纪五十岁上下，显然是商界精英或银行巨子；女的一头金发，看上去年轻一些，但已不太年轻，身材开始微微走形——但她居然身穿粉色连衣裙（假如我没有记错）——或者是黄色。很显然，这位女子是首次来听交响乐，一旁的男子则是发烧友。他低声地讲解布鲁克纳的《第九交响曲》，说他如何喜欢舒缓悠扬的第三乐章；在上下乐章停顿期间，他又简单地向她解释布鲁克纳到底何许人也。她面带微笑地聆听讲解，但笑容有一丝勉强，好像在说："可我的世界也需要关注。"音乐再度响起，他们无法交谈；有一两次，他把手放在她膝盖上——隔着一层长筒袜。

* * *

有一天，我从耶日和格拉日娜（Grazyna）的夏日度假房开车回家，一路上在听收音机，古典音乐频道。当时是星期天晚上，正播一档现代音乐节目访谈，访谈对象是阿根廷明星、作曲家奥斯瓦尔多·格利约夫（Osvaldo Golijov）——他的姓氏发音重音在第二个音节。

* * *

在庞培（Pompeii）古城的一些房屋墙面上，你不难发现褪色的选举口号："为市政官盖乌斯·尤利乌斯·波利比乌斯投票（Gaius

Julius Polybius)。他为我们带来好面包。"

* * *

阅读齐奥朗:齐奥朗认为真正的幸福生活不会见载于史书。照此说法,在土耳其枷锁之下(奥斯曼政权发起一场又一场狂热的战争,造成西欧的国家分裂和民族危机——在这样一部包含侵略和扩张的史书之外)的人民,一定备感幸福。可惜没有一丝证据能证明这一点。一丝证据也没有。

* * *

如果要交友,最好选择画家。为什么这样说?因为在我看来,所有艺术家中,画家最为友好。诗人——当然我有许多诗人朋友,甚至密友;我自己这么多年来与我周旋久,也颇不能忍——一般而言,诗人总过于沉湎于自我的世界,很少顾及他人。我记得早在二十世纪七十年代初期,我结识了"前进"派(Straight Ahead)艺术家,如兹比鲁特·格拉日瓦齐(Zbylut Grazywacz)、莱谢克·索博茨基(Leszek Sobocki)以及亚采克·瓦尔托希(Jacek Waltos)——还有一位马切伊·别涅亚兹(Maciej Bieniasz)不太熟悉,因为他很少离开卡通尼斯(Katonice);与他们的交往令人印象至深。这些年轻艺术家丰富多彩的生活跟单调乏味的诗人生活相比,明显胜出一筹。

诗人们手头有成千上万本书，可以从中找寻古代的智慧和真理之光，但这些书却不能够教会他在这个可视的经验世界里，如何待人接物，如何与人相处。因此年轻的诗人一开始往往较为胆怯：他们在一些熟悉的街道逛荡，与三五知己散步聊天，然后飞快地退回到自己的蜗居，继续独自阅读和思考。他们通常住在转租的公寓、阁楼，或地下室。他们通宵达旦地高谈阔论，有时在咖啡馆会面，有时在位于克鲁皮涅查（Krupnieza）大街的作协大厅碰头，然后会一连好几天人间蒸发——补充一点，这座大厅也是当年切斯瓦夫·米沃什与卡西米尔·威克（Kazimier Wyka）、斯蒂芬·基西莱维茨（Stefan Kisielewski）以及安杰伊·基耶夫斯基（Andrzej Kijowski）等进行大辩论的地方——如今却改造成安静的素食咖啡馆！

年轻诗人似乎并不懂得应该如何去生活。好像诗歌——无论出自一挥而就的真正的灵感还是出于绞尽脑汁的雕琢——都是对年轻诗人的严峻挑战。许多年以后，或许有一天，我会告诉你应该怎样生活，但今天你仍需在痛苦与欢乐之间，在深刻的怀疑与极度的狂喜之间挣扎徘徊——不相信人生当中果真有这样的状态，我此刻只能给你一些含糊而苛刻的指令。我什么也不能保证。

然而我们身边昂首阔步的画家们，我觉得他们真的受到命运的青睐。他们笑容满面，无忧无虑。这些画家，知道该如何交友：他们相互批评但却不会伤害对方自尊。他们相互宴请，享用真正的文艺复兴大餐——所谓大餐，事实上只是简单模仿意大利餐饮——但在大饭店和小餐馆风行淡而无味的烤牛排和千篇一律的鳕鱼片年代，意大利风味绝对堪称美餐⋯⋯艺术家们到处旅行，他们衣冠齐整——从着装便不难看出他们是真正的艺术家，毫无世纪末（fin de siècle）病态，而且出门还有模特陪伴；斗篷已不再时兴。画家时刻大睁其眼，对外部世界保持新鲜之感。画家，哪怕是年轻画家，非常清楚自己的定位，了解自身的权利——他们知道总有一天，他们会放弃梦想去拥抱经验世界，解决技术难题；但同时他们也非常清楚，人类需要他们——千家万户的墙壁需要他们去装点。最终，当他们的风格定型，当他们获得认可，再没有人会质疑他们的才华。与现代艺术家相比，年轻诗人的遭遇大不相同——他们更像无常的幽灵。他们出没于语言——像空气或水一般变幻不定的语言——它属于所有人，又不属于任何人。党内理论家、央视主持人以及周日布道的牧师，都使用同一种语言。年轻的艺术家向着光明奋力前行，或者更准确地说，他们沐浴在光亮之中，而我们的诗人则茫然挣扎在世界黑暗的角落——在外省乡间，在一株孤零零的杨树掩映的农舍庭院。其中的一位年轻艺术家便是兹比鲁特·格拉日瓦齐（Zbylut Grazywacz），日后他成为我的好友。

* * *

假设有一天你收到来自帕多瓦大学（University of Padua）的会议邀请，会议议题关于意大利的威内托大区（Veneto），但你对该地区的知识极为贫乏，你不得不找一幅地图，还有一些相关书籍，对它进行研究……内心有一种声音让你拒绝参会。因为你不够格，很可能出洋相，但你确实对南欧无比热爱；你心里还有另一种声音，凡是来自意大利、西班牙或希腊的邀请，一律不得加以拒绝。

* * *

以下便是我为帕多瓦会议准备的发言:

在我面前平摊着威内托地图:这一地区绵延纵横,从维罗纳(Verona)到科蒂纳丹佩佐(Cortina d'Ampezzo),从维琴察(Vicenza)到威尼斯。世界各地的游客乘坐汽车、火车、游艇和直升机蜂拥而至,但毫无疑问,很少有人真正了解意大利这些地名。对一名当代欧洲普通游客而言,意大利的历史名城屈指可数——罗马(Rome)、佛罗伦萨(Florence)、热那亚、那不勒斯(Naples)、博洛尼亚(Bologna)、米兰(Milan),当然还有威尼斯。但事实上,意大利的一些小城市也独具特色,如锡耶纳(Siena)、曼图亚(Mantua)、费拉拉(Ferrara)、拉韦纳(Ravenna)、卢卡(Lucca)、帕尔马(Parma)、阿雷佐(Arezzo)、奥尔维耶托(Orvieto)、帕维亚(Pavia)以及帕多瓦(Padua)。过去许多波兰作家都曾经在帕多瓦大学求学——比如十六世纪,有扬·科哈诺夫斯基(Jan Kochanowski);正是在这所大学,他遇见了人文主义者弗朗西斯科·罗伯特罗(Francesco Robortello)——后者被称为"语法狗"(Canis grammaticus)——幸亏他不是我的教授。他在这里的同事包括卢卡什·古尔尼茨基(Lukasz Gornicki)、安杰伊·切恰塞斯克(Andrzej Trzecieski)和安杰伊·帕特里希·涅德茨基(Andrzej Patrycy Niedecki)。

在威内托大区地图上,我不仅看到维罗那、巴萨诺、特雷维索(Treviso)以及维托利奥威内托(Vittorio Veneto),我还看到其他一些城市，或小城镇，如罗维戈（Rovigo）——十五年前我根本不知道它在哪里，也想不到居然有这样的地方存在，甚至我们旅行随身携带的米其林绿色宝典对此也并无提及：在字母表上，在罗通达（La Rotonda）和鲁沃迪普利亚（Ruvo di Puglia）之间，并没有罗维戈。但在一九九二年，一部名为《罗维戈》(*Rovigo*)的诗集面世，作者是兹比格涅夫·赫贝特。他是一位伟大的诗人，同时也是旅游发烧友，对意大利名称了如指掌，曾在《花园里的野蛮人》(*Barbarian in the Garden*)一书中描绘过锡耶纳及其他托斯卡纳风景名胜。但为何选择罗维戈？让我们先来欣赏一下这首同题诗作：

罗维戈

罗维戈车站。思绪茫然。像歌德的一部戏
也许是拜伦。我无数次
穿过罗维戈，就像现在
我知道在我内心深处，它地位独特
尽管还比不上佛罗伦萨。
但我从未去过佛罗伦萨，只有
罗维戈在我生命里来来回回，忽远忽近。

我一度狂热迷恋帕尔多瓦
圣乔治清唱剧中的阿蒂基耶罗
也迷恋小城费拉拉，因为它提醒我
这座被劫掠的城市，我的父母辈曾在此生活。

在过去和现在两个世界之间我
被无数次撕裂,被空间和时间。

但坚定的信念常令我备感幸福
世上从没有无谓的牺牲和奉献

罗维戈没有什么特别的东西
街道笔直,建筑也平淡无奇——
但从车站的角度看,它堪称杰作
山色有无之中,城市忽隐忽现
山脚下有座采石场,赭石横陈
仿佛西芹嫩叶包裹的方块肉
除此之外别无所有刺痛你的眼睛

但它毕竟是鲜血与石块浇铸的城市,在这里
昨晚有人死去,有人发疯
有人无可救药,咳嗽了一整晚

你的钟声为谁而鸣　罗维戈

渐行渐远的车站缩成一个逗点一个删节号
远的只剩下"出发"和"抵达"两个标识

这就是我对你的思念罗维戈　我的罗维戈

许多年来,我阅读赫贝特的诗歌,对他推崇备至,但说实话,一开始我对这首诗并不特别喜爱,甚至觉得它远不如其他几首诗。然而其微言大义,慢慢显露出来——尽管它尚未能进入我最喜欢的赫贝特诗歌十首或二十首的行列——对我而言,它的主题越发清晰地呈现出来,而且变得日益沉重。

这是赫贝特的晚期作品,出自他的倒数第二本诗集——最后一部是《暴风雨的尾声》(*Epilogue to a Storm*)。

为何选择罗维戈?这首诗本身提供了最好的答案。罗维戈是诗人外出旅行途经的火车站(赫贝特不会开车,他每次出门都坐火车,特别是在意大利)。每次去南方旅行,他总会经过罗维戈车站,同样,每次去北方旅行,去威尼斯,或回家——向着维也纳或华沙的方向——也要经过罗维戈。

这首诗的开头有一个梗——"歌德的一部戏"——赫贝特肯定联想到了歌德的浪漫喜剧《克拉维果》(*Clavigo*),因为它的发音与罗维戈相近。《克拉维果》是歌德早年的一部戏剧,以著名剧作家皮埃尔·博马舍(Pierre Beaumarchais)为原型——克拉维果先生是一名文人,抛弃了他的未婚妻——恰好是著名剧作家的妹妹;后者为捍卫妹妹的声誉,远赴西班牙寻仇。为何又提到拜伦?我搞不清楚。或许只是诗人的内心独白,是他的自我辩解。毕竟,我们不可能专程去一趟意大利,去看"平淡无奇的建筑",或某个"昨晚死去的"以及"无可救药,咳嗽了一整晚"的人——如果他们在五百年前去世,可能我们会更感兴趣。我们来到此地不是为了体验生活的庸常,也不愿去想贝卢斯科尼(Berlusconi)——丑闻缠身的意大利政府总理,也是全民医疗改革的倡导者——在我们自己国家,也遭遇到同样的医改问题。我们来意大利是为了欣赏美景,欣赏它的英雄豪杰,数百年来,他们的故事教育和激励了无数的旅行者。

在《罗维戈》这首诗中,诗人赫贝特——这位唯美主义者,"一度狂热地迷恋阿蒂基耶罗",也迷恋费拉拉——因为这座被劫掠的城市"是他的父辈生活过的地方"(意思说,他看到了费拉拉与他的故乡利沃夫的相似之处)。因此,任何一个从未留意过平淡无奇的罗维戈的人(罗维戈堪称"平庸的杰作"),都会突然之间经历一种震撼。在诗的第二部分,这个原本貌不惊人的城市开始呈现亮丽的色彩——是鲜红的红色。从行进的列车上看,远山呈现出赭红色,像复活节火腿上的方块肉——此处已明显偏离了欧洲传统游学旅行中常见的审美情趣,而带有某种启示录❶的意味。山峦的红色也是启示录中的红色,山脉被切开,露出尚未愈合的伤口——那是一座采石场(像市场上屠夫的大理石条案)。因为赫贝特下笔谨慎,用词俭省,因此他并没有破坏语域及语言的艺术性——没有使用启示录的语言大声呵斥。他只在诗的结尾用两个意大利单词"到达"与"出发"表达某种暗示。甚至还使用了一行大写字母——这在赫贝特诗歌创作中可谓绝无仅有——"钟声为谁而鸣"全部采用了大写的字母。

罗维戈,一个无名小站,寓示着人性旅程的终点。罗维戈,没人愿意浪费宝贵时间去参观——哪怕只有几个小时——一个"丑陋的地方"(很有可能,因为我也没去过那里)。用米其林绿色宝典的话说,连"顺道看一眼"也不值当。它与美不胜收的意大利名城形成鲜明

---

❶ 启示录(Apocalypse),《圣经·新约》中的一卷,共二十二章。记载使徒约翰在拔摩海岛上看到的异象。——译注

对比：它乏味到极点。然而对诗人来说，这一种乏味无聊却含有某种形而上学的味道。在他看来，这座小城存在的意义在于它毗邻威尼斯，那是举世闻名的水上之都——很难想象赫贝特会写诗吟诵比托姆（Bytom，上西里西亚工业区最丑陋的城镇）以及该地其他一些重量级城市。甚至格利维采——被誉为西里西亚地区中世纪艺术之都——也很难胜任这一角色。

最终诗里呈现的是什么？我们见证了唯美主义者的黯然失意。《罗维戈》的作者一开始相信，由风格各异的教堂和美术馆激发的热情与狂喜足以满足他的艺术追求，然而最终他却被迫放弃这种唯美主义的立场——甚至也放弃了一切追求。《罗维戈》是死亡之诗。

这是不是威内托（Veneto）传达的真正信息？该地缥缈的胜景似乎传递出一种讯号，让我们再次重温托马斯·曼的《威尼斯之死》（*Death in Venice*）和约瑟夫·布罗茨基的《水印》（*Watermark*）——后者是对《威尼斯之死》的重新演绎和改编；其中，诗人的内在洞察力难以与外部的毁灭性力量相匹敌。我们还可以回想其他一些威尼斯为主题的小说诗歌。与之相较，罗维戈越发相形见绌：相当寒酸，寒酸得叫人伤心，又令人憎恶，像时光的沙漏——在这里，"昨晚有人死去，有人发疯/有人无可救药，咳嗽了一整晚"。

正是在这里，我的思绪被触动，回到了在圣米歇尔岛（San Michele）举行的约瑟夫·布罗茨基的葬礼之上。这是他的第二次葬礼：诗人去世一年零五个月后，从纽约迁葬到威尼斯。

葬礼过后，我们（我太太和我）去维琴察，在市中心的小旅馆待了一晚。我们早早起床进城，瞬间被当地的美景所震撼，那一天——那天清晨的美——简直超凡绝尘。那是六月末的一个早晨，晴空万里，一片湛蓝，纯净得像一部乌托邦小说。燕子剪破天空的帘幕，鸣声啾啾，令人心旷神怡。或许你已知道，或许你只是猜测：在传统的象征里，燕子代表永恒的生命——人们相信，冬天的时候，它们把自己深埋在土里，到了春天，它们便会苏醒，抖抖亮丽的羽毛，自由自在地当空飞舞，振翅翱翔。

于是突然之间，威内托（更准确说是维琴察）变成了一副棱镜，并非折射启示录箴言的哀伤之镜——像赫贝特的诗作《罗维戈》——而是狂喜之镜。这是刹那的顿悟——或许因为我来到维琴察，满腹忧伤，满心悲哀。（思念约瑟夫·布罗茨基，才华横溢，却不幸夭折，又想到克日什托夫·基耶斯洛夫斯基——他死于一九九六年，像布罗茨基一样，也是英年早逝。）然而那一天清晨，正如《圣经》创世纪里的首日清晨，出乎意料地混杂着甜蜜的忧伤。日本人穿戴素白出席葬礼；清丽的六月天也让我喜忧并俱。痛苦紧随着欢乐——尽管快乐的源头不得而知（或许湛蓝的天空和啁啾的燕语能提供答案）。

我第一次访问威尼斯是很久以前的事了。一九七五年，我荣获为青年作家设立的移民文学奖，即所谓的"科斯切尔斯基奖"（Koscieski Award，此奖今天仍然存在）。而当时有一条不成文的规定：获奖者应当用这笔钱做一次意大利旅行——对于一个生活在社会主义国家的年轻作家来说，这是相当奢侈的行为——该国除了单一货币，几乎不拥有任何外汇；当然，奖金也不是想象的一大笔钱——而是少得可怜，大抵是瑞士出租司机一个月的收入，而且是新手司机——这一笔钱在波兰消费或许更为理性，比如可以作为某一幢房产的首付，但我还是毅然决定选择去意大利。首选威尼斯，然后一直滞留该地（像其他许多来自北方的作家一样）。

那时已是八月末,威尼斯人潮如织。身穿超短裙的女孩(那时候流行的时尚——女孩子要呈现出美腿,像拍卖场的陶器)以及身穿牛仔裤的青壮年男子——他们逃离了办公室,远离了历史,放弃了尊严,看似无欲无求——除了性的需求——来到混乱嘈杂、人声鼎沸的旅游胜地。威尼斯遍地是美景,到处是象征,充满迷思。波光粼粼的运河水面倒映出宫殿,也倒映出历代诗人对这座城市的赞美和讴歌。里尔克和亚历山大·勃洛克曾在乌黑的水面上穿行;夏多布里昂❶从附近经过;霍夫曼斯塔尔不无惊奇地注视着教堂、美术馆和芸芸众生;歌德给斯泰因夫人(Mrs. Stein)写信——并非女作家格特鲁德·斯泰因(Gertrude Stein);柯佛男爵(Baron Corvo)饥饿难忍,四下搜寻英国佬,好拉他一同去吃饭;亨利·詹姆斯(Henry James)端坐在长椅之上,故作矜持。我猛然间明白(或许今天看来,是若干年后猛然醒悟):这便是这座城市的神奇之处,它不求人理解,也不要与人套近乎。这一座城市名声赫赫,它的象征与现实浑然一体——其湖水承载的历史记忆远远重于现实——重于现实的泪滴。在这座城市,当下的事件都无任何意义,因为厚重的历史犹如包袱,对现实发出讪笑。一座城市活在自己的阴影里。

不同于"昨天有人死去,有人发疯"的罗维戈,威尼斯在它的璀璨辉煌外表之下,杂乱无章,成为死亡城市。在这里,有时候连死亡也失去它应有的分量。

我不是不喜爱威尼斯,事实上,它让我着迷,虽然我说不清楚到底是什么吸引了我。美,那是当然,它是美的集中体现——金碧

---

❶ 夏多布里昂(Chateaubriand, 1768—1848),法国早期浪漫主义代表作家。——译注

辉煌的宫殿，气势恢宏的剧场，连小猫也温婉可人。我喜爱威尼斯，但并非毫无保留；这座城市的热情感染了我，我变得烦躁不安，想去探索它的奥秘，一看究竟。我患上了"司汤达综合征"（Stendhal Syndrome）——在艺术品密集的空间里，观赏者受到强烈的美感刺激，引发类似中魔的症状——当然，司汤达综合征发作时人在佛罗伦萨，而非威尼斯。我们的祖先相信龟背之上驮着整个世界，而湖水承载着威尼斯。我们的祖先相信地球是平的，威尼斯也是平的（尽管其中有高墙林立）。威尼斯的墙砖呈现出令人欢喜的暖色调——尽管你难以断定，它的居民也同样令人欢喜。他们或者避而不见，或者已沦为旅游产业的挣钱工具，用微笑换取小费。后来我才意识到，威尼斯没有基础，没有根基，缺少希腊人所说的"始基"——水算不上始基，水，像任性的顽童；风，像严厉的老师，却也无能为力——既不能让它掀起波澜，也无法使它安然入睡。后来我意识到假如能卜居意大利某个城市，我一定选择罗马（对不起，威尼托）——罗马，不仅拥有厚重的历史，也拥有牢固而坚实的根基——它拥有奥勒留城墙（Aurelian Walls）。

在维琴察观赏名闻遐迩的罗通达庄园（Villa Rotonade）时，我忽然联想起威尼托。犹如一块磁性玻璃：它允许我们勘破美与毁灭之间的神秘纽带。在威尼斯，你透过这架望远镜看到了其中一面；而在罗维戈，你看到了另一面——难道这不是滑稽的悖论？

我们无法洞悉，主宰我们星球远行的种种奥秘。当然我们知道北极气候严寒，而非洲则天气炎热，我们甚至多多少少能探测到火山如何运行。但我们无从知晓，为何在一些和平而富庶的国度，自杀率却如此之高？我们也无从知晓——至少近几个世纪以来——巴黎的柔和光影为何特别偏爱画家？我们更无从知晓，北极旅鼠为何奋不顾身赴汤蹈海？或许是神鬼莫测的天意赋予威尼托一项特别使命：像一块磁性玻璃，牢牢吸附我们的生活。在维琴察，翻飞的燕子破坏了安德烈亚·帕拉迪奥的古典几何学。我敢断定，在罗维戈，也有同样胆大妄为的燕子。我们前往威尼斯——借助美的棱镜，思考万物的终结。然而当我们行经罗维戈时，我们能思考什么？我们的思考会受到局限，但不妨转换视角——从日常生活这面棱镜来看——这是一座可以等闲视之的普通小镇，但小镇居民对生活的体验绝不亚于都市之人——他们体验到人生最重要的两样东西："出发"和"到达"。

* * *

写作之人时常饱受困扰，各种危险。这一份风险名单很长。而且不难想象它背后的陷阱。其中智力下降的风险最令人不快。简而言之，即作家丧失了独立思考能力，唯有从俗从众随波逐流。他也无法保有绝对孩子气的天真——因为在大众眼里，这种天真的孩子气代表着愚蠢，但他又能怎样？这是一个各种理论、观念——尤其是最近——还有各种意识形态甚嚣尘上的时代。毫无保留地接受某一种理论学说，也就意味着失去思想的自由。最大的不幸曾经是——现在仍然是——全身心地拥抱某种时尚的主流意识形态。但我们逃脱这令人窒息的氛围——时代最终会将我们毒杀。毒害与救赎，谁也无法逃离自己的时代。

* * *

  大约十年前，在克拉科夫举办过一次诗歌节，闭幕式的地点在老剧场（Old Theatre）。台上坐着六七位诗人。剧院大厅坐满热心的观众，活动结束时，所有诗人都起立鞠躬——不如专业演员优雅得体，因为他们缺少专业训练，有些无所适从。观众也全体起立、掌声不息。诗人们心情大好，再三鞠躬如仪。掌声雷动，经久不息……诗人们很幸运，因为这样的好运一生中难得一次。后来，我听到舞台经理抱怨诗人们站错了位置——他们站得太靠前，那里正是落幕的位置——因此大幕迟迟未能落下……

* * *

  两到三种语言。很显然，我们日常使用的并非只有一种语言，而是多种语言——不包括方言。有一种梦幻似的语言，通体散发光彩，这种语言如今已很少使用，但它并未灭绝。另一种语言则根植于绝望。它是直陈式语言，属于自然主义风格。细致敏锐的观察，入木三分的评论；这种语言不会让人怦然心动，更不会令顽石点头，它将一切想入非非的幻象破除殆尽。这是我们生活中最常用的语言。还有第三种语言：反讽式的语言。这是作家和演讲家使用的语言——当他们在前两种语言之间举棋不定之时，他们会不得已临时性地采用反讽。到后来便欲罢不能。

* * *

在芝加哥，昨天我主持了一场电影晚会，我要为芝加哥大学"社会思想委员会"的教授和学生推荐一部电影。一开始我打算拒绝这一邀请；我很少看电影，更不喜欢看过一场好电影之后用理论进行分析（这里流行的做法是观影后必定有一场讨论）。但我记得很多年前在巴黎，我和M看过一场无比美妙的电影——后来查了日期，发现时间是在二十五年之前。片名《卡奥斯》（*Kaos*，而非混沌 Chaos），一九八四年塔维亚尼兄弟电影公司（Taviani Brother）出品。电影根据几部皮兰德娄❶的短篇小说改编。若干年后，我不知道这部影片对我是否还有同样的感召力。然而事实是，它无与伦比，超乎我的想象。故事发生在西里西亚岛，背景是古代的宫墙和巴洛克式的教堂。这部时长两个小时的影片，主角是一群村民，可怜的西西里农民，而故事真正的寓意在于巧妙揭示善恶之间的冲突。第一幕是序曲：一群兴高采烈的村民捕获了一只乌鸦，他们在乌鸦颈项之下挂上一只铃铛，乌鸦展翅飞翔，飞过西西里，飞越群山，跃过爱奥尼亚❷神庙，飞到大海之滨——一路上都能听到铃声叮当作响；这的确是奇

---

❶ 皮兰德娄(Pirandello，1867—1936)，意大利小说家、戏剧家，1934年获诺贝尔文学奖。——译注

❷ 爱奥尼亚(Ionian)，古希腊时代对今天土耳其安那托利亚西南海岸地区的称呼，即爱琴海东岸希腊爱奥里亚人定居地。——译注

妙的组合,曼妙的铃声伴着一只黑乌鸦——堪称本片最为显豁的寓意。另外,影片的结尾又别有一番情调。此处的主角不再是村民,而换成了皮兰德娄本人。当时作家已不再年轻,饱经沧桑,又回到他童年生活的地方——皮兰德娄出生于西西里岛的阿格里真托,期盼能重获新生——好像他能探测这一塑造他生命的神秘之境。影片的结尾那一幕场景最为美妙。这是一个回忆的片段,一大群孩子,包括年少的皮兰德娄,从一座砂岩(sandy cliff)纵身跃入蔚蓝的大海,然后又立刻滑向亮晶晶的沙滩——似乎完全摆脱了地心引力。在夺目的阳光下,他们跃入大海,像自由的小鸟。

* * *

我们生活在万事不关心的时代,只有恐怖分子才拿信仰当回事。

* * *

回到克拉科夫。我第一次读到劳伦斯❶的书信,这些书信简直让我着迷。联系他的小说来看,他无疑具有他自己的"意识形态"。然

---

❶ 劳伦斯(D. H. Lawrence, 1885—1930),英国作家,20世纪英语文学最重要的作家之一。——译注

而这些书信则不同，信中反映出他个性鲜明，是公认的卡里斯玛型❶人格（对此，熟识之人皆深有同感）。这些书信见证了他在形成自己坚定信念的道路上所遭遇的巨大困难和考验。从中我们可以发现一个既羸弱又强大的矛盾形象：他极其敏感，有时近乎狂暴；他天真率直，酷爱外出旅游。在同一个国家，同一个地方，他最长待不过六个月——否则他一定变得坐立不安，哪怕是他深爱的意大利南部城市陶尔米纳（Taomina）——一段时间之后他也无法忍受，执意要离开。然后他去了锡兰（Ceylon），在那里待了几个星期——那是他第一次到达锡兰——很快便产生厌倦。他继续旅行——而弗里达❷，大名鼎鼎的弗里达始终陪伴在他左右——这次去了奥地利，他真心喜欢奥地利，但不得不立刻离开。最后他去了美国，先去旧金山（San Francisco），然后去了新墨西哥（New Mexico）——在那里，他将"道"（Taos）的艺术发扬光大。一开始他兴趣盎然，但很快便觉得索然无趣，决定前往墨西哥——用他的话说，即"老墨西哥"（Old Mexico）。这位躁动不安的旅行者——和定居者，因为劳伦斯走到哪里，哪里便是他的家——是有模有样的长期定居之所，而不是权宜暂住之地，因为他最讨厌游客的身份。这样的姿态也是一种隐喻，寓意很深，也令我大为着迷。这一种旅行者（定居者）的躁动不安折射出思想者的焦虑：劳伦斯很清楚，他自己与众不同，比别人感受更为强烈。他不甘心只做一名文人，像其他甘于平庸的作家一样，

---

❶ 卡里斯玛（Charisma），德国社会学家韦伯从早期基督教观念中引入政治社会学的一个概念。卡里斯玛型人格特征在于其具有超自然的力量或品质，能够吸引周围人成为其追随者和信徒。——译注

❷ 弗里达（Frieda, 1907—1954），墨西哥女画家。——译注

每天满足于在橡木书桌后伏案疾书数小时；他们小心翼翼地追踪看不见的文学股票市场的风向，以毫不掩饰的嫉妒之心谈论文艺批评和文学奖项，得意扬扬地自我吹嘘——无论成就大小。是的，他必须靠写作谋生，他不得不考虑金钱问题（这在他的书信中占据了相当篇幅），但他始终与众不同。劳伦斯属于先知的行列：他们见证并致力于人的精神复活，或者说他们怀揣梦想，致力于人性复苏。劳伦斯不可能信口开河——尽管有时在所难免——他希望通过门徒将福音传遍世间的每个角落，这福音便是他的写作：诗歌、小说、游记和散文。我不是劳伦斯研究专家（他的作品我读得很少），但我相信这些书信体现出了他的生存疑问。他不知道，或许他永远也不知道，他的先知的角色到底应该如何呈现？他不知道该如何定义他的职业。作为一名先知，他常感踌躇。他对朋友的劝勉贯穿于一些书信始终，但很难串联成一个清晰连贯的段落。劳伦斯知道他不可能像同时代人那样故步自封，在西部大城市或墨西哥农村从事单调乏味的工作——并最终成为社会习俗的牺牲品。有的时候他极力渲染性与色情，但另外一些时候他对此又大加挞伐——说明他本人的态度也摇摆不定。每个人都会触怒他——文学出版的熟人，学校的朋友，昔日的情人，同行作家，艺术家，乃至普通的资产阶级——政客让他感到可笑，军人则令他憎恶（第一次世界大战期间他备受煎熬，主要原因就在于有好几年他无法出国旅行，只能待在他爱恨交加的英格兰）。他对一切精致的利己主义和功利主义深恶痛绝，而他本人孜孜以求的是慷慨大度与宽宏大量。他羡慕并渴求无限——并非宗教意义上的无限——即令他身居斗室，也不愿过易如反掌的庸常生活。没有什么比这更加简单。一个简单的手势便能清除一切，而苦心经营则会遭遇困难重重。

但在灵光乍现的一刻，他又该如何定义那一种神奇的力量？在他孤独漫步的时候，美好的生活忽然向他招手。他将这些珍藏的思绪转录到诗中——于是生活的体验便转变为另一种存在：变为梦境，变为片刻的狂喜。处于这种状态的作家两眼放光——这种光芒能够吸引他的朋友，无论男性女性——这种光芒又该如何定义？他无从知晓。当然，我们也无从知晓。但阅读劳伦斯温柔与狂暴交织的书信，我们的印象是他一定渴望另一种纯粹：强烈的生存状态。如今的我们比他更为小心谨慎，因为我们见多识广——我们经历并见证了如此多的虚伪的信仰和先知的谎言。我们告诫自己，现在谁也不能将我们欺骗。但我们内心的渴求却从未停止，无论经历怎样的艰难苦恨。要是我们能够为这种渴望找到一个恰切的名称该有多好……让我们再试一次。

* * *

超现实主义❶的悖论：在耶日·诺沃谢尔斯基（Jerzy Nowosielski）一本引人入胜的谈话录中，我们读到这位画家与智者的忏悔——不仅他本人，而且是整个二十世纪，对超现实主义亏欠太多——齐别根纽·波德戈泽卡（Zbigniew Podgorzec），一位俄罗斯文化研究专家，在二十世纪八十年代对画家耶日·诺沃谢尔斯基进行了访谈。

---

❶ 超现实主义（Surrealism），一种现代西方文艺流派，致力于探索人类的潜意识心理，主张将现实观念与本能、潜意识及梦的经验相融合，并由此展现人类深层心理中的形象世界。——译注

诺沃谢尔斯基将超现实主义视为一场伟大的宗教运动，它猛烈地冲击了我们的感官，拓宽了我们的眼界，教会我们接受其他宗教的祭品，教会我们尊重东正教的圣像和非洲部落的拜物教，并教会我们理解并尊重不同宗教文化背景下的神祇。但果真如此的话，为何还会有超现实主义的经典作品，在诗歌，尤其是在绘画当中？在那些作品中，映入眼帘的是平淡无奇，甚至不无卖弄的场景——同样的领结、苹果、熨斗、从壁炉上方的墙洞中穿出的火车，各式雨伞……以及一位公证员饭后的遐想。

* * *

今天我们时常开开心心地谈起"上个世纪"，尽管距离上个世纪结束和本世纪开始，至今不过寥寥数年。但这也算不上是恶作剧——罪该万死的二十世纪，是我们整个太阳系史上最为黑暗的一个时期，像漂浮在河面的一块浮冰，它融入了历史，融入了书和电影。而我们站在新的时间节点上，冷眼旁观。

* * *

但或许D. H. 劳伦斯为我们演示了另外一种崭新的生活；我们可能有所了解但却从未能完满表达的生活——在这里我指的是诗歌与书信，而不是公式化的小说。这位先知，不知道他的预言能否应验；

于是终其一生,为此而奔波劳碌,寻寻觅觅——借助预言,他要向我们传达深刻的人生哲理,教会我们拒绝一切说教,抛弃一切乌托邦和习俗成见;教会我们克服强烈恐惧,拒绝一切虚无主义和怀疑主义;也教会我们摒弃实用主义的立场和方法——凡事计划不超过一个星期——似乎为期长达数月的任何计划设想都是浮夸之辞……至少在他的书信中(这也是他作品的重要组成部分),劳伦斯从来没能为他的信仰找到一个恰切的名字,也从未给他的渴望简单地贴上一个标签。相反,他为一个看似无解的两难困境提供了一种选择,在意识形态的狂热和清虚自守的静默之间。静默可能意味着绝望,也许是平静的、田园诗般的绝望,仿佛日落时分精心打理的一座花园。劳伦斯对生活从未失去激情,他从不允许这种激情消退或冷却;同时,他也从不接受任何一种一成不变的"信念"或"主张"。

我并不是倡导所有人都效仿作家的生活,恰恰相反,这一种拙劣的模仿极其愚蠢而可笑。像他那样,马不停蹄地在外奔波旅行,希望借此拓展人生的疆域——这不是我说的重点。我要说的是,在他身上,确实有值得我们学习的东西。取消意识形态,拒绝乌托邦,对一切习俗成见保持怀疑,并不一定让人变得自私冷漠。相反,它能够帮助我们克服狭隘的世界观——工程师修路造桥,很多时候并不清楚意义何在。通过 D. H. 劳伦斯,我们可以学会一种包容万物的态度——我所指的是大千世界性格各异的个体,居然有那样一种凝聚力——像调动杂技演员全身的肌肉一样将人类凝聚在一起。通过 D. H. 劳伦斯,我们学会如何保持对生活的激情与热爱,我们学会革除陈规陋习,摒弃无聊而平庸的、实用主义的"正确"的生存方式。

当然,我们深知,那些伟大的思想家,早年无不满怀狂热的政治理想，然而他们一旦擦亮双眼、恍然大悟，最后都变为坚定的怀疑主义者和愤世嫉俗之人。

在他的书信中——有的书信纯粹是金钱往来，有的是关于印刷出版的鸡毛蒜皮的小事，但也有许多文辞优美、诗意盎然的杰作——D. H. 劳伦斯提出一种中庸之道：我们不必完全抛弃乌托邦的梦想，只要我们能够保持一种相应的克制——而不是急于定义万事万物……

* * *

在一封信中，D. H. 劳伦斯对他二十来岁时风靡欧洲及全世界的普鲁斯特的伟大小说多有讥讽（同时代人如里尔克则为之倾倒）：劳伦斯称之为"果冻"（water-jelly）。我刚好读到这部小说的最后一卷：《时光重回》（*Time Regained*），正是盖尔芒特（Guermantes）图书馆的经典场景——小说的叙述者在等待下半场音乐会的间隙，头脑里开始展示他精神生活的变迁。在此之前，作者有过一系列微不足道但又异常精彩的发现——最初的发现是庭院中的著名的"不平整的铺路石"——马塞尔·普鲁斯特不由得对此浮想联翩。普鲁斯特的叙述者这一发现，日后被写进文学教科书和百科全书——心理学联想机制在其中扮演了重要角色——通过大名鼎鼎的玛德琳（Madeleine）这一人物形象。可惜的是，原作当中的天马行空的想象一变而为相当无趣的心理现象，即刺激与反应，正如联想主义心理学的鼻祖威廉·冯特[1]以及其他姓名早已湮没无闻的大胡子教授所写的那样。但普鲁斯特原作呈现的远远不止这些。初次碰触神奇和灵异之物的那一种悸动,那一种无以名状的快感,远远胜过世上所有联想主义心理学的著述……

* * *

有一次,经过整整一个星期紧张忙碌之后,历经劫难,精疲力竭,然后坐上由佛罗伦萨返程的夜车。我们是一个卧铺包厢,到早晨天亮的时候,发觉离巴黎还很遥远——透过晃动的车窗,巴黎外省一片碧绿而平整的原野一闪而过——我们跟同行的旅客开始攀谈。和我们一样,他们刚从梦中苏醒,睡眼惺忪。通过谈话,我们获悉两人是朋友,都是法国人。他们都是歌唱家,假声男高音(countertenor),这本身不足为奇——当然也不是每天都会有两位假声男高音歌唱家出现在你的卧铺包厢里。具体谈话内容我记不清了,但我们对于经过若干年沉寂、最近又重回时尚的假声男高音艺术圈都极为关注——似乎一夜之间,公共需求大增,数不清的年轻男歌手全都能重新闪亮登场。从这个意义上说,世人并没有本领翻天覆地,他们只是发现一片新天地——那是人性的虚荣与野心。两位年轻人透露了一些他们将要参加的音乐会和歌唱比赛的相关信息。他们侃侃而谈,认为这些信息都是常识,而不仅仅是现实生活中的冷门知识。

---

[1] 威廉·冯特(Wilhelm Wundt,1832—1920),德国生理学家、心理学家、哲学家,被公认为实验心理学之父。——译注

一开始我们甚至计划去聆听一场他们提及的音乐会——在这一段崭新的友谊感召之下——可惜几天之后，新鲜感消失，自然也就偃旗息鼓了。我只记得那天在快车上，头脑中挥之不去的依然是佛罗伦萨的种种印象：美术馆的绘画——以及雕塑，尤其是巴尔杰洛（Bargello）美术馆藏的多纳泰罗❶的《大卫》（David）像，以及数不清的街道、桥梁和餐馆。当然还有两位可爱的假声男高音歌唱家，向我们倾诉他们的苦恼——关于他们的同行：有的他们喜欢，其余都很讨厌。

* * *

　　一月二十七日，雪，天气严寒。冬日的狰狞面孔现在已暴露无遗：城市生活脚步放慢，行人在深浅不一的雪地上踉跄前行。知识分子的活动也陷于停顿。冬天像乡下变戏法的人，只掌握一门技巧，即将水变为冰雪，然后又将冰雪重新化为水。最近一段时间——当我发现这个日期背后隐含的寓意——这个日子简直令我着迷，因为它代表了数个历史性的时刻：一月二十七日是奥斯维辛集中营"解放"纪念日，也是"大屠杀纪念日"，同时又是莫扎特诞生纪念日。准确无误，而且也不是巧合。沃尔夫冈·阿玛丢斯·莫扎特（Wolfgang Amadeus Mozart）于一七五六年一月二十七日出生于萨尔茨堡（Salzburg）；苏联军队于一九四五年一月二十七日进入奥斯维辛。据

---

❶ 多纳泰罗（Donatello，1386—1466），意大利文艺复兴雕塑家、画家。——译注

媒体报道，乌克兰第一方面军第六十师的士兵们"打开了奥斯维辛集中的大门"，当时在押的犯人只剩下七千人。我欣赏报道的措辞"打开大门"，因为"解放"往往意味着真刀真枪的两军对垒。而那里，在带刺的铁丝网下面，只有老弱病残和奄奄一息的囚犯。众所周知，此前党卫军将一万五千名人犯驱逐出集中营，其中绝大部分沿途暴毙。这次行动由此被称为"死亡迁徙"。在这些跋涉在西里西亚冰冻路面上的犯人当中（很难说这是正常迁徙中的行进，事实上他们是在死亡之中爬行），有一人失踪：他是一位胆小的意大利化学家，名叫普里莫·莱维（Primo Levi）——他生了病，被留在集中营的医务室，这一场病奇迹般地拯救了他的性命。众所周知，日后他有幸存活下来，并利用这段经历撰写了漂亮的回忆录。很难想象历史上还有哪一天比这样的日子更为复杂、更为分裂，更令人左右为难，欲说还休——这样的日子更能完整体现我们生活的本质。

每年的一月二十七日，在集中营原址有一个集会：穿着光鲜的政客，裹在羊皮大衣里的媒体人员，还有稀稀落落的一群老人——他们是大屠杀的幸存者。在每逢十周年纪念的仪式上，镁光灯不停闪烁，各国政治领导人鱼贯而入，竞相登场。而在其余年份的纪念会上，著名政治领导人的名单会大为缩水，媒体记者只得去别处去寻找头条新闻。同样的案例，也发生在莫扎特身上。在普通纪念日，关于这位伟大作曲家的报道冷冷清清，电视台似乎将他彻底遗忘——或至多简单提及，镜头一带而过。然而每逢重大纪念日，莫扎特摇身一变，似乎又成了全民景仰的天才。我不是开玩笑：一月二十七日这个日期实在太过严肃，每年的此日，我们都会面临严峻考验。我们该如何铭记奥斯维辛？不单单是牢记暴力恐怖，更要将它深深地融入我们的世界观和现实感——像哲学家和神学家宣称的那样——我们必须承认的人类历史被一分为二：奥斯维辛之后和奥斯维辛之前。同时，在一月二十七日这天，我们还应当抽出时间，以平静的心态，欣赏莫扎特美妙的音乐。

这一种音乐包含洛可可❶元素，有时候调皮任性，充满喧嚣和奇思妙想，但有时候又带有浓郁的悲剧色彩——比如在《唐乔万尼》（*Don Giovanni*）哀婉不胜的结尾，以及凄美绝伦的《安魂曲》整部乐章。我不可能开出清单——哪怕是纯粹主观的清单——罗列出莫扎特所有作品，一来篇幅不够，二来这样做也没有太大意义。最近我从他早期钢琴协奏曲作品第十号（*Piano Concerto no.10, K271*）中发现"小行板"，由美国钢琴家默里·佩拉西亚（Murray Perahia）演奏。之前我一直很喜欢《第八钢琴奏鸣曲》（*Eighth Piano Sonata*）。该曲一七七八年春作于巴黎——当时他的母亲重病在床，奄奄一息——在"活泼地如歌的行板"中流露出抑郁之情。然而它的开头如此欢快，如此昂扬，使人误以为这是一首"幻想进行曲"——当然，这只是我们的想象；事实上，从心理学来说这绝无可能：因为幻想不可能前进——幻想可能奔跑，但绝不可能像士兵那样正步前进。假如我们能够想象出一种前进，它一定是《第八钢琴奏鸣曲》中"庄严的快板"。我聆听了迪努·利帕蒂（Dinu Lipatti）的演奏——是这位罗马尼亚（著名钢琴家最后一次演出的现场版录音——在贝藏松[Besancon]）。当时他已病魔缠身，将不久于人世；而在《安魂曲》中，尤其是《痛苦之日》（*Lacrimoso*）乐章部分，仿佛全世界都沉浸在哀伤

---

❶ 洛可可（Rococo），18世纪（巴洛克晚期）产生于法国、遍及欧洲的一种艺术形式或艺术风格,具有轻快、精致、细腻、繁复等特点。——译注

之中（在我们情感激越的时候，我们想当然地以为世界为我们哭泣，但事实上我们大错特错）。在《痛苦之日》，全世界都在哭泣，但它的哀伤并不代表脆弱。莫扎特是为数不多的伟大的悲剧作曲家，因此我们不惮用一个时常遭人唾弃的词语"壮美"来形容他的作品。

当我们在言说或思考奥斯维辛时，我们往往全然忘却音乐——于是我们自己突然处在一种全然不同的语境之下，如同置身一部黑白电影。我们周围有无数的大屠杀专家，历史学，作家，大屠杀的幸存者，遇难者，导演，记者，维权人士以及档案管理员。也许我的看法不对，但我相信对他们而言，莫扎特一定是个空洞的字眼——正如时常遭人鄙视的"美"一样。或许我是错的。但这一原则不容置疑：即奥斯维辛与美，这两个语汇似乎不应并置在同一个场合。我们身边也不乏莫扎特专家和教授，他们对十八世纪音乐耳熟能详，对十八世纪艺术创作所采用的语言形式也了如指掌。他们当中一些人根本不会思考奥斯维辛，他们的主题——正如他们宣称的那样——更加活泼有趣。他们能够复活戴假发、穿绸服的廷臣，他们也能还原莫扎特光辉的一生，包括他的晚年——当时维也纳公众对他的音乐反应冷淡，而他本人则在贫困交加之中埋首创作《安魂曲》——当然，众所周知，这部作品最终并未能完成。（说到底，谁也无法完成自己的《安魂曲》，不是吗？）于是不可思议的事情发生了——因为奥斯维辛破坏了我们的感官，切断了人类的历史，并关闭了心灵的窗户——因此，在这一天，我们不应该庆祝任何作曲家的生日，尤其是莫扎特，还有他的洛可可风格的华彩乐章。然而，那些音乐元素，那些音乐节拍，它们并不等于失败，也不甘于自行消失，更不甘于像一张纸最终被别人付之一炬。莫扎特出生于一月二十七日。就在这一天，俄军进入奥斯维辛。此刻我们活在一月，但同样我们也活在五月和六月，还有九月和十一月。我们活着，承载者过去的记忆，既有莫扎特，又有奥斯维辛。

我们活着，我们听音乐——有时我们能全神贯注，打开自我，我们能感受到美——它将痛苦与欢乐联结在一起，有时我们也能感受到切身的痛苦，撕心裂肺，完全超出我们的承受范围。这些体验，事实上已超越日常经验而进入更高的"神圣的"范畴——假如神圣一词不让我们太过难堪。当然我们不会忘却奥斯维辛，不会忘却暴力之下的痛楚。有时我们甚至能够同时体验到刹那的痛苦与狂喜，事后，当我们平静下来，我们又会将这一种体验融入我们全新的世界观——我们可以肯定，那些坚信奥斯维辛终结历史的人，他们的错误在于切割了一部分人类历史——也许他们自己并未意识到，也许他们只是出于一种道义的冲动所做的修辞性夸张——他们其实是希望人类能够正确理解这一场巨大的浩劫——极端不可理喻的劫难。在奥斯维辛之后，世界当然有所不同。在奥斯维辛之后，所有对人类的犯罪都是它的同谋。这个世界被倾覆，而后又被修复，像一件中国瓷器花瓶。尽管如此，一月二十七日出生在萨尔茨堡的莫扎特依然活在他的音乐里——全世界伟大的指挥家、钢琴家、小提琴家、大提琴家争相演奏他的作品——音乐家们沉浸在他的作品中，就像七八月间蹚过凉凉的小河，他们情愿河水没顶——好让他们全身心地浸淫其中。当然，莫扎特的音乐也活在我们这些业余爱好者心中——尽管我们写不出其中任何一个音符——但这并不妨碍它盘桓驻扎在我们心中：我们为它提供养分、提供庇护所，在心底我们将它彻底融化吸收——然后我们突然发现事态出现反转：音乐反客为主，音乐将我们融化吸收。砍掉我们生存的枝叶，号令它们停止生长，让"美"从这个世上消失——无异于用亚里士多德的"三段论"间接地向世人昭告：时至今日，那些集中营的策划者——那些纳粹党、希特勒、党卫军——取得了最后的胜利。他们成功地扼杀了人性，让我们沉湎于罪恶和仇恨——我们无意之中夸大了记忆的责任，这就是为什么身兼两职的这个特殊日期：一月二十七日，值得我们深刻反思——它包含着生活当中最为卑微又最为高尚的两种元素。由此看来，日历上出现的这种巧合绝非偶然：来自另外一个大洲或另一个星球的游客对此一定颇感茫然。严冬的日历既肃杀又严苛，但它职责严明——它责令我们去思考生存的意义，思考我们为何选择举步维艰、进退两难的双重生活。

* * *

因为万事万物都存在瞬间的爆发和长期的停滞两种状态：包含诗歌与散文、前奏曲和交响乐以及欢笑与泪水，所以我们很想找到一位理论家——像魔术师那样微微一笑，便能指引我们在两种状态之间找到平衡点——或恰恰相反，能打破这种界限，勇敢地发出自己的声音。

这是饱含幸福快乐的瞬间，充满希望。它是诗歌，是信仰，是蜿蜒流淌的叙事的河流，是白昼与黑夜的更替流转——白昼，或忙碌或闲暇，或斗志昂扬或心情低落——谁知道在下一秒，等待我们的会是什么？而入夜时分，我们又会迎来千奇百怪、让人血脉偾张的梦境——梦中的景象我们自己也无法理解，这就是我们生活的现状：在短暂的迸发和长久的忍耐之间度过漫漫时光。这两部分生活会不会融为一体？我很喜欢这样的创意。我喜欢想象巴黎地铁上读书的人们，因为他们身在地下，在地心的阴暗处，借助于人造电灯泡发出的光亮，他们依靠在车窗——窗外掠过静默的墙，墙上布满涂鸦之作。我也喜欢在早高峰之前的时段去乘坐巴黎地铁——如潮的列车来来往往，都很准点——精确得像海上起起落落的潮汐。

在我们头顶，在飞机上，也有人在阅读——通常是封面闪闪发光的流行读物，结构雷同，乏善可陈——出版这样的读物无非是为赚取高额的版税。当然，也有人在辽阔的天际研读苏菲派❶的史诗或但丁《神曲》——他们定能洞彻天堂的奥秘。当这位读者眺望窗外，他或她看到的绝不是迷宫一样的地铁站和黑魆魆的高墙，而是飘荡的白云和万丈霞光。俯视大地，星罗棋布的河流上下跳跃，像儿童的体温计；高速路上的汽车像没头的苍蝇，还有海边黄色的沙滩，大片黑乎乎的森林；有时候还会看到白雪皑皑的群山，肃立无语，像自闭症少年。当然，也会看到脚下的城市，在午夜昏黄的霓虹灯下，用各种不同的语言絮絮叨叨，不肯安眠。无论在地上还是在地下，无论在飞机上还是在地铁里，总有人在读书。

保守主义谴责我们这个时代，宣称它已失去灵魂，行将就木，但他们似乎遗忘了在巴黎地铁车厢以及在飞机上，仍不乏阅读但丁和米沃什之人。保守主义者颂扬过去的时代，仰慕欧洲的骑士风格，崇尚哥特式的教堂和罗马式的教堂——修道士的轻声细语在安静的

---

❶ 苏菲派(Sufi)，伊斯兰神秘主义派别的总称。——译注

大厅回荡。保守主义者热爱这些旧式教堂，这本身无可厚非，但他们不该因此谴责我们的时代。他们似乎未能明白，世上万事万物必须忍耐，无论高低贵贱——它们才能活下去。它们的名称或比例会改变，它们的阴影会扩大或缩小，但它们依然会存在，我们需要对它们随时给予关注——因为每代人必须重新认识它们、忍耐它们，对它们加以区分，并最终与之告别，从而笑对死亡——因为它们最初唤起我们对生活的感知，最终我们又被它们杀死；因为在这些不分高低贵贱的事物当中，我们发现了形影不离的伙伴——时间。时间与它们并肩而行，正如在苏共、波共统计时期，每个艺术家或学术界代表团，都暗中配备一位代表组织的随行人员——他的名字也不能随便提起。这里的关键不是理论或学术的争辩，而是与我们现实生活息息相关的恐怖与暴力。这样的问题很难深入探讨，因为没有人愿意承认这些显而易见的事实。保守主义者用一把磨旧了的银尺衡量新时代。他们用高级的龙头手杖丈量这座城市。我能理解他们，因为我也曾经历这样的日日夜夜，面对时光不屈不挠、锲而不舍地入侵，像成吉思汗大军——你难以抵挡，溃不成军。但我时常从保守主义的迷梦中惊醒，映入眼中的却是高雅与低俗、激情与倦怠的无休止的、白热化的战斗，尽管毫不知情，我自己也卷入到这一场战斗当中。这是漫长的战役，这是永不停火的战争。

　　柏林地铁有个非常沉重的、日耳曼式的名称：U-Bahn（火车），跟另外一个词U-Boat（船）相近，让人联想到这个词的前缀"Ur-"，意思是古老的，史前的；于是我的注意力也被转移到其他地方——我在柏林待过两年，对这座城市的人类学颇有一定程度的了解（我说，"一定程度"是因为当你试图了解一座城市时，你不能完全信赖一个性格内向者）。在柏林，当高音喇叭里传出管理员"退后"（Zurückbleiben）

的喊声，整个地铁站鸦雀无声——那是最美妙的一瞬——"退后"这个从地下高音喇叭中传出的德文单词不太好翻译——它兼有"退后"和"原地不动"两个意思；奇怪的是，这里缺少了德文中常用的敬语"请"（bitte）——很显然，这相当于一个军事命令。在这一瞬间，我满心欢喜：接下来肯定是一片寂静（柏林人讲究秩序，决不会像巴黎人一样蜂拥而上），两三秒钟之后，车门会关闭，列车开始缓缓开行；列车出发，生活也恢复常态：旅客们各就各位，有人看书有人读报，车轮哐当作响，隧道里灯光闪烁；有人在电话里聊天，有人在哭泣，一对恋人在争吵，还有小孩在尖叫，有人将手机从金枪鱼三明治旁边拿开，而此前两三秒的寂静无声是何等珍贵！两三秒的悬疑，什么也没有发生。这是静默之美，使人心静如水。只是刹那停顿，什么也没有发生。绝对没有，在每个地铁站，"退后"的声音从男男女女不同人的口中发出，重音也稍有不同，有人重音在"退"，有人重音在"后"——这是该词的神异之处，像催人镇定的麻醉剂。在此之后，一切戛然而止，似乎历史也是短暂停留。

众所周知，很久以前德国拥有一大批智力超群的神秘主义者——这种影响不会全部消失，它仍会以某种懒散的、和平的、被动的方式，存在于地球表面，存在于地铁的走廊中间。"退后"一声令下之后的美妙的瞬间，两秒、三秒甚至四秒堪称无价之宝——用埃克哈特大师❶或雅各布·波墨❷的话说，叫"泰然自若"（Gelassenheit）：片刻的虚空，岿然不动，世界将为之停顿数秒，这在巴黎则

---

❶ 埃克哈特大师（Meister Eckhart，约1260—1327），德国神秘主义哲学家、神学家。——译注

❷ 雅各布·波墨（Jacob Boehme，1575—1624），德国神秘主义者和神智学家。——译注

绝无可能——巴黎是受过启蒙运动洗礼的城市。这样的事在巴黎从来不会发生,也绝无可能发生——在巴黎只有一个简短的、带有科学性的标记,比如一声短促的警笛或哨声,车门关闭,蓝白色的列车驶进黑暗里——在某些线路上,它仿佛在旧式豪华汽车轮胎上滑行,在另外的线路上,它又像老掉牙的摩托车吱吱嘎嘎响个不停。在巴黎没有"退后"的口令——它字面上的意思除了"退后",还有"禁止登车"以及"原地不动"之意——当然,正如我之前所说,缺少了常见的"请"字。尽管如此,它的意思很明显——毫无疑问,柏林地铁热心的工作人员以及尽心尽职的管理人员,似乎从未意识到他们正在操持一种仪式:只消轻轻动一动嘴唇,就会产生神奇的功效。有时候他们口中说出的这个词完全是空洞的言辞,没有任何实际意义——比如在夜晚或深夜,站台上冷冷清清,也不会在车门边形成你争我抢的场面——但广播里传出的还是这个词,甚至当站台上真的空无一人的时候。一向如此,也必将如此保持下去,总会听到有人喊"退后",尽管那里没有旅客,没有司机,也没有车站管理员。那个神奇的字眼一出口,周围必定是一片寂静。

我也非常喜欢柏林地铁站散发出的气味,知道今天它们依然没有任何改变,后来我又熟悉了其他一些城市的地铁,如伦敦、巴塞罗那、罗马以及其他一些都市——但我从未遇到过柏林地铁站那种极其浓烈、让人提神醒脑的气味,像褐煤的气息。柏林地铁站弥漫着一股煤矿的味道,正如诺瓦利斯[1]作品散发的气息。巴黎地铁站当然也很雅致,很诱人,但只有少数几个站点——比如在幽深的圣-米

---

[1] 诺瓦利斯(Novalis,1772—1801),德国浪漫主义诗人。——译注

歇尔（Saint-Michel）站——才能闻到一股纸被烧焦的气息，而且正是在圣-米歇尔站，你能看到身穿短毛皮衣的老鼠旁若无人地在站台出没，像罗马军团的士兵，伺机寻找下手目标。只有在柏林地铁站，你才能闻到那种浓烈的气息，仿佛建造地铁站时，挖掘出了日耳曼的地质矿藏。在地下，很少有人有心情四下打量观赏——对大部分人来说，这不过是一个地铁中转站，不是什么考古现场，人们心急火燎赶着上班，只盼着快快登上蓝色车厢然后列车立刻开动——没有人在意这是一个特殊的场所，需要玄思默想，需要肃然起敬。

* * *

在柏林，地铁站喇叭里的"退后"声及其地矿学气息令我满心欢喜。同样印象深刻的还有这座城市当中阡陌纵横的运河，春夏两季堪称这座城市的盛装庆典：在天鹅绒般的天空下，高大的树木沐浴在艳阳之中，它们的枝叶平静地伸展、呼吸；小鸟藏身在浓密的枝叶间，以富裕资产阶级的时髦方式，全家人在一起悠然自得地打发闲暇时光。柏林或许是欧洲黑鹂之都，谁说得准呢？其他大城市当然也有黑鹂在歌唱，但那里的生活环境比柏林更好。黑鹂不持任何政治立场，但它们对当地政坛长期分裂的现状却能加以充分利用——这一种分裂造成许多草丛、灌木丛、藤蔓等成为无主之地——黑鹂于是乘虚而入。柏林的运河情形与地铁相似，不像法国的运河雄伟壮观。尽管它们建造于两百年前，但今天看来，它们似乎专为印象派画家而建——伴随着他们的光影、欢快的笔触以及异彩纷呈的想象力。比如，圣-马丁（Saint-Martin）运河位于巴黎心脏地带，精致纤巧，极具抒情意味，仿佛来自雅克·普雷韦❶某一首诗：一带碧波，像新酿的莎当妮（shardonnay），既有浓郁的花香，又有覆盆子和果馅饼的气味，令人联想到赋格曲❷。而柏林的运河与此截然不同：它是哥特式的，气度不凡，色泽一团漆黑。它们令人稍稍感到不快——仿佛回忆起过去的某件事情。

* * *

索菲娅·纳尔科夫斯卡❸在《大奖章》（*Medallions*）一书中写道，我们从来无法捕捉全部的现实，相反，它仅以"事件的碎片"的方式呈现给我们——也正是因为这样的方式，我们方能承受历史的劫难。但这一说法并不能使人信服。我们想方设法得以从劫难中逃生，正因为我们背负着沉重的现实。当然，暴君毫不留情——但别处的小鸟依然在歌唱，电车的铃声叮叮当当，雨滴掉落在地上，邻居敲门借一把做菜用的食糖。我听见自己的怦怦心跳，我看到夜空繁星闪烁，一如往常。有人在地铁里玩牌，草坪上摆放着一瓶劣质酒，熟透的西红柿在阳光下发出碧绿的光彩（这是米沃什战争诗歌中的一幅风景画）。老艺术家对此体悟最深——同样体会深刻的还有他天

---

❶ 雅克·普雷韦（Jacques Prévert, 1900—1977），法国诗人、歌唱家。——译注
❷ 赋格曲（Fugue），复调乐曲的一种形式，作为一种独立的曲式，直到18世纪在巴赫的音乐创作中才得到充分发展。——译注
❸ 索菲娅·纳尔科夫斯卡（Zofia Nalkowska, 1884—1954），波兰女小说家、散文家。——译注

才的学生 W. H. 奥登——在名作《美术馆》(*Musée des Beaux Arts*)中,诗人奥登写道:伊卡洛斯(Icarus)坠入海中,他随时可能被海水淹没。与此同时,岸边一位穿戴齐整、高大健壮的农夫趁着晴好天气正在黑色土地上辛勤耕作。有位牧童抬头观看——但他望向相反的方向——而不是可怜的伊卡洛斯落水之处。布鲁盖尔❶的其他一些画作(这位颇具哲人气质的艺术家,很显然,喜欢将生活中恐怖的事件与天真的日常经验巧妙地糅合在一起)——在画作《去受难地》(*The Procession to Calvary*)中,他以直截了当的语气发问:有没有人注意到耶稣去受刑,一路都有人围观?欢乐的人群——他们的欢乐有一千个理由:五月的天气很适合搞一次野炊,谁还会注意到一个胡子拉碴的年轻的犹太人,在当地警察押送下,背负着沉重的十字架蹒跚前行?皮耶罗·德拉·弗朗西斯卡❷的画作《基督的鞭刑》(*Flagellation of Christ*)陈列在乌尔比诺(Urbino)一家小型美术馆,同样,对世人麻木不仁的形象刻画可谓入木三分:这幅画的背景是饱受折磨的基督耶稣,正面站立的却是三位衣冠楚楚的哲学家——毫无疑问都是大学者、正教授,而不是克尔恺郭尔或列夫·舍斯托夫❸那样的哲学家——他们正在进行一场神学辩论,辩论的主题我们不得而知。画作寂然无声,但假如加上配音,我们便能听到——在布鲁盖尔的画作中——一大群没心没肺的看客在殉道者痛苦的呻吟中爆发出阵阵

---

❶ 布鲁盖尔(Brueghel,约 1525—1569),16 世纪尼德兰地区最伟大的画家,美术史上第一位"农民画家"。——译注

❷ 皮耶罗·德拉·弗朗西斯卡(Piero Della Francesca,1406 或 1420—1492),意大利文艺复兴初期著名画家。——译注

❸ 列夫·舍斯托夫(Lev Shestov,1866—1938),20 世纪俄国著名思想家、哲学家。——译注

喝彩和狂笑。而在皮耶罗的画作中，三位自鸣得意的教授正在探讨的神学命题，或许正是关于人类的苦难的本质——教授们在若干所大学兼职，尚未走出午餐后的酒足饭饱，便又期待着更为精美的晚餐——有点像学者们无关痛痒的大屠杀研讨会。每当我们回首过去之时，不禁会扪心自问：如何才能从第二次世界大战、大屠杀以及斯大林的大清洗中幸存下来？——那是极度恐怖的黑暗时代，在这样的梦魇中我们可能活不过一个小时——然而对于并非亲身历之的间接受害者，他们更多生活在现实当中：他们的生活既有阳光灿烂又有风霜雨雪，他们既可能饥肠辘辘，又可能饱食终日；邻家的狗在叫，飞机掠过头顶，母亲在厨房烘烤馅饼，你在考虑要不要购买一双棉靴，要不要做碗汤⋯⋯他们去公园散步，陶然忘我；他们陷入爱河，分分合合。他们热衷于《包法利夫人》(*Madame Bovary*)及其他十九世纪小说，收音机正在播放舒伯特的奏鸣曲。任何一个在斯大林统治波兰时期度过童年的人，一定会记得春天褪色柳绵散发出的第一缕香气，记得腿脚不灵便的教士在破裂的教区厅房传授教义经文——厅房散发出的地板漆的气味远远胜过墙上悬挂的巨幅领袖画像——在五一游行队伍中上下翻飞的正是这些巨幅画像。即令当时使人战战兢兢的畏惧感，随时间流逝，现在也消失得无影无踪，简直难以想象。尤其是畏惧、恐惧，像偏头痛——一旦退却，立刻消失得无影无踪。尽管它会在心灵上留下创伤，但即令身在恐怖盛行的年代，畏惧感也不是无处皆在，比如放学后操场上踢足球的男孩，他们便另有烦恼。我十岁时候，在扎布热（Zabrze）医院住过一阵，他们给我打麻药，摘除了扁桃体。时至今日，我依然深切记得失去意识的那一瞬间，我似乎在网球大小的球面上漫步。但当我醒来时，我记得身边的对话——是年长的政治犯，或许是从前的自卫军——他们也被送往同一家医院进行康复治疗。当时正处于"解冻"期，对他们的监管不像从前那样严密。在狱中关押多年，他们极度渴望交谈，渴望有人旁听，并能给我留下深刻印象——而我当时不过是个懵懂无知的十岁的小男孩——他们讲到纳粹如何占领波兰，讲到他们年轻时的风流韵事，讲到他们如何建功立业；此外，他们还谈到一次意想不到的贵族庄园之旅，异国情调的年轻女子为他们准备晚餐。当时正是春季，扑鼻的香味与现实的喧嚣从窗户徐徐飘来。一切都在现实中荡漾——在春季"解冻"期，人们对现实的感受远胜于肃杀的冬季。但我们也知道，在法国大革命时期，大批的人群围聚在断头台下，寻求感官刺激。其中最突出的是一群打毛线的妇女，她们一边围观一边织毛线，不肯浪费任何时间。时不时地，她们需要将目光从壮观的景象中移开——她们需要低头看上一眼以免漏针……

*　*　*

在名为《重音》(*Akzente*)的笔记中，我读到一些精彩论述——作者瓦尔特·卡帕歇❶生活在萨尔茨堡（Salzburg），而我并不熟悉。读了他的笔记，我立刻将他认为可以交心的知己。比如，他说，"我宁愿放弃一切摇滚乐、赛车、足球赛以及诸如此类的任何东西，来

---

❶ 瓦尔特·卡帕歇（Walter Kappacher, 1938—　），奥地利作家。——译注

换取黑鹂鸟在春天的第一声啼鸣。"我读到这些句子是在早春二月，严寒的季候正逐步让位于阳光和煦的日子——而黑鹂鸟也恰好在那时露出了它们的身影。

* * *

瓦尔特·卡帕歇引用了恩斯特·荣格尔的一句名言："为什么那么多人抱怨怀才不遇？相反的情形——虽遇而不才——或许更为糟糕。"

* * *

他（瓦尔特·卡帕歇）还引用了哈维尔·马里亚斯❶——后者这样描写乔伊斯❷："在稠人广众之中，他沉默不语，因此很少有人愿意跟他坐在一起，大家都知道，他至多只口吐一字——'是或否'"。

* * *

假如我们探究一番从小说到诗歌的转换，从漫长的延续到痛苦

---

❶ 哈维尔·马里亚斯（Javier Marías, 1951—　），西班牙著名作家、翻译家。——译注
❷ 詹姆斯·乔伊斯（James Joyce, 1882—1941），爱尔兰作家、诗人，20世纪最伟大的作家之一。——译注

的忍耐，然后到诗歌的突然迸发——"突然"是因为你之前完全无法预料——如此一来，人人谈而色变的死亡，也不得不退居其次，成为诗歌的一个组成部分；而我们对于死亡的恐惧，持久的恐惧，则构成了小说。

* * *

列夫·托尔斯泰在某处讲过一个牧师的故事——他的布道被听众热烈的掌声所打断，于是转过头问，是不是我说的话太愚蠢？

* * *

另一个快乐瞬间（而且发生在悲摧无聊的日子里）：我从雅典返回克拉科夫，中途在维也纳转机，待机时间三小时；我心情沉重，因为之前的阅读。我重读了尼古拉·基亚罗蒙特的杰作《历史的悖论》（*The Paradox of History*），尤其是其中关于托尔斯泰的章节——当时我正在重读《战争与和平》。我忽然感觉到（不是思想，而是真切的感觉）——在放下书本的一刹那——我若有所悟：忽然感觉到灵魂的不朽。我知道这听上去假模假式，特别不真诚，但我确实找不到其他的词汇，找不到别样的表达。当时我的感受异常强烈：人拥有不朽的灵魂。于是转瞬之间，我的忧郁之气消失得无影无踪。我感受到一大波的幸福快乐潮水般向我涌来。似乎经过连续若干个星期的空虚静默，我终于找回了至关重要的东西：我拥有不朽的灵魂。

* * *

兹比格涅夫·赫贝特从一九八六年起，一直和他的妻子卡塔兹娜（Katarzyna）一起生活在巴黎——在那里我们时常见面——后来在一九九一年，他突然生了一场大病。有一次我去巴黎远郊的一家医院探望他——医院在巴黎城东部，往马恩河谷省（Val-de-Marne）方向。医院被称作"白色家园"（Masion Blanche），事实上是一座精神病康复中心。赫贝特一开始便被安置在普通病房（很快他被转到另一家医院，因为他的病需要立刻治疗，与精神病无关）。我去的时候是在夏天，六七月份，天气炎热。"白色家园"由散落在公园里的好几座轻巧的木质建筑组成，房子都涂成绿色，令人联想起契诃夫❶或早期高尔基❷笔下革命前的俄国。赫贝特跟一个名叫阿尔伯特（Albert）的拳击手共居一室，后者患有严重的帕金森病。我刚刚发现，当时我在笔记本上记录：阿尔伯特是个高大英俊的男人，他的一生毁于长期的慢性病。他当时给人的印象是他根本不了解这个世界（我这样说好像真有人了解这个世界似的）。他们两人都穿得很少，身上只有内衣内裤，而且两人都面色苍白——身患重病之人，在夏天，他们的皮肤根本无法吸收阳光。齐别根纽不无得意地告诉我，他还记得二十世

---

❶ 契诃夫（Chekhov，1860—1904），俄国短篇小说巨匠，俄国19世纪末期最后一位批判现实主义艺术大师。——译注

❷ 高尔基（Gorky，1868—1936），苏联作家，社会主义现实主义文学奠基人。——译注

纪五十年代早期，阿尔伯特的名气如日中天，获得过欧洲冠军。他说："我是他的粉丝，阅读他的人生传奇，阅读他的励志故事——瞧，现在我们在这里相遇。"但想想他们相遇的情景——一位伟大的诗人，贫病交加，流落在异国他乡，谁也不认识他——现在居然和一位拳击手同居一室。这位前欧洲拳击冠军神志不太清楚——在对手的击打之下，他的头脑早已被摧残。无论如何，至少对我来说，这样的场景相当震撼：因为赫贝特将其视为人之常情，甚至还有些沾沾自喜……当我回想当时的情景，我并不像当年那样感到触目惊心。一位诗人和一位拳击手共享的病房呈现出一种亲切友好的氛围。那是在夏天……我更担心赫贝特转入的下一家医院，圣-路易斯（Saint-Louis）医院。它位于巴黎第十区，在爱帕（Hébrard）大道（这是赫贝特当年的住址）和风景如画的圣-马丁运河之间——在这一座不可知论盛行的城市居然会有如此多的圣人，真可谓咄咄怪事。热浪滚滚：这次赫贝特住在一间面积较大的集体病房，但我发现他的状态每况愈下。

* * *

在雅典卫城博物馆，一位母亲带着十岁大的儿子。母亲手指雕像，儿子却开始打哈欠——看！这是爱神厄洛斯（Eros）。这位小伙子未来若干年都不会再打哈欠了，我猜。

* * *

乔治·塞菲里斯是当代希腊诗人。他也来自重置家庭。他的家族在士麦那生活了许多年，然后在一九二三年被迫迁徙——因为希腊输掉了"希土战争"（Greco-Turkish War），被迫签订了屈辱的城下之盟。他写过若干杰作，我在这里摘录其中一首——选用的是埃德蒙·基利（Edmund Keeley）和菲利浦·谢拉德（Philp Sherrard）的英译本。

阿西尼国王[1]

> 阿西奈……
> ——《伊利亚特》

一整个早晨我们在城堡四周观望
从背阴的一面我们可以远眺大海
深绿，看不到波光——只有一只被杀死的孔雀
迎接我们，像无尽的时间，没有断点。
岩石的血管从高处垂落
藤蔓缠绕，枝叶沃若，海水轻抚之下
它的生命力愈加饱满，而追踪它的眼睛
拼命要逃脱水波起伏的单调，目力渺渺。

朝阳的一边是长长的、空荡荡的沙滩

---

[1] *"The king of Asini"*。写于阿西尼，1938年夏至1940年1月。——作者注

巨大的城墙上折射斑驳的光影,如钻石闪亮
周围一片死寂,连野鸽也消失得无影无踪
还有阿西尼国王,我们找寻他已长达两年之久
他已湮没无闻,所有人都把他忘记,包括荷马
《伊利亚特》中只有一个词提到这位国王,含混
模糊,犹如眼前这一副黄金打造的死亡面具。
你用手触摸,它是否叮当作响?声音
在空中回荡,像地底下挖出的古瓮
那是我们的船桨 拍击浪花的声响
面具之下,是模糊黯淡的阿西尼国王
我们走到哪里,他就跟随到哪里
只有一个名字:深谷环抱的阿西奈……
深谷环抱的阿西奈……还有他子女的群像。
他当年的欲望,像扑棱棱的小鸟
以及风,在他的思想帆船的裂缝之间
停泊在一个废弃的港口:在空荡荡的面具之下。

他的唇齿眉目,他的一头卷发
像黄金的浮雕,映射出我们生存状态
在黄昏平静的海面上,一条鱼
一个黑点,上下游移,那是
我们自己。空虚无所不在。
鸟儿,折断了一根羽翼
它飞走了,在去年冬天

——身体,只是临时的寄居之所——
留下年轻的女人,把玩
夏日盛开的四叶花
还有探寻地下宝藏之人,嘟嘟囔囔
大地无声,像阳光穿透硕大的梧桐树叶
地上矗立古代的纪念碑,和现代人的悲伤。

诗人在徘徊,面对岩石,他在问自己
是否存在?在这些被破坏的线条、边界和圆点之间
在高高低低,若隐若现的光影之间?
在这里,一个人是否遇上他的风雨之路、泥泞之路?
又或者,这里有秀美的面庞,眼里闪现温柔之光
我们曾经不顾一切找寻这样的光芒
然而却有许多人生活在波涛的阴影之下
他们的思想沉入无边的海洋
哦,也许他们什么也不能留下,除了重置
怀旧的重量,生命无法承受
因此我们才会显得无依无靠,像可怜的柳树柳枝
被永恒的绝望压弯
黄色的海浪卷起岸边新翻的泥土
海浪的泡沫一遍又一遍冲刷
化为石头。诗人,一个声音

太阳升起时,手持盾牌

> 深谷环抱的阿西奈……
> 假如那就是阿西尼国王
> 我们在这座卫城小心翼翼地寻找
> 有时候我们的手指触摸到他曾经触摸的石头。

在诗歌的结尾，诗人话风突变，我也深受感染——突然出现的是阿西尼国王。谁是阿西尼国王？我们只在荷马《伊利亚特》第二卷的一行诗中听说过他的名字——当时胪列的舰船正将阿凯亚人（Achaeans）源源不断地运至特洛伊城下（Troy）。

分析一首诗让人何等难堪！然而在挂满学者肖像的大学报告厅里分析诗歌则另当别论——那些逝去多年的学者，用嘲弄的眼神端详坐在下面的学生。但是在一本书中，根本没有听讲的学生，只有人物的身影，只有英雄的身影；在这里，作者犹如上帝——在这里，静默才是最高的统治力。尽管如此，我仍须提醒读者注意现实的质感与缺席的阿西尼国王之间的那一种张力——现实便是万顷碧波的大海，轻快的单人划艇，神秘的女性伴侣——我们对她的身世一无所知。然而即使这样的缺席，其中也包含着真实的质感。这首诗甚至给人留下这样的印象：国王的缺席比当下的现实更具有震撼力。塞菲里斯的诗篇是双重劳动的结晶：既是脑力劳动，又是体力劳动；而它的职责，又非一首短诗，或一首格言式所能胜任。它花费许多笔墨，刻画诗人站立的姿势，刻画他沉默无言的伴侣，刻画诗人内心的渴望、疑问、一刻不停地遐想——以近乎考古学的热忱展开思维和想象——直到阿西尼国王在诗歌末尾现身——仿佛惊魂未定的蝙蝠背驮着这位古代君王。塞菲里斯的诗歌唤起人们强烈的共鸣，身处历史遗迹之人——如庞培古城、耶路撒冷（Jerusalem）以及罗马某个城区——对此一定感同身受。此时我们所需的不仅是一张照片，我们更想触摸某种真实之物。我们跟这些真实存在的东西，跟这些历史上真实存在过的人物，近在咫尺——似乎只要我们一召唤，他们就会立刻出现在眼前。如果我们不能够看到古代的真迹，我们一定满怀惆怅。至于那些表现欲很强的游客，我们根本鄙夷不屑：他们按下快门便能获得莫大快感，然后便急吼吼地离开奔赴下一个景点。而我们与他们大不相同，我们在此获得顿悟。或者说是顿悟向我们显现。当然，对塞菲里斯而言，获得顿悟也许代价太大：他在世界大战即将爆发前创作这首诗歌，并深切意识到他的国家积贫积弱，内乱不已，一定无法抵挡野蛮人的入侵。对他而言，长达一个世纪的土耳其人占领已经让希腊变得面目全非——它昔日璀璨的文明荡然无存，为了能与远古的往昔进行对话，它必须架设一座桥梁，通往荷马，才能恢复它昔日的荣光。这不是一首宣扬民族主义的诗歌，恰恰相反，我们每个人都能从中找到共鸣。我们都渴望触摸真实，无论是历史考古还是在当下。

* * *

对塞菲里斯而言，让阿西尼国王在诗歌结尾处现身，这一点颇不寻常——正如我们专心致志阅读荷马或莎士比亚的时候，冷不丁冒出一个远古时代的东西——这一点在莎翁和密茨凯维奇❶作品中较为常见——时常会毫无缘由地让我们联想到当下的现实。

* * *

当天使四处颂扬上帝时,他们弹奏的一定是巴赫;同时我也确信,当他们与家人共坐之时,弹奏的一定是莫扎特。

——卡尔·巴特❷

* * *

任何一部随笔集——倘若作者并非新手——他必须首先承认前一部书中的错误,承认他当初的结论过于草率,不够完善。而只有当下这一部,在他看来,才算步入正轨——于是循环往复,直到他的下一部著作问世……

---

❶ 密茨凯维奇(Mickievicz,1798—1855),波兰诗人,革命家。——译注
❷ 卡尔·巴特(Karl Barth,1886—1968),瑞士新教神学家,新正统神学的代表人物之一。《莫扎特》是其代表作之一。——译注

* * *

有一次我在越洋航班上连看两部电影，一是《哈利·波特》，一是《佐罗》（Zorro）。多么幼稚！两百名成年人紧盯着面前小小的屏幕：童话里的英雄形象在屏幕上跳来跳去。

* * *

关于塞菲里斯那一首诗，还有一点补充：当你想到诗人在寻寻觅觅之时，帮助他的是某一样实物——比如说黄金面具，你一定会被所谓的"粒度"——即激发他想象力的客观事物——所打动。在这里，塞菲里斯与当代主流人类学的观念相悖。思想敏锐如罗伯特·穆齐尔——他最爱充当我们病态文明的诊疗师——也曾断言人类是"胶质的群体"（colloidal masses）——会随着主流政治制度、学术风向或意识形态而改变其形状。然而在塞菲里斯这首诗中，在他所有诗作中，我们所看到的事情全然不同。这里并没有所谓的"胶质的群体"，取而代之的是一种形态固定、坚强有力的追寻——比如黄金面具，比如希腊战舰，比如大理石的碎片；这种对于生命原点的追寻，比那些懒散任性的、呆头傻脑的人道主义更为高明。塞菲里斯并不满足于提出诊断意见，他也不打算成为人种学专家。诗歌的功能不是诊断，而是立法。它试图为天地立法——当然它只能为客观存在立法。

*　*　*

在《文学档案》（*Zeszyty Literackie*）杂志上再一次读到约瑟夫·恰普斯基日记选编，一如既往地激情澎湃，真挚动人。恰普斯基年轻时感情充沛，到晚年还经常热泪盈眶——他对自己要求很严格，时常提醒自己不可过于天真，不可轻易被感动，而要让个人情感服从于社会现实：这一种激情能否持久？我记得卡罗尔·伊日科夫斯基（Karol Irzykowski）曾说过，"谁在意傻瓜是否真诚？"但对于恰普斯基来说，真诚代表了一个为人聪慧而内心复杂的个体，不懈追求高度的精神生活，渴望拥有卓识远见，渴望"顿悟"——那往往是造物刹那的启蒙与恩宠。恰普斯基对伟大的内向者所著的经典日记情有独钟，如艾米尔❶或曼恩·德比朗❷——他在日记中记录他为追求内心道德完善所做的种种努力，可谓是"日三省乎己"。一个人如果只对政治现实或社会现实感兴趣，他一定会对这样一种记录内心历程的日记颇不以为然，甚至痛斥为无聊的"自恋"。发生在恰普斯基和耶日·基德罗茨❸之间的争论颇具代表性。这位《文化》（*Kultura*）杂志编辑只对政治行为语言感兴趣，甚至米沃什的诗歌在他那里也只是他全部话语体系中的一件道具。基德罗茨是落寞无助的移民作家中别具一格的马基雅维利❹——对于散居世界各地的流亡者来

---

❶ 艾米尔（Amiel，1821—1881），瑞士哲学家、评论家。——译注
❷ 曼恩·德比朗（Maine de Biran，1766—1824），法国哲学家。——译注
❸ 耶日·基德罗茨（Jerzy Giedroyc，1906—2000），波兰作家，社会活动家。——译注
❹ 马基雅维利（Machiavelli，1469—1527），意大利文艺复兴时期著名的政治哲学家。——译注

说，作为一份流亡杂志的编辑，他缺乏真切的感知力；但在他的想象中，他却自以为高明的政客。他的确也是一名政客，至少在年轻一辈的记忆中，他属于后知后觉型——由于他对政治形势的圆滑判断，也由于他对同时代作家的挑剔。他对恰普斯基的内心世界不屑一顾——有一次，他干脆宣称出版西蒙娜·薇依的作品为"迎合天主教的势利鬼"。在残酷的社会现实中，内省又有何用？正是在这一点上，世界一分为二，一半是行为主义者，另一半是梦想家。那些喜欢《魔山》中人物汉斯·卡斯托普（Hans Castorp）的读者，一定认同汉斯将强烈的阅读体验，将瞬息之间的内心活动，将对现实问题的沉思，甚至是天马行空的胡思乱想，称之为思想"占领"——尤利乌什·斯沃瓦茨基则称为"拜伦式"（byronization）沉思；这堪称是我们全部精神生活的上佳定义——这些读者很容易理解恰普斯基的想法，也很容易理解为什么他的笔记须臾不可离身。事实上，在阅读托马斯·曼的小说时，我的一位芝加哥学生曾尖刻地评价卡斯托普这一人物形象，"不错，他获得了精神性的成长，但那又怎样？"以及"这对他有何用处？"——他职业生涯的最高峰不过是为疗养院的病人整理并播放唱片——他死于前线，又一位在凡尔登战役捐躯的无名烈士；但这一问题是美国实用主义❶的典型表述。

恰普斯基有时也会谈到他自己——谈到为获得洞察力，他内心无休止地自我斗争——这种斗争能将他的天赋全部释放出来，并展现出生命的最高价值和意义。在日记中，他时常与西蒙娜·薇依倾心交谈——薇依的宗教情怀和道德纯洁，以及娴熟自如的散文笔法

---

❶ 实用主义（Pragmatism），产生于19世纪70年代美国的一种哲学思想，主张有用即真理。——译注

无不令他心悦诚服,甚至羡慕嫉妒。这里是一九七〇年一则日记摘抄——包括这位伟大的神秘主义者致莫里斯·舒曼(Maurice Schumann)的一封书信。

一月十三日,周二。天知道,同一件事发生了多少次,我昏昏沉沉从梦中醒来,打开收音机。我的智力和心灵饱受双重折磨,因为无法理解人的痛苦和上帝的完善,这两者到底何种关系,以及它们为何能同时并存。

我有一种内在信念,假如某一天真理向我显现,那一定是我精神痛苦之时——正如此刻我正处于极度的精神痛苦状态之中。

我担心这样的事再不会发生。在我孩提时代,我便感觉自己是个无神论者,或唯物主义者,因此时常担心——不是为活着担心,而是为死亡担心。这种恐惧在后来的日子里愈演愈烈。

一种不可思议的伟大力量宣称我的欲望是自我主义的,因为在那样一刻获得的真理启示,此后对其他任何人都毫无帮助。

但一名基督徒却不当作如是之想:基督徒深知向上帝真诚奉献的一丝善意、一个爱心,尽管静默无言,也没有回响,但它却比世上最漂亮的行动更有力量。

——西蒙娜·薇依《我们了解她》(*We Knew Her*)

如此渴求上帝,承受如此痛苦,在这样的状态你又能如何成为一名画家、一名作家?你如何让自己沉浸于冥想之中,而不是采取行动,向着最高目标飞奔——有人会说,这是半心半意的将就,并没有瞄准生活的核心目标——他们认为你这样做的原因或者是出于懒散、怯懦、倦怠，也许仅仅因为缺乏热望或能力不足。仿佛流浪者终日只在山脚下徘徊，却没有勇气挑战白雪皑皑、充满魔力、须仰视才可见的最高山峰。西蒙娜·薇依令恰普斯基饱受折磨，同样地，她也令我们饱受折磨。恰普斯基在每一块画布上辛勤耕耘，删繁就简，试图忠实于他最初的洞察力——但那种洞察力却渐行渐远，日渐黯淡。他画得相当费力，而且对自己从不满意。在他看来，他与西蒙娜·薇依真有天壤之别，假如他是地上的自行车，而薇依则可比天上的飞行员。当然，这一类比不仅适用于恰普斯基。但又能怎样？你无能为力。当然你可以尝试，但往往于事无补。或许是这样，小学生能在书里看到活动中的人物：比如行人或自行车手，散发着甘草清香的大车吱吱嘎嘎地从一旁经过，一辆轿车疾驰而过，一列火车渐行渐远；透过天蓝色的车窗玻璃，你能看到旅客的笑脸，无忧无虑，笑意盈盈，有一架飞机从头顶掠过。一切都是活动的画面，一切都处于运动之中。这些人物处于运动之中，但他们同时又处于静止的状态。假如你日复一日，年复一年地翻看这些图片，你会发现那些交通工具，它们谁也没有超过谁……飞机还停在那一点，旅客还在凝视春天的风景，行人仍在向某个目标前进，不疾不徐，高大的树木向上伸展，一只鹳鸟站立在草地中央。

* * *

在塞菲里斯的诗中，寻找阿西尼国王并不是单单寻找过去。确实，黄金面具促使这位希腊诗人去找寻传说中的国王，但我认为还有更重要的东西值得我们去发现——那是我们心底永远不会被毁灭的一种意识：渴望永恒。我们内心的这一道闸门开启了我们外部的活动。

* * *

两年之前，在克里特岛（Crete）南部海岸。有一次我在一片悬崖峭壁之下的一个小海湾里游泳。当时是傍晚时分，海水温润，但夜幕已缓缓降临——仿佛是海里生出的暗影。突然，一只翠鸟掠过水面，它飞得笔直，速度很快，一道红白相间的光闪，犹如离弦之箭；它消失在海岸边，过了很久，才笔直地飞回它在孤零零岩石上的巢穴。它是这一片海湾真正的主人，而不是一头扎进蓝色海水里的可笑的泳者。

* * *

我再一次聆听勃拉姆斯《狂想曲》。最近我读到一本音乐评论集，作者断言，理查德·施特劳斯的《终曲四章》（*Four Last Songs*）堪称史上最伟大的音乐作品。很奇怪，像体育比赛一样，居然有这样武断的评判标准。施特劳斯的作品，尽管在勋伯格❶派人眼里未免保守反动，但确实美妙绝伦。

* * *

玛德琳·桑茨奇（Madeleine Santschi）自认为属于娜塔莉·萨洛特❷和米歇尔·布托尔❸倡导的法国新小说阵营。她死于洛桑（Lausanne）。最早我们是在二〇〇二年，在热那亚的博利亚斯科（Bogliasco）创意工场与她相遇，当时她八十四岁，是我们这个作家小团体中最年长的一位。即使在当时，长时间的散步她仍需人搀扶。比如从她住地附近的一条海滨小道出发，海岸边一路尽是高低不平的岩石——你不时会看到身穿黑色泳服的冲浪选手们趴在帆板上，等待更高的浪潮涌起，像一群可悲的海豹。玛德琳几年前在克拉科夫拜访过我们，她搞不明白——由于常年定居在阳光灿烂的洛桑——她的思绪沉浸在日内瓦湖（Lake Geneva）——为何如此古老的石屋的正墙未经粉刷而显得乌黑一团，其中似乎包含着十九世纪历史中所有的噩梦与污秽？举个例子，德军占领期间，盖世太保驻扎在我们市中心的一幢公寓，其中一名军官霸占了此刻我正在写作的房间。我喜欢玛德琳的《安东尼奥·皮佐图肖像》（*Portrait d'Antonio Pizzu-*

---

❶ 勋伯格（Schoenberg，1874—1951），美籍奥地利作曲家、音乐理论家。——译注
❷ 娜塔莉·萨洛特（Nathalie Sarraute，1900—1999），法国著名新小说派作家、文艺理论家。——译注
❸ 米歇尔·布托尔（Michel Butor，1926—2016），法国新小说派代表作家之一。——译注

to）；根据黑色腰封上的介绍，皮佐图是"意大利的乔伊斯（Joyce）"。他一生都在警察部门工作，无论警察系统如何变迁：是纳粹统治还是战后的自由政府，丝毫也不影响他在内部稳步升迁。他是性情平和的罗马资产阶级，学识渊博。随着职位升迁（先在警察局，后调任国际刑警），他越来越渴望自由，想给自己留有更多自由的空间（这样看来，犯罪率居高不下也就不足为奇了）。于是他早早选择了退休，开始从事他真正喜欢的工作：写作内容深奥的散文。玛德琳将他的作品译为法文。皮佐图的散文对我缺乏足够的吸引力，但玛德琳对这位性格怪异的传奇人物的刻画确实文笔高超。在她临终前几个月，她镇定自若——我们时常在一起交谈——有一次她告诉我们，她身上发现了两处肿瘤，医生的诊断是回天乏术，她将不久于人世。玛德琳谈及此事，语气欢快，毫无怨言——这一切她似乎早已了然于胸。我对她敬佩不已。她承认世界的神秘性，但她一点也不迷信。时人强加于她的所谓"新小说"❶的概念对步入人生终点的黑暗长廊并无助益。死亡面前本无法则可言，甚至连像模像样的准备也没有。就这样，玛德琳不失尊严地静待死亡来临。

* * *

爱默生说：当柏拉图的思想成为我的思想，点燃圣约翰（Saint

---

❶ 新小说（Nuveau Roman），20世纪50—60年代盛行于法国文学界的一种小说创作思潮，在哲学上深受弗洛伊德心理分析、柏格森生命力学说和直觉主义以及胡塞尔现象学的影响。——译注

John）灵魂的真理之光也会照亮我的灵魂。时光静止不动。

* * *

源于济慈"否定感知力"的"吾何知"是艺术中不可或缺的元素。我认为艺术与诗歌都是艺术家本人的创作——如果艺术家本人一贯坚持"吾何知"的态度——那么艺术家的"自我"一定会千方百计寻找"吾知之"。

* * *

约瑟夫·布罗茨基是我敬佩并热爱的作家（像挚爱亲朋般的热爱），但他性喜故作惊人之论，比如在某篇文章中，他宣称对罗马诗人一无所知乃基督耶稣之耻。他的言下之意当然指罗马古典诗人如卡图卢斯❶、普罗佩提乌斯❷、奥维德❸等。如果耶稣熟悉上述诗人，基督教将更加深入人心……但无论如何人们也无法想象耶稣基督研读卡图卢斯诗作，或为普罗佩提乌斯做笺注，甚至就拉丁文诗歌作一篇博士论文。我们当然需要向在世界各地图书馆辛勤耕耘的学者专家表示敬意……但毋庸置疑，上帝似乎从来不读诗。

---

❶ 卡图卢斯（Catullus，约前87—54），古罗马诗人。——译注
❷ 普罗佩提乌斯（Propertius，约前50—前15），古罗马哀歌诗人。——译注
❸ 奥维德（Ovid，前43—17），古罗马大诗人。——译注

＊　＊　＊

昨天是肖邦两百周年诞辰纪念日。音乐会，音乐会（幸好没有太多废话）。但我宁愿独自聆听我最喜爱的唱片，是克里斯蒂安·齐默尔曼（Krystian Zimerman）演奏的四首叙事曲。

＊　＊　＊

我不知道同辈诗人感受如何，但我非常清楚我自己写的诗，往往大可怀疑。

＊　＊　＊

我碰巧入手一册赫尔穆特·詹姆斯·格拉夫·冯·毛奇（Helmuth James Graf Von Moltke）书信集，他是克莱索集团（Kieisauer Kreis）核心成员。我跟他相识很早，但从未读过他的书信——尽管我读过迪特里希·朋霍费尔的书信和随笔。我对这一册书信集爱不释手：道德纯洁，典雅高贵。毛奇的传记令人印象更为深刻，他的私人生活比他的创作天赋更令人好奇。在第三帝国（The Third Reich）群魔乱舞的时刻，毛奇特立独行，展现出高贵的人性。他正直善良，却无端受到命运播弄，被抛入最坏的制度，陷于虎狼之群——但他不是一个人在战斗——有一帮志同道合的战友簇拥在他左右，直到他被捕处决——一九四五年，他被一个可恶的"人民法庭"（Volkstribunal）判处死刑。他的妻子芙蕾雅（Freya）与他心心相印，同甘共苦，直到他生命最后一刻。但我在这里并非要挖掘反希特勒的抵抗运动史——历史学家和评论家早有大作面世——我只想表达出我的困惑。当我将这三者书信进行比较时——我最喜爱的诗人戈特弗里德·贝恩和毛奇以及朋霍费尔——我发现诗人的书信并不更胜一筹。贝恩是一位了不起的作家，举个例子，在致不莱梅商人厄尔策先生的信中，以及在一些随笔，你很难区分他充满灵性的文字和俏皮的隽语。毛奇并无这样的才能。但贝恩显然缺乏毛奇作为普鲁士贵族的精神气质。与毛奇的高尚人格相比，贝恩有时显得有些猥琐——似乎他人生的全部目的就是为了生存。为了生存，他变得因循守旧、胆小如鼠。别人讲话时他噤口不言，然后下班早早回家——只有在家里，他才变回自己。就这样忍受暴政的凌虐（此前他还一度拥戴这样的政权）。赫尔穆特·詹姆斯·冯·毛奇却不愿苟且偷生，他人生的唯一目的就是与非人的制度开战，以此捍卫人性的尊严。当然我很清楚，我正在比较的人和事，实际上并无可比性。像蜗牛一样，戈特弗里德·贝恩背负着沉重的甲壳（那是他爱惹麻烦的天才）——他有权利，也有责任保护他的天才和使命——这是他存在的价值；而毛奇的天赋在于他道德纯洁，品格高贵，以及他的"不可腐蚀性"。这种高贵并非通过某种理论方法后天习得——尽管我承认作为基督徒，他信仰坚贞，首尾一贯。这两位人士根本不可能相遇，即便相遇，他们也很难相互理解沟通，尽管他们讲的都是德语，是同一种语言，但又全然不同。即便如此，我对贝恩总是满怀宽宥——并时常重读他的诗作。但这并不意味着某种妥协和退让。为什么一流诗人或散文家因为捍卫他们的天才便应受到特殊优待？为什么我们不能将他们弃置一旁，让他们像醉醺醺的马车夫一样，在人生路上挣扎、晃荡？因为毕竟，如此一来受影响的不仅是作家本人，而且是整个文学界。在书里，他们是伟大的诗人，然而在现实生活中，他们可能是斤斤计较、心怀怨愤的小人，像加尔钦斯基（Galczynski），哀叹"风卷羊毛、时运不济"（too much wind for thy wool）——跟真正的基督徒、人格高尚的毛奇相比，简直不值一提。难道文学不应该成为光芒万丈的正义的化身？阅读毛奇书信，我在景仰他为人的同时，又不免哀叹世人之不幸。我想迟早一天，我还要回到那些诗人，那些并不完美的诗人，去面对现实——而不是一味逃避，在象牙塔中逍遥。其实这也是我的困境，百思不得其解。但还有其他的一些诗人，如奥西普·曼德尔施塔姆以及兹比格涅夫·赫贝特——尽管他们使用不同的语言，但我相信他们与这位德国伯爵一定颇多共鸣。他们致力于将天赋与诚实，隐喻和正义相联结——貌似一桩不可能完成的任务——米沃什在一首诗里写道："文学，是弱者的锦标"。我并不喜欢这一行诗，但大多数诗人和小说家对此似乎深信不疑……

* * *

在行为主义者与梦想者的争论中，在基德罗茨（Giedroyc）和恰普斯基的争论中,赢家总是前者——因为他们改变了世界。毫无疑问,基德罗茨对波兰独立及波兰社会的民主化贡献很多,远过于恰普斯基。然而我更同情后者。这或许是一种政治幼稚病,根深蒂固的政治不成熟,但我就是同情梦想者。

* * *

再次回到毛奇与夫人的书信集——我从一则书信的脚注中了解到毛奇对卡尔·施密特❶一无所用——哲学家施密特成就斐然,至今仍不乏拥趸,但生性怯懦。在这里,我不得不说,历史人物大抵可分为两类——一类是为捍卫理想和事业不惜牺牲生命——宗教激进主义者及宗教狂热疯子除外;另一类从未考虑过牺牲,如艺术家或思想家——他们最大的心愿是保存个人才能并能创造条件展示出才华。即使身处乱世当中,从某种意义上说,人们不得不承认,只有前一种人才深深地影响了他们所处的时代。他们的牺牲富于明显的情欲色彩,他们随时准备献身正说明他们对世界的挚爱。至于世界是否也挚爱他们,他们从未加以思考,也从未加以质疑。他们可能英年早逝,也可能高寿而亡,但这些都无关紧要,历史的记忆会铭记并镌刻他们的英名。

那些艺术家和知识分子辩白——那些精致的自我主义者为了"保全他们的才能"不惜折中变节卑躬屈膝——然而他们的行为举止

---

❶ 卡尔·施密特(Karl Schimitt, 1888—1985),德国著名法学家和政治思想家。——译注

并不能赢得同时代人的景仰和钦佩；他们这样做的理由只有一个，因为他们想为后人留下传世之作。某些艺术家对所处的时代缺乏担当，他们随心所欲，玩世不恭。或许他们也知道，他们死后，将不会在地球表面留下任何痕迹——历史的记忆不会给他们留下任何位置。

我不知道上述说法能否为他们的曲学阿世、折中变节以及胆小怯懦等行为——辩白。当然，对于每位艺术家而言，各人的情形又各不相同（首先让我们假定凡是忙于"保全才华"之人都真正拥有才华过人……）。而且无论如何辩白，随着时间推移，理由难免会变得苍白。通常情况下，宽恕那些生活在远古或中世纪迷梦中的因循守旧之人，而不是我们所了解的活生生的人，或许更为容易……

* * *

沿维斯瓦河漫步时，突然感受到一种无以名状的幸福感。那是温暖的午后，天开始下雨。我带了雨伞，但却选择了在斯莫查（Smocza）大街一幢房子屋檐下避雨——大街离瓦维尔（Wawel）城堡不远，靠近"岩石"教堂——切斯瓦夫·米沃什的遗骨便安葬在教堂的地下室。我在那里伫立良久，观赏我最爱的杨树散发出质朴的香气——这一切令我回想起我在格利维采度过的童年。我从容观赏，静待雨停，同时感受到莫名的欢欣——这一种快乐的唯一源泉便是周围的大千世界——正是五月芳菲天，一群新生的雨燕，与它们的先辈并无两样；它们上下翻飞，发出尖厉的啸叫。

* * *

十七岁左右，在格利维采，我研读了柏格森（Henri Bergson）的《创造进化论》(*Creative Evolution*)，是战前的版本——当然是译文，那时我还没学会法文。我在当地一家图书馆阅览室——那里的图书概不外借——翻开此书，呼吸到其中摄人魂魄的芬芳，禁不住面红耳赤。当时我并未意识到我只是在重复几十年前阅读过柏格森的学长们的经历——他们都不约而同地成为枯燥乏味的流行的实证主义❶的反对派。对于二十世纪的知识分子运动史，我当时确实一无所知——因为我生活在一个半苏维埃式的国家——但某种神秘力量却促使我一刻不停地阅读下去。真是难以想象，一个乳臭未干的、资质平庸的西里西亚的中学生，如何能啃下柏格森的哲学巨著？好像某种生命力的直觉感受到了书中包含的维生素。后来我才发现，对老一辈的艺术家和思想家而言，对于那些努力要逃离"科学世界观"的单调景观的人而言，柏格森的哲学是何等重要——那一种世界观充满了廉价的胶水和糨糊味。我记得曾读过拉伊萨·马里坦（Raissa Maritain）的回忆录，早年在索邦（Sorbonne）的学生时代，她和她的丈夫雅各·马里坦❷相遇，当时流行的狭隘经验主义让两位年轻人精神饱受折磨——哲学教授讲座唯一认可的科学是奥古斯都·孔德的学说。经过一番沉吟，二人决定冒险翻越到圣-雅各（Saint-

---

❶ 实证主义（positivism），强调感觉经验、排斥形而上学传统的西方现代哲学派别。——译注

❷ 雅克·马里坦（Jacques Maritain, 1882—1973），法国哲学家。——译注

Jacques）路的另一边，法兰西学院（Collège de France）。他们在亨利·柏格森的课堂上获得了一种与众不同的体验——当时柏格森的讲座已成为群体事件，整个巴黎闻风而动。这里还要插入另一个故事：柏格森于一九四一年一月死于法国，在德军占领期间；他是犹太人——一夜之间这位伟大的作家和思想家似乎一下子变为罪人——分分钟都可能被押往奥斯维辛集中营。最直接的死因是他在犹太人排队登记处感染了肺炎。保尔·瓦雷里随即在法兰西学院发表了鼓舞人心的演讲，送别柏格森——当然，法兰西学院也不乏强烈主张德法合作的倡导者。若干年以后，战争已极大地改变了世界，但时不时地，仍有人能从柏格森的著作中汲取精神力量——尽管柏格森本人名声日益黯淡，哲学史家对他的批评日见其甚。

* * *

布罗茨基，在另外一个场合——这次不是在他的随笔，而是面对休斯敦一群创意写作学生时的热情洋溢的谈话，一九八八年——在谈话中，他抨击了艺术和生活中重复出现的母题（Motif），倡导原创和创新（并非诗歌形式的创新——诗歌的形式是获得诗歌与历史统一的重要保证）。有人问布罗茨基，在苏联，是否每走几步就会碰到列宁的肖像或雕塑？作为艺术家，他是对无穷无尽的"列宁"这一母题感到恼火，还是对这一母题的无意义复制——"重复"——这一艺术手法感到恼火。沉吟片刻之后，布罗茨基回答：是后者。

* * *

几天前,我在圣玛丽大教堂消磨时光——那一天不是周末——大约有十几个人跪拜祈祷。每过一会,便有手机铃声大作,此起彼伏。垂直的交流不甘屈服,它要跟平面的对手进行持久的角逐。

* * *

根据正统的观点,为什么我们敢于断言传记比说理论文更具权威?因为说理论文始终瞄准最终的结论,而传记则如风行水上,顺其自然——它可能结束于十二月,也可能是四月,它也无须证明什么论点,提供什么证据——传记戛然而止,因为主人公死去。这也可以解释为什么面对人生基本问题时,我们一般都无能为力——而野心勃勃的学者则紧扣最后一个字眼,穷追不舍。

* * *

塞菲里斯有一本小书——我知道有英译本——属于我最喜爱的诗人所写的散文作品,书名是《诗人日记:1945—1951年间的岁月》(*A Poet's Journal*)。塞菲里斯日记开始之时,战争尚未结束,尽管那时他的祖国已从德军铁蹄下解放出来。一九四五年十二月,希腊发生内乱,希腊共产党与反共武装大打出手,伤亡惨重。塞菲里斯厌倦了战争与流亡——作为外交官,作为平民,他追随希腊政府流亡到克里特岛、埃及和南非。流亡岁月对他来说无异于梦魇,跟滞留在希腊国内的同胞相比,他们暂时生命无虞,但无时无刻不为祖国的前途命运而担忧(听上去像陈词滥调,但侵略者的暴行确令他们日夜忧心);再加上流亡人士常见的艰难苦恨,简直令他们痛不欲生。宜必斯出版社(Ibis Editions)另外出了一卷本,摘选了他的战时流亡日记——在烈日炙烤下长途跋涉,似乎随时有缺氧和半途倒毙的危险。在流亡期间,他无法工作;回首这一段岁月,塞菲里斯认为,这是浪费的生命。现在终于返回到雅典,尽管迎接他的是一片狼烟——希腊共产党和反共武装交火正酣,留下百孔千疮。创伤慢慢愈合,又开始恢复某种平静的生活,与客对谈——访客之中既有真朋友,也有半真半假的朋友——比如说西克利亚诺斯(Sikelianos),另一位希腊诗人——塞菲里斯对他既钦佩,但似乎又不太了解(像知己一般的了解)。至于半真半假的朋友,更是不可胜数,毕竟,我们也没有几个真正的朋友……甚至也可算是半真半假的敌人……战后典型的迎来送往的文人生活又恢复常态——比如说保罗·艾吕雅❶,当时非常有名,足迹遍布整个欧洲——雅典以过于浮夸的礼节迎接他(一天举办五场欢迎宴会),尽管塞菲里斯对艾吕雅的诗作并不看好。再比如说塞菲里斯与更具亲和力的亨利·米肖❷的会面,当时也是在雅典。诗人重回工作岗位——尽管他并不具备真正的官僚气质——表明他正逐步走出战争灾难的阴影,走出沉默和荒原,重新返回正常的生

---

❶ 保罗·艾吕雅(Paul Éluard,1895—1952),法国著名超现实主义诗人。——译注
❷ 亨利·米肖(Henri Michaux,1899—1984),法国诗人、画家。——译注

活。诗人重新发现希腊的优美风景，它的岛屿，它的艳阳，它的五月的白昼和夜晚——这些都成为书中的亮点——更不用说在地中海游泳的经历——游泳者沐浴在温润的海水中，悠然自得。一九四六年秋，塞菲里斯在波洛斯岛（Poros）待了好几个星期。他坚持游泳，坚持观察生活，记取每一天的美味佳肴，记录大海的色调变化，描摹光影。他恢复了健康。

* * *

严冬之后出现了小阳天，只有最后一缕残雪，混合着煤灰，在城市的街角悄然融化。但在普兰蒂花园你总能感受到新生活的开始：一大群安然度过严冬的小鸟——我不知道在寒霜凛冽的时节，它们如何能幸存——现在开始了它们最为忙碌欢快的生活，充满爱与歌唱。

春回大地，克拉科夫的普兰蒂花园再次成为美不胜收的热带公园。黑鹂与画眉，在深秋和隆冬季节悄然隐退，现在却高声宣布它们已重新占领这一座城市。

* * *

这是一个多事之春。四月十日，总统专机在斯摩棱斯克（Smolensk）附近坠毁。我最早听到这个消息是星期六早晨——我去买茶叶和通心粉，从商店的店员那里听说；她一直开着收音机，神秘兮兮地告诉我飞机失事了。城市陷入突如其来的悲痛之中。街道变得肃穆，下午我们去了瓦维尔天主教堂（Wawel Cathedral），在那里为遇难者做了一场弥撒——黑压压的人群，神情庄重肃穆，尽管眼含泪光，但脸上却毫无悲戚之色。人群太过庞大，因此只有一小部分人在获准进入教堂，更多的人肃立在苍穹之下。在教堂偌大的庭院之中，庭院中两株高大的木兰树适逢花季，竞相绽放。这一刻无比美丽，美丽之中饱含哀愁——正如叶芝所说："一种恐怖之美已然诞生。"（A terrible beauty is born.）但就在几天之后，这一种美又转变为歇斯底里的发泄。由于政治势力干预，纯净的、无功利色彩的哀悼宣告结束——取代它的是自我表达和党派偏见。最初的悲痛并未使人民分化，恰恰相反，人民化悲痛为力量——被团结到一起。可惜好景不长。

* * *

然后克拉科夫洪水泛滥，数日暴雨之后，河流暴涨，维斯瓦河的支流全部超过警戒水位，随后维斯瓦河——"母亲河"自身也超过了警戒水位。由于冲击堤岸受阻，维斯瓦河像凶残的罪犯，一股浊流裹挟着树枝和树干，肆虐克拉科夫全城……德布尼克桥（the Debnicki Bridge）被封，河水漫过沥青桥面，眼看就要将桥梁冲垮；数百名城中居民诚惶诚恐地眼看潮水上涨——想不到这位一向懒散的远亲忽然变为凶神恶煞。堤岸终于出现两处裂口，当地广播电台日夜发布警告——电台成为城市的中心联络点，指挥志愿者奔赴各处。昨天，城里一家主要广播电台宣称一家动物庇护所遭遇洪水袭击，广播一刻不停请求支援，救助那些阿猫阿狗。下午我们赶赴现场，猫已全部被带走，我们两手空空而返。但当时那一幕景象令人难以忘怀：好几十个人，都穿着厚厚的外套，有的还穿着过膝的胶鞋，他们从家里带来猫笼以及口套。大家排着长队，队伍快速向前移动——似乎每隔一会儿就有人离开这幢小房子——临时用塑料绳牵着惊惶不安的狗离开——可能是纯种狗，也可能是杂种的。在现场，没有官僚机器，一切都井然有序：工作人员在四四方方的笔记本上，记下领养人的姓名和号码。有些狗为能够离开少管所似的集中营而欢喜雀跃，另外一些明显受过心灵创伤——它们死死地赖在笼子里——它们自以为安全的"家"里——不肯离开。它们想一直待在"家"的牢笼。

* * *

几天前，我去了一趟阔别已久的基约夫电影院（Kijow），它令我回想起数年之前——大概是二〇〇二年——发生的一件事情。那时正好举行安杰伊·瓦伊达（Andrzej Wajda）电影《复仇》（*Revenge*）首映式。好多人出席这一活动，包括瓦伊达和他夫人，克雷斯蒂娜·扎赫瓦托维奇（Krystyna Zachwatowicz）。剧场之内一时观者如堵。克雷斯蒂娜·扎赫瓦托维奇对她丈夫耳语了几句，后者起立来到麦克风前大声说道："今天，切斯瓦夫·米沃什来到了我们中间。"

年迈的诗人从座位上站起来。剧场内观众无不起立,掌声如潮。

* * *

星期天,在我的阳台上能看到住在隔壁一幢楼底层的邻居马尔高莎(Malgosia),她对动植物极富爱心,时常在庭院里为她的橘猫梳洗。阳光普照,好一副田园风景。橘猫对主人的爱抚感念不已——依偎在主人膝盖之上搔首弄姿,毛茸茸的长尾巴甩来甩去。

* * *

很长时间以来,我父亲由于失忆,切断了与他人的联系,几乎完全处于植物人状态。他每天昏睡不醒,似乎永远地进入了梦乡。他在九月底前后去世——直接的死因是一场高烧,或许伴有脑膜炎。从发病到去世不过数小时,我从芝加哥飞赴葬礼现场。那是个晴天,但天气严寒——葬礼在公墓举行——那里曾是被重置者在城里最大的一处落脚点。前来吊唁的一小群人当中,既有当年被重置的居民,也有对那一段历史毫不在意的当地人和年轻人。两个月后,我的姑姑阿尼娅去世——她哥哥的去世似乎扰乱了她的心智——当然不是立刻产生影响,而是一段时间之后——葬礼之后。当时她始终感觉有可能在葬礼迟到,并一直为此坐立不安,忧心忡忡。像老年痴呆症发作的病人,她时常离家出走——不管白天黑夜,她在这座从未被接纳的城市中走失，找不到属于她自己的房子，找不到回家的路。最后她因急性肺炎发作被送往医院，并在那里过世。"过世"——我们现在很少用到这个词，但时不时地，应当允许我们使用一些旧式的词汇。

* * *

德累斯顿（Dresden）半日游——参加一场读书会，邀请方是德累斯顿"文学论坛"，但请注意，读书会的举办地点却是在健康博物馆——而事实上，我所知，它应该被称为人类学博物馆。在此之前，我挤出时间参观了著名的茨温格宫（Zwinger Palace），我在那里消磨好几个小时，饱览昔日艺术大师的传世之作。我在绘画前驻足良久，但事与愿违，没能激发任何灵感——我真想立刻返回宾馆（从克拉科夫经过五个小时驾车长途跋涉，我刚抵达德累斯顿便一头扎进了美术馆）。这一次甚至我对维米尔也相当无感。茨温格宫馆藏两幅维米尔——其中一幅描绘快乐的宴饮场景（地上铺着漂亮的地毯）——可惜此时正外借荷兰展出。另一幅馆藏是《读信的女孩》（Girl Reading a Letter）——一位相貌平平的女孩端坐在窗前，正在研读一封书信——其内容我们不得而知——画作的意义我一时也难以参透。在一九四五年一月大轰炸行动中，德累斯顿美术馆部分被毁，在艰难重建后又再度被毁——最后这次是二〇〇二年的洪水——毁损程度不像以前那样严重。尽管如此，它依然保持着建筑初期的风貌——也是典型老式美术馆的布置：每一堵墙上挂满画作，令人目不暇接。辨别这一大堆良莠不齐的画作,洵非易事——其中混杂着若干二流巴洛克风格画作——从远处看,仿佛是一名屠夫醉酒后挥洒的杰作。游客一般会礼貌性地投以一瞥,有时沉迷于照相,连眼皮也懒得抬一下——似乎正在编纂艺术品目录,需要将馆藏之作通过电子手段一网打尽,然后等到返回家中闲暇之时再逐一细细检索。当然,日后他们再也没找到闲暇时间。

这是我第二次造访茨温格宫。第一次是大约十年前,我从莱比锡去德累斯顿,待了几个小时。那一次我去观赏了绘画史上的名作《沉睡的维纳斯》(Sleeping Venus)——这一幅画的独特之处在于它不是由一位而是两位伟大艺术家联袂完成:乔尔乔纳❶和提香❷。乔尔乔纳英年早逝,或许死于瘟疫;在他死后,画作由他的好友提香续作——后者日后安享高寿,艺术创作硕果累累。我们站立在两位大师手指触碰过的画布之前,当然我内心清楚:历代的修复者早已将两位大师的指印抹除——尽管如此,每一念及此,仍会为之激动不已。

这一次,吸引我的是伦勃朗的一幅肖像画。画风阴郁,是伦勃朗一向的风格,但画面黯淡,似乎上了一层时光的铜绿——貌似很可能长期无人加以照看。画中戴帽的男人,帽上镶嵌粒粒珍珠;年老的男人看似疲惫不堪,他的目光没有正视,而是偏向别处。他或许是坐姿,但我们并没有看到他身后的座椅。他的表情落寞茫然,

---

❶ 乔尔乔纳(Giorgione,约1476—1510),第一个真正意义上的威尼斯画派画家。——译注

❷ 提香(Titan,约1488或1490—1576),意大利文艺复兴后期威尼斯画派的杰出代表。——译注

似乎对于摆出这样的造型并不特别开心,表情落寞,但目光炯炯——似乎要表明,我随时可能离开。这幅画可能作于一六六七年,距离艺术家之死不到两年时间。它不像是自画像,但也可能是。模特的倦怠也是艺术家的真实写照,或许我的结论过于仓促。尽管这是他一生中最困难的时期,但他未必会借这一副精妙的画作传达他的倦怠之情。他或许内心感到悲伤,但一旦投身创作,他的悲伤在画布上展开、融化,最后会变成快乐。画中的人物,那位模特,微微有些驼背,我不得不承认,这令我联想到我的哲学教授,满脸倦容的莱什琴斯基(Leszczynski)——他是维特卡其的朋友——而后者,据我推测,对二次大战后出现的这个世界极端鄙视。这也可以被视为一种绝望的形象,一种退隐的标志——他面容苍老,神情忧郁——如果不是柔软的天鹅绒礼帽,或贝雷帽宽宽的帽檐上镶嵌的闪亮珍珠,他简直一无可取。忽然之间我联想到这珍珠绝非简单的装饰之物(他的胸前还别着一枚胸针)。珍珠闪闪发亮,散发出迷人的光彩。珍珠不是画作中主要的光源,光源(我们推测)一定来自左方。但珍珠确实在闪光,随着时间推移——当你在这幅画前伫立良久——你会更多体悟到珍珠的含义。在这幅哀伤而悲怆的画面中,珍珠与众不同。珍珠闪闪发光。他的面部是哑光,老人沐浴在灿烂的光影之中——他的灵魂在珍珠中得以保存——灵魂最终也转化为闪亮的珍珠。当我理解了这一切,这幅画作也仿佛一瞬间获得新生——或永生。而闪亮的珍珠中寓含的灵魂又会在他的脸上、在他的心上留下什么样的痕迹?这些或许并不重要,重要的是,这一种光亮从未离他而去。或许在并不遥远的未来,它还会返回原来的家里。